追風的人

The Wind Chasers

追風人◎著

Contents

Contents

本書故事及人物純屬虛構，絕無任何影射。

序曲　校園裏的命案

孟公屋是位在香港清水灣半島的一個小村子，電腦工程師石莎就住在村子裏最後面的一間丁屋。

「丁屋」是大清帝國和港英政府時代的制度，當香港的原居民家庭有男孩出生時，政府會撥一塊地給這家蓋一棟三層樓的房子。村裏的丁屋已建有多年，轉手不下數次，現在的住戶全是租客。

石莎選擇這裏的最大理由是方便。由住處到優德大學上班，步行不用二十分鐘。此外，孟公屋村子裏到處是參天古樹，有一股濃郁的泥土和花草樹木的香味，不時還有各種鳥類和小動物穿梭其間。做爲一個植物學出身的環保分子，孟公屋是理想的居住地。

石莎的住處在一樓，門前有個小院，種滿了蘭花。巧手的石莎將屋裏打點得溫馨舒適，不管在外有多麼不順心，只要一回到家，石莎的心情就會雨過天晴，開朗起來。

可是今天不同，回到家後，即使是放上最愛的古典音樂，泡了濃濃的綠茶，石莎的心情還是一片陰霾，連準備晚飯的精力都沒有。

天色漸暗，石莎獨坐在黑暗裏，就連燈都懶得開，滿腦子全是最近發生的事。突然，石莎站起身來，好像做了個重大的決定，走到桌前坐下，將腦中事件的來龍去脈仔仔細細地鍵入電腦，列印，裝入信封，貼好郵票，準備明日一早寄出去。

做完這一連串的事，石莎的心情似乎好多了，想起還沒吃晚飯，就去開了冰箱。雖然石莎並不餓，可是一定要吃點東西才好服藥，最近她心律不整的毛病又犯了。然而轉念一想，還是先把信寄出去，心裏才踏實些。

拿了信準備出門，一開門就看見院子裏種的花和排得整整齊齊的花盆。二樓的老頭和三樓的年輕夫婦都出去度假了，他們把養的花木拿下來托她照顧。可是今天石莎心不在焉，把這事忘得精光。於是她立刻把要做的事定了下來：寄信、澆花、吃飯和吃藥。

進孟公屋的路口有一個郵筒，走到那裏要經過一個小停車場，平時停放著五、六輛小汽車，全是孟公屋村子裏居民的車輛。石莎每天都從這兒走過，對這幾輛車和它們的主人十分熟悉。但是今晚有一輛車是以前沒見過的，石莎不自覺對它多看了兩眼。待走近了，又發現車裏坐著兩個陌生人，正對著她目不轉睛地看著。

石莎匆匆地把信投入郵筒就打道回府。再次經過這輛車時，下意識地又望了那兩名陌生人一眼，覺得他們目露凶光，並非善類。石莎突然感到緊張和不安，快步走回家。

一進家門，石莎立刻把門窗鎖上、拉攏窗簾。此時她回想起優德大學高層威脅利誘她的情景。她的心跳開始加速，全身也開始出冷汗。她幾乎確定了路口坐在車裏的兩個人是針對她而來的。她想打電話報警，但是該怎麼說呢？「目露凶光」並不犯法，報警會鬧笑話。撥了通電話給邵冰，想問問她該怎麼辦，響了好幾聲沒人接，想必這位小姐晚上又出去瘋了。石莎無奈地掛回話筒，略加思索，鼓起勇氣打給鍾爲教授，撥了電話才想起鍾爲正在美國出差。她突然感到一股莫名的恐懼，心跳得很快，頭暈和極度的疲倦使她勉強地走進臥室，和衣睡下。連燈都沒關。

半晌，石莎被一陣強烈的搖晃驚醒，睜開眼就看見兩個人站在她床前。她本能地想要開口喊叫，但隨即被人以手蒙住口。現在她看清楚了，這兩人就是先前在停車場看見的兩人，一個身形較高大，另一個較矮小，他們渾身上下穿著黑衣，戴著手套。

「石莎小姐，你一定明白我們來的目的，只要把東西交出來，我們馬上走人。我現在放開你的嘴，你要是叫喊，馬上就要你的命，知道嗎？」

石莎點點頭，按住她嘴的手就鬆開了。石莎大大吸了一口氣，喘息著說：「你們這樣對我已經犯法了，如果你們馬上離開，我就不報警追究。」

大個子手臂一揮，甩了石莎一個耳光，打得石莎眼冒金星。

「石莎小姐你聽清楚了，現在是你要聽我們的，按照我說的去做，否則你就有罪受了！原始程式的光碟在哪裏？」

「我跟你們說過了，這些有智慧財產權的軟體都有特別的鎖碼，不能複製在光碟上。」

大個子右手臂一揮，又是一個耳光打在石莎的臉上，石莎的驚叫聲還未停，大個子的右手往回揮時，手背又在她另一邊臉頰上打了個重重的耳光。石莎的嘴角登時滲出血絲，痛得忍不住流下淚來，全身抽動著。

「你他媽的別和我耍小聰明，光碟不行，拷到磁帶或隨身碟難道不行嗎？」

小個子突然間跳起來，衝向前就出手把石莎的上衣撕破。

「他媽的，老子還沒玩過洋婆子，就先讓她替我消消火吧！」

他把石莎按倒在床上，石莎拚命地反抗。大個子上去就給那小個兒一腳。

「你不想活了？你知道誤了大事會有什麼樣的結果？」

「石莎，你聽好了，今天我是一定要帶走這個軟體的原始程式，如果拿不到，我就把你的命拿走。你看著辦吧！」

石莎驚恐得哭出聲來，她意識到這回是難逃一死了。無論拿不拿得到他們要的原始程式，這兩個人都會把她殺了。

「我已經跟你們說過了，要拷貝這個原始程式需要兩個人同時輸入兩組密碼才行。不信，我在電腦上示範給你們看。」

大個子點點頭，石莎坐上電腦前的椅子上。

「請你替我把電腦的電源開關打開，就在那邊牆上的鍵盤，請按二・一・三。」

大個子將右手的手套脫下，用食指在鍵盤上按下三個號碼鍵。電腦開啓後，石莎輸入了將原始程式拷貝到隨身碟的指令，螢幕登時顯示要求同時輸入兩組密碼。

「我現在輸入我的密碼，第二個密碼在邵冰那裏，我可以打電話給她，請她現在就直接輸入，行嗎？」

大個子點了點頭，看了看電話的方向。石莎站了起來，走到電話桌邊給邵冰打電話。

「奇怪，怎麼這麼晚了還沒回家！」

石莎向大個子說：「邵冰還沒回家，你們總不能去殺她吧！」

大個子突然衝過去，一把將電話搶過去，話筒裏傳來聲響：「這是九九九，請說明情況。這是九九九，請說明情況……」

大個子猛力掛上電話，一轉身滿臉通紅：「找死！臭洋婊子！居然在我眼皮底下打電話給九九九，你是不想活了！那我就成全你吧！」

大個子重重的一拳打在石莎的胸口，石莎頓時兩眼發黑，心跳快得像要跳出胸腔，這才想起她今晚還沒吃心臟病的藥，她開口要說：「我得吃藥！」但是卻沒有聲音發出。因爲大個子那雙強而有力的手已緊緊地掐住了她的脖子。

石莎知道她的生命正走向終點，這一生所有發生過的事，一瞬間又在她的腦海裏出現了。石莎在她清醒的最後瞬間想到她的遺憾，四十年來沒遇到讓她真正動心的男人，但是這最後一年也是她工作以來最快樂的一年，她感到她的工作是很有意義的，也碰到讓她心儀的男人。只可惜……

石莎的臉色像紙一樣白，氣若游絲，嘴角出現了白沫，死神接近了。

「洋婆子死了，她打了九九九，警車可能很快就到。你馬上把車子開過來，別開車燈，慢開，不要吵醒任何人。」

兩個黑衣人把石莎的屍體放進車後的行李箱，離開孟公屋村子。

「開去對面海，絕不可以開快車，以免引人注意。」

出了孟公屋的路，轉上了清水灣大道，這時他們聽到了遠處的警車聲。對面海也是個小村子，在西貢市的南邊，一邊是牛尾海，一邊是小山坡，只有兩戶人家住在山腳下。因爲地廣人稀，常有人到這兒跳海自盡。從孟公屋到對面海只需十幾分鐘的車程。黑衣人把車停好後，在車內坐了十分鐘，確定周遭沒有人，很快地將石莎的屍體丟進海裏。

第一章　優德大學和鍾為教授

鍾爲一夜沒睡好。不知道是剛由美國回來的時差，還是因爲煩心的事太多了，整晚在床上翻來覆去，全無睡意。一等窗外出現了一絲亮光，鍾爲就決定到校園的海濱走走。

每次面對著碧藍的海灣，鍾爲的心境就會出奇地平靜，海浪拍打海岸那規律的衝擊聲，往往能讓他好好地思考問題。鍾爲匆匆地換了一身休閒裝，穿上球鞋，一開大門就看見老呂在停車位簽巡邏單。

「早安！鍾教授這麼早就要出門了！什麼時候回來的？」

「老呂，早啊！我是昨晚回來的，睡不好，想到海邊走走。」

「那您慢走啊！」

老呂是個保安員，已過了退休年齡，學校以廉價雇用他們。他們的責任就是每小時在宿舍區走一圈。鍾爲的停車間設了一個小箱子，保安員走過時就在箱子裏的表格上簽字。鍾爲時常懷疑這些全是嚇唬人的，還是真的有用？

鍾爲住在一排八幢別墅式宿舍中的一棟，有個不算小的後院，可以種些花草樹木。優德大學的教員宿舍分配採取積分制度，鍾爲身爲創校教授，職位又是一級教授，所以積分很高，才分配到這別墅式的房子。鍾爲非常喜歡這裏，房子面積大，叫學生們來聚餐或其他的活動都極爲方便。

出了宿舍區，就是大學路，一頭連接著清水灣半島的主要公路清水灣道。另一頭是座橋，過了橋就是優德大學的大門。

鍾為走過橋時，天色還未全亮，進了校門，沿著人行道一路走下坡來到了海邊。鹹鹹的海風迎面撲來，碧藍的水色和規律的浪聲，使鍾爲的頭腦變得異常清醒，這是他思考事情的最好時刻。

他這次到美國出差的時間超過三星期，總的說來，這趟出差很成功。最讓鍾爲開心的事就是香港機場風切變預警系統專案，送上去的中期進度報告和當場的答辯全被評審委員會認可了，評委們也說了好些讚美的話，讓鍾爲著實高興了好一陣子。

在美國時，專案經理李傲菲每兩三天就以電郵送一個進度報告，一切都按預定時程在進行。學電腦出身的李傲菲是位優秀的專案經理，鍾爲很是感激她。她還很興奮的打了越洋電話，說香港政府批准了飛行驗證的計畫，為期十二個月，鍾爲把這事當成是最大的特等獎，他又可以重溫年輕時的飛行美夢。

石莎和邵冰這兩位電腦工程師也來電郵報告在MTSP軟體發展上有了關鍵性的突破。這些好消息使鍾爲第一次感到風切變預警項目的成功有了決定性的把握。

但是也有好些煩惱的事，首先是賈維吾校長傳下話來，要鍾爲一有空就馬上去見他。多半是鍾爲得罪了人，有人告到校長那兒了。既使是在最高學府裏，在一群世界知名的學者中，也會有人爲雞毛蒜皮的小事鬧得面紅耳赤。

另外一件事就是MTSP軟體的問題。李傲菲和石莎都送了電郵到美國，報告了研發處的牟亦深急著要這個軟體的原始程式。這是完全不合規定的，為什麼牟亦深明知故犯呢？聽說牟亦深是負責應用科研的副校長周催林的心腹，跟了他多年。是不是他一狀把鍾爲告到校長那兒去了？

然而，在這一堆煩心事中，最讓鍾爲放不下心的還是石莎在三天前發來的電郵。她說為了MTSP的軟體，她有大麻煩了，現在甚至還連累了她的家人。她希望鍾爲能幫助她過這難關，還說一等他回香港，就會來找他把事情講個明白。鍾爲真希望能馬上見到石莎。

優德大學和鍾為教授

13

不知不覺，鍾爲已在海邊蹓躂了快半小時，天色已大明。鍾爲返回宿舍，把門口的南華早報拿進門，就脫去衣服淋浴。之前秘書潔西卡告訴他，機械系主任佟希餘教授要他從美國回來後馬上去找他，有要事商量。換好衣服，鍾爲給自己沖了一杯濃濃的咖啡，就坐下來翻閱報紙，看看這世界上又發生些什麼大事了。

早晨的咖啡和報紙，是鍾爲一天裏最享受的時刻。鍾爲原先是從台灣出去的，父親是地道的台灣人而母親是東北人。小時候別人管他叫「半山」。他在台灣念完大學，服完兵役後才到了美國的加州理工學院去主修航空學博士。雖然現在台灣只剩下一個繼母，鍾爲還是滿關心台灣的事。

看看時間差不多了，鍾爲拿起背包去上班。因爲時間還早，辦公室裏只有他一個人，和以往一樣，辦公桌上整整齊齊的擺著三疊檔案，這是潔西卡把公文分成「最重要」，「重要」和「不重要」三類。鍾爲一直認爲自己很幸運，大學派給了他一個能幹又平易近人的秘書。

「早安，鍾教授！昨天晚上才回來，今天這麼早就來上班了？」

「潔西卡早！昨晚睡不好，老早就醒了，都到海邊走了一趟回來。」

「看到我發的電郵嗎？佟教授說你一到辦公室，他就要來找你。」

「趕快給他打電話，就說我已經往他辦公室走了。另外，別忘了通知李傲菲集合風切變隊伍開會。」

鍾爲匆匆地離開辦公室奔向機械系。優德大學裏和教學有關的設施都在同一棟樓裏。由於這棟建築是沿著海邊的山坡而建，上下共有十四層，地上七層、地下七層。所有的教員辦公室都面對著牛尾海。機械系位於這棟長建築中段的第四層。系主任辦公室裏有「無敵海景」。

機械系主任佟希餘教授，在優德大學的管理團隊中是個特殊人物。機械系的頭兩任系主任都是出身於台灣的，佟希餘教授卻是來自大陸。在選聘的過程裏，多虧鍾爲力挺，佟希餘才坐上系主任的位置。

佟希餘畢業於北京大學，在英國劍橋大學取得博士學位後，又留在英國的大學裏任教了多年才獲聘到香港來，在優德大學裏算是年輕的正教授，他的學術成就、對同事和學生的認真負責都得到好評。但就因爲背景的不同，不少同事對他出任系主任持保留態度。而鍾爲的大力支持雖然促成佟希餘當上了系主任，但也因此得罪了不少人。

鍾爲一到機械系辦公室，就看見佟教授在他辦公室門口等著：

「真不好意思，我該上你那，怎麼你就來了？」

「我們做夥計的來見老闆，不是理所當然的嗎？」

「什麼夥計、老闆的，誰不知道鍾大教授是我們的前輩，知道你要來，我們的洛塔小姐把這杯熱騰騰的咖啡都準備好了。她可是從來沒替我買過咖啡呀！」

「人家是看出來我是好人，又加上對我們上了年紀的人的同情心，這才能喝到這杯咖啡，你說是不是？洛塔？」

秘書的辦公室就在系主任辦公室的外面，洛塔坐在那只笑但不出聲。她對鍾爲這位機械系的老教授一直很好。

「先讓我恭喜你，李傲菲告訴我說風切變計畫的中期評審圓滿成功。」

「系裏的同事和研究生都出了大力，我得感謝大家。」

「我們言歸正傳，上次系裏開會要我代表大家向你致謝，爲我們提供研究生獎學金，讓我們多招收了十名大陸研究生。這是造成我們能有優秀的研究成果的主要原因。去年在論文的數量上，機械系又是第一。我在工學院開會時腰板都挺直了，聲音也大了。真的，老鍾，謝謝你。」

「太好了！這是大家努力的結果，也是你這位老闆領導有方啊！我可聽說了，你對我們年輕的同事們是如何不假詞色地鞭策。我看也別對他們太嚴格了。」

「那不行，他們要是不努力就太對不起你老鍾了。不過放心吧，這批傢伙還滿上進的。這次我們開會決定了下學年要招收的研究生，把學校給的獎學金名額加上我們自己爭取來的研究經費，能招進的人數要比今年多出百分之十五。但是在大陸來報名的學生中還有十個非常優秀的，如果我們能再多收幾位，那我們就更如虎添翼，成績更上一層樓了。」

「李傲菲告訴我，她在明年的風切變計畫裏編列了十五名機械系博士生的預算，已經通知了財務處，說不定錢都已經批到系裏了。」

突然，洛塔發話了，「佟教授，你就是不相信我說的，現在信了吧？」

大學裏的秘書們有她們的聯絡網，什麼消息都能得到。

「我信，我信，這是天大的好消息，洛塔，快去告訴教員們！」

「不用啦！這不都在這裏偷聽著嗎！」

「鍾教授，謝謝啦！」說話的是七、八個機械系裏最年輕的教員，當然他們也是研究經費最少，最需要研究生的。鍾爲感到機械系很幸運有了一位關心年輕教員的系主任，他們才是機械系未來的希望。

「洛塔，打電話給潔西卡，定個時間，說我們要請鍾教授吃飯。」

「十五個獎學金才換一頓飯，你們也太吝嗇了。對了，你們只需要十個獎學金，我還得謝謝你們替我省五個獎學金。」

「不不不！我們是要十五個，並且我們一定會保證品質。」

「貪心不足！」洛塔又發話了！

「老佟，你不是還有別的事要談嗎？」

「高興的事說完了，別的事全是不愉快的。」

「說吧，反正是躲不開的。」

「那我就一件一件說吧！爲了獎學金的事，我和席孟章院長起了衝突。他說你從風切變計畫裏拿出來的獎學金應該由工學院來支配。要我把這筆錢轉到他的帳號去。我沒同意，他把我給告到李副校長那了。」

「眞是豈有此理，我是計畫的首席科學家，不是由我說了算嗎！」

「席教授認爲這計畫是給學校的，因此資源要由學校來分配。」

「那工學院也不能代表整個大學呀！」

「我也是這麼說的，席院長馬上大發雷霆，把我給訓了一頓。反正我這個由大陸出來的，在他眼裏總是二等公民。我不在乎被炒鱿魚，做個陽春教授更舒服。」

「香港政府白紙黑字寫得清清楚楚，風切變計畫是由優德大學的鍾爲教授全權負責，只有我的簽字才能動用計畫中的任何經費。我們的大院長明白這道理，所以他不和我說，怕被我給頂回去，才來找你的麻煩。但我不明白，我們這個小系，是在你上台後才有了起色，做院長的應該好好地照顧我們，怎能在這時候來打壓我們啊！」

「我聽說院長答應了電機系和電腦系給他們額外的獎學金。但沒想到是要動我們的念頭。我要是同意了，你們不把我給打扁了才怪。」

「我們大學的組織結構架空了院長，實權是在副校長和系主任手裏。我們這位院長感到他得巴結院裏的兩個大系，否則他這個院長不好當。他沒想到小小的機械系也不是個省油燈。你別擔心，做出這麼好的成績，院長敢動你嗎？」

「有你這番話，我心裏就踏實了。這還沒完呢，要繼續聽嗎？」

「說吧！」

「周催林副校長來了電郵，說要你們的ＭＴＳＰ軟體的原始程式，我說大學對智慧財產權之類的事有規定，當系主任的也管不著。同時我又回覆說，我們是歸學術部門的，有事請周副校長先跟我們院長說說吧。」

「我覺得你回答的很得體。」

「我也認爲這事到此爲止了。前幾天席院長又把我叫去，說他同意周副校長的要求，要你把程式交出來。我說，第一，我不同意他的看法，因爲是違反學校規定。第二，智慧財產權不歸系裏，我不能管。結果又挨了一頓訓。我只答應把院長的話傳給你，記住了，院長大人問起來，別忘了說我把話傳到了。」

「這是我的事，他幹嘛拿你來開刀？」

「我就是想不通，機械系靠著你這項目的支持起死回生，院長應該珍惜我們，保護我們才對。爲什麼要站在外人那邊來整我們呢？要是這樣下去，我這系主任不想幹了。」佟希餘教授愈說火氣愈大！

「老佟，別氣了，生氣傷身，太不值得。你應當看得出來，系裏上上下下對你的支持，我們不傻，不會不明白你爲我們做的努力。」

「這還沒完呢，前兩天有個叫牟亦深的，說是周催林副校長辦公室的，又來要那個原始程式，還說，如果不拿出來，就評審機械系的風切變計畫。我說這要我們院長說了才算。他說我們院長已經同意了。」

「那你怎麼回他？」

「我說，行，那就放馬過來，我們一定配合。我老佟什麼都怕，就是不怕人家看我們的研究成果。可是我生氣的是，我們優德大學到底是個最高學府呢？還是黑社會？要用威脅的手段來辦事。」

「我看這事不簡單，說不定後面還有大文章。」

「我也是這麼看。因爲你還沒回來，我就把這事告訴李傲菲了，她說她也接到那個姓牟的威脅。」

「這真是怪了，MTSP軟體還正在開發中，爲什麼他們一定要得到它的原始程式呢？」

「你來之前，洛塔接到校長辦公室的電話，要我和你今天下午四點半到他辦公室開會。我看這事已經鬧到最高當局了。」

「這回有好戲看了。我們是水滸傳裏的梁山泊，兵來將擋，水來土掩。」

「那是你來當黑旋風李魁，還是由我來當？」

「如果西門慶出現的話，我就當武松。」

「老鍾，別想得美了，到時候別人不把我們給活生生地吞下去就阿彌陀佛了。我們鬥不過別人。」

「先別說喪氣話，事在人爲，我就不信邪。好了，老闆還有事嗎？沒有的話，我就等你請客吃飯了。」

「我的鍾大教授，還有小事一樁，是受人之托，傳個信兒。理學院和商學院的兩位院長要把『科學發展史』這門課在他們院裏改成必修課，條件是要你鍾大教授來開課。我是代你一口回絕了，說太忙。但我看他們會找副校長壓下來，我看這事要他們至少吐出幾個獎學金名額來。」

「你這不是又把我給賣了嗎！」

「爲國犧牲，爲國犧牲嘛！」

「好了，四點半我們一齊去校長辦公室，再見！」

這兩年來，鍾爲和佟希餘愈走愈近了。佟希餘不僅是個好教授，也是個優良的學術管理人。鍾爲很高興，機械系出了這樣的人才。

鍾爲回到辦公室，潔西卡告訴他風切變隊伍的人都準備好了。十分鐘後，鍾爲來到了會議室，那裏已經坐滿了人，有教師同事、研究生、專業研究員、技術員、電腦工程師和職員。

這些人在過去的兩年裏跟著鍾爲在實驗室、辦公室和野外爲風切變計畫努力。鍾爲對這個隊伍感到非常驕傲。他詳細地報告了他這次到美國的經過，最後鍾爲說他自己第一次感到對這項目的成功有了把握。

他對大家的努力表示感謝，並希望大家和他一齊再堅持兩年，把這計畫完成。

鍾爲說：「我在美國時，李傲菲打電話來，說大家都這麼辛苦，我得請大家吃老鼠斑。我本來就是這個意思。潔西卡你安排吧。」

老鼠斑是南中國海裏的一種魚，爲香港海鮮中的極品，一陣熱烈的掌聲說明了鍾爲這頓老鼠斑大餐是多麼受歡迎。

李傲菲跟她身邊的一位同事小聲地說：「怪不得是當老闆的，真會說話。我費了多少口舌才敲到了這頓老鼠斑大餐。現在變成老闆自己的主意了。厲害呀！」

大夥正爲這難得的大餐開心著，鍾爲卻突然想起，石莎不是要找他嗎？怎麼沒看見她人呢？

鍾爲問李傲菲：「怎麼沒看見石莎，她來了嗎？」

潔西卡搶著說：「石莎今天早上沒上班，也沒請假。我打電話去她家沒人接。」

鍾爲在人群中看到了邵冰，她和石莎一向形影不離。

「邵冰，今天早上看見過石莎嗎？」

「沒有。潔西卡通知開會時，我看石莎還沒來，打電話也沒人接，就開車去她住的地方找她。她不在。」

李傲菲說：「鍾教授，這不像石莎的作爲。她是個非常負責的人，不來上班一定會有電話。更何況她告訴我，等你一回來就有急事要見你。我擔心她會不會出事了？」

邵冰很小聲的說：「鍾教授，昨晚我很晚才回家，打開電腦發現石莎發給我一封電郵，要我不管多晚都要打電話給她。但是我打了沒人接。我以爲是她睡著了。石莎最近檢查身體，發現有心臟病，正在吃藥。吃了就想睡覺。」

「什麼？石莎有心臟病，我怎麼不知道？」

「石莎要我發誓不能洩露她有心臟病的事。她害怕鍾教授知道後，會要她離開風切變隊伍。」

鍾為突然急躁起來，聲音不自覺地放大：「難道你們就不明白，心臟病會要命的。都不是小孩子了，瞎胡鬧！」

邵冰的眼淚一下子就掉下來：「鍾教授也許不會明白，有些人把心愛的工作看得比自己的生命更重要。因爲心愛的工作裏會有心愛的人，您懂嗎？」

鍾爲一下子愣住了，過了好一會兒才說：「潔西卡，打電話給附近地區的醫院，看有沒有叫石莎的人住院。再替我接保安部蔡主任的電話。」

保安部主任蔡邁可曾擔任過警察，替鍾爲解決過好幾次在野外設立儀器設備的安全問題。鍾爲把石莎失蹤的事詳細地描述給蔡主任聽，請他幫忙找人。

不知爲何，鍾爲突然感到極度的不安。

第二章　MTSP軟體的原始程式

下午四點三十分，鍾爲和佟希餘準時來到校長辦公室。

除了校長賈維吾教授外，學術副校長李洛埃教授，研發副校長周催林博士和工學院院長席孟章教授已經在場，看樣子他們也已經開過一個會，也許先討論一下如何來對付這兩個機械系的教授。鍾爲使了個眼色給佟希餘，他會心地眨了一下眼。

校長和鍾爲是多年的老友了。頭第一次見面時，鍾爲還在加州理工學院當研究生。那時賈維吾在不久前剛從聖路易市的華盛頓大學取得物理學的博士學位，來到芝加哥的西北大學物理系做助理教授。有一個暑假，鍾爲去到芝加哥看朋友，幾個人一塊去西北大學打籃球，在球場上碰見了賈維吾，他們一見如故，談得十分投機。

賈維吾是在香港長大的上海人，中學畢業後就去了美國念大學和研究所。不到幾年的功夫，賈維吾就被提拔當上了西北大學物理系的系主任。據說他是當時全美最年輕的著名大學物理系系主任。

又過了幾年，賈維吾被聘爲加州大學聖地牙哥分校的喇維爾學院的院長。加州大學系統共有九個分校，當時聖地牙哥分校成立不久，但短短幾年裏它的排名就僅次於柏克萊分校，隸屬於喇維爾學院的物理系、生物系和海洋系都成了世界上名列前茅的科系。因此這院長的學術領導地位是可想而知了。鍾爲一直認爲賈維吾當喇維爾學院院長時期是他學術事業的巔峰。

之後，賈維吾受聘出任加州舊金山州立大學的校長。是美國大學第一位華人校長。加州州立大學系統和加州大學系統完全不同，前者是以教學爲主，後者是以研究爲主，兩者的學術地位可想而知。因此鍾爲並不贊成賈維吾的變動。沒想到，當香港的優德大學在招聘創校校長時，他們的目標就對準了這位香港出身的美國第一位華人大學校長。

優德大學是港英政府爲了一九九七香港回歸中國，送給香港人民的禮物。最重要的是賈維吾的創校理念：「建立世界一流的大學，一定要世界一流的教授。」鍾爲一直認爲大學是學術的廟堂，在那裏你獻出自己最好的研究成果，同時也看到別人的最佳成就，因此毫不猶豫地響應了優德大學的號召，加入了創校教授的行列。

然而此後，鍾爲必須犧牲的第一件事，就是他和賈維吾之間的私人友誼，現在是上級和下級的關係，不但一切友誼活動沒有了，在公共場合再也不能稱名道姓了。

鍾爲和佟希餘：「校長先生、副校長先生、席院長，您們好！」

在稱呼學校的主管時，鍾爲絲毫不苟地遵守著大學的傳統禮節。

校長：「二位請坐。聽說鍾爲教授剛到美國去度了兩個禮拜的假，是吧！」

鍾爲：「如果是真的就好了，沒那麼好的命。」

校長：「今天有好幾件事要和你們商量。第一件是香港政府轉達了『風切變預警系統』研發專案中期評審的圓滿成功。我代表學校向你們祝賀。」

「謝謝校長先生。」

「第二件事是政府同意了支持你們的『飛行驗證計畫』，我們想聽一聽鍾爲教授對如何進行這計畫的初步想法。這計畫的目的是什麼？」

鍾爲：「風切變的發生是一個天氣現象，它的預警和天氣預報基本是一回事，只是尺度小了很多，難度大了許多。但是和天氣預報一樣，它的準確性是需要驗證的。而最直接的驗證方法就是派一架裝備儀器的飛機做現場測量。這計畫裏最重要的是要找到一架合適的飛機，一位駕駛員和一位合格的航空科學家，這些也都是需要大量經費支出。」

突然，副校長周催林博士說話了：「我認爲這個計畫牽涉面很廣，應該由我們研究與發展部門來負責。」

更突然的是，已經像老僧入定似的副校長李洛埃教授也說話了：「如果『飛行驗證』是『風切變預警』的一部分，就應該做爲同一個專案來管理。何況政府也指定了鍾教授爲首席科學家，因此在他同意後，才可以請別人來主持這個項目。這是我們自己定的規矩。」

李洛埃教授與優德大學大部分的資深教授一樣是來自台灣。原先是讀電機的，進了史丹佛大學後改讀物理，取得了學位就在ＩＢＭ公司從事科研，退休前來到優德大學。他是美國科學院和工程學院的雙重院士，中國科學院的外籍院士和台灣中央研究院院士，毫無疑問地他是優德大學裏學術地位最高的教授。他爲人正直，很得大家的尊敬，又是個聰明絕頂的人，什麼事都瞞不過他。鍾爲多年前在美國就聽過這位久負盛名的華人學者，到了優德大學才算是認識了。

周副校長：「那麼，學校應該強烈建議鍾教授將這計畫轉交給我們研究與發展部來管理。」

副校長李洛埃教授說：「鍾爲教授你同意嗎？」

「當然不同意！理由是研究與發展部並沒有合格的人選可以來領導這項計畫。」

副校長周催林博士馬上反駁說：「鍾爲教授沒有我們研究與發展部門人員的專長資料，因此沒有資格來評價。」

鍾爲：「副校長先生，請接受我的道歉，我收回上述的第二部分。」

副校長李洛埃馬上追問：「你們有比鍾爲更合適的人嗎？是誰？」

「你先別管是誰，我是在講原則問題！」

「優德大學的原則和其他世界上著名的大學一樣，那就是學術研究的獨立和自由。這包括了首席科學家對研究項目的人事、財務和研究方法的絕對自主權。要學校以行政手段干涉首席科學家的決定，完全違背了我們優德大學的原則。更何況這個項目是鍾教授、佟教授和他們的同事所爭取到的，沒有任何人有權力從他們的手裏拿過來。」

顯然，副校長李洛埃教授愈講愈火大，嗓門也愈來愈大。

優德大學的校園裏，盛傳著高層的兩位副校長間有很大的矛盾。李洛埃教授認爲周催林博士完全不能勝任職務。他不僅看不清大方向，有時連自己的遊戲規則都不遵守。他從台灣到美國求學，拿到博士學位後就回到台灣的工業研究院工作，而他的專業能力卻遠遠不及人際關係。

周催林擔任副校長是受到賈維吾校長的支持。上任後並沒有特殊的表現，連一個像樣的專案都沒有爭取到，反而是千方百計想把教授們的專案拿過去。這讓李洛埃教授更加瞧不起他這位同事。他常問校長，周催林到底爲優德大學做了什麼貢獻？

賈維吾校長意識到他的兩位副校長又要開火了，趕緊打圓場：「我相信各位都是希望把項目做好，只是有不同的看法。我想知道，鍾爲教授對『飛行驗證』計畫的方案是不是已經有了腹稿了？」

鍾爲暗暗佩服這位校長，用一句輕描淡寫的問話，就把周副校長給否決了。鍾爲看了看佟希餘，發現他面帶微笑。鍾爲回答：

「校長先生，我計畫租用美國自然科學基金會的國王號飛機，這是一架雙渦輪發動機，螺旋槳式飛機。這個型號的飛機已經有二十年的飛行歷史紀錄，性能、航程和載重量都適合我們的任務要求。最近幾年這架飛機一直是配給美國國家大氣研究中心使用，飛機上已經裝置了許多我們所要的儀器。他們告訴我，如要租用，四個月後他們可將飛機送到香港，在租金上也同意給我們很大的優惠。此外，我也認識不少的飛行員，有信心能請到合格的駕駛員。」

佟希餘緊跟著說：「鍾爲教授自己就是個合格的航空科學家，並且領有執照，這樣的人在亞洲沒幾個。」

「太好了！另外，我相信周副校長還有另一個任務是和航空有關的，你們有興趣嗎？」

周副校長說：「香港環境保護署委託優德大學對香港地區進行空氣污染的航空立體測量。將各種污染物的分佈，包括自生的、外來的，以及輸出的量化起來。這個項目是由我們來主導，人事、財務和方法都由我們來決定。鍾教授有興趣嗎？」

鍾爲很快地回答說：「沒有興趣。」

李洛埃副校長又發話了：「慢著，鍾教授請你不要情緒化。這是香港政府委託的項目，我們有責任把它做好。按照規矩，研發部門要將專案的要求列出，有關的各院系要提出實施方案和經費的要求。再由周副校長組成的評審小組選出執行的單位。如果你不做、他也不做，那香港要我們幹什麼？席院長，工學院的教員和研究生一定要參與。我們要是只會寫論文，別的全不會，遲早會玩完的。」

工學院院長席孟章的名字第一次被提到，像是大夢初醒，愣了一下：「是的，我也是這麼想，我會督促各系注意周副校長的通知。」

席孟章和鍾爲也是相識多年了，他曾在北美的數所大學任教過，後來在優德大學任工學院長。他好大喜功，但是個性又優柔寡斷。許多事經常是既不批准、又不否決，懸在那兒什麼都不能做。爲此他常挨副校長李洛埃的訓。

李洛埃教授又發話：「席院長，你應該積極參與周副校長儘快建立評審小組，工學院的專業在此小組裏要有代表。除了要選出執行的隊伍外，對任務完成的品質檢查也要做。」

席院長：「是的，我們一定會儘快。此外，我認爲這些大型研究項目扮演著一個重要的功能，就是爲內地研究生提供獎學金，這是我們提高研究成果的關鍵。所以我建議這些大型研究項目中的研究生經費應由我們學院統一分配，以達到最佳效果。」

李副校長：「不管研究專案的大小，首席科學家負有成敗的責任。因此他有全權分配資源。我明白你希望將鍾爲的『風切變預警』中的研究生經費由你來分配給各系，而不是只給機械系用。但是你干涉了首席的決定，你是不是也準備負起成敗的責任？」

賈校長：「鍾教授，目前除了機械系的研究生之外，你還支援別的研究生嗎？」

鍾爲：「校長先生，我還支援兩位物理系、三位數學系和一位土木系的學生。」

李副校長：「什麼理由你要給這些人獎學金？」

鍾爲：「副校長先生，因爲我需要他們具備的一些技術，也需要他們導師的幫忙。」

賈校長：「所以我們定的以首席爲主的研究項目管理原則還是可行的。」

李副校長：「那當然，這也不是我們發明的，北美的大學已經實行多年了。當然，別的系裏也一定有研究生能勝任機械系研究生所做的事，但是大家也會理解，做爲機械系的教授，鍾爲要是不給機械系優先權，他的佟老闆不殺了他才怪。」

佟希餘：「不敢，沒這個膽子，可我們系是有特殊需要。」

李副校長：「佟教授說到重點了。從創校至今，機械系還沒收過一個第一志願的新生。沒有好學生，就沒有好的研究成果。但是這幾年，由於有了較多的內地學生，和系主任佟教授的鐵腕作風，終於有了可喜的成果，在全世界機械系的排名都名列前茅。吸引這些內地學生的原因就是獎學金。我希望席院長能多關心機械系，他們挺不容易的。」

賈維吾校長：「機械系的進步我們都很高興，也已經記下了一大功。我希望能參加一次機械系的教務會議，去認識認識他們。請席院長安排，行嗎？回到『風切變』的問題，到底這是個一億二千萬港幣的專案，再加上『飛行驗證』和『航空測量』，總數可能會超過二億。董事會和香港媒體都表示關切。我希望鍾爲教授能給大家做個全面性的報告。」

李副校長：「鍾教授和我辦公室聯繫，定個日子，由我們發邀請函。這事就這麼定了。」

賈維吾校長：「好了，這件事的討論就到此爲止。我們再說件小事，然後就談談最後一件較爲嚴肅的事。李副校長請講。」

「理學院和商學院要求將『科學發展史』這門課改成必修，同時要求鍾爲教授負責講課。有意見嗎？」

佟希餘：「鍾教授已經夠忙的了，還是請別人負責吧！」

李副校長：「如果多給機械系三個獎學金，鍾爲是不是就會不忙了？」

佟希餘不好意思的笑一笑：「這個可以商量。」

鍾爲：「副校長先生，我的勞動力就這麼不值錢？」

賈維吾校長：「等等，這門課爲什麼非要鍾爲教授來開呢？」

李副校長：「前幾年選這門課的學生都抱怨課程內容枯燥無味，講課的老師更是毫無興趣，說什麼這門課是世界上最有效的安眠藥，一聽保證呼呼大睡。學生給老師的打分全是不及格，結果沒有老師要來開這門課。去年請鍾爲來開課，他開始講科學家的故事，從這些故事中把科學發展史給帶出來。結果大受學生歡迎，堂堂爆滿。」

賈維吾校長：「鍾爲，你是真的講課，還是說故事混時間來討好學生？」

鍾爲：「校長先生，天地良心，我花了不少時間準備這門課，從學生的反應來看，他們是很投入的。校長先生，您去問問選過這門課的學生，從文藝復興到奈米技術的發展史，他們現在瞭如指掌。有商學院的學生跟我說，他們終於感覺到在科學的世界裏，他們不再是文盲了。」

李洛埃副校長：「我曾去聽過一次，講得非常精彩。機械系負起這門課的責任是應有所補償。但是顯然的鍾爲教授自己也很享受講故事給學生聽，所以我建議多分配三個獎學金給他們。」

佟希餘：「謝謝副校長先生。」

李洛埃副校長：「佟教授也得派一兩位年輕老師去旁聽，把鍾爲的本事學來，省得他老是臭美。我說維吾呀！很多人都說我最近偏心機械系，我不好把別系的獎學金挪給他們，你看這三個獎學金是不是從校長預備金裏拿出來？」

賈校長：「你就是念念不忘我的預備金。好吧！這是值得的。時候不早了，周副校長談談你們的事吧！」

「優德大學研究與發展部門的責任是要把我們的科研究成果應用到社會和經濟發展上。爲此我們要充分地理解優德大學同事們的科研內涵，同時也要明白所用的方法和手段，才能做進一步的開發。我們認識到『風切變預警專案』裏開發的ＭＴＳＰ軟體可以有更大和更多的科學應用，因此我們希望鍾爲教授提供它的原始程式。」這是周僱林今天來開會的最大目的。

李洛埃教授：「周博士，你知道這個要求是不合優德大學的三個規定，第一是要在專案完成後，第二是要經開發者的同意，第三只給目標文檔，不給原始程式。這些傳統的規矩有它的理由的。這三條規定你沒有做到任何一條。」

「所以我們說這是特殊情況，我們要做行政決定。」

李洛埃教授：「我認爲我們不能隨便破例。」

周催林博士：「我們一點都不隨便。」

兩位副校長又對上了。

鍾爲：「請問副校長先生，能告訴我您要ＭＴＳＰ軟體的原始程式做什麼用嗎？」

周副校長：「我不是軟體專家，我是談原則問題。」

李副校長：「你剛剛還說是特殊情況要我們破例，怎麼又變成了原則問題？」

校長：「我認爲周副校長他們的工作開展是有很大的困難度，我們應該多幫助他們，這事是不是還有通融的地方？」

席孟章院長：「我認爲可以，工學院可以從機械系裏拿到軟體，再交給周副校長。」

佟希餘：「機械系不會要求系裏的教員做任何違反規定的事。」

李副校長：「我看是沒有通融的餘地，既然是原則問題，我們就拿到教授會議上來討論吧，可以把規定先改了。」

鍾爲聽了心中暗笑，教授會議大部分的成員都是各院系的教員，他們的頭兒就是李副校長，周催林的提案是沒門的，看樣子校長是站在周催林的一邊，這回該爲難了。

賈維吾校長：「我會要求開緊急教授會議，周博士準備你的提案，可要好好地寫，要有說服力，否則通過不了。同時你要先去遊說教授會議的成員，讓他們認同你們的看法。這點我會幫助你們。」

李副校長：「沒事了吧？我們可以走了？佟教授、鍾教授你們到我辦公室來一下，我還有事。」

李副校長的辦公室就在校長辦公室隔壁。佟希餘和鍾爲跟著李洛埃教授進了他的辦公室，他就氣呼呼的一屁股坐在辦公椅上。

「什麼玩意兒！就這付德性也能當副校長。我就是不明白賈維吾看中了他那點特長？」

鍾爲說：「別爲這種人生氣，傷了身體不値得。」

「哈！我才不會爲這種人生氣，我是在生你的氣！」

「不會吧！我沒做什麼叫我們副校長生氣的事呀！」

「你是傻了還是弱智？剛剛居然還向周催林道歉。你等著瞧吧，他會向每個人吹牛，說我們的大教授如何如何的向他道歉。你爲什麼要道歉？你說他沒有合格的人完全是實話，有什麼可道歉的？」

「副校長先生，我不是就想息事寧人嗎！」

「鍾爲，記住了，下不爲例。我們如果不當心點，優德大學遲早要毀在他周催林手裏。」

鍾爲說：「有您把關，優德大學絕不會出事，安穩的很。」

李洛埃副校長：「但願如此，可是爲什麼會有這麼複雜的背景呢？」

李洛埃副校長接著說明，他認爲小小一件爲科研而開發的軟體，應該是件芝麻大的無關緊要的事。但先是周催林來要原始程式，然後校長來說情，前天台灣中央研究院院長也打電話來，說請開個方便之門，幫周催林一把。

台灣中研院院長以前曾是加州大學柏克萊分校的教授，是李洛埃最尊敬的朋友之一。奇怪的是，據說這位院長最瞧不起周催林，在台灣曾公開批評過也在台灣當過高官的周催林，說他不學無術。現在居然來爲他說話了。

最讓人納悶的是包括周催林在內，沒有人講得明白，他們要這份軟體的原始程式的原因何在？這事的背後會不會有什麼陰謀？

李洛埃教授的最後一句話讓鍾爲聽了渾身冒冷汗，石莎的失蹤也會是這陰謀的一部分嗎？她到底去哪了？怎麼也不說一聲，等她回來了非得好好地教訓她一頓。

或許是目前想不出個所以然，李洛埃又將話題轉移到另一件大事上，說：「另外，科技部通知我們，鍾爲申請的八六三項目批准了。是關於珠江河口海洋環境的課題，是吧？」

佟希餘：「恭喜、恭喜！又是個大項目吧？」

李洛埃：「科技部要我們牽頭，將中國南方研究海洋環境的大學和研究所組成一個隊伍來進行。科技部也表示，這是香港回歸後第一次與內地合作的大型科研專案。換句話說，它的成功是有政治意義的。」

鍾爲：「資源和時程定了嗎？」

「這是個三年的專案，八六三計畫提供了六百五十萬人民幣。特首辦公室通知，由香港賽馬會出資的『特首計畫』也將撥款一千八百萬港幣做爲配套經費，更增加了它的政治層面。特首打了電話給校董會主席，說不僅要把香港和內地的合作做得圓滿成功，而且在學術上也要達到國際水準。這件事在下星期會由科技部和特首辦公室同時宣布。」

佟希餘和鍾爲都認爲這是件好事，他們有信心完成任務。可是李洛埃進一步解釋。就是因爲有了「非學術」的因素，周催林副校長堅持這專案應該由他來組織隊伍和管理，而鍾爲只做學術帶頭人。

李洛埃現在的王牌是科技部的八六三辦公室和特首辦公室都要求鍾爲當「首席科學家」。李洛埃的解釋是「首席」是指學術和行政兩方面的帶頭人。爲此他要在學術副校長辦公室之下設立「海岸與大氣研究中心」，它和「學院」平行，直屬學術副校長節制。「風切變預警計畫」和「珠江河口海域環境監測計畫」成爲由這個「中心」來管理的頭兩個大專案。

「中心」的成立是爲了抗拒周催林的介入。但是也要在校董會和教授會議的討論和通過。他要鍾爲來擔任「中心」主任是很自然的，將行政和學術合一。人事的選調，計畫的紙上作業是李洛埃的強項，周催林完全不是對手。但是他也有他的一套方法。

李洛埃：「周催林爲了這八六三和特首專案，已經兩次找了校董會主席，說『風切變預警計畫』沒他們的分，他們也就認了。但是這次總得歸他們了。校長的立場不是很明確，可是很同情周催林的。奇怪的是，我的直覺感到周催林並不在乎他拿不拿得到這些項目，而是這背後有某種陰謀。不管如何，我們先把這中心成立了，把項目保下來再說。」

鍾爲離開李副校長辦公室時，更感不安。這一切的一切，是不是和石莎的失蹤有關？

石莎失蹤到現在已滿二十四小時了，因此報警處理。

由於地理位置的關係，石莎失蹤案由將軍澳警署查辦。

第三章　鍾為與石莎

兩天過去了，還是沒有石莎的消息。

石莎是大學電腦中心的軟體工程師。她和好友邵冰皆非資訊本科出身，會走上這條路也是機緣巧合，當優德大學欲招聘三十位資訊專業人才，石莎和邵冰聽說了優德大學的雄厚財力和濟濟人才，再加上優美的環境和深具挑戰性的任務，因此決定應徵。

鍾爲正是當時負責評審應徵者的一員。口試之前，石莎和邵冰聽說鍾爲是美國一所著名的大學來的，原以爲他和那些從英國來的大教授一樣，高不可攀。沒想到，鍾爲是個平易近人的教授。在口試時不問任何專業問題，反而對她們倆爲什麼要改行學電腦的理由和利用電腦來解決問題的宏觀看法感興趣。

當石莎和邵冰接到錄取通知時驚訝不已，居然打敗了那麼多科班出身的電腦工程師。後來有人告訴她們，原先的錄取名單中並沒有她們倆，但是鍾爲教授在電腦中心主任面前力爭，說電腦中心就應當有幾個不是科班出身的工程師，哪天碰上難題，說不定就要這些非正統的異類使出旁門左道的怪招來解決問題。最後才說服了麥艾偉主任錄取了石莎和邵冰。

由於優德大學尚在創校時期，百廢待舉，許多系統都等著建立和發展，有好幾次電腦中心遇到困難，石莎和邵冰提出「非傳統」的方法，反倒使困難迎刃而解。漸漸地她們兩個「非科班」出身的電腦工程師成爲非常得力的工作者，電腦中心主任麥艾偉博士非常滿意她們二位的表現，爲此他還請鍾爲吃了頓飯，感謝他的眼光爲電腦中心找到好同事。

風切變專案開始的時候，鍾爲就要求電腦中心提供人力支援。最重要的是他馬上需要一個項目經理，替他做工作計畫、進度時程和財政預算。學校指定電腦中心的第二把交椅李傲菲來擔任。

其次就是要把風切變預警系統的科學概念具體的體現在運作過程裏。鍾爲曾走訪了不少北美洲和歐洲的航空氣象專家及飛行人員，形成了一個可行的科學概念，現在就該付諸行動了。這個任務就指定給石莎和邵冰。

這項計劃的龐大，也可從高達一億二千萬的經費中看出。剛開始，石莎和邵冰不明所以，但從媒體的報導中得知，這是個挑戰性和創新性很高的項目，所以她們也就欣然接受了。可是她們還有一個沒說出口的理由，就是想體會替鍾爲教授做事是個什麼感覺，也更希望證明給他看，當初他沒看錯她們。

鍾爲在下達任務時說：

「風切變預警系統是由五個工作站和一個超級電腦的子系統所組成。每一個子系統都有其特定的計算和處理任務。預警系統在任何情況下都不允許停機的，因此當任何一個子系統出了問題，其他四個子系統中的一個就會自動切換它。整體的系統功能要保持連續運行。當然，整體的速度和效率會受到影響。邵冰，你的任務就是在把子系統集成時，在整個系統運行過程中建立子系統自動切換的功能。」

李傲菲：「邵冰，你需要用軟體來驅動子系統或在子系統間傳輸資料，你可以請別人幫忙寫的。」

鍾爲接著給石莎下達任務：

「機場的風切變是來自低空垂直對流，當都卜勒雷達在監測到機場附近方圓二十五公里內的大氣有低空對流的出現，工作站就會做模擬運算，預測低空對流變化成下擊雷暴和風切變的時間和空間座標。這是我們發出預警的基礎。傳統的運算方法是串聯式的一個目標算完了再開始下一個。但是我們的雷達很可能測到同時發生或是相隔很短就出現的低空垂直對流，我們要求同時進行運算，這是很新的概念，叫做『多目標同時處理』（Multiple Targets Simultaneous Processing）簡稱MTSP。石莎，多個運算要在同一個CPU中進行，當然，目標愈多，運行的速度就會愈慢，我們相信不會有三個以上的目標同時出現在雷達上。」

李傲菲：「MTSP是個全新的東西，石莎你可能要找很多參考資料，不要把自己限制在優德大學之內，放眼到海外、到全世界，所有相關的學者專家，鍾教授都聯繫過，儘管去接觸他們。」

就這樣，石莎和邵冰一頭栽進了鍾爲的隊伍，開始工作。她們沒想到的是工作帶給她們的快樂。這些快樂不單是由成就感而來，工作的環境、同事們的互動和鍾爲嚴肅中的幽默都使她們每天生活在歡笑中。

漸漸地，她們明白了鍾爲的原則，那就是工作品質的要求是絕對地嚴格控制，絲毫不能妥協。但是其他的就非常寬鬆。而李傲菲會確實地執行鍾爲教授的要求，讓整個團隊的成員戰戰兢兢，小心翼翼地完成自己的任務。

讓石莎和邵冰最驚喜的是，她們從中發現了自己的潛在能力，自信心也隨之增加，開會時更能勇於堅持自己的主張及想法。石莎和邵冰成爲風切變隊伍中的活躍分子，她們和鍾爲之間的上級和下級的緊張心態消失了，取而代之的是友誼的成長。

另一件事使石莎和邵冰感到不同的是管理方式，傳統的框框在這裡完全被打破了。邵冰爲了找參考資料的事曾去找過李傲菲：「我發現在美國賓州，匹茲堡市的卡內基美倫大學的電腦科學系也在發展工作站自動切換的技術，可是他們的報告說得不清楚。」

「跟他們聯繫過嗎？」

「打過三次電話，還是說不清。能不能請你或老闆下次去美國時順便去一趟，問問清楚。」

「嘿！我說邵冰啊，雖然你和石莎的任務是整個計畫的核心，你也不能給鍾教授派任務啊！爲什麼你自己不能去呢?捨不得離開男朋友?不就是幾天的事嗎?」

「我怎麼敢給你們派任務呢!到海外出差輪不到我們這些基層人員，老闆絕對不會批准的。」

「那我們就賭一頓飯。」李傲菲拿起電話接通了鍾爲將情況說明。

「老闆說愈快愈好，那你馬上安排，後天動身。」

邵冰愣住了，「有沒有搞錯啊!」

「快去幹活吧!別忘了，你欠我一頓飯。」

當天下午，石莎接到李傲菲的電郵，派她到卡內基美倫大學去找兩位軟體專家討論MTSP的方法，後天動身。

這是石莎和邵冰參與工作以來頭一次到國外出差，內心的興奮是可想而知。她們沒回家吃飯，去了西貢的一家海鮮飯館慶祝。酒足飯飽後，邵冰宣布不回家了，要去石莎那過夜。但是石莎的反應似乎不很熱烈，邵冰問:「怎麼?不歡迎啊!有男人在家?」

「你胡說什麼?最近我心煩。」

「哈!小女子，且勿煩躁，相公來也!」

「別跟我鬧!我們好好談談倒是真的。」

回到孟公屋，洗完澡，兩個人擠在一張床上，邵冰先開口:「石莎，你是不是愛上鍾爲了?」

「別胡說，鍾爲有心上人。」

「你怎麼知道?」

「他曾說過。」

「這是什麼時候的事，你見過她嗎?」

「這份戀情是從鍾爲讀小學時開始的，老情人現在都該是老太婆了，不過人家的命真好。」

「都在吃他老情人的醋了，還敢說不愛他？」

「他有老情人，我認了。但爲什麼他就不明白在他身邊的人也有一顆火熱的心。」說著說著，石莎的眼圈就紅了，邵冰抱住她說：「是你沒注意，鍾爲對你是很關心的，沒注意到他看你的眼神嗎？」

「沒看到過。每次我都注意到他是在看你。別以爲你能瞞我，快從實招來，你是不是喜歡鍾爲？」

「小女子放心，在下絕不奪人所愛。但是如果你不要，可別怪我要動手了。」

「邵冰，你絕不能去破壞鍾爲的感情，否則我不會原諒你，聽到沒有？」

「是，聽到了，自己不要，還不准別人要，怪人！」

出發前，李傲菲把石莎和邵冰叫去，仔細地吩咐一遍，應當注意的地方，關鍵技術所在和一定要虛心求教，最後要她們注意安全。石莎和邵冰感到一股溫暖，這是她們在以前工作中從沒感受過的。

石莎說：「我家在維吉尼亞州的夏洛芝，離匹茲堡不遠，辦完事後我想休假一周，回家看看父母親，好久沒見他們了。」

邵冰緊接著說：「我也想休假跟她去，石莎的父母親邀請我好幾次了。可以嗎？」

李傲菲：「老闆最關心的兩位大美人要休假，我敢不准嗎？」

石莎：「我的李大經理小姐，別拿我們開心了。」

李傲菲：「這可是明擺著的，我們又不瞎，還看不出來嗎？不過話說回來，你們倆的確也是我們隊伍中辦事最俐落的，鍾教授的關心也是理所當然。好啦，你們該走了，學校的車在門口，送你們去機場。別忘了回來，再見。」

李傲菲最後這番話讓石莎很受用，鍾爲感受到她那顆火熱的心了嗎？

由於鍾爲正在開會中，石莎和邵冰沒機會和鍾爲說再見就走了。

匹茲堡之行非常成功，石莎和邵冰取得了所要的資料和技術。回來後，她們的工作有了顯著的進展和成績。外國朋友對石莎的MTSP程式和邵冰的工作站自動切換非常讚賞，這次美國之行似乎對石莎和邵冰的個人也產生了影響，她們變得更有自信，更專業、更坦然，和鍾爲交談時更顯得自然。

這個轉變讓鍾爲特別高興。風切變計畫進展的步伐加快了，一個個難關相繼地被克服。工作同仁產生了革命情感，更加促進了彼此間的信任和友誼。以前石莎和邵冰稱呼他「鍾教授」，現在他發現，愈來愈多時候，她們就指名道姓喊他「鍾爲」。當然在正式的場合，她們會跟別人一樣稱呼他爲「鍾教授」。校園裏人人都知道這兩位大美人是鍾爲的愛將。

一天，石莎正全神貫注地檢查一份電腦程式，電話響了，拿起來就聽見是潔西卡：

「石莎嗎？老闆叫你啦！」

「告訴我是什麼事？好事還是壞事？」

「他找你還會有壞事嗎？」潔西卡的語氣很曖昧，「別忘了，叫他請我們吃飯，別只記得請學生把我們忘了。老闆就是聽你的。」

鍾爲的辦公室很大，但是堆滿了書籍雜誌和各種報告，有時在會議桌上還會有儀器之類的東西。每次潔西卡幫他收拾得井井有條，他就發脾氣，說找不到東西了。這是大教授們典型的惡形惡狀。潔西卡不曉得和他吵過多少次了，說是人事處在考核成績時，老闆辦公室整潔是重要的一項。

「這麼亂，怎麼做事啊！要不要我們替你收拾一下。」

「拜託，千萬別，會天下大亂，找不到東西。還有千萬別在潔西卡面前說我的辦公室亂，她聽了就發瘋。」

「好，說要我做什麼？」石莎坐下，頭一抬，一副頑皮的樣子。每天讓她最高興的就是和鍾爲說說話。

「你知道我們機械系的年輕同事幾乎全來自大陸內地，雖然都在國外拿了博士學位，他們的英文還是不流暢，甚至有的是嚴重地不合格。這對於論文的寫作和出版造成直接的影響。不知道你有沒有時間幫幫他們，改改他們的英文？」

「我要是說不呢？」石莎還是一副頑皮相。

「我的大小姐，我們機械系正處在緊要關頭，能不能出頭就看這一兩年的表現了，我是沒辦法著急了才來求你。」

「跟你開玩笑你就當真了，我明白了，機械系才是你的真愛，我們只是二等公民。行，這事交給我了。今天下班前我去找佟希餘教授。鍾大教授，你要如何謝我？」

「機械系會跟你算鐘點費的。」

「我不要他們的鐘點費。」說完站了起來，靠近鍾爲，用手指點著鍾爲的胸膛，用很小很小的聲音說：「我要一個機械系教授的感情。」

說完不等鍾爲的反應，石莎就往外走，她在門口停住說：「該請我們吃飯了，別只想到你的寶貝學生。」

出乎所有人的預料，石莎爲機械系老師改英文的事有了非常好的成果。最明顯的是論文從投稿到出版的時間由一年縮短為兩三個月。具體的表現是機械系的論文出版數顯著的增加。全系的老師把石莎看成神仙似的，捧上捧下的。系主任要付石莎鐘點費，石莎說鍾教授已經付了，向潔西卡查問，說沒有啊，弄得佟希餘丈二金剛似地摸不著頭腦。

鍾為覺得石莎和邵冰的確是他的兩大功臣，對她們格外注重，也和她們走得更近了。她們在和機械系交流的過程中聽到很多關於鍾為的事；他如何與學生和同事們相處，他的堅持和他的寬容等等，使石莎想起多年前她父親留給她的深刻印象。

當初，她以為父親是世界上最後一個「傳統的古典式學者」；堅持一些原則和精神，但是對學生又有無限的寬容和愛護，而他自己對這顯然的矛盾若無其事。她曾試著和鍾為討論這事，鍾為說他從求學時起就生活在這樣的世界，把堅持和寬容、憤怒和喜悅看成是生命的一部分，而不把它們看成是矛盾。石莎很羨慕這樣的境界。她以為這種境界在她父親退休的時候同時消失了，沒想到居然又在優德大學的教授身上發現。

香港雖是個高度發展的商業城市，但仍然保留了很大面積的「郊野公園」。事實上，香港的住宅區和商業區加起來佔地不到百分之二十。郊野公園有著未受干擾及破壞的大自然景觀，也是生態系統的保護區，成為愛好大自然和環境保護者的去處。

幾年來，各個郊野公園都留下了石莎的足跡。一般遊客只能步行進入，再上山下山的走到目的地，總要花上兩三個小時，往往到達後已是筋疲力盡了。但鍾為有張政府發的特別通行證，可以將汽車開進香港任何一個郊野公園。石莎很羨慕他的特權，鍾為也就常開車陪她到她想去的地方。

石莎告訴鍾為，她發現全香港最美的沙灘是在浪茄灣，它在牛尾海東岸的西貢東郊野公園內，牛尾海的西岸是優德大學所在地的清水灣半島。鍾為決定週末去看看。

沿著牛尾海的海邊走，碧藍的海灣裏有點點風帆點綴著，滑水者不時激起的浪花，像一支畫筆在大自然裏勾出一條白線。遠望牛尾海，大大小小的島嶼星羅棋布，不規則的大小和位置，就像在眼前展開的一幅現代畫，美得讓人激動，但又說不出它的寓意。浸淫在令人窒息的美景，石莎和鍾爲都醉了。

浪茄灣的灣口很小，灣外是洶湧的巨浪，但灣內的水平靜地像一面鏡子。一片白色的沙灘在藍天之下、碧水之旁。岸邊停了兩艘遊艇，不遠的沙灘上架起了兩個大遮陽傘，看樣子遊艇上的人上岸了。鍾爲和石莎找到一塊有樹蔭的沙灘停歇。

鍾爲：「我完全同意，這浪茄灣是香港我到過的最美的地方，你是怎麼找到的？」

石莎：「不說，是我的秘密。」

「我猜一定是男朋友帶你來談情說愛的地方。」

「是又怎麼樣？你不認爲這兒是談情說愛的好地方嗎？我不管你要幹什麼，我可要下水了。」

「你帶泳衣來了嗎？」

「站過來，看著我！」

石莎慢慢地解開扣子，脫下了衣服。呈現在鍾爲眼前的，是個極誘人的畫面，光澤的胴體上，只有一件鮮紅色比基尼泳衣。

「還差強人意吧？」

「這麼好的身材，爲什麼老是包得緊緊的，不讓人看？」

「這不是在讓你看著嗎？你說這身比基尼好看嗎？是剛在美國買的。」

「很好看，穿在你身上，男人會犯心臟病的。」

「行了，別開玩笑，人家是鼓足了最大的勇氣才決定買下來的。是不是太暴露了？」

「你這件所謂的泳衣是由四塊三角形的布所組成，加起來還沒有我口袋裏的手帕大，它能做到蔽體的功能嗎？還不如不穿它。」

「那好，我這就脫下來！」石莎說著就要扯下來。

「別，別，你是要我的命嗎？不怕有傷風化被警察逮捕？」

「那你到底喜不喜歡我穿？」

「當然，當然。」

石莎下了水，先在岸邊游了幾趟，就往深處去。鍾爲有點擔心，他沒穿泳褲，就脫下上衣，走到水邊，目不轉睛地盯著石莎，如果一有差錯，他可以很快地入水把她拉上來。

石莎在水中翻騰，一會兒潛下水，一會兒又跳出水面，她的肌膚在太陽下閃閃發光，薄薄的比基尼布料緊貼住石莎的身體，曲線畢露無遺，赤裸裸的像是個從天上下凡的女神。

劇烈的運動後，石莎喘息著上了岸，鍾爲在水邊迎著她，她全身濕淋淋的就緊緊抱住了鍾爲。兩個赤裸的上身緊貼著，心跳和體溫都在急劇上升。過了許久，石莎推開了鍾爲：「對不起，把你弄濕了。」

「你怎麼知道我濕了？」過了一會兒，石莎才明白這雙關語，她紅著臉輕輕地用拳頭打他。

「又占人家便宜。我累了，想休息一下。」

鍾爲把大毛巾鋪開讓石莎躺下，自己也躺在她身邊，把頭支起來目不轉睛地看著她的身體。

「鍾爲，我已經好久沒有這麼開心了，謝謝你呀！」

「是我該謝謝你，讓我來到了香港最美的地方，還有美女使我濕了。」石莎又是一拳打過來。

「跟你說正經的，你又來開玩笑。噢！對了，在匹茲堡出差時有件事我忘記寫在報告裏，起先我認爲不重要，但是愈想愈覺得可能會有關係，現在你想不想聽？」

「不想！」

「爲什麼？」

「第一，今天是週末，我不辦公。第二，今天我的唯一任務是看美女和她的紅色比基尼。」

「沒問題，那你就繼續你未完成的任務吧！」說完就閉目養神。不到兩分鐘，鍾爲就等不及了：「好了，任務完成了，你說吧！」但是石莎繼續閉目養神。

「好了，我認輸還不行嗎？快說吧！」

「我們在討論ＭＴＳＰ軟體時，我發現他們的應用專案都是從國防部來的，完全保密。我們只能談軟體本身的問題，不能談任何與應用有關的問題。ＭＴＳＰ有軍事上的應用嗎？」

「這我也不知道，但是今天的軍事科研內容無奇不有，任何事都可能。有人說研究某種昆蟲的交配方法，有軍事上的應用，你信嗎？」

「我回家後的第二天，有兩個人來找我，一個是聯邦調查局的。他一直問卡內基美倫大學的人都跟我說了些什麼。顯然他們要調查他們是否恪守保密規則。但是他好像對你的背景和工作也很清楚。」

「這一點都不奇怪，來香港前我每次從中國回去，ＦＢＩ的人就來問東問西，這是他們的工作，必須預設每一個人都是出賣機密的間諜。那第二個人又是來要什麼的？不會是來向你求愛的吧？」

「鍾爲你要是再開玩笑，我就不說了。這第二個人是海軍情報處的，很可惡也很可怕。他先提醒我是美國人，首先要愛國。他要我把ＭＴＳＰ軟體的原始程式在完成後交給他，但是要瞞著你和優德大學。」

「這個人很可能是ＣＩＡ的，後來呢？」

「我要求他寫成書面請求，我會和律師商量後回覆他。沒想到這一招把他嚇走了。」

「佩服，我要對你刮目相看了。」

「小事一樁，我沒往心裏去。後來又忙著陪邵冰到處跑，就把這事給忘得一乾二淨。我完全不明白這是怎麼回事，爲什麼他們對MTSP有興趣？爲什麼來找我而不來找你？你不也是美國籍嗎？」

「這事還真是玄乎，我得打幾個電話去把事情弄明白。別跟任何人說了，等我的消息。」

「好，鍾爲我渴了。」

鍾爲從背包裏拿出兩瓶礦泉水，交給石莎一瓶。她一口氣就喝了大半瓶，就又躺下了。她說：「真舒服，鍾爲你說我們能不能真的把時間凍結住？」

「你真的希望世界在原地踏步？不再往前走？」

「當然不是，我只是幻想著要把我現在的快樂凍結住，裝進瓶子裏，成爲永遠屬於我的。鍾爲，我很怕當我的任務完成後，我就得從你的生命裏消失。」

「我們不是談過好幾次了，我們的友情永遠有存在的空間、有實際的空間，更有在你我心中的空間。你改變主意了？」

「我是怕你身不由己。」

鍾爲默默地看著石莎。

石莎：「好了，不談我，談談邵冰吧！你沒覺得她最近變了很多？」

鍾爲：「我最近沒見到她，聽別人說，邵冰不僅本事大多了，而且心態上也成熟多了。」

石莎：「她現在很有責任感，不再那麼任性了。但是，基本上她還是個敢愛敢恨，熱愛生活的女性。但是我要告訴你一件事，你可別嚇著了。」

「想不出來有什麼事會把我嚇住了。」

「邵冰瘋狂的愛上你了。她說她什麼都不要，只要你明白她的心就好了。」

「不會吧，她不是有無數個男朋友，並且全是金光閃閃的美男，不可能會要我這曾經滄海的老頭子。」

「別在真人面前說胡話，你用那豐富的學識做爲調情的手段，沒人能擋得住。」

「包括你自己？」

鍾爲看著石莎誘人的身體，感受著發散出的熱力。

石莎：「還沒看夠啊？喜歡嗎？」

鍾爲沉默不語，一股傷感顯現在他臉上。

石莎握住鍾爲的手說：「對不起，我又犯了自私的毛病。」

鍾爲：「我是有血有肉的正常男人。可是我只能用我的眼睛來吻你。」

石莎緊緊的握住鍾爲的手，一往情深地看著他。

許久後她說：「鍾爲，你相信宿命嗎？」

「不信，我連宗教都不信，更不要說宿命了。」

「我看了幾本佛書，我相信你是我命裏的一段情，而我是你命裏的一個劫數。我看今天我們過不了這個關。」

石莎看著鍾爲的眼睛說：「鍾爲，不要太殘忍。」

「石莎，幫幫我，放了我吧！」

「認命吧，別再反抗了。」

夜深了，孟公屋的樹林在風的撫愛中詠歎。但是人不靜，當風止後，丁屋裏傳來了歡愉的呻吟。

那天之後，石莎的書桌上多了一張她穿比基尼泳裝的照片。雖然石莎的心裏常有說不出的傷感，但是她努力過得積極樂觀。她活得像一朵花，在陽光下盛開。然而，石莎明白，當陽光最燦爛的一刻，也是夕陽西下的開始、傷感的起源。

石莎的失蹤改變了一切。

因爲報了案，事件在媒體上曝光，優德大學的高層包括校長、三個副校長和公關部主任把鍾爲、李傲菲和邵冰叫去問了話。決定了大學的對外立場是把石莎失蹤事件定位成個人事件，校長說，不惜任何代價，一定要把事情弄個水落石出。

由於石莎是美國籍，也通知了在香港的美國總領事館。當然鍾爲也打了電話給石莎的父母，把所有的情況都一五一十的跟他們說了。

大夥沒有心情幹活，會議室成了尋找石莎的指揮部。潔西卡請物業管理馬上在會議室多裝了兩支電話，把對外聯絡的事都集中在會議室，其中一條線是對外的熱線，民眾可打電話提供線索。所有的人之中當然是邵冰最爲難受，因爲缺乏睡眠，兩眼通紅，但是還是不停地打電話給所有能夠想到的人，求救和打聽資訊。

優德大學保安部主任蔡邁可拿出一本小冊子，一邊看，一邊說：「香港警方和我們各自都調查了所有的醫院和診所，在過去的二十四小時沒有一個叫石莎的人曾去求診或被送去急救。報案後，警方進入石莎的住處，沒有發現不正常的情況。警方也查訪了所有的鄰居，結論是他們最後看見石莎是她下班回家的時候，也就是昨天下午六點四十分。但是我們的邵冰在昨晚十一點十三分曾接到石莎的電話。當時邵冰不在家而是在留言機裏聽到石莎的聲音。到目前爲止，總共有一百多位民眾打來報案的電話，沒有一個是有價值的。」

鍾爲：「十一點十三分以後，石莎有再打電話給邵冰嗎？」

邵冰：「沒有。我好恨自己當時爲什麼不在家……」說著說著，眼淚又流下來了。

李傲菲說：「別責怪你自己了，這又不是你的錯。」

蔡邁可：「根據通聯記錄，當晚石莎的電話在十一點五十二分還有最後一次的使用。」

鍾爲：「知道是打給誰的嗎？」

蔡邁可：「到目前爲止，這是最令人費解和最重要的一點。這一通電話是打到九九九的。」

鍾爲：「警察局做出反應嗎？」

蔡邁可：「將軍澳警署接到九九九呼叫後，在三分鐘內派出兩名軍裝警察，因爲呼叫人沒說任何話就掛了電話，他們判斷打電話的人身體不支，因此同時要求將軍澳醫院派救護車前往。警車在十五分鐘後到達孟公屋，救護車隨後趕到。他們敲門，但沒人反應。在周圍查看，使用照明器從窗門外觀察，沒有發現任何異常的地方。他們在孟公屋逗留了四十分鐘後，上級指示他們撤回。這些都是從他們的報告裏看到的。」

李傲菲：「這都意味著什麼呢？」

蔡邁可：「這表示在當晚十一點五十二分，石莎或是在石莎房子裏的另外一個人，出現了緊急狀況，打電話給九九九。」

鍾爲：「報案時，這些都告訴警方了？」

蔡邁可點點頭。

鍾爲：「蔡主任，您看情況發展到現在，石莎可能遇到什麼情況了？」

蔡邁可：「我們都是石莎的朋友，我就實話實說了，但是大家要有心理準備。一般說來人口失蹤的案子，尤其是成年人的，頭二十四小時是最關鍵的時刻。根據警方的案例，最可能的情形是遭綁架或遇害了。」

邵冰登時崩潰，尖叫起來：「不要！不要！」

鍾爲走過去把手按在邵冰的肩上說：「別急，蔡主任不是說還是有希望的嗎，你一定要堅持住，你最了解石莎了，很多事還得靠你，我們才能把石莎找回來。」

邵冰點點頭，順勢把臉靠在鍾爲的手臂上，鍾爲很快地把手給抽回來。

此時，潔西卡伸頭進來說：「鍾教授，李副校長找，我把電話轉過來啦！」

鍾爲拿起話筒，說：「副校長，您好，我是鍾爲。」

李洛埃：「剛跟石莎的父母在電話上談了一下，你知道她父親是做什麼的嗎？」

「知道，和我們是同行。」

「他在維吉尼亞大學的歷史系工作了一輩子，是教人類考古學的。他和太太對優德大學很清楚，他們還說這一年多來，是石莎來到香港這二十幾年來活得最快樂、最充實的日子。他們很感激優德大學，還準備過些時候來香港看望石莎。現在女兒不見兩天多了，他們說活要見人、死要見屍。我現在把這些話告訴你，你明白嗎？」

「是，我認識他們，我……」鍾爲突然發現自己的喉嚨哽住了，腦海裏出現了這對仁慈老夫婦的影子，去年才見過他們，知道石莎在這對老人的生命裏是多麼的重要。鍾爲轉過臉，把濕潤的眼眶擦乾。電話裏又傳來李洛埃的聲音：「鍾爲，你怎麼了？這是關鍵時刻，你給我挺住了。告訴你一件更氣人的事，上午開會時，周催林提起，他聽說你給下屬的壓力太大，會不會是因爲這樣，石莎才一時想不開自殺了？我說如果要批評你的管理方法，就是對同事太寬鬆了，從不給壓力。我要他把傳話人說出來否則我就要求正式調查。後來把校長給惹火了，警告周催林說在這種時刻散播謠言是很危險的。他才說也許是他聽錯了。但是我感覺這幕後還有東西，你一定要小心。明天一早到我辦公室來，現在我得回去吃藥了，這麼折騰，我也沒幾天日子好過了。」

鍾爲：「您可要好好保重身體，早點回去休息吧！」

鍾爲掛上電話就罵了一口粗話，還說：「不把專案管理權交出去，就要這麼找麻煩。」

鍾爲把剛剛和李洛埃副校長的談話給大家說了一遍，然後說時間不早了，要大家早點回家。並且告訴潔西卡把熱線電話轉到他的手機。

回到家後，鍾爲的心情特別不好，以前他也曾眼睜睜地看著死亡在面前走過，也有過與好同事、好戰友生離死別的經驗，但是都在明明白白、清清楚楚的情況下發生。可是這一次好像有個說不清，道不明的幕後操縱者，爲了某種目的，要傷害鍾爲和他的同事們。而這幕後者的意圖又隱約與他們的工作有關。蔡邁可說的失蹤超過了二十四小時後，能活著回來的太少了。這是鍾爲聽過最殘酷的話，但也是赤裸裸的實話。

電話響了，鍾爲急忙接起，原來是邵冰打來的：「鍾教授，我有重要的事情要跟您說。」

「怎麼這麼晚了還沒回家？我馬上回辦公室。」

「我車子已經到你門口了，可以進來嗎？」

鍾爲把門打開，邵冰像一陣風似地進來。眼前一亮，邵冰換了衣服並刻意地打扮起來，容光煥發的模樣和剛剛一把鼻涕一把眼淚完全不一樣。

「你沒回家，原來是上美容院啦。晚上有約會？」

「不錯，是跟一個大教授有約，才要打扮打扮。」

鍾爲不說話了，看著邵冰，她真是個大美人，渾身散發著青春氣息，男人怎麼能不動心呢？

「你坐吧！要不要喝杯水？」

「不用，別忙了。有一件事我想要告訴你，最近這幾個星期石莎精神狀態很不正常，吃不下也睡不著，這情況她不要我告訴任何人，尤其是您。石莎又說我們優德大學裏有壞人，就在我們身邊。所以我不敢在大夥面前說，就來這跟您說了。」

「你怎麼能確定我不是石莎說的壞人？」鍾爲開玩笑地說。

「那你就把我也給做了吧！反正我是認了。告訴我，你是不是欺負了石莎？」邵冰兩眼直瞪著鍾爲。

「你來就是要問我這個，對嗎？你說我像是會欺負女人的男人嗎？」

「那要不就是石莎在和你戀愛。不吃不睡、失魂落魄，不就是女人戀愛時的樣子嗎？」

「我不像你，對戀愛有豐富的經驗，我不知道石莎是不是在戀愛。但是我可以告訴你，我和石莎的關係和你跟我的關係一樣，你是在和我戀愛嗎？」

平時嘴上從不饒人的邵冰愣住了，不知道該怎麼回答。

「我明白你現在心情不好，我只是問一問，沒別的意思，別這麼凶好嗎？」

「邵冰，對不起，我是心裏著急。還有其他的事嗎？」

在很多地方，邵冰的言行會有過份的孩子氣和任性，也會表現出她是來自富裕的家庭和高等社會的背景。她雖然在口舌上絕不讓步，但是她有一顆特別善良的心和敬業的態度。和她交往一久，都會喜歡她的爲人，鍾爲也不例外。

邵冰：「最近這幾個星期，石莎常和她在台灣工作的弟弟通電話，幾乎每天都有。好幾次在電話裏還吵架，事後石莎還哭過兩回。她也不肯告訴我是什麼事，只是說早晚會讓我明白。這事和石莎的失蹤有關係嗎？」

鍾爲：「石莎的弟弟在台灣什麼地方工作？」

邵冰：「在工研院打工。」

鍾爲：「是新竹工業園區的工業研究院？」

邵冰：「是呀！有什麼不對嗎？」

鍾爲：「你知道問石莎要MTSP軟體原始程式的周催林副校長，來優德大學前是在什麼地方工作？」

邵冰：「不會吧！這也太過份了！」

鍾爲：「對了！就是這個地方。」

二十多年前周催林從美國回到台灣，先在一個研究所裏工作，後來做到工研院材料所的所長，最後坐上了第一把交椅，工研院的院長。這麼多年來的研究成果談不上，但是上層的人際關係卻是頂呱呱的。可是人的命就是這麼奇怪，就仗著他和上層的良好關係，他不顧別人的批評，把自己的老婆提拔做上了工研院的第二號人物。聽說周催林是有名的「懼內」，加上他老婆自己跟好些台灣的大官有「特殊」關係，她上任後就胡作非爲，工研院成了他們家開的。最後還是吃上了官司，判了刑之後，只好夾著尾巴逃離了台灣。

鍾爲提醒自己要把牟亦深和周催林的關係調查清楚。也許能發現爲什麼他們千方百計地想取得這個MTSP軟體，其實這不是個什麼了不起的東西，爲什麼不自己找人來開發呢？或者乾脆就問鍾爲買，不會很貴的。這些都是讓鍾爲感到無解的問題。

鍾爲接著說：「結果呢，我們優德大學竟把他當成寶貝，請他來當副校長。我不是說了嗎！這都是人的命。人家來了什麼事都不用幹，整天想點子去拿別人的原始程式就行了，而我們可好，東奔西走，上山下海，拿我們窮折騰不說，還得挨罵。」

邵冰：「別說這些喪氣話，我們大夥不是挺快樂地跟著您一塊在折騰嗎！」

鍾爲：「一想起這些事，心裏就有氣。要不是有你們，我早就該回美國去過日子了，何苦一個人在這混？」

鍾爲和邵冰都沉默不語，各自想著自己的心事。隔了很久，邵冰開口說：「我真羨慕石莎。」

鍾爲：「什麼？你羨慕她失蹤了？」

邵冰：「當然，我羨慕她得到了一個大教授的特別關心。」

鍾爲不說話。

邵冰：「我寫的那些東西都收到了嗎？」

「收到了，謝謝你。」

「怎麼連個回音都沒有？你知道人家是用了多大的勇氣才送出去給你的。」

「我明白，也非常感激你對我的感覺。你一定明白，你對男人有多大的吸引力。可是我說過了，你我之間的年齡差距，都只能讓我們成爲好朋友、好同事。你的這份情感我會藏在內心深處，也會把你未來的幸福快樂當成我對你的期望。」

「別老用大道理來嚇我，我知道我是你的好同事、好朋友，但是我貪心不足，我更想當情人。」

「邵冰，你聽我說，如果你是真心想當一個人的好朋友，你就不能當他的情人。因爲這兩件事是互相矛盾的。情人之間的愛情有強烈的占有性和專利性。而友情則是有博愛和共用的內涵，所以它的情操更爲高尙。你知道有多少人羨慕你和我現在的關係嗎？」

邵冰說：「那我做你的地下情人，你要不要？」

鍾爲：「別瞎胡鬧了，該回家休息了。」

隔了好久，邵冰才很小聲的說：「讓我留下來行嗎？石莎失蹤後，我每天晚上都睡不著，陪陪我吧！」

「先回你父母那吧！」

邵冰一句話也不說，瞪著眼睛看鞋尖。她的短裙讓一雙修長的玉腿都露在外面，鍾爲禁不住多看了兩眼，心裏就想入非非。不行，這樣下去要出亂子。

邵冰摸著大腿說：「好好地看看，以後想要的時候也許就是別人的了。」

鍾爲：「哈，行了。你陪我去吃晚飯吧，我是真餓了，你也還沒吃吧？我們去哪兒，飯廳好嗎？」

邵冰：「本來是要找個地方睡覺，人家不讓，但是還賞頓飯吃。我要吃清蒸東星斑。」

邵冰站起來往大門走，鍾爲緊跟著。邵冰要伸手開門時突然轉身，和鍾爲成了面對面，兩個人中間的距離消失了，邵冰又熱又軟的身體就完全貼了上去，她緊緊地摟住鍾爲，吐氣如蘭，在他耳邊說：「你走著瞧，我絕不會放棄，我會一直等到你回心轉意。」

邵冰放手轉身開門，又是一陣風似地出去，回過頭來說：「快走呀！再晚了飯廳要關門了。」

第四章　女警的過去

石莎失蹤後的第三天早上，一群阿公阿婆在優德大學的海邊發現一具屍體，他們報警後不久，好幾輛警車和一輛救護車來到現場。優德大學的海邊馬上被封鎖，成爲禁區。

鍾爲住得近，第一個趕到現場，只看見一個人形蓋在白布單下，此刻鍾爲還是抱著一線希望，也許這是另外一個人。蔡邁可走過來對鍾爲搖搖頭。

「蔡主任，你看見人了嗎？」

「沒有，但是警察說；外國中年婦女，三十五歲左右，金色長髮。」

突然，鍾爲感到一陣從沒經驗過的絕望掃過全身，幾乎使得他要癱瘓。

「現在不是倒下去的時候。」副校長李洛埃抓住了鍾爲的手臂。

「李教授……」

又有一輛車閃著紅燈，嗚著警笛，呼嘯地開下山坡來到海邊，後面緊跟著一輛殮屍車。一位年紀較大穿著白袍的老外步出車來，一眼就知道是位法醫。在場的一位軍裝警員驅前向他行了個禮，報告情況。法醫點點頭，說了聲謝謝就走過去，把白布單的一端掀起，看了一看，用手指觸摸了一下屍體的鼻孔和頸部。雖然所站的位置離屍體有十來公尺的距離，鍾爲立刻就認出是石莎，眼前一陣黑，就要站不住了。

「鍾爲，堅強點！」李洛埃緊緊的抓住了鍾爲。

石莎的人和事一幕幕地出現在鍾爲的眼前，她那開朗的笑臉、浪茄灣的一夜、孟公屋樹林中的風……。她怎麼能一撒手就走了?

「老鍾，石莎也算是我們機械系的人，我們還想多認識認識她，她就走了。老鍾你回來吧，到系裏來好好跟我們說說石莎的事，就這麼走了，沒人受得了。」鍾爲回頭看見了佟希餘和一大群機械系的同事，淚水模糊了他的雙眼，什麼都看不清楚。面對著這群同事，鍾爲一句話也說不出來。

在鮮黃色的現場封鎖線外圍觀的人群中，發出一聲慘烈的尖叫：「石莎!」那是來自邵冰，她拚命似地掙扎著，要擺脫李傲菲、潔西卡和他人的限制，她想過去看石莎一眼。鍾爲走過去，邵冰抱住他痛哭失聲：「讓我看看她，她只是睡著了，我要叫醒她!」

「鎮靜一點，讓她安靜地走吧!」鍾爲的淚水，終於再也忍不住地流下。

法醫站起來揮一揮手，殮車裏下來兩個工作人員，打開後車門，推出一個帶輪子的鋁箱，將石莎抬起來裝進去。現場有人雙手合十，嘴裏在念著。也有人在胸前畫十字。一片哭聲中，石莎走上了來世的不歸路。從此陰陽兩隔，一邊是魂歸離恨天，另一邊是活生生的悲情世界。鍾爲無聲地問，此情何時才能了?

「法醫先生，我是優德大學的副校長李洛埃，這件不幸的事我們一定要儘早知道死亡原因，這點要請您幫忙。」李洛埃教授驅前和法醫握手。

「我們會盡最大的努力，最遲兩天後驗屍報告就會出來了。但初步可以判定，死者並不是因溺斃而亡的。」法醫處首席法醫杜威大夫說。

警車、救護車、法醫車和殮屍車都相繼開走，既不閃紅燈也沒有鳴警笛，靜悄悄地帶著石莎走了。

優德大學創校以來的第一樁命案，就這樣來到了校園。

蘇齊媚是一位優秀的刑事科警察，在好幾件重大的案件偵破過程中做了重要的貢獻。一次碰上三個匪徒持槍當街搶劫銀行，搶匪正要綁架人質時，蘇齊媚連開三槍，撂倒了三個匪徒，一時「美女神槍」的故事傳爲佳話。大家都認爲這位蘇警官的前途不可限量。

就在香港回歸的前一年，蘇齊媚戀愛了，對方也是位警察。是中央警署公關部的高級督察——羅伯遜警長，官階要比蘇齊媚高好幾級。

然而，羅伯遜是已有家室的人。在離婚的過程裏，羅伯遜表現出很不負責任的態度，這使得許多同事對他們倆有了反感。

婚後，蘇齊媚也調進了公關部，又升了級，漸漸地她和老同學們疏遠了。這對香港警察署的金童玉女開始穿著時尚，出入於高等社會的各種集會。因爲有「美女神槍」的傳奇，他們成了媒體追逐的對象，過著著實風光的日子。

但好景不長，不到一年的工夫，羅伯遜捲入一宗警局弊案，內部調查的結果要撤他的職並起訴。但是還給他一個退路，就是要他自動辭職，放棄退休金和長俸。面對著入獄的可能，羅伯遜選擇了後者。他始終沒有把犯案的實情向蘇齊媚說清楚，這是他們婚姻裏的一個嚴重爭議。

之後，他們離開香港回到了羅伯遜的故鄉，倫敦北邊的一個小鎮。羅伯遜在當地警局做文職，蘇齊媚在一個雜貨店當收銀員。日子還過得去，但是蘇齊媚很清楚，他們的婚姻出現暗礁。

當地人有根深蒂固的種族歧視，瞧不起亞洲人，而尤其讓蘇齊媚受不了的是，羅伯遜竟然也有同樣的想法。爲了這件事他們吵架多次。再者，羅伯遜開始酗酒，並有了暴力傾向。這時蘇齊媚懷孕了，她希望孩子的來臨會使他們的愛情重生。但事與願違，她發現羅伯遜外面有了女人，而且是個白種女人。被質問時，羅伯遜並不否認。蘇齊媚所有的希望都破滅了。他不僅不在意這個婚姻，也不在意她。蘇齊媚感到他在意的就只有她父母親留給她的房地產，好幾次，他要蘇齊媚變賣然後把錢轉到英國。

在這英國的小鎮上，已經沒有任何讓蘇齊媚可留戀的事和人了，她像行屍走肉般地活著。不久，她流產了，住在醫院的幾天沒有任何人來看她，羅伯遜告訴她要到法國出差，同行的還有那個女人。獨自一人在醫院，讓她靜靜地思考她的一生和未來的日子該如何過下去。

出院後，羅伯遜還沒回來，蘇齊媚收拾了簡單的行李，買了張去香港的單程機票。走之前她還去了趟法院，辦了申請離婚手續，理由是：「無可挽回的分歧」，按婚姻法，這是法院一定要批准的。蘇齊媚什麼都不要，因此連協定談判都不必要。

就這樣，蘇齊媚的婚姻成為了歷史。

然而，蘇齊媚萬萬沒有想到的是，香港的朋友和同事都以異樣的眼光看她。她向警署申請恢復她的警官職務，但是幾個月過去了，卻連一點回音都沒有。最後不得已，她去找了二姨父何族右警長。

何族右是九龍警署，刑事科重案組的組長。何警長的妻子是蘇齊媚的二表姨，對蘇齊媚照顧有加。他們曾強烈地反對過她的婚事。這次蘇齊媚回來，何族右夫婦是很高興的。

在何族右的查詢下，才知道羅伯遜的案子中把蘇齊媚列為共犯，雖然做出了強而有力的說明，最高當局的警務署長裁定看在蘇齊媚曾是立過功勳的警察，可以復職，但是要回到基層重新做起。蘇齊媚原本要放棄，從此離開警察這一行。何族右勸她忍兩年，也許有機會讓她再出人頭地，恢復以前的職務。

何族右一直認為她天生就是當警察的料。但是蘇齊媚變了，她變得沉默寡言，不和人來往。她在大嶼山鄉下買了一層丁屋，週末和放長假時去住。她的離婚證明書下來後，可以申請單身宿舍，所以平時就住在九龍的警察宿舍。從此無論是在工作還是休息，沒有人看見過蘇齊媚的笑容，甚至也不曾聽見她說過三句以上的話。

唯一例外的是朱小娟，她是警校剛畢業的實習生，因成績優秀，派在九龍警署刑事科實習。有人說她長得像當年的蘇齊媚，舉止動作也像。她和蘇齊媚住同一間寢室，她有時會和蘇齊媚談談刑事科的案子。

下午三點半，蘇齊媚開始收拾辦公桌。兩個月前，她決定去念個心理學的學位，社會科科長批准她到公開大學選課。她計畫兩年後拿到學位，再去念研究所。最後去教書。蘇齊媚打算兩年後就離開警察工作。她看不出來待下去會有什麼前途。

社會科的辦公室很大，有十來張辦公桌，朱小娟走到蘇齊媚的辦公桌前行軍禮後，一臉曖昧地說：「刑事科實習警官朱小娟報告，哎呀，蘇姐你要走了？」

「有什麼事嗎？」

「重案組組長，何族右警長請你去一趟。嘿！有好事別忘了我。」

「大概是二表姨要請吃飯了，請你跟他說一聲，我得去上課，下次吧！」

「何警長說這是公事，要我押你過去。把手伸出來，上手銬。」

「別鬧，好吧，我們走。」

乘電梯上了五樓，蘇齊媚和朱小娟走進刑事科重案組辦公室。何警長站在組長辦公室門口等她們。何族右揮手支開朱小娟，指一指沙發椅：「坐，最近怎麼都不到家裏來了？你二姨很想你呢！」

「我晚上在大學選課，走不開。」

「那就週末來吃飯吧！齊媚，你聽說優德大學的命案了嗎？」

「就是淹死了個電腦工程師的案子？」

「驗屍報告出來了，是死後落水。」

「啊！棄屍？是誰驗的屍？」

「老法醫杜威。」

「死亡原因是什麼？」
「邪門兒的事就在這裏。死因是心臟病。」
「什麼？那幹嘛要棄屍？」
「這是個關鍵問題，顯然是想誤導警方，理由又是什麼？」何族右的刑警破案本性又出來了。他接著說：「為了這案子，決定成立專案小組，你有興趣嗎？」
「當然有興趣，誰是組長？」蘇齊媚的臉上露出了她回到香港後的第一個笑容。何警長一時愣住了，盯著看她，接著何族右也哈哈的笑起來：「終於看見你笑了，既然這麼高興，那這小組長也交給你了。」
「二姨父，別開玩笑了，我都急死了，是誰嘛？」
「這是上邊交代下來的，你是不是又交了個督察男朋友？」
蘇齊媚的臉色馬上變了，「二姨父，我不就是做錯了這一件事嗎？當初沒聽你們的話，現在我活得像鬼似的。我恨我自己。您就不能原諒我嗎？」
「我和你鬧著玩兒，不許掉眼淚。說到這，你二姨叫我給你物色合適的朋友，不能就這樣孤單過一輩子呀。」
「我是已經死了這條心。再說，這樣有什麼不好，清心寡欲，與世無爭，多好。」
「我不跟你說，叫你二姨來教訓你。九龍警署的署長張家滋指示成立專案小組，並派你任組長。背後的原因是什麼還不清楚。但是對張家滋這人你要有點心眼。他是幹人事出身的，一切的事都要優先考慮政治層面。在他面前，大是大非的問題，一定要把握住原則。」
蘇齊媚覺得奇怪：「我不認識他。」
何族右說：「我的消息是，由於優德大學是個世界級的大學，死者又是一個重要專案的電腦工程師，因此特首給一哥打電話，一哥給張家滋打電話，於是我就接到張家滋的電話，要重案組接下這案子。他們要說的只有一件事，那就是限期破案。你明白我是最不喜歡限期破案的要求。太政治化了。」

蘇齊媚老早就聽說她的二姨父何族右和他的頂頭上司九龍警署署長張家滋有不小的矛盾，但是這位署長還得讓他手下三分，因爲何族右是破案高手，任何困難重重的案子還非靠他不行。

何族右接著說：「張家滋的小心眼我完全明白，他認爲這是件政治上很敏感的案子，要找一個聽他話的小組長，由他完全控制破案過程。他覺得你在目前的情況下，只要能恢復你以前的職位，你會完全聽他的。表面上我會叫你向他報告，但是我要事先過濾所有的東西，明白嗎？」

以前蘇齊媚也曾聽說過，警署高層之間會爲了爭功勞而鉤心鬥角，但是她頭一次感受到這赤裸裸的鬥爭。

蘇齊媚問：「小組成員還有誰？」

何族右：「暫時只能給你林亮和朱小娟，目前這案子主要是在分析證物、調查證人和犯罪嫌疑人，人多不管用，主要是看你了。另外我還有個埋伏，就是優德大學保安部主任蔡邁可，我們以前在一塊踩馬路。他替我擋了顆子彈，要不今天也沒有我了。那顆子彈現在還留在他身體裏。他還保留著當警察的直覺，你要聽他的意見。」

「我知道，你們倆的事都成了警校的教材，沒人不知。」

「在這有三份報告，杜威的驗屍報告、將軍澳警署的報告和蔡邁可失蹤人口報警報告。你給我好好地研究研究。明天早上張家滋會宣布成立專案小組和你的任命。你要立即提出一個辦案的實施計畫，請他認可，免得他什麼事都要指手畫腳，外行領導內行。」

「如果是棄屍，死者的家可能是第一現場，那有我們的人嗎？」

何族右笑著點點頭，他很高興，蘇齊媚的刑警意識一點都沒減少。

「我已經請將軍澳的軍裝警察封鎖了死者住在孟公屋的丁屋，沒有我的指令，任何人都不能進去。」

「組長，您還有什麼指示？」蘇齊媚感覺到那股失去多年的辦案衝勁又回來了。

「還有兩件事，新聞報導說優德大學高層有人說死者因工作壓力太大而跳海自殺。你去查清楚是誰說的，和死者是什麼關係。」

「奇怪了，居然挑戰法醫的結論。」

「如果是這樣，不就達到限期破案的要求了嗎？你好好想想這不是太及時的巧合了嗎？這就是我說的政治考慮。」

蘇齊媚開始感覺到這件案子的複雜性。

「還有另外一件事呢？」她也感到壓力。

「你沒有別的衣服了嗎？怎麼老是穿得像老太婆似的。看人家朱小娟穿得多亮麗。出去辦案也要注意形象。」

「知道！沒別的事我就走了，今晚我再給您電話。」

「齊媚，好不容易等到這次機會，別把它砸了。」

走出了重案組，蘇齊媚看見朱小娟還在等她，「走，我們去吃飯，還有功課要做。」

「我和男朋友約好了要見面的。」朱小娟嘟著嘴說。

蘇齊媚停下來，看著朱小娟說：「告訴你那寶貝男朋友，他已經降級爲你的第二愛了，現在你的最愛是我。」

她們在飯廳吃完晚飯，就一頭埋進了這三份報告。晚上十點半，蘇齊媚給何族右打電話：「報告看完了，也討論完了。」

「關鍵疑點？」

「第一，孟公屋村子石莎住處打出的九九九電話是誰打的，在什麼情況下打的？第二，石莎心臟病發作時有他人在場嗎？誰？第三，棄屍的動機是什麼？」

「很精彩，明早的破案計畫準備好了？」

「保證一鳴驚人。」

「杜威說兇手可能是黑道的。」

「要林亮來幫我，就是因爲林亮對黑道比任何人都有經驗，是吧？」

「是，但是你還得好好地和杜威談談他的直覺。」

「一定會的。二姨父，我可能會有困難。」

「什麼事？」

「石莎的老闆，優德大學的鍾爲教授，我和他有過節，是很難對付的一個人。」

九龍警署署長張家滋把刑事科的主要負責幹部及重案組全體組員召集到會議室，香港主要媒體也被邀請出席。他宣布爲優德大學的命案成立專案小組，負責破案。接著說由於優德大學的重要學術地位和被害人的特別任務，香港特區政府特別表示關心。因此專案小組將由他直接指揮。

專案小組的組長由剛從社會科調進重案組的蘇齊媚警官擔任，目前的組員有林亮警官和朱小娟實習警官，技術科和軍裝警察以第一優先支援。其次由重案組的何族右組長就已知的案情做了簡單的介紹。張家滋插入說被害人的工作壓力很大，由於是美國人，社會背景及交友情況都很複雜。何族右和蘇齊媚交換了眼色。等媒體離開後，由蘇齊媚說明案情的疑點及破案計畫。張家滋認可了破案計畫，又說了幾句無關痛癢的話就匆匆地回到自己的辦公室去接受媒體訪問了。

何族右把大家留下來，他說：「你們都明白，這個命案已經看得出來是會有政治色彩了，但是我們絕不能忘記了我們是刑警。辦案子的原則一定要把握住，所有的行動一定要按規矩。知道了嗎？」

「是，知道了！組長。」大家異口同聲回答，警察組織的軍事性顯露出來。

「聽好了，你們三個從今天起槍不離身。」

「組長，有這麼嚴重嗎？」林亮問，他感到事態嚴重，因爲何族右是警署中少數的幾個有槍戰經驗的刑警，沒有人會比他對將面臨的危險有更強的直覺。

「蘇齊媚你有多久沒摸過槍了？馬上到地下室靶場去打兩索子彈。」

「我也去可不可以？」朱小娟很興奮的說。何族右很嚴肅的說：「我知道你在警校是個手槍好手，槍打得準是重要，但是出槍技術、什麼時刻出槍，是關係到你在節骨眼時能不能保住命。多跟他們學學。」

何族右想到了多年前他和蔡邁可面對著的那幫匪徒和他們強大的衝鋒槍火力，如果他出槍再快一點，先撂倒那個匪徒，老蔡也不用替他去挨那顆子彈，今天這重案組組長也許是老蔡的了。沒有一天何族右不想起多年前那場慘烈的槍戰，他們一起四個軍裝警員，都中彈了，兩個給打倒後就再沒起來，現在還躺在浩園。他提醒自己要叫老蔡一起去浩園給老戰友燒柱香，說說話了。

「二姨父，改天我和您一塊去浩園。」蘇齊媚很理解何族右的心情。

從靶場回來後，專案小組正式開工，蘇齊媚和朱小娟帶技術科的人去石莎的住所，林亮去找他的線民查查最近有沒有幫會分子在清水灣一帶犯了案子。

蘇齊媚的車開到孟公屋時，技術科的人已經到了，一個軍裝警員擋住不讓進，蘇齊媚把何族右的指令拿出來，才進得了石莎住的丁屋大門。

屋內給人的第一個印象是非常強烈的藝術氣氛，所有的擺設，包括傢俱似乎都是經過精心設計過的。蘇齊媚心想這是藝術家住的，不應當是電腦工程師的住房。

蘇齊媚把客廳、臥室、廚房和浴室看了一遍，就叫技術科的人先把每一間房都照相，目的是把所有的擺設定位。其次每一個重要的物件，衣櫃、抽屜和箱子內的物件做記錄性的攝影。這些照片都會和她自己的印象比較，然後很可能她會把技術科再叫回來補拍照。第二是要取指紋。

技術科的人是很有經驗的，不用蘇齊媚指揮，他們的專業在指導他們的工作。客廳裏擺了很多書，同時也是書房，因爲書桌就擺在那兒。書桌上最引人注目的是一張鏡框裏的金髮女郎比基尼泳裝照片，原來石莎很美也很性感。另一個引起蘇齊媚注意的是桌上電腦。它有兩個鍵盤，除了平常的，還有一個數位鍵盤是釘在牆壁上。技術科的人說那是電腦的密碼開關用的鍵盤，用來輸入密碼啓動電腦。蘇齊媚叫他們在鍵盤上也要取指紋。然後走的時候把電腦帶回警署，把硬碟裏的檔解碼。這些事可能需要兩天的時間來做。最後蘇齊媚要技術科將停車場輪胎印子取下，與孟公屋居民的車輪對比，看有沒有不是屬於孟公屋的車曾經停過。

離開了孟公屋，蘇齊媚和朱小娟來到了法醫處去找杜威法醫。

見到這位老法醫，蘇齊媚很高興：「杜威大夫，您好！還記得我嗎？」

杜威：「當然記得，當年你第一次來時，還是何警官牽著手，梳著兩條辮子來這裏看屍體的小女孩，不是嗎？這位年輕小姐是？」

朱小娟：「重案組實習警官朱小娟，杜威大夫，您好！」

蘇齊媚：「杜威大夫，記性這麼好，我看這些年您一點都沒變。」

「別給我灌迷湯，我明白自己老了，不中用了，就記得很久以前的事，別的全記不住了。」

「那我可真羨慕您，我就是想把這幾年的事忘了。」

過了好一會兒，杜威才接著說：「你的事老何都跟我說了，羅伯遜不是個好人，要不是你，警署還能放了他？」
蘇齊媚一臉驚訝的說：「他的事，我是一點都沒介入，到今天我還不明白是怎麼回事。」
「也難怪，這事連老何都不知道。」
想了很久，蘇齊媚說：「杜威大夫，能不能告訴我？」
「哎！這麼久了，羅伯遜難道還沒告訴你？他不是個男人。」
杜威接著說：「記得警民資訊大樓招標的事？羅伯遜拿了建築公司的錢被查辦。他說你從頭就是參與了。你是香港警察的大英雄，如果曝光，香港警察的名譽會毀於一旦。你成了他的護身符，讓他跑了。」
三個人都沉默不語，許久，蘇齊媚說：「是我自己瞎了眼，怨不得別人！」
朱小娟：「不行，非殺了他不可。」
杜威哈哈的笑了：「我說朱警官像不像你當年的脾氣？」
蘇齊媚：「她比我強多了，找了個研究生男朋友，可聽話了！」
杜威：「我們的驗屍報告看了嗎？」
蘇齊媚：「看了，我希望先看看屍體，再想請教幾個問題。」
杜威：「行，看完了你得簽字，我們才能發還給家屬，聽說死者的父母已經從美國趕來香港。」
一行三人來到地下室的屍體檢驗室。進門的左手邊是冷藏室，蘇齊媚聞到了很強的福馬林防腐劑味，這是她五年來頭一次再聞到這讓人噁心的味道。
一位助手將冷藏櫃中的一個抽屜打開，再把蓋在屍體上的白布單拉下，石莎的身體就赤裸裸地呈現在眼前。她全身蒼白得像蓋在她身上的布單一樣，蘇齊媚想到的是那張比基尼泳裝照片，同一個軀體，一個是冰冷的軀殼，一個是火熱的美人，這就是生命的不同嗎？
杜威說話了：「死亡原因是心臟機能停止，大腦缺氧致死。」

蘇齊媚：「報告說，心跳停止是因外力造成。」

杜威指著死者的胸口說：「這一塊皮下出血是因爲受到外力的撞擊而造成的。也因爲這撞擊促成心臟休克。這裏面我還有些觀點等一下要跟你說。死者的上衣被撕破，兩手臂有好幾處淤傷，有掙扎過的跡象，但是死前沒有被強姦。死者指甲內的物質已取出，正在做DNA鑑定。我的結論是毆打致命。因此死亡原因是他殺。」

蘇齊媚：「死者會不會嚇得心臟停止跳動？」

「可能，但不像，強暴的意圖一開始就停了，下身的衣物一點都沒動。對了，有一隻鞋不見了。」

看著死者蒼白的身體，蘇齊媚想到她的美麗、優雅的房子和這些背後的生命，一定是很美好、讓人羨慕的。但是到頭來還不就剩下一個臭皮囊。在英國那個小鎮的日子，當她失去了所有的希望時，死亡的念頭也曾在瞬間閃過。現在她似乎在經歷著這兩個世界的不同。

杜威：「如果警方不反對把遺體發還給家屬，就在這簽個字，我們到辦公室去談。」

三個人離開了檢驗室回到杜威的辦公室，首先體會到的是呼吸新鮮空氣有多麼舒服。杜威的助手給每個人上茶，喝下熱騰騰的茶，兩位女警的臉色才恢復過來。蘇齊媚問：

「報告說，死亡時間約在屍體被發現前的四十八小時左右，不能再精確一點嗎？」

「有困難，屍體泡水太久了。」

「那麼死亡和棄屍的時間相隔多久？」

「應該幾乎是同時，相隔最多不會超過半小時。」

「那麼棄屍地點也可能是殺人的第一現場？」

「不太像，死者衣服上有幾個纖維物，初步的分析是來自汽車地毯或是汽車貨箱用的地毯。」

「還有其他的物證我們應該注意的嗎？」

「剛剛我已經提過，死者身上有一隻鞋，那麼另外一隻在哪裏？」

朱小娟第一次開口：「第一現場、運屍車或是棄屍地。」

杜威笑著對蘇齊媚說：「你的實習警官不錯嘛！但是你忘了也可能掉在海裏。」

蘇齊媚瞪了朱小娟一眼：「死亡時間是在午夜時段，漆黑的夜晚，兇手不會注意丟了一隻鞋子。這是一個重要的線索，我們一定要找到這隻鞋。另外，爲什麼您說兇手可能來自黑道？」

「死者的血液裏有微量的強心劑殘餘物。我們去問了優德大學的醫務室，知道死者有心律不整的問題，在服用強心劑。但這不是致死的原因。你們看到死者胸口的那塊皮下出血。我取了皮下細胞組織的切片，很清楚地看到細胞組織被撕裂，從這些傷痕，我們估計打擊力度會超過七十磅。在紫外線的燈光下皮膚上也能看到有拳頭的印子。因此我認爲死者胸口是受重拳打擊，只有會功夫的人才能出這麼重的拳。通常練外功的人出拳最重。但是要打出七十磅以上的拳，八成是練八卦拳的人。在香港的黑道會武功的多是練八卦拳的。我告訴老何，主要是要你們小心，日後逮捕兇手時要做好準備搏鬥的可能。」

蘇齊媚：「我想起來了，以前杜威大夫是警署裏的武術權威。」

朱小娟下意識的摸了摸腰間的配槍。

杜威看在眼裏點點頭：「老何叫你們槍不離身了？他可是個好警長。我們最受不了的就是看到同事倒下。我一生和死人爲伍，但是在爲另一位警察驗屍時，我還是會流淚。你們一定要當心，別讓我這老人再流眼淚了。」

朱小娟和蘇齊媚聽了都爲之動容。

蘇齊媚問：「有人來看過死者嗎？」

「優德大學派了三個人來辨認死者，他們是鍾爲教授，專案的首席科學家，李傲菲小姐，專案經理，第三位是邵冰小姐，死者的好朋友，哭得像淚人似的。」

「沒有別人了？」

「沒有。啊！對了，鍾為教授單獨又來了一次。」

「他又來幹什麼？」蘇齊媚好奇的問。

「什麼都沒幹，就坐下看著死者，一言不發。」

「他的表情是什麼？悲傷一位同事的死去？」

「不僅僅是悲傷，還有更多的憤怒。當我告訴他死者撕破的上衣，胸口的拳擊和臉上的擱傷，他的眼眶濕了，我能感到他無比的悲憤。但是他一句話也沒說。」

杜威送她們離開法醫處。臨開車前他說：

「二十多年前，老何還穿軍裝的時候，我就說過他會是個好刑警。現在他成了香港警方的破案第一高手。幾年前你當實習警官時，老何告訴我你會是個好刑警。雖然你走了點彎路，到今天我還同意老何的看法。這案子是你的機會，一定要好自為之。」

蘇齊媚沒有想到警署裏還是有關心她的人，感到一陣溫暖：「我一定會努力，不讓您和何警長失望。但是我感到這案子會很複雜，我也許會破不了案。」

「先別洩氣。其實我注意到死者的同事們是一群科學家，他們有敏銳的觀察力和高超的分析能力。你要好好地利用這資源幫助你們破案。」

蘇齊媚看著杜威：「您知道那個鍾為是誰嗎？」

杜威：「就是為優德大學奠基典禮的事和羅伯遜起衝突的那位嗎？我自己是英國人，但是我得說句公道話，這件事你和羅伯遜錯了。」

蘇齊媚：「我曾寫信向他道歉，可是他從沒有原諒我。我想他是恨透我了。」

「蘇姐，你真的和鍾爲教授有過不可原諒的過節嗎？別人說鍾爲是個名教授，對人又特別好，」小娟不解地問道。

「你怎麼知道？」

「鍾爲教授是我男朋友的博士導師。」

蘇齊媚很感歎，她的一生就是老碰到不該碰到的事和不該碰到的人。這是命，沒有人能改變。她沉思在回憶中。

優德大學的奠基典禮發生在香港回歸的前一年，在蘇齊媚新婚不久後。

來主持典禮的是英國的查理斯王子，戴安娜王妃也將同行。這是件大事，因此警署的公關部負起典禮對等安排任務。首先出現的問題是邀請的五百名嘉賓。

由於香港賽馬會曾捐出給優德大學做爲建築費用的全部款項，政府就請賽馬會提出被邀嘉賓的名單。很自然的賽馬會提出的五百個名單全是馬會的會員。當然這些人也是香港上流社會的富人。他們不一定關心香港的大學教育，他們最想要的是與王子和王妃合影與握手。這些照片將顯露和代表他們的輝煌成就。

鍾爲教授提出請求，邀請二百五十名高中應屆畢業生爲嘉賓。由於嘉賓座位有限，請了學生就會讓部分富人失望。因此政府沒有同意。但是優德大學的教授會議通過了一個議案，要求大學向政府提出正式的請求，如果沒有中學生嘉賓，教授會議將號召全體師生抵制奠基典禮，拒絕出席觀禮。

優德大學的學生會也加入行動，在校園裏開始貼大字報，媒體也聞風而至。最後優德大學的教授們取得勝利。二百五十名中學生被邀請參加優德大學的奠基典禮。

一個大學的奠基典禮是非常重要的事。創校校長要把大學的創校目的，大學的定位和遠景做詳細的敍述。他的演講將成爲大學的重要文件，做爲日後大學發展方向的依據。但是典禮一共只安排了三十分鐘，其中演奏英國國歌就佔了近十分鐘。因此安排給校長致詞的時間就遠遠的不夠。

負責演奏國歌的就是香港警察樂隊，這個樂隊歸警署的公關部節制。正好公關部又是負責奠基典禮的安排任務，鍾爲教授代表優德大學來見公關部的負責人羅伯遜督察，商量把國歌縮短，以節省時間。首先鍾爲說明校長演講的重要性，但是羅伯遜完全不同意：

「做爲大不列顛帝國的皇家殖民地，香港在接待皇室繼承人和王妃時必須按照傳統，演奏國歌是重要部分，絕不能改。」

「羅伯遜先生，我誠懇的希望不要把事件本末倒置，慶典是爲了優德大學舉行的，不是爲了發揚光大英國皇家的傳統。」

其實在幾天前，羅伯遜就接到通知說政府決定邀請二百五十位中學生參加慶典，他很不同意，也提出抗議。後來上級告訴他這是白金漢宮和查理斯王子的決定。但是他對優德大學的教授們起了很大的反感。認爲這一次絕不能又輸給這群學究。羅伯遜回答：「優德大學不能和皇室相提並論，在香港皇室事務是有絕對優先。」

「我們說的是香港的孩子們，他們有權利知道優德大學的未來方向，當他們走出優德大學時將面對的不是英國皇室，而是屬於中國的香港社會，他們能否在這社會生存，甚至做出貢獻是跟英國皇室毫無關係，但是和優德大學卻戚戚相關。我們不能讓孩子們失望。」

突然從鍾爲的背後有人說：「請問您建議國歌需要縮短多少？」

鍾爲回頭發現了一個漂亮的女警：「請問這位是？」

「噢！我是公關部辦公室助理，羅伯遜太太。」

鍾爲：「你好！我們是希望奏國歌不要超過三十秒。」

羅伯遜一下就跳起來：「簡直豈有此理！這是對英國和英國皇室的侮辱，絕不能接受。」

鍾爲：「這不是我們的意思。我們只希望這個重要的慶典辦得更好。這也應該是你們的目的。」

「鍾爲教授你聽清楚，無論是優德大學還是香港的孩子們，在大不列顛帝國皇家面前都不成爲任何考慮的因素。我們談的是查理斯王子，香港的孩子們要明白他們的地位，只能靠邊站。並且沒有英國也不會有今天的香港，當英國撤出後，香港的未來也沒有了。讓這一群可憐的孩子們聽一聽英國國歌，會讓他們記得大英帝國曾帶給他們的恩典。我們的討論到此爲止。」

鍾爲氣得臉色發白，意識到羅伯遜終究不肯讓步，得往上面去爭取：「你聽好了，居住在這片土地上，但心裏就只有那個只會騎馬，打獵和玩女人的王子主人。我向你保證如果那個國歌超過半分鐘，優德大學與會的全體師生立刻退場，讓你吃不完兜著走。」

說完，鍾爲起身就走。羅伯遜太太站在他面前擋住，兩人間只有最小的距離，她輕聲地說：「別走，我們再商量好嗎？」

鍾爲盯住她的眼睛：「你去好好地做你的英國母狗吧！」

說完，鍾爲頭也不回地走出了辦公室。

當天下午警政署署長下達書面命令給公關部，指示警察樂隊在優德大學的奠基典禮上演奏國歌不得超過三十秒。羅伯遜氣得爆跳如雷，但是羅伯遜太太卻沉默不語。

奠基典禮如期舉行，國歌只奏了三十秒，在場有人驚愕地出聲了。查理斯王子和戴安娜王妃卻很泰然，大概有人和他們預先解釋過。他們也和許多學生握了手，典禮完畢後還和他們閒談了一段時候。這一切把在場的政府官員和馬會請來的「富人」們看呆了。從那天開始，在香港所有的英國國歌演奏都只有三十秒，鍾爲一直把這事看成是他對香港回歸的最大貢獻之一。

奠基典禮的當晚舉行了一個盛大的酒會，有數百人參加。雖然名義是慶祝優德大學的奠基，但是大部分的人是來看查理斯王子和戴安娜王妃這對嘉賓。香港有頭有臉的人都來了。

鍾爲對這種酒會從不感興趣，所以當鍾爲請潔西卡替他去租一套禮服時，潔西卡還以爲她聽錯了。鍾爲說他在酒會上有任務。這類酒會，尤其是有英國王室的人在場的，一開始主持人就會舉杯說：「爲女王乾杯」。這晚當主持人走到台上，舉起酒杯正要開口，人群中立刻有人大喊：「爲優德大學乾杯！」有人注意到這是鍾爲教授喊的。

主持人愣住了，等回過神來再要舉杯說話時，擴音器傳來：「請優德大學董事會主席致詞。」酒會就這麼開始了。鍾爲在完成任務後就要回家，往門口走時迎面走來了一對盛裝男女。男的穿著警察大禮服，胸前配著勳章。女的穿著緊身曳地晚禮服，凸顯出誘人的身材。羅伯遜看見鍾爲扭頭就走，但羅伯遜太太停下來。

「原來鍾爲教授還是個革命家，一天之內兩次把大英帝國的傳統打得落花流水，高興了？」

鍾爲盯著她，一言不發。羅伯遜太太繼續說：「其實您那天說得很對，當時是我沒有悟性。」

鍾爲還是一言不發，繼續盯著她看，看得她渾身發熱。

羅伯遜太太輕聲的說：「我想跟您道歉。」

她把手伸出來，鍾爲沒和她握手，只說了一句：「可惜。」就向門口走去。但不知是有意還是無意的，鍾爲的上臂輕輕地碰觸了她的胸部。羅伯遜太太愣了一下，再回頭看時，鍾爲已經走出門了。

最讓鍾爲高興的是從那次酒會後，香港就停止在酒會開始時爲英國女王乾杯。鍾爲認爲這是他爲香港回歸所做的貢獻之二。

一周後，有包裹寄到中央警署公關部，收件人是羅伯遜先生及夫人。羅伯遜太太將包裹打開，裏面是一盒狗食和一張紙條，上面寫著：「據說這是英國狗最愛吃的，請好好享用」。下面的署名是：「靠邊站的香港孩子」。

羅伯遜太太沒有生氣，她只是很感慨，想不通是什麼地方嚴重地傷害了鍾爲，讓他有這麼深的恨。她一直很在意這件事，希望找機會把話說清楚。但是羅伯遜的案子犯了，她跟著老公遠走他鄉，開始了她人生的黑暗時期。但是她並沒有把這事忘記，還曾寫過一封信給鍾爲，但是石沉大海。

朱小娟：「原來還有這麼一段歷史。但是鍾爲處處都讓人感到他是個性情中人，爲什麼他不接受你的道歉？」

「一定是我很嚴重的傷害了他，可是我到今天還是沒能明白我到底做了什麼十惡不赦的事，讓他這麼恨我！」

「蘇姐，這事交給我了，我一查到底，保證水落石出。」

「什麼案子都還沒破過就學會說大話了。記得回到辦公室後，馬上把今天的行動和談話做詳細記錄，給我一份，另一份存檔。」

「先打個電話總行吧？」

「我不是說過了嗎?現在我是你的第一愛人，跟第二愛人打電話不能超過三分鐘。」

「但是你能像他一樣的滿足我嗎？」說著一把魔手就抓過來。

「我是你的上級，你敢侵犯我?膽大包天。你們年輕人愈來愈不像話，非要何組長好好管教管教不可。」

「那你是要我也像你一樣去過修女的日子?那生命太沒趣了！」

朱小娟的話讓蘇齊媚深思不語，她就這樣走完她的餘生？

蘇齊媚的第一個報告她自己都不很滿意：

一、檢查死者居處，採證：指紋、電腦、車輪胎印等，送技術科，等待結果中。目前尚無法判定是否為第一現場。

二、走訪法醫處，目視死者，查看致命毆打及撕毀上衣。但感覺死者並非案犯原始目標。但原始目標為何？

三、法醫結論：死亡時間與死者落水時間是同時或相差不超過三十分鐘。第一現場＋棄屍地＋死者發現地的時空關係呼之欲出。

四、線民提供案發當晚有澳門黑幫分子來香港「某公屋」取「寶」（**何物？**）即回，「某公屋」誤為「孟公屋」？續查中。

五、下一行動：約談死者親友、同事及所有關係人，重點對象為優德大學保安部主任蔡邁可（**前軍裝警察，何組長同事**）。要求技術科對將軍澳警署在案發當晚九九九電話錄音帶做背景及語音信號處理和分析。

重案組組長何族右將報告略為修飾，就馬上送交給九龍警署署長張家滋，他批下來：「時間所餘無多，加速破案」。蘇齊媚心裏在問，是誰在定破案時間？

優德大學的命案發生後，全校似乎突然一下子安靜許多。連學生們的喧嘩聲都好像小了。最顯眼的是無孔不入的媒體和狗仔隊，他們的出現讓大家產生要有大事發生的感覺。原先盛傳石莎因不能承受工作壓力而自殺的傳言，在法醫公布死亡原因爲他殺後不攻自破。但是接著來的謠言更多：誰是兇手？爲什麼要殺她？

鍾爲和他的風切變隊伍在這樣的環境中，所有的工作都完全停頓下來。這情形一直到石莎的追悼會開完後才逐漸好轉。

追悼會後的第二天，鍾爲召集了風切變計畫的全體人員，他不談工作，只談石莎。鍾爲請每個人都說說自己對石莎的離去有什麼樣的感覺。

集會成了對石莎的懷念，當每個人都說完了，大家才明白原來鍾爲的目的是要大家記住石莎這個人而不是石莎這個電腦工程師。鍾爲對石莎有無窮的在意。爲了石莎，鍾爲說，石莎認爲促進飛行安全是一份對乘客的愛心，因爲任何空難不僅對乘客，也是對關愛他們的人造成永遠的哀傷，這個風切變計畫一定要完成，好讓石莎的關懷不要落空。

最後，鍾爲提醒大家石莎的死因是他殺。雖然警方還在調查，但是還不能排除和她的工作有關，因此大家一定要提高警覺。

會後，鍾爲請李傲菲和邵冰留下來，再打電話請電腦中心主任麥艾偉博士和保安部主任蔡邁可來到他的辦公室。除了蔡邁可之外，其他三個人都從石莎那裏親耳聽到，有關有人想用不正當手段取得石莎正在發展的ＭＴＳＰ軟體。鍾爲請這三個人把他們所知道的都向蔡邁可形容了一次。然後問：

「蔡主任，聽了他們說的，您認爲ＭＴＳＰ和石莎的死有關嗎？」

「鍾教授，做爲石莎的同事和朋友，我會同意石莎的死和軟體有關。但是從警察辦案的立場，還缺少直接證據。」

「如果我們將同樣的資訊告訴警方，他們會展開調查追根究柢嗎？」

「很難說，要看是誰在辦案子。」

「追悼會完了後，我曾問石莎的弟弟，知不知道有這麼回事，他什麼都不說，但是看得出來他心裏有鬼。」邵冰接著說：「我也問他爲什麼每次石莎和他打完電話都要流眼淚？他什麼都不回答。」

李傲菲說：「難道就沒有辦法叫他說實話嗎？」

蔡邁可：「有的，一是由警方正式審問，二是在法庭的證人席上。」

鍾爲：「目前都有實際上的困難。好了，謝謝各位。邵冰請留下。」

石莎的離去對邵冰的影響最大。她說個不停的話沒有了，臉上的笑容不見了。她每天很早就來，工作到很晚才回家。

鍾爲：「李傲菲告訴我說你每天工作到很晚才回家，爲什麼？」

邵冰：「回家也沒事做，還不如留下來工作。」

「不去看看爸媽？」

「他們捨不得孫子、孫女，延遲回來的日期了。」

「你以前還會打電話來談談天，現在不了？」

「我怕你是在恨我，那天石莎打電話來，要是我在家，今天你的石莎還會活著的。」

「邵冰，答應我千萬別這麼想，石莎是有人要她的命，跟你沒有關係。我要趕快知道是不是和MTSP有關，如果是，事態就嚴重了。我必須要找出真相，請你幫我這個忙，行嗎？」

「我什麼時候拒絕過你的任何要求？說吧，要我做什麼？」

「所有有關MTSP軟體的檔案都是存在風切變伺服器裏，除了伺服器本身的密碼外，每個檔案都有各自的密碼，要有兩人同時輸入密碼才能打開。請你查一下，最近有沒有駭客企圖進入。」

邵冰低著頭一語不發。鍾爲有些奇怪：「怎麼？有困難嗎？」
「當然沒有。我只是在想如果是我，而不是石莎被殺，你還會這麼在意嗎？」
「邵冰，我們不是說好了，不許說無聊的話嗎！當然我會一樣的在意的。」
「我才不信呢！還有別的事嗎？」
「有，好久沒看見你的笑容了，我想看。」
「都這個時候了，還有什麼心情笑？」
「那我就告訴你，今天你好漂亮。」
邵冰聽了頓時眉開眼笑，鍾爲也笑了，邵冰才明白上當了。
「鍾教授就是會氣我，把我氣走了，有誰會給你找駭客？」說完扭頭就走出了辦公室。

鍾爲叫李傲菲和他一齊去見副校長李洛埃教授。他們很詳細地說明了石莎生前與牟亦深和周催林爲了MTSP軟體而引起的事件。和鍾爲的想法一樣，李洛埃認爲如果真是爲了這軟體而殺人，現在顯然還未得手，那是不是還要殺人呢？這實在是太恐怖了。他帶著鍾爲和李傲菲去到周催林副校長辦公室。周催林和牟亦深已經在等著了。李洛埃就開門見山的說：

「上次我們在校長辦公室開會時，討論決定你們要想拿到鍾教授他們的MTSP軟體的事是要在教授會議上來做決定。爲什麼沒有提到你的牟先生已經用了各種手段想要取得這軟體？」
周催林：「這件事我必須向大家道歉，牟先生不是很熟悉我們優德大學的運作方法，他以爲只要是爲了優德大學的前途，他就可以要求這個軟體。」
李傲菲：「那麼對石莎的威脅利誘又是幹什麼？」
周催林：「那完全是石莎誤會了，絕對沒有的事。」

李傲菲：「李副校長，這其中有人說謊話，但是絕不是石莎。」
鍾爲：「可惜，現在死無對證了。」
牟亦深第一次說話：「是啊！太可惜了。」
李洛埃：「到底你們要這軟體是要做什麼？」
周催林：「大約一年前，台灣中央氣象局理解到每年颱風侵襲時，往往有多個颱風同時來到。影響他們預報能力。他們希望取得MTSP軟體，幫助改進預報的精度。這裏有一份報告，說明了科學內容。這個專案的經費額度可能會是風切變計畫的兩倍。」
鍾爲注意到這份報告的作者是賴武雄，他曾經是鍾爲的學生。
鍾爲：「我可以把這報告帶回去看嗎？」
周催林：「當然，請便。」

回到李洛埃的辦公室後，李傲菲一肚子火：「堂堂一位優德大學的副校長，居然滿口胡言亂語。」
李洛埃：「你不是在說我吧？」
李傲菲：「我不明白你們怎麼會挑這樣的人當你的同事！」
李洛埃：「別問我，去問我們的校長。你們聽好了，連我都無法知道MTSP軟體的功能，他們怎麼會知道？你們負責把它查清楚。我在台灣還有不少關係，我來調查這個中央氣象局的專案。」
鍾爲：「如果石莎真的是因爲MTSP軟體而喪失了性命，我是不會善罷甘休的。一定要弄個水落石出。」
李洛埃：「我支持你到底。」

石莎失蹤後的第三天晚上，鍾爲出席一個晚宴回來，剛一進門電話就響了，提起話筒就聽見了邵冰的聲音：「是我，我剛在我父母家接到石莎的一封信，是給你的。」

「什麼？石莎給我的信寄到你父母家？是怎麼回事？你等著，我去拿。」

「信已經在你的門口了。」

鍾爲放下電話馬上就去開門，邵冰已經站在門口，臉色不好，

「對不起，如果不方便，我就不進去了，信在這裏。」

「快進來，等很久了？石莎爲什麼不用電郵呢？」

鍾爲拆開了信，才明白這是石莎遇害前寫的最後一封信：

鍾為：

你曾經說過你不信宿命論，當你在讀完這封信時，也許你會改變了。

我已經出事了，命運是無法抗拒的，我也只能認了。但是我只求你答應我一件事：你一生一世都別忘了石莎，別忘了浪茄灣的藍天碧水，別忘了孟公屋的風和樹。

請聽我說吧：

一個多月前，研究發展部的牟亦深要求我把MTSP軟體原始程式給他。我拒絕了，我說沒有鍾為教授的同意不能將專案開發的軟體給任何人。我也將這事報告了電腦計算中心的主任麥艾偉博士。麥主任當時就打電話給牟亦深告訴他，這是學校的規定，寫程式的軟體師沒有權力將原始程式交給任何人，連他這主任也拿不到。只有鍾為教授本人才能授權。

我以為這事就到此為止了，沒想到牟亦深還是不斷地纏著我。最後把麥艾偉給惹火了，把牟亦深臭罵

一頓。

一周前，優德大學的高層，負責開發研究的副校長把我叫去，告訴我優德大學為了要發展一個很大的科研專案，必須要取得鍾為教授開發的軟體原始程式。同時這件事要向我頂頭上司和鍾為教授保密。並且還暗示將來會把我調到一個更高更好的位置。當時我就覺得事情沒這麼簡單。你和麥艾偉都不在，我報告了李傲菲，她怒氣沖沖地去找周催林副校長，結果他一口否認說過這話。差點沒把我氣死。

李傲菲很不信任周副校長，認為要做違背大學規定去要別人的軟體一定有原因，又用這些不正當的手段，肯定不是什麼好事。她要你一回來就處理這件事。

但是沒料到更糟的事還在後頭，又過了幾天，我在台灣工作的弟弟打電話來，說他的老闆交代，要他勸我趕快把ＭＴＳＰ軟體交出來，會給他好處，意思是會幫他還清他欠的一屁股債。要不然弟弟的工作都會有問題。

弟弟軟弱又不成才，為了這事我是傷透了心，但是我很清楚地告訴弟弟，沒有你的同意，ＭＴＳＰ絕不會離開我們。弟弟和我在電話裏都哭了。我一直以為只要我堅持，我和弟弟都會度過這難關。但是我錯了。從上星期開始，香港和台灣的黑社會分子開始威脅我和弟弟，起先我還以為又是來嚇人的。可是我現在知道他們是玩真的。我很害怕，感到要出事了。

這些事我都沒告訴李傲菲，以她的正直個性和正義感，她一定會馬上去舉報。昨天她來和我談這件事的由來。她說想要ＭＴＳＰ的人，尤其是要得這麼強烈的人，一定很清楚ＭＴＳＰ的功能。除了我們自己的人外，只有看過我們技術報告的人才會知道。李傲菲的意思是說周催林和牟亦深要拿到密碼才能打開技術報告，是誰給了他們密碼？電腦中心的人？打電話威脅我的人好像對我們的情況很清楚，我們有內奸？

我愈想愈可怕，也開始擔心你的安全，所以等不及才把這些事寫下來。不敢用電郵了。

我的宿命裏充滿了遺憾，渴望的愛情都得不到結果。但是這兩年卻是我最快樂的日子，雖然還是有那揮不走的傷感，我卻無憾。記得我曾說過，你的最後思念一定要是你最心愛的人，才會在來世重逢。你有個好家，又有許多關心你的人，好好地把你的人生走完，到頭時，我會等著你。

再見！千萬不要忘了石莎。

你的石莎

於清水灣畔孟公屋

邵冰緊靠著鍾爲，一齊看完信，但還是止不住全身發顫，她說：「石莎爲了保護她熱愛的人而付出了生命，太値得了。」

鍾爲的臉色白得像張紙。

蘇齊媚和她的同事們開始調查和石莎有來往的人。調查的目的是要找出有沒有作案動機和不在場證明。鍾爲是最後一個被約談的，專案組組長蘇齊媚親自出馬，實習警官朱小娟做記錄。鍾爲見到蘇齊媚時吃了一驚：「噢！原來是你！羅伯遜太太，我聽說幾年前你移民到英國了。」

「我是石莎命案調查小組的負責人，九龍警署重案組蘇齊媚警官，這位是我的助手朱小娟實習警官。」蘇齊媚仍然是站著說話。

「二位請坐，羅伯遜太太，你們需要一杯英國茶嗎？」

蘇齊媚：「謝謝，不用了。但是我有另外一個要求，我的正式稱呼是蘇齊媚警官，羅伯遜太太已經不存在了。」

鍾爲：「太可惜了，希望我們中英兩國的關係沒有受到影響。」

蘇齊媚：「鍾教授，我們是來調查石莎的命案，不是來討論我的婚姻狀況。」

「很好，那就調查吧！」

「請問，您看過法醫的驗屍報告了嗎？」

「看過了。」

「報告裏列出了死亡時間，請問鍾教授當時在做什麼？」

「在睡覺。」

朱小娟急著問：「在什麼地方睡覺？有證人在場嗎？」

鍾爲：「在太平洋。如果我估計得對，大概有一百多到兩百人在場。我相信這些人的姓名、地址和聯絡電話都能找到。」

朱小娟滿臉迷惘，看著蘇齊媚求救。

蘇齊媚：「鍾教授正好是在飛機上飛越太平洋。請鍾教授說明一下和死者石莎的關係。」

「她和我是同事，這一年多她在我的風切變計畫裏擔任電腦工程師。」

「除了是同事外，你們也是私人朋友嗎？」

「我們有很多共同的興趣，是好朋友。」

蘇齊媚停了好一陣子才說：「你們是戀人關係嗎？」

鍾爲：「請你說明白在你的調查中，朋友和戀人的分別在哪裏？」

蘇齊媚：「那我就明說了，你們之間有超友誼的關係嗎？」

鍾爲突然站了起來，提高了聲調說：「這就是你們的調查方法？」

蘇齊媚也站了起來：「鍾教授請不要衝動，您聽我說，殺人動機不外乎錢財、仇恨、權力和感情，每一個可能我們都要調查。我們的問題絕對不是針對鍾教授一個人。」

鍾爲：「你們已經建立了我的不在場證明，爲什麼還要問我這些莫名其妙的問題？」

朱小娟：「買兇殺人也能建立不在場的證明。」

鍾爲：「所以我就是犯罪嫌疑人了嗎？」

蘇齊媚：「當然不是。」

鍾爲：「那麼這案裏有非常明顯的疑點，你們爲什麼不去調查？」

蘇齊媚：「如果您是說MTSP軟體的事，我們已經詳細的向周催林副校長和牟亦深先生了解情況，我們還會繼續調查。」

鍾爲：「但是你們還是認爲我是否和死者有超友誼的關係是最重要的線索。不是嗎？」

鍾爲正在氣頭上，正要繼續發作時，就聽見潔西卡在門外大聲說：

「陳建勇，你不能進去，鍾教授會發火的。」

突然，辦公室的門打開了，鍾爲的研究生陳建勇慌慌張張地衝進來，潔西卡緊跟在後面想把他拉出去。鍾爲看在眼裏禁不住笑了：「陳建勇，你是瘋了還是傻了？沒看見這兩個警察說我是買凶殺人犯嗎？」

「不會吧！是不是搞錯了！鍾教授，我只是想看我女朋友一眼，她已經兩天不接我的電話了，也不讓我去看她。」

鍾爲看了陳建勇一眼，再看蘇齊媚一眼，說：「陳建勇，原來你的女友比你大這麼多。」

陳建勇指了指朱小娟說：「她才是我的女朋友，她很年輕的。」

朱小娟：「陳建勇，我們在辦案子，別來搗亂，出去吧！」

陳建勇：「那你為什麼不接我的電話？」

朱小娟吼起來：「你到底走不走？」

鍾為：「我要提醒朱警官，這裏是我的辦公室，陳建勇是我的學生，只有我才有權請他離開。但是我從來沒有把學生攆走的習慣。再者，難道你們就沒有感覺這裏還有陳建勇的一份愛情？在人類文明史中，數千年來唯一是永恆的就只剩下愛情了。當了警察也不能把它放棄呀！朱警官你說是不是？」

蘇齊媚：「我們是為了石莎的命案來蒐集線索和證據，請鍾教授配合。」

鍾為很嚴肅的說：「是嗎？我明白你們已經約談了所有和這案子有關的人，應該掌握了案子的主要內情。但是在所有的可能動機中，你們的精力集中在死者是否和她的上司有超友誼關係。我不明白其中的邏輯，我更認為你們是在浪費香港納稅人的金錢和時間。」

朱小娟：「刑事案件的偵查是有一定的程序，我們不能忽視任何的可能動機，包括情殺。」

鍾為：「說得好，但是眼前的事實卻是你們忽視了其他重要的動機，而只專心在死者的超友誼關係上，你們自己在違背著辦案的程序。」

蘇齊媚：「我們不會忽視任何辦案細節，只是還沒有問到。」

鍾為：「這個說法我已經不相信了。我的看法是這樣，第一，羅伯遜太太的警務背景是公關、是新聞。如果命案的動機是情殺，它的新聞價值和連帶的公關事件該有多好啊！第二，我認為羅伯遜太太是在報復。如果能因為涉嫌情殺把我打入大牢，不是就解了你沒當成英國母狗的心頭之恨嗎？」

蘇齊媚氣得一時語塞：「豈有此理……」

鍾為：「兩位警官請聽清楚，我以香港居民的身分告訴你們，如果你們不是要拘留我，就請你們離開我的辦公室。陳建勇，送你女朋友和她的師娘走吧！」

三個人一路走到優德大學的停車場，一句話都沒說。蘇齊娟自從回到香港後，這是讓她最洩氣的一天，面對鍾爲的言語攻擊，她竟連還手的機會都沒有。是她不想還手，還是對方來勢太洶使她招架不住，自己都糊塗了。當年面對三個持槍匪徒，她都能毫不猶豫開槍還擊。現在僅是對上一個教授老頭，就連話都說不出來，到底是怎麼了？

蘇齊娟：「小娟，我知道你有很多話要和陳建勇說，你就把車開走吧！回去告訴何組長，我身體不舒服，請兩天病假。」

說完，攔了輛計程車，開門上車。朱小娟追過來喊著：「蘇姐，我有話問你。」但是車子已揚長而去。

當晚蘇齊娟沒回宿舍，手機也關機，打電話到大嶼山的住所也沒人接，之後的兩天裏，沒有人能跟蘇齊娟聯絡得上。第三天，她回來了。進了辦公室就開始收拾桌子，把東西裝進紙箱裏。

朱小娟：「蘇姐，你這是在幹什麼？」

蘇齊娟：「組長沒跟你說啊？我辭職不幹了。」

朱小娟：「這是怎麼回事？爲什麼？」

蘇齊娟握住了朱小娟的肩膀：「你該看出來了，我已經喪失了做警察的能力和勇氣，三天前我在你面前被一個教書的打得落花流水、狼狽不堪，徹底的失敗了。我很抱歉讓你跟組長失望。但是我想了兩天後，還是決定去念書，把心理學讀完，從此離開警察工作。」

朱小娟正要說話的時候，林亮伸頭進來：「蘇齊娟，組長叫你過去。」

重案組組長何族右警長的辦公室平常總是開著的，蘇齊娟進去後站在他辦公桌前小聲的說：「二姨父，您叫我？」

何族右：「不錯呀！還記得回來上班。」

蘇齊媚：「我向您請假了。」

「叫一個實習警官帶個口信就算請假？香港警署是你們家開的嗎？我們每個人戰戰兢兢地遵守的紀律就是給你來糟蹋的嗎？」

「是我錯了，我心情很不好。」

「心情不好就可以不守紀律了？別忘了我們是警察。」

「我現在明白了，我不配當警察，所以我把辭職書送給您了，批了嗎？」

「我怎麼批？我連你請假的事我都管不了。張家滋把你調進了重案組，讓你當專案組組長，當然是他來批你的辭職申請書了。我已經把它送進去了。」

蘇齊媚感到這次何族右是對她徹底的失望並且完全放棄了：「那張家滋批了嗎？他怎麼說的？」

「他叫我告訴你等人事科的通知去辦手續。」

蘇齊媚有一股說不出來的傷感，她就是這樣第二次要離開她喜愛的香港警隊。可笑的是，她這次當刑警還沒幾天就得走了。她明白這是她最後一次，以後再也不會回來了。她聽見何族右在說話了：「在新的人事任命公布前，你仍然是專案組的組長，該幹什麼還是要去幹，明白嗎？今天下午兩點半，你要做一個完整的破案彙報，把到今天爲止的案情進展做個總結。給你的接班人和我的接班人有個交代，千萬別忘了我們的專業精神。」

「這跟二姨父的重案組組長有什麼關係？我們專案組是直接歸張家滋管的。」

「你還這麼天真，破案有功勞是他張家滋指揮有方，現在優德大學投訴我們辦案不力，他就躲得遠遠的，對每一個人說，專案組的人全是我重案組的。我已經告訴他了，一切的責任都是我的，他不用費心機開脫自己。不就是個重案組組長的芝麻官兒嗎？明年我就夠資格申請提早退休，樂得清閒。」

「投訴是衝著我來的，我現在辭職不就完事了嗎?跟重案組沒有關係。」

「沒這麼簡單，張家滋想讓他自己的人當重案組組長是明擺著的。投訴的事是從天上掉下來的，讓他能達到心願。」

蘇齊媚的心碎了。自從父母都離開她之後，就是二表姨和二姨父在照顧她。爲了她一心一意要嫁給羅伯遜，她第一次深深地傷了他們的心。但是在她的婚姻破裂後回到香港，二姨和二姨父還是毫不保留的接受了她，還千方百計的讓她重返警署。可是因爲她的無能，連累了姨父自己的工作都不保。蘇齊媚不能原諒自己：「我碰過的任何事情都會毀滅，任何跟我親近的人都被傷害，我根本就不應該存在這世界上。」

「我是在和你談工作，你胡說八道什麼！」

蘇齊媚再也忍不住，眼淚直往下掉：「在這世界上，除了二姨和您就沒有別人會關心我，但是我還是傷害了您。我還活著幹什麼?」說著就往腰間伸手。

何族右見蘇齊媚的模樣很不對勁，著急地大喊：「齊媚，你要幹什麼?不准碰你的槍！」

辦公室的門砰的一聲被撞開，林亮雙手緊握著手槍，對準蘇齊媚吼著：「不許動，一動都別動！」朱小娟也衝進來，她也是握槍在手。蘇齊媚愣在那，朱小娟立刻過去把蘇齊媚的配槍取下。

蘇齊媚：「我要離開了，只是要把配槍還給組長。」

何族右：「不管是什麼人要走還是不走，今天下午我們要做一個彙報。彙報代表我們的專業成果。你們都知道這些年來我只有一個要求，就是在任何時候我們重案組的人都能挺起胸膛走路。今天下午也許是我以你們組長身分參加的最後一次彙報，我希望不要丟臉。齊媚，你就只有我這麼一個姨父，就算是我求你把它做好，答應嗎?」

有人說，何組長的眼睛裏含著淚光。

也有人說，當天下午的案情進展彙報是香港警署有史以來最精彩的。

除了重案組和九龍警署相關的人外，杜威法醫和他的助手也來了。最讓蘇齊媚吃驚的是鍾爲教授和蔡邁可也來了。好幾次鍾爲的眼光看向蘇齊媚時，她都刻意避開。香港中央警署也有兩位督察來了。唯獨不在場的是何族右的頂頭上司，九龍警署署長張家滋。

何族右首先說話：「各位同事，今天請各位來和以前一樣，我們的專案小組想向各位彙報一下他們辦案的進展情況，請大家提意見和建議，幫他們早日把案子破了。開始之前我先介紹兩位客人，這位是優德大學的鍾爲教授和他的同事蔡邁可先生。」

蘇齊媚的彙報是這樣的：

死者名叫石莎，女性，年齡三十六歲，美國籍，住在九龍，清水灣，孟公屋村三號丁屋一樓。職業是優德大學的電腦工程師。

四月二日，石莎沒有去上班，四月三日，優德大學向將軍澳警署報警，石莎失蹤。

四月四日清晨六點左右，有人在優德大學海邊發現一具浮屍。經辨認後爲石莎。法醫驗屍結論是屍體被發現前，約落水四十八小時。由於屍體浸水，死亡時間的正確度是正負六小時。因此死亡時間約在四月二日零時前後。死亡原因是因外力引起的心臟停止跳動。死者上衣被撕破，並被毆打。胸口受重擊，可能是致使心跳停止的一擊。根據化學分析，死者在心臟停止跳動後三十分鐘內落水。死者有抵抗企圖強姦的跡象。指甲內有異物，已送ＤＮＡ化驗，等待結果中。死者沒有被性侵犯。死者右腳的鞋子失蹤。根據胸口傷痕，法醫研判案犯可能會武術，並有黑幫背景。

將軍澳警署在四月二日零點二十三分曾接到由石莎住處打出的求救電話，接通後沒有聲音。警署的技術科將錄音磁帶做進一步分析，發現在錄音帶的最前端有兩個不同的聲音。一個是女性的驚叫，「啊」。經研判為死者石莎的聲音。另一聲音為男性，說「找死」兩字。

死者住處一切正常，沒有被破壞跡象，在那一共採取了十八個不同的可用指紋。其中只有兩個不是屬於常來訪問死者的同事或朋友。值得注意的是這兩個陌生人的指紋都是從電腦的鍵盤上取得。將死者的個人電腦帶回技術科，企望取得硬碟檔內容。由於雙重密碼鎖住，目前還未成功。在死者住處沒有發現其他有價值的證物。

根據對石莎鄰居的訪談，建立了四月二日晚間石莎的活動時程：

十八時三十分　石莎下班返家。有鄰居看見。

二十二時四十五分　有人注意到一輛陌生的汽車停在孟公屋停車場，車頭向外。車牌號碼不明。技術科取得該車車輪印痕。

二十三時零三分　有小巴司機看到死者走到孟公屋路口的郵筒投信。從這一刻起，死者消失，直到屍體出現在優德大學海邊。

以下是死者的社會和職業背景調查：

死者來自書香之家，父親是退休的大學教授，母親是中學老師。一個弟弟在台灣工作。全家的關係良好，死者每年回家探親，老夫婦每兩年來港看女兒。每年死者與其弟互訪數次。死者在十四年前由美國來到香港求學，就讀香港大學植物系。四年後獲得博士學位。然後留校擔任演示員。五年前改行學電腦科學，三年前任香港大學電腦工程師。一年多前開始在優德大學任職，加入了鍾為教授領導的風切變計畫。

死者性格開朗外向，為人善良。除了有優秀的專業能力外，興趣很廣，交友也多。死者最要好的朋友是邵冰小姐，從香港大學同學、同事，然後一同到優德大學，相識多年。數年來，死者雖是單身，但曾經與數位男士相戀，並曾論及婚嫁，但皆未開花結果，最終都是在相互諒解下分手。目前這幾位前男友都已成家，婚姻美滿。死者對目前的工作非常滿意，也很投入。與同事們相處和睦，愉快，對鍾爲教授尤其是敬慕。

從死者的社會背景和職業狀況看，死者不具有自殺的動機。表面上也沒有他殺的理由。

目前唯一的他殺動機，很可能與死者最近遇到的困難有關。

死者在遇害前，優德大學副校長周催林和他的助手牟亦深，企圖用威脅利誘的方法要求死者交出一個叫MTSP的軟體原始程式，被死者拒絕。按優德大學的規定，提交MTSP軟體的批准權是在鍾爲教授，但是無人曾向他提出要求。周催林和牟亦深的解釋是誤會，他們是爲優德大學開發新專案而需要MTSP軟體，並提出檔案來證明。優德大學內部權威人士認爲檔案的可信度不大。目前沒有任何人證和物證可將MTSP軟體與命案建立起關係。

目前調查進展：

根據九九九電話的時間及法醫估計的死亡時間，死者的孟公屋住所是犯案第一現場的可能性極大。做此假定後，首先，嫌犯如要在三十分鐘內棄屍落水，那第二現場，也就是棄屍地點，一定是距離公路很近，同時要在離孟公屋三十分鐘的車程內。符合這條件的只有兩處，一是西貢，二是對面海。西貢是旅遊點，海邊全是海鮮酒店，滿處都是遊客，即使到了午夜還是遊人不絕，不可能是棄屍之處。但是對面海則很偏僻，附近只有兩戶人家。多年來有不少人在那跳海自殺。

其次，根據法醫報告，死亡後三十分鐘內死者落水。屍體浸泡四十八小時後會浮起水面。也就是在四月四日凌晨零點三十分至一點之間屍體開始漂移。優德大學的專家根據當時的海流和風向以數學模式計算，屍體將會在五至六小時後從對面海漂流到優德大學的海邊。

屍體是在四月四日早晨六點發現。專案小組立刻會同技術科和西貢警署軍裝警員到對面海封鎖現場並採集物證和訪問當地居民，取得了重要的結果。海邊取得的一組汽車輪胎痕跡，經對比後，確認與孟公屋的輪印相同。其次，在海邊的草叢內發現一隻女性右腳鞋子，經比對後確認是屬於死者。

這兩個物證，完全確定了對面海是第二現場的棄屍點，同時確定孟公屋死者住處為第一現場。在停車場的陌生汽車是屬於兇手並用來運屍的可能性非常高。尋找這輛汽車和兇手是專案小組目前的首要任務。

根據法醫的研判，兇手可能與黑社會有關，並可能會武術。由中央警署反黑組提供的資料顯示，四月二日晚間沒有香港的黑社會分子在九龍清水灣一帶活動。但是根據線民提供的消息說有澳門水房幫曾與香港黑社會十四K九龍地段的老大打了招呼，說有他們的人要到「某公屋」來「取寶」（黑社會稱「違禁品」的代名）。

由於「某公屋」和「孟公屋」發音相近，專案小組根據反黑組提供的水房幫成員名單和移民局在上環港澳碼頭四月一日及二日由澳門抵港旅客名單對比排查。這兩天裏共有二十多位水房幫成員來港。在取得澳門警署的合作後，得知其中的一位名叫梁童，人稱「梁哥」的人，是在澳門開一間武術館，沒有犯案記錄。警方也沒有提供指紋資料，同時提供的地址是錯誤的。

梁童在香港警方沒有案例也沒有註冊車輛，我們的線民也不曾接觸過他。顯然香港不是梁童的地盤。他來辦事需要當地的助手和車輛。建立梁童、他的助手和車輛，以及四月二日晚間在孟公屋的人和車之間的關係是本案的關鍵。目前梁童還不是犯罪嫌疑人，但是重案組迫不及待地要約談他。

本案尚有一些問題沒有取得答案，其中最令人費解的是：為什麼要棄屍？目的是什麼？

蘇齊媚的報告用了近一小時的時間。報告結束，全場鴉雀無聲，過了一分鐘後，全場響起一片掌聲。何族右站起來，滿臉笑容的說：「諸位老差骨，請指教！」

杜威法醫：「我幹了快四十年的警察，這是我聽過最精彩的報告。老何你同意嗎？」

何族右：「多謝，過獎了！鍾爲教授有問題嗎？」

鍾爲：「我想知道，MTSP軟體和這命案有任何關係嗎？」

何族右看了看蘇齊媚，但是她只低著頭一言不發，何族右只好回答：「從蘇警官的彙報可以知道在調查的過程裏，專案組還沒有發現有任何直接的證據將軟體和受害者的死亡聯在一起。我們知道某些人急著想要這軟體，但這是否與命案有關還要進一步調查。」

鍾爲：「蘇警官，你同意嗎？」

蘇齊媚還是一句話也不說。

第二天，鍾爲派專人送信給重案組組長，感謝他們的邀請，參加案情彙報，並且對日前的投訴表示道歉，說明在彙報後才明白自己的無知和錯怪他人。鍾爲送了一束鮮花給蘇齊媚，也附了一張道歉、祈求原諒的卡片。他打了三次電話，蘇齊媚都沒接也不回電。

同一天晚上，林亮接到線民的電話，說梁哥將在第二天早上由廣州返回澳門。所以林亮和朱小娟一大早就搭乘雙體快船到達澳門，下了船馬上乘計程車到了關閘，這是澳門和內地的關口，北邊就是珠海的拱北，由廣州和其他珠江三角洲地區去澳門的人都由此地過關。林亮就坐在出入境大樓對面的一家咖啡館，手中拿著當天的一份報紙，報紙中夾著一張梁童的照片。

朱小娟打扮得像個觀光遊客，手裏拿著一本澳門旅遊冊子，坐在隔壁騎士馬路旁的長椅上。梁童在九點五十分走出了出入境大樓，林亮馬上認出他來。梁童向巴士站走去。林亮用手機聯絡上朱小娟：「目標向巴士站移動，目標穿棕色襯衫，藍色牛仔褲，手提黑色旅行袋，戴墨鏡。現在將登上十八號巴士，跟上去。」

朱小娟戴上她的特大墨鏡，一上十八號巴士就看見梁童坐在後排。林亮坐上一輛計程車跟隨著巴士。手機響了，「目標要在白鴿巢下車」。

林亮回答：「明白，你繼續坐到下一站再回頭來找我。」

下車後，梁童向南走到新勝街的一家茶餐廳吃早餐。林亮向前走經過餐廳沒有停下，但是看清楚梁童坐的位子。他走到街對面往東方向下兩家的雜貨店買了一瓶牛奶站在門口喝。他撥朱小娟的手機：「白鴿巢車站向南，新勝街，大吉茶餐廳。目標在用早餐。我在目標東面對街雜貨店。你停在目標西面。」朱小娟回答：「明白，我已目視茶餐廳。」

林亮看見朱小娟走到離茶餐廳三家店面的地方，開始翻閱路邊架子上的雜誌。林亮很高興，目標現在被他們一東一西夾在中間，無路可去了。二十分鐘後，梁童吃完早餐，出了餐廳向回走，經過朱小娟時林亮才發現她已經換下了夾克外套，頭上戴了一頂帽子，特大墨鏡也換成現在流行的小型墨鏡。梁童走過時看了她一眼。林亮才明白朱小娟帶的那背包裏是什麼東西。他大步地走進了茶餐廳，走到梁童坐過的位子坐下來。有侍者來收拾桌子，他說等一等。林亮戴上橡膠手套，很小心的把一個茶杯，一個碗和一雙筷子放進證物袋。林亮的手機響了，朱小娟說：「大三巴牌坊正後方巷子，中華武術館。」

中華武術館座落在一間老式的住宅，門上有廣告，寫著：「駐館武師梁童，真傳南派八卦拳，習武或健身，歡迎個人或集體報名」，下面還有電話號碼。林亮走過中華武術館沒有停下來，在巷口他把證物袋交給朱小娟：「裏面是梁童用過的東西，筷子上可能有ＤＮＡ，你馬上回去送技術科檢驗。」

朱小娟攔下一輛計程車去了港澳碼頭。林亮走回到大三巴牌坊，混在大群觀光客中增加了他的安全感。第一他覺得梁童是會武功的，他要小心。第二他覺得澳門警方已經認出他了，事先沒打招呼就來辦案，不合規矩，萬一找麻煩，他吃不了就要兜著走了。

林亮找了個長椅坐下來，給蘇齊媚打手機，報告這半天的經過，叫她趕緊請何組長和澳門警方打招呼。他要繼續留下來調查梁童最近的活動和他在香港的聯絡人。然後他就撥打中華武術館門上給的電話，鈴響了五聲後答錄機啓動，要求留言。梁童既然在家，爲什麼不接電話？難道是有什麼更重要的事？

林亮在第二天下午才回到重案組。何族右馬上召開案情會議，也請了杜威法醫和蔡邁可來參加。

何族右做了以下的結論：

一、案情有了重要的發展。

二、梁童的指紋與第一現場電腦鍵盤上的是來自同一人，確定梁童曾去過第一現場。

三、梁童的DNA和死者指甲中所取的不同。

四、根據林亮的調查，梁童爲人正直，沒有犯案前科。他和水房幫的關係是武術教頭。由三個月前開始，他的武術館進入停頓狀態，原因是梁童經常不在澳門。他有很多時間是在香港和中國內地。

五、梁童在香港有位表弟，林大雄，外號是「狗熊」。是黑幫十四K的週邊分子。平日遊手好閒，做地下賭場打手，或夜總會的馬夫。他的犯案記錄不少，但是沒有和命案有關的記錄。

六、林大雄的汽車輪胎印和第一現場孟公屋及第二現場對面海的車輪印相同。

七、梁童與林大雄的社會背景與死者完全不同，那殺人動機是什麼？棄屍的目的何在？

八、蘇齊媚提出另一個疑點：第一現場的大門沒有被撬開的痕跡，技術科說在門鎖內發現金屬碎屑，門是被新打造的鑰匙打開的。

九、MTSP軟體的事，沒有任何新的發展。

杜威法醫：「如果有林大雄的DNA證明他在場，兇手就能定下來了，但是他們的殺人動機呢？」

林亮：「他犯過強姦未遂罪，檔案裏可能會有他的DNA，我去問一下。」林亮出去打電話。

蘇齊娟：「我總覺得MTSP軟體是這案子的關鍵。兇手和死者之間的關係很可能就在這軟體上。」

蔡邁可：「優德大學的人都認爲石莎不是個有錢人，世界上沒有恨她的人，也沒有情敵，所以一般的謀殺動機不存在，唯獨這個MTSP軟體是個神秘的未知因素。校園內傳說，這是石莎將鍾爲教授在美國多年研究成果寫成的軟體，含有各種強而有力的功能，很多人都想取得它。但是它的功能說明文件都是保密的，連功能都不明白就會買兇殺人嗎？這也是疑點之一。」

何族右：「根據已知的情況，我來假設案件的經過，請各位提意見。優德大學的副校長周催林和他的心腹牟亦深想非法取得MTSP軟體，他們買通了梁童和林大雄去威嚇石莎，過程中林大雄企圖強暴石莎未遂，將石莎上衣撕破，並且失手重擊石莎，引發心臟病致命。以上的假設有幾個至今還沒有答案的問題，就是：一、周催林、牟亦深與梁童、林大雄的關係；二、爲何棄屍？這麼重大的事，似乎和案子無關；三、兇手如何進入第一現場？鑰匙從哪來？」

這時有人敲門進來，把一個卷宗交給坐在門邊的朱小娟，她打開看了一看說：

「林大雄的DNA和石莎指甲裏的一樣。」

何族右：「我建議向檢察署申請拘捕證，逮捕梁童和林大雄。審問後也許上面三個問題就有解了，整個案子說不定就此破了。」

蘇齊娟：「梁童和林大雄是動手的殺人犯，但是周催林和牟亦深才是真凶，我們不能放過他們。」

何族右：「當然，他們對社會的禍害比實際的殺人犯還大。明天我打報告給張家滋署長，他同意後我們就去申請拘票。專案組做個拘捕方案給我。爲了不打草驚蛇，兩人的逮捕行動要同時進行。」

蘇齊娟：「我看還是由新的專案組組長來計畫吧！」

林亮：「我反對，新組長沒進入情況，會出紕漏的。」

朱小娟：「我也反對，案子都到這個地步了，換帶頭人，我們還怎麼辦事啊！」

蘇齊媚：「組長不是說了嗎，我們還得把幕後的真凶抓獲，一定需要鍾爲教授的配合。你們都看到了，他是恨死我了，還投訴了我，不是嗎？我帶頭不合適，鍾爲不會配合的。」

朱小娟：「咱們可得說良心話，蘇姐，人家又道歉、又送花、又寫卡片、又打了三次電話給你，你都不理，不睬。我看人家比追女朋友還難。到底是誰恨誰？我看你是愛之深恨之切。」

蘇齊媚：「胡說八道什麼！」

杜威：「我看過許許多多到停屍間的親人，他們以搶天呼地的哭喊來表達他們的親情。鍾爲來了兩次，他一語不發，只是坐在那看著石莎，但是你可以感覺到他和石莎的感情在交流著。我們的老蔡和老何每年都會到浩園去，坐在他們戰友的墳墓前喝酒說話。這種感情的表達，我們警察能明白，但是別人就不一定了。血濃於水的親情，情深似海的友情，還是義薄雲天的戰友情，在生死兩個世界之間交流時，只剩下赤裸裸的個人感受，其他的都不重要了。大家都看了石莎寫給鍾爲的信，她爲了保護鍾爲獻出了生命，這份深情已經不能用一般的社會關係和道德標準來衡量了，這些都是我們辦案時應該考慮的。齊媚，你劈頭就問鍾爲和石莎有沒有超友誼的關係，你說他能受得了嗎？」

蔡邁可：「在優德大學，有人說鍾爲教授是活在神仙世界裏，他的行爲很難以常人的行爲來理解。有一次大颱風來了，他們山頂上的一個自動氣象站信號中斷，鍾爲和他的首席技術師在狂風暴雨中出發，要上山去維修。我把鍾爲擋住，說太危險，不能出去，即使非要出去，也不能是他。鍾爲的回答卻是，在契約裏承諾了要在惡劣的天氣採取資料，因此一定要去修復；其次，如果是別人去，出了事沒回來，那他以後會活得像鬼不像人。從這件事，我明白鍾爲的人生中，承諾和感情是他的考慮，高於任何其他的事。他對你的道歉是他的承諾，他一定會做到的。」

蘇齊媚：「我相信鍾教授爲投訴我辦案不力的道歉是真心誠意的，但是他不會原諒以前優德大學奠基典禮的事。」

杜威法醫：「那是多年前的一場誤會，你爲什麼不趁這機會把它給說清楚了？」

何族右：「齊媚，我問你，你心裏還想不想當這組長了？」

蘇齊媚：「我當然想，這是我最後的機會。」

何族右：「那你就去給鍾爲教授表個態，再回來繼續做你的小組長。」

蘇齊媚：「那明天要是張家滋派個新的小組長來，怎麼辦？」

何族右微笑著說：「你就別管了，那是我的事。」

林亮突然哈哈大笑：「厲害！厲害！怪不得他坐在那，我們坐在這。」

何族右從抽屜裏拿出封信來交給蘇齊媚說：「先拿回去，下次我告訴你要辭職時再送上來。」

蘇齊媚：「什麼，我的辭職信？你根本就沒送上去啊？」

「你以爲我是幹什麼的？當你的郵差？太小看我了！」

第五章　恐怖分子

蘆溝橋事變那年，黃念福出生在淡水。

他是家中五個兄弟姐妹裏最小的，但也是最聰明的，不僅得到父母的寵愛，他的大哥和大姐對這個小弟弟更是愛護有加。

黃念福的祖父是位富商，他的父親在中學畢業後，和當時家境富裕的年輕人一樣，到日本上大學。由於功課好，他考上了日本最好的大學，日本東京帝國大學的文學院，取得學士學位後，繼續攻讀博士，主修「支那文學」。他的論文是關於紅樓夢的評論。學成後不久即成爲當時在日本最年輕的「紅學專家」。他曾被邀請到北京大學講學，和當時著名的紅樓夢專家學者一齊切磋，在大觀園把酒言歡。他後來常對子女們說，這是他人生中最美好的時光。

不久，他回到淡水結婚，並被「台北帝國大學」**（現今的台灣大學）**，聘任爲文政學部**（現今的中文系）**的教授。他與年輕的妻子住進了台大宿舍。黃念福的祖父和父親受的都是日本教育，全家的人都說得一口流利的日語，但是有一件事，這兩代的人都沒做，那就是把中國名字改成日本名字。這在當時有錢人家庭或是知識分子中是很普遍的。

也許是因爲「支那文學」的背景，黃念福從小就感到父親在灌輸他們強烈的鄉土觀念，說他們不是日本人，別忘了他們是喝台灣的奶水長大的。而台灣人和中國人是同文同種。

二次大戰結束，台灣回歸祖國時，黃念福正在念小學，他很強烈地感覺到父親的喜悅，感到一個新時代的來臨。但是相反的，台灣進入了前所未有的黑暗時期。

有一天，黃念福的父親從學校回來，神情十分沮喪。他說大學叫他改教日語，不讓他開紅樓夢的課了。另外請了一個外省人來教。他向大學當局提出抗議，大學說他們不信任台灣人來開比較重要的課。慢慢的，有一些台灣的知識分子開始聚在一起，討論台灣人在中國的未來會扮演什麼樣的角色。

一九四七年，二二八事變發生，這個事件觸發了在台灣長達五十年的戒嚴法。當時很多人的罪名是「思想有問題」，這就是後來被稱爲台灣悲情的白色恐怖。

黃念福的父親和大哥是在一九四七年的夏天被逮捕的。他們全家最後一次團聚，是六個月後在軍法處台北土城看守所裏。黃念福還清楚地記得父親的話，他說，只有在建立了屬於台灣人自己的國家後，人民才能安身立命。

兩個月後，他們接到通知，黃念福的父兄因「通敵罪」被軍事法庭判處死刑，通敵罪是當然死刑，不能上訴，已經執行槍決，要他們去領取遺體。當年黃念福十一歲，小學還沒畢業。他們被趕出了大學宿舍，全家搬到中和的一間小房子。不到半年，黃念福的母親一病不起，含恨而死。黃家的孩子們自此就成了孤兒。

從那時開始，比黃念福大八歲的大姐就負擔起維持這個家的責任。她那時剛由護校畢業，微薄的護士薪水也只夠糊口，但是黃家的孩子們勤工儉學，靠自己的力量完成教育，並且個個成績優秀，大學畢業後取得國外高等學府的獎學金，出國留學。在國外都學有所成，在成家立業後，過著快樂的生活。

雖然這些都是黃家姐弟們個人的努力所獲得的，但是黃家大姐盡全力維持一個家，給每個人一份家庭的溫暖，至少在那悲劇的大環境裏，孩子們的成長過程中，多少還過著一點「正常」的生活。

可想而知，這三個孤兒長大後對他們這位大姐的敬愛和感恩是何等的深厚。黃念福要出國時，大姐已是三十出頭的人了，多年來家庭的負擔，蹉跎光陰，還沒論過婚事。她告訴黃念福，不要忘了父親和大哥是怎麼死的，更別忘了父親最後跟他說的話。除非是爲了成立我們自己的國家，以後就別再回來了。

黃念福在父親和大哥的骨灰盒前磕了頭，也給大姐磕頭，感謝她這些年的養育之恩。帶著一顆復仇的心，他告別了大姐，離開了讓他又愛又恨的台灣，來到了美國。

一九六七年，蔣介石的兒子蔣經國已是台灣實際掌權的人物，他在一次訪問美國的行程中來到了紐約市，在一家大酒店裏安排了要接見當地的華僑和台灣留學生。黃念福用手槍在酒店大廳企圖行刺，但槍擊未中，被逮捕，以殺人未遂罪被起訴。法庭判了他十年徒刑，但是坐了五年的監牢就提前釋放出獄。爲了不被遣送回台，他向瑞典申請政治庇護。在那一待就快三十年。

他自認爲是知識分子，爲了反抗外來政權欺壓當地百姓，他效法「革命先烈」的武裝抗暴，帶著「風蕭蕭兮易水寒，壯士一去兮不復還」的浪漫主義心態，在海外刺殺統治集團的領導核心，但也從此走上不歸路，流亡到天寒地凍的波羅的海小國。因此當台灣反對黨運動開始時，他的心情就像是陽光燦爛一天裏的日出，充滿了希望和興奮。反對黨成立時，他成爲最早的海外黨員之一。等到反對黨順利取得政權後，正式的解除了他的「叛亂罪」，他也結束了三十多載的流亡生涯，回到了闊別多年的故鄉。

但是很快的，黃念福發現，黨中的活躍分子不全是和他一樣充滿了理想的。反倒有不少人僅熱衷於爭權奪利，在黨內形成了好幾派系，政府裏的官位都成了派系間的利益分配。

最讓黃念福失望的是，鼓吹台灣獨立成了贏得選票的手段，它的理念已被撕裂得面目全非。

黃念福覺得，他對台灣獨立的任務有了更大的急迫感。

回到台灣後，黃念福就和大姐定居在淡水。黃念福在黨內的政策研究小組擔任研究員，同時也是總統府資政。但是他的真正任務是策劃和指揮「台灣獨立」的行動。

讓黃念福最失望和無奈的就是政府和支持黨的企業家對「台獨」只是做口頭和表面上的贊同，而對「運動」所需的財政支援卻一毛不拔。總統府一位機要秘書最近直截了當的告訴他，由於近來在野黨發起的反貪腐行動，總統已無法在他身上動用「特支費」了。從今以後，所需的經費都要他自己去負責籌集。

在如此不利的國際情勢和台灣島內的大環境下，台獨活動的火焰要有一個驚天動地的特別行動，才能在人們的心中繼續燃燒。這是需要大量資金才能辦到的事。黃念福就是要完成這個看似不可能的目標。這是他答應了他大姐的事。

當黃念福回到他闊別了四十年的台灣時，大姐到機場迎接他。這是他從父兄遇難後，第一次看到大姐臉上出現了笑容。姐弟開始了他們遲來的快樂生活。但是好景不長，大姐患了肝癌，發現時已是末期了。醫生說大姐已不久於人世了，現在能爲她做的就只有儘量減輕她的痛苦，因此大部份的時候，她是在嗎啡麻醉的昏迷中。每天只有早上的一個多小時，她是清醒的。這一段時間，黃念福一定會在她的病床邊陪她說說話。

走出台大醫院時，已經快早上十點鐘了，黃念福的心情十分沉重。主治醫師柯大夫告訴他要有心理準備，大姐熬不過這兩天了。但是今天大姐的精神似乎比前兩天好，還喝了兩口他昨晚用冰糖熬的蓮子湯。話好像也多了，說她已經都準備好了到天國去見父母親和大哥，說得黃念福熱淚盈眶。還一再地提醒他別忘了父親的遺言。這就是廻光反照嗎?

台大醫院的對面就是二二八和平公園，它以前叫「新公園」。他記得小時候他老是愛問父親，有「新公園」就一定有「舊公園」，它在哪兒呢?這個問題沒人能回答。公園裏有個紀念碑，上面刻有在二二八事件遇害人的名字，包括了黃念福的父兄。每次看見他們的名字，就讓黃念福想起他們的音容。

今天，黃念福約了兩位年輕人在附近的飯店用餐，一位是中山科學院的賴武雄，另一位是香港優德大學的電腦工程師。雖然離約定的時間還有半個多鐘頭，黃念福一眼就看見賴武雄在飯店大廳沙發上看報，他趕快趨前打招呼：「小賴，你好，你好！怎麼這麼早就到了？」

「啊，老黃，你好！我怕路上塞車，就沒開車來，又想到要替朋友買幾個軟體，所以早早就從中壢搭車出來了。您不是也早到了嗎！」

「我是從台大醫院過來的，很近。」

「黃大姐的情況好點了嗎？」

「更惡化了，大夫說她過不了這兩天了。」

「這種事我們只能盡人事，然後聽天命了。這幾年，大家都看到你們姐弟在那一段漫長的苦難日子後，過了幾年有意義和快樂的日子，黃大姐有您在身邊，她應該可以安心闔上眼睛了。到時候我去送她一程。」

黃念福的眼睛濕了：「那我就先謝謝你了，家姐一直對你有好感。」

賴武雄是高雄人，大學主修機械工程。服兵役時被選拔進入了國防部的中山科學院。他人很聰明又很用功，很快地受到了上級的賞識。他先後參加了防空導彈，「天弓一號」、「天弓二號」和「雄風」艦對艦導彈的研發工作。後來中山科學院送他到美國進修，在麻省理工學院拿了博士學位，成了一位優秀的科學家。

幾年前黃念福和他大姐參加一年一度的二二八事件受難者紀念會上碰見賴武雄，他的父親在二二八事件後被請到高雄要塞司令部去談話，就再也沒回來。

黃念福欣賞賴武雄的年輕有爲，而賴武雄佩服黃念福是個英雄，沒過多久，兩人就成了推心置腹的忘年朋友。當然兩人對台灣獨立的理念有很多的共同點，也是促使他們走到一起的原因。

「好，我們說正事吧！你看完了優德大學的報告了嗎？」

「看完了。」

「感覺如何？」

「非常精彩，它把一個科學技術上的抽象概念，轉換成一步步實際的行動來達到目的。」

「但是應用的領域完全不同，怎麼說呢？」

「這不是問題，同時推算多個小尺度的氣象演變和同時追蹤及推算多個飛行器的飛行路線的方法基本是一樣的。」

「所以這份技術功能報告是真的，也是可行的，對嗎？」

「當然，這份報告是鍾爲教授寫的，也只有他才會寫出這樣的東西。別忘了我上過他的課，他也曾當過我們中山科學院的顧問。」

「小賴，如果我們拿不到原始程式而只有目的程式，我們自己能修改來完成我們要的軟體嗎？」

「理論上是可行，但是這跟從頭做起相差不多。」

「要多少時間？」

「一個五人的軟體專家小組在三年內應當完成。這是假定由鍾爲來領軍。」

「所以我們一定要拿到ＭＴＳＰ的原始程式，我是志在必得，並且要快，我們的時間不多了。」

「老黃，我們的阿拉伯朋友能出多少錢來買它？」

黃念福比了個手勢說：「這個數目！」

「七百萬？」

黃念福搖搖頭回答說：「差了十倍！並且是美金。」

賴武雄驚訝的說：「七千萬美金！我的媽呀！」

黃念福突然站起來說：「我看是香港的朋友到了。」

飯店大廳走進一位中等身材，穿咖啡色長褲，黑色西裝上衣的中年人。他手裏拿著本英文的「時報週刊」。黃念福趨前打個招呼說：「請問您是清水灣來的？雜誌可以借看一下嗎？」

「您是淡水來的？」

黃念福點點頭，來人將「時報週刊」交到他手裏。在第十七頁夾著一個信封，撕開後從裏面拿出一張剪了一半的音樂會入場券，和他口袋裏拿出的另外半張入場券仔細的核對。這是他們約定的暗號。

兩張殘缺的音樂券完整地併成一張，黃念福說：「沒錯，就是它。我們還是小心點，一切按規定的程序來做。這位是我們中壢的專家。那我們就上樓用餐吧！我已經在二樓的餐廳定了位置。」

一行三人來到二樓的台菜館，在定好的小包廂坐定後，黃念福就馬上點菜。等菜都上齊了，服務員也退出去後，他們才進入真正的話題。

香港來人從上衣口袋中拿出一個光碟交給黃念福：「這是鍾爲教授在他的風切變計畫中期評估答辯時提出的書面報告，其中對ＭＴＳＰ軟體功能有很詳細的說明。這是保密檔，我從伺服器裏下載的，絕不可以見光。」

黃念福接過來後，馬上交給賴武雄。他說：「請問目前ＭＴＳＰ軟體發展進展到什麼程度了？」

「基本上主要的功能部分都已經完成了，兩星期前鍾爲教授將初期版本送到美國科羅拉多州，泊德爾市的國家大氣研究中心，ＮＣＡＲ，去檢定和試行，結果非常圓滿。」

黃念福：「看樣子進度要比預期的快，是嗎？」

「是的，自從石莎和邵冰去了一趟卡內基美倫大學後，技術上的交流克服了很多關鍵性的難點，不但進度快了，而且功能也更強了。」

賴武雄：「卡內基美倫大學的電腦系是專門替國防部發展特別軟體的，尤其是有關於雷達信號處理和運算。我們申請過很多次要去訪問，都沒被批准。」

「是啊，我們都知道那裏是全世界軟體科學最棒的地方，但是我們也去不了，理由是國防機密。可是鍾爲的一個電話，石莎和邵冰第二天就動身了。聽說他們的副校長是鍾教授的同學。」

賴武雄：「我認爲鍾教授的學術地位應該是主要的原因吧！他們送去給ＮＣＡＲ的軟體是原始程式還是目的程式？」

「當然是目的程式了。」

黃念福：「你現在有多大的機會可以取得ＭＴＳＰ軟體的原始程式？」

「可以說是零，不可能。石莎出事後，風切變計畫的所有軟體都用三層密碼保護。現在ＭＴＳＰ的三個密碼是在邵冰、李傲菲和鍾爲手裏。」

賴武雄：「邵冰手下的人在打開ＭＴＳＰ後，工作期間能不能下載呢？」

「他們使用的是目的程式，所有的原始程式修改都要匯總到邵冰那裏，只有她才能接觸到原始程式。還有，ＭＴＳＰ軟體只能在指定的電腦和工作站上用，它們都安裝有鍵盤使用記錄的軟體，誰在什麼時候下載了什麼，都能一目了然。這些都是石莎死後加裝的安全措施。石莎的死，使我的工作更困難了，風險也大了許多。你們應當考慮增加給我的費用了。」

黃念福：「好的，我們會考慮你的要求。順便問一下，石莎命案的調查工作進行到什麼地步了？」

「不太清楚，前一陣子九龍重案組的好些刑警還進進出出我們那，現在見不到他們了，也許快要結案了吧！」

賴武雄：「札克和你聯繫了嗎？」

「有，他問了很多關於MTSP功能的問題，我都儘量的回答了。昨天接到他的電郵，說要下定金了，可見他們對我給的回答是滿意的。」

賴武雄：「他有提到硬體的問題嗎？」

「札克說硬體的供應不該有問題，和MTSP有關的硬體在市場上都買得到。」

賴武雄：「我擔心追蹤雷達的信號能不能和MTSP相容。」

「MTSP有接收終端都卜勒氣象雷達的功能，我相信飛行器追蹤雷達的資料格式應該是一樣的。再有它們都是美國雷神公司生產的雷達。實在不行，加個轉換器就行了。」

賴武雄：「別忘了札克是白俄羅斯軍火商的技術代表，他們和一般的軍火商不同，有自己的生產能力。他們完全可以改造或是拼湊出自己的系統。MTSP軟體需要和這些系統相容才行。」

這頓中飯吃到下午兩點才結束，黃念福和賴武雄把香港來的朋友送到飯店門口，臨別時，黃念福突然問起：「最近鍾爲教授還好嗎？」

「我沒有直接和他接觸，但是同事們都說石莎的死帶給鍾教授很大的打擊，他認爲石莎是爲了他而喪生的。您認識鍾爲？」

黃念福沒有回答，但是他的臉色有些奇特。等香港的來人走了後，黃念福說：「我們這個香港朋友就只知道要錢，這和我們黨內一些同志們不是一樣嗎？」

「老黃，你也不必太在意了，真實的世界就是如此。倒是如何去拿到MTSP的原始程式才是我們最頭痛的。」

「小賴，我明白這道理，但就是不服氣。這麼快就把理想忘得一乾二淨了。我們的特派員說院長還是有信心會拿到MTSP的原始程式，但是我對這二位同志的信心卻愈來愈低了。」

「你說的院長是不是以前在新竹工業研究院當院長那位？聽說他是個不學無術的人，只是對上面拍馬屁的能力很強。香港怎麼會找他去當副校長？我們不能全靠他來促成爲我們籌款的事。」

「所以我也開始做其他的安排了。上次我送到埃及的樣品很受歡迎，明天有個叫阿布都拉·沙拉馬的人要來談訂合同的事。產品是我們聯勤兵工廠出的貨。」

說完，黃念福揮一揮手：「我走了，再聯絡，你小心點。」

阿布都拉·沙拉馬是黃念福的一位瑞典朋友介紹的。沙拉馬出生於埃及的一個富裕商人家庭，母親是黎巴嫩人。他在法國主修歷史，念書時認同了什葉派的穆斯林原教主義。這是穆斯林教的激進派，消滅以色列和猶太人是他們的目標之一。

沙拉馬在法國讀書時結交了一群由阿拉伯世界來的年輕學者，他們雖然在世界著名的學府建立了自己的知識基礎，但是他們也認識到在主流世界裏，中東或阿拉伯地區的原住民或是信奉穆斯林教的教徒們的人格和文化是如何地被扭曲和醜化。拿到博士學位後，沙拉馬沒有回埃及而是去了黎巴嫩。在那他加入了「真主黨」，幾年來由於他的才能和勤奮，他被吸收成爲「真主黨」的高層領導。

在黎巴嫩，「真主黨」是個異類，毫無疑問的它是個宗教團體，但是它擁有一個強大的軍隊，要比黎巴嫩的國家軍隊強大得多。同時它也辦學校、建醫院和從事各種各樣的社會公益事業。在真主黨辦的學校裏，教師都是由世界各地聘請的，學校裏不僅教伊斯蘭教義，同時也開其他宗教的課。黎巴嫩有百分之二十的人口是信基督教的，他們也會把孩子們送到由「真主黨」辦的學校。這二十年來，他們辦的學校、醫院和其他的事業成爲在黎巴嫩最優秀、最有成績的，也是大家所追求的。

當然，這一切都要有雄厚的財力才能做到。「伊斯蘭真主黨」的財源是來自另一個什葉派伊斯蘭教政府：伊朗。沙拉馬最重要的任務就是利用伊朗的財源在全球採購真主黨所需的軍備。

由於美國和西方國家受到猶太人的影響，全面禁售軍火給任何回教組織。因此，沙拉馬的採購對象主要是一些東歐的小國，尤其是前蘇聯解體後變成獨立的國家。其中白俄羅斯是主要的軍火供應商。

在蘇聯時代，華沙公約會員國的武器裝備有很大一部分是由白俄羅斯的軍火專家研發出來的。在美國攻打伊拉克的兩次波斯灣戰爭，和多年來以色列和周邊阿拉伯國家的戰爭裏，回教徒們面臨的最大困難就是對方強大的空中武力，他們是毫無招架之力。目前他們的防空系統只能對一個目標進行追蹤、鎖定和開火。但是當敵人的多個目標同時到達時，還沒來得及面對下一個敵人目標發射防空飛彈時，自己就被敵人摧毀了。這是沙拉馬要出天價來取得ＭＴＳＰ軟體，以提昇他們防空系統的主要原因。

第二天，黃念福起來得很晚，昨晚在床上翻來覆去久久不能入睡，就是在想著一個問題：如何去籌款來進行台灣獨立的活動？就算是把錢籌足了，又如何呢？關鍵在於美國的支持，但是現在中國和美國之間有著利益關係，因此，美國對中國的政策是建立在維持台灣現狀的基礎上。所以美國反對台灣的任何獨立運動。黃念福的另一個重要任務，就是要想出一個點子來改變美國對台灣的政策。黃念福有具體的想法，但是要完成它，卻是困難重重。這些讓他煩惱的事使他一直醒著，到天色微明時才昏昏入睡。

黃念福趕到台大醫院時，大姐在昏睡著。護士說早上她醒過一會兒。坐在病床邊，看著大姐焦黃的臉色，呼吸時氣若游絲。大姐一生都是在為別人而活，根本沒有自己的生活。現在連這條生命的路都走到盡頭了。前幾天他給在美國的二哥和二姐打電話，把大姐的情況告訴他們。但是他們的回應是工作及家庭都非常忙，一切就請他這小弟偏勞了。想當年姐妹兄弟們相依為命，靠著大姐在這世界上活著，如今大姐要走了，他們不來送大姐上路嗎？黃念福說不出自己是悲哀呢，還是憤怒。他只能下結論說老天爺的眼睛是瞎了。他坐在床邊陪著昏迷的大姐，看著她的生命一點一點的離開她。

黃念福在下午三點整來到了君悅大酒店。他用大廳的電話撥到沙拉馬的房間後，就乘電梯上去。沙拉馬開著房門在等他，兩人見面熱烈的握手和親額。一壺熱騰騰的咖啡和一盤小點心已經擺在茶桌上。早飯和中飯都沒吃的黃念福就正好用上了。

「沙拉馬博士，請原諒我，我今天還沒有吃任何東西呢！」

沙拉馬喝了一口咖啡：「沒問題，這些就是爲黃先生準備的。」

黃念福和沙拉馬認識有一年多了，交往了一陣子後互相的感覺很好，後來乾脆開誠佈公，把所有的事都攤開在桌面上，彼此防備對方的心沒有了。現在他們成了無話不談的知心朋友。

「還是讓我們恢復上次的習慣，我稱呼你阿布，你叫我老黃，好不好？什麼博士先生的，像陌生人似的。」

「太好了，就這麼叫了。但是我這次來最重要的事，就是要你老黃帶我去那家餐館大吃一頓。在那裏吃一餐飯，會把你整個人生觀都改變了。我一直認爲這是你們中國文化最博大精深的地方。」

黃念福一手指天：「你就不怕上面的阿拉說你吃豬肉了？」

阿布：「誰說那是豬肉？明明是鴨肉嘛！」，說完了兩人哈哈大笑。

老黃：「那還要喝酒嗎？」

阿布：「可蘭經說我們回教徒不能喝酒，可是那不是酒，你管那叫觀音水，這名字太美了。」

老黃：「中國人管你這樣的回教徒叫做掛羊頭賣狗肉的回回。」

兩人又是一陣哈哈大笑。

「老黃啊！這麼多年來我的工作、也就是我的生命，充滿了死亡和哀傷。自從認識你以後，生活裏就有了短暫的喜悅，有時候我在懷疑我是不是就是爲了這短暫的喜悅而活著。」

「阿布和老黃，一個來自非洲，一個來自亞洲，他們的工作都和死亡有密切的關係。也就是在這荒謬的世界，這兩個從最古老的文明裏走出來的老頭，能享受片刻的喜悅。這是我們的造化，我們要珍惜。」

「老黃，我是學歷史的，我非常明白，歷史的浪潮會把像我們這樣的人一掃而過，不留下一點蛛絲馬跡。老黃，這就是我們的悲哀。」

「哎！不說了，怪洩氣的！談談高興的事吧！阿布，我看完了你給我的九一一勇士傳，我沒想到這十九位劫機的人原來都是知識分子，很多人都以爲他們是一群江洋大盜和亡命之徒。」

「是的，他們從劫機、撞毀世貿中心和五角大廈，都透過長期的策劃和執著的運籌帷幄。我認爲歷史會留下他們的名字。歷史對他們會比我們要仁慈得多。想念著這些烈士，再看看今天阿拉伯國家官員們的貪污腐敗，多強烈的對比呀！」

「這和台灣目前的情況完全一樣，當一群有理想的人推翻了一個腐敗的政府而成了執政者，不久，他們自己也腐化墮落了。」

「這就是歷史捉弄人的地方。」

說到這裏，黃念福想到了他自己在紐約槍擊獨裁者的事，比起九一一事件就太渺小了。

「阿布，我吃飽了，談正事吧！」

沙拉馬站起來，走到衣櫃前，打開門把公事包拿出來。他從裏頭拿出個信封交給黃念福：「老黃，這裏是五張本金支票，每張是一百萬美金。按我們同意的，我們先付百分之五十，交貨後，再付百分之五十。老黃，你知道最近我們在黎巴嫩南部和以色列交戰了一個月。我們的傳統武器彈藥有大量的消耗，急需要補充。由於美國的干涉和禁運，我們在東歐國家的採購愈來愈困難了。所以找你們來填空。」

「我們送去的樣品都還滿意嗎？」

「相當滿意，所以我們希望能有長期的合作。」

「阿布，有一點你們要明白，那就是保密，這事要是讓美國人或以色列人知道了就玩完了。」

「我們明白，你看這五張支票都是由香港的五家小銀行開出的。收款人是你指定的五家皮包公司。」

「阿布，非常好，但是我們還是要非常小心。貨品我們會先用漁船運到香港，再裝貨船到塞普勒斯，你們到那提貨，同意嗎？」

「很好，這事就這麼定了。我這次來還有一件更重要的事……」

「我知道，就是來吃鴨肉和喝觀音水。」

「哈哈！對對對！我是說還有第二件重要的事，那就是MTSP軟體的事。本來這是你們和白俄羅斯軍火商之間的事，但是我們是終端用戶，所以非常關心這事。我們要購買的防空系統一定要有MTSP功能才能達到我們的要求，才能和現代化的以色列空軍抗衡。」

「阿布，我們有信心會取得MTSP軟體。」

「我們的白俄羅斯朋友對MTSP軟體有高度的評價，對它的創始人鍾爲教授有更高的評價。但是我們也聽到在取得MTSP的過程中，鬧出了人命案。我們擔心在命案的調查過程，會將我們的事曝光，這是我們最不希望看到的。」

「我非常同意，說老實話，我對我們在香港的同事工作能力也有懷疑，我會去關心此事。」

突然，黃念福的手機響了，一看是台大醫院打來的。

「黃先生嗎？請您馬上到台大醫院來一趟。」

鍾爲從教室走出來時心情特別好，今天在課堂裏和學生們的互動讓鍾非爲滿意。東方的學生不同於美國的學生，就是在學生和老師之間的互動。尤其是香港和內地的學生，他們可以整個學期從不發問任何一個問題。這對當老師的來說，是極恐怖的事。學生對這門課到底懂了沒有？

今天在課堂上，學生們終於放下了讓他們沉默的枷鎖，開口說話了。當老師的最希望看到的是從一個學生的問題引發了其他同學們針對同一個內容的更多問題，在回答的過程中，往往會把重點說得更清楚。

下課後，鍾爲經過邵冰的辦公室，看見她聚精會神地敲打著電腦鍵盤，就敲敲門說：「邵冰，在忙啊！我能進來說句話嗎？」

邵冰抬起頭來：「難得，老闆，快請坐。」

邵冰原來是和石莎合用一間辦公室，石莎出事後也沒再分配另一個人來。辦公桌上的東西全移走了，只留下一個相框，裏頭是石莎穿著比基尼泳衣的照片。鍾爲的臉色沉重，默默不語。邵冰走到辦公室門口把門關上，說：「是不是在想她了？」鍾爲點點頭，邵冰接著說：「我也是，有時候我覺得石莎沒離開，總是在我們身邊。最近我們的工作進展得很順利，是石莎在保佑我們。」

「你什麼時候變得這麼迷信了？」

「發生在石莎身上的事有很多地方都無法解釋，又看了石莎留下來的信，我也相信宿命論了。」

「別忘了你是學科學的。」

「不說了，說不過你的。鍾爲，你沒事不會來看我，說吧！又有什麼事要我去做的。」

鍾爲：「我要你先答應我。」

邵冰：「我還是那句話，我什麼時候拒絕過你的任何要求？」

「我是有幾件事要和你商量，蔡邁可昨天來把案子的發展跟我彙報了，的確是有了重大的進展，老蔡也把你的幾個關鍵發現告訴我。你真的是挺能幹的。但是老蔡說兇手殺了人但是沒達到目的。如果他們決定要再次下手，下一個目標就可能是你。我同意老蔡，你不能一個人在那上不著天下不著地的地方獨居，應該搬回去和父母住了。」

「蘇齊媚警官也是這麼告訴我。鍾爲，我希望你是關心我的人身安全而不是在擔心沒人替你幹活。」

「石莎為了MTSP把命給丟了，如果你再出了什麼事，你說我還能過日子嗎？」說著，鍾為的聲音就不對了。

「鍾為，對不起，我是跟你鬧著玩的。我明白你在關心我。我會馬上搬回家去住。」

「還有，老蔡說你老是喜歡到處獨來獨往的習慣也要改，你不是有一大堆男朋友嗎？叫他們陪你不就行了嗎？」

「那我就搬到男朋友那去同居不更好嗎？不像我父母，手無縛雞之力，男朋友身強力壯，不是更能保護我嗎？」

「邵冰，我舉雙手贊成，我知道你的男朋友個個都是香港猛男，我一定放心。」

「鍾為，你又在氣我了。其實，我還有個好地方，要比我父母家或男朋友家都好，最安全又最方便。」

「邵冰，馬上停下你的瞎胡鬧想法。」

「看，我把你嚇的！跟你鬧著玩的，我知道你的廟堂裏沒有我容身之地。」

「那就這麼定了，等你搬完家我請你吃飯，由你選飯館。」

「我不在乎吃什麼，但是我要飯後的餘興節目。像上回那樣好不好？」邵冰不好意思地低下了頭。

「想不想聽我的第二個要求？」鍾為顧左右而言他。

「說吧！老闆，有何效勞之處？」

「我們被美國和歐洲的政府民航組織邀請，去說明我們的風切變系統。我需要你和我一起去，有很多電腦程式的問題我無法回答。」

「李傲菲應該陪你去。」

「人家有更好的安排，卡內基美倫大學邀請她以MTSP為內容，去做專題演講。」

邵冰：「鍾爲，你怎麼不去？」

「人家只要電腦科班出身的去做專題演講，所以只邀請李傲菲。我的事只好勞你大小姐的駕，陪我一趟了。」

「那我們什麼時候動身？要去哪些地方？」

鍾爲：「等一開完教授會議就動身。先去華盛頓美國聯邦民航總署，第二站是法國巴黎的歐洲民航組織，然後到尼斯，開車到特路斯的空中巴士總部。離特路斯一箭之遙就是一年一度舉辦電影展的坎城，那裏一路上都是著名的購物天堂，別忘了帶你的信用卡。最後我得去義大利的米蘭，從那開車去義大利和瑞士邊界的阿爾卑斯山，那裏有一個極美而又神秘的地方，歐盟的聯合研究中心就在那。上次我帶李傲菲去過一次，她很喜歡。但是她更喜歡米蘭的服裝店。」

「鍾爲，你不是在騙我吧？巴黎、尼斯、米蘭，這不是在做夢嗎？我的鍾大教授，我要擁抱你！」

「在辦公室向上級性騷擾是要嚴重處理的。」

「行，那我就在飯後的餘興節目時，不在辦公室時，再性騷擾我的老闆。」

「想得美，到時候看是誰騷擾誰。」說完了，鍾爲開門往外走。

邵冰跟上來：「學校裏有人說你派風切變的成員到世界各地去，是不是太浪費了？」

鍾爲：「浪費不浪費要看有沒有成果。自己沒有得去，就犯紅眼症，真無聊。我知道是些什麼人，政府都沒說話，他們來指指點點的幹什麼？」

在大學裏每個人都花不少時間在收發電郵。對內和對外傳送資訊完全是利用電郵。風切變計畫的工作裏，電郵幾乎是最重要的工具。有時他們每天會有上百封的電郵。但是當看到蘇齊媚警官的電郵時，鍾爲還是很驚訝。

鍾為教授：您好！

謝謝您送給我的花和短信，花非常美，短信卻使我很慚愧。

您是科學家，面對的是大自然。而我是警察，面對的是人的問題。我和您之間的誤會是因為我對人的問題處理不當，錯誤在我，重案組組長何族右與杜威法醫都很嚴肅的批評了我。請您原諒我吧！

優德大學的案子最近有了不少突破，專案組希望向您說明，也有些問題向您請教（保證不惹您生氣）。

我們能見一面嗎？

靜待您的回音。

蘇齊媚

鍾爲說服了蘇齊媚由他做東請客，算是他向蘇齊媚賠不是。約好了在尖沙咀的香港洲際大酒店二樓的西餐廳吃晚飯。

星期三下班後，鍾爲提前來到餐廳，選了一個靠窗的桌子。窗外正是維多利亞港，曾是好些小說和電影的背景，女作家韓素英寫的「蘇西黃世界」裏的男女主人，就是在這渡輪上相遇，相戀和分手。

入夜後，在水天一色的背景下，香港和九龍兩地高樓上的燈火輝煌，配上水中航行船隻上的燈光，它把每個頭一次來香港的人都迷住了，二十多年前鍾爲也曾有過這經驗。

就在他神遊二十年前的往事時，服務員把蘇齊媚帶到面前了。她輕妝淡抹，除了一副小小的珍珠耳環外，沒配戴任何首飾。緊身的黑色細肩帶洋裝，將她玲瓏有致的身材顯露無遺。鍾爲愣住了，多年前另一個人的身影又出現在眼前，不會吧！怎麼會這麼像！

蘇齊媚：「鍾教授，怎麼不認識我了？我就是幾年前被您罵得狗血淋頭的羅伯遜太太，現在改名叫蘇齊媚警官。」

鍾爲：「哎呀！不好意思，到底是香港的警花，美女當前，迷昏頭了。快請坐，這間餐館還可以嗎？」

「我這輩子還從沒在這麼高級的餐館享受過！」

今天，蘇齊媚是特別的輕鬆自然，反而是鍾爲顯得很拘謹。蘇齊媚把頭轉向窗外，一頭長髮也隨著飄起再散落在雪白的肩上。鍾爲目不轉睛地看著眼前的美女，心中的思潮更是洶湧不止。蘇齊媚轉過頭來也開始目不轉睛地看著鍾爲，讓他有點坐立不安。突然，蘇齊媚站了起來，鍾爲也跟著站起來，問說：「怎麼，要走了？」

「當然不是，整天沒吃東西，就在等這頓大餐。但是我希望和您交換座位。」兩人換了座位後，鍾爲很奇怪的問：「這座位不舒服嗎？這個方向的風景要好看一些。」

「我知道，但是我要能看見門口，心裏才會踏實。也算是職業病吧！」

鍾爲哈哈的笑起來：「我明白了，那蘇警官身上還帶著配槍嗎？」

「當然了，重案組組長的命令，在所有的嫌疑犯被捕前一定要槍不離身。」

「蘇警官把我難倒了，你這身緊身的衣服，讓我看見了你全身的曲線，看不出來你的槍能藏在什麼地方。」

「鍾教授好像對女性的身體也很有研究，如果想知道我的槍在什麼地方，那我非得寬衣解帶了。要嗎？」說完了還把手指伸到那細細的肩帶下，一臉曖昧的笑容，做出要脫衣的樣子。

「蘇警官今天是充滿了信心和幽默，話鋒犀利，我不是對手。還請手下留情。」

「好了，我是真的餓了，可以叫晚餐了嗎？」

兩人細細研究面前的菜單，最後決定各點一份套餐。

蘇齊媚：「太好了，套餐有前菜、濃湯、沙拉、主菜、甜點和無限量的法國麵包。這下我可有好幾天不會挨餓了。對了，鍾教授今晚的預算允許叫瓶酒嗎？」

鍾爲不知道蘇齊媚這副江湖的姿態是刻意扮演出來的？還是她今晚真的完全放開，露出她的真情和個性了。他說：「沒問題，一瓶酒還不會讓我破產。但是我只能喝一杯，因爲還要開車。」

「行，剩下的全交給我。今晚我是不醉不歸。男人不是老想把女伴灌醉嗎？鍾教授一定沒有把女警灌醉的經驗吧？」

不一會兒，服務員送來一瓶紅酒，鍾爲煞有介事的先聞一聞酒瓶塞子，再淺嘗一口，然後點一點頭，服務員就給兩人的酒杯倒滿了。蘇齊媚和鍾爲也行禮如儀，碰一碰酒杯後，就開始飲用。菜端上來後，蘇齊媚就不再說話了，專心的對面前的食物和紅酒展開攻勢。

天黑後，窗外的迷人美景出現。鍾爲沒心吃，也不說話，只是看著對面的美人。

蘇齊媚把嘴裏的一塊肉咽下後才說：「我現在明白了，鍾教授爲什麼要選這家餐館。因爲開始討厭我而不能下嚥美食時，還能看窗外的美景。」

鍾爲：「我是在吃，但是在食色。」

蘇齊媚：「過氣的警花，會讓人食不下嚥。」

鍾爲：「多年來有件事我一直想要說，請你一定要接受我的解釋。」

蘇齊媚：「那就說吧！」

鍾爲：「多年前我對羅伯遜警官的憤怒是來自內心的，但是對羅伯遜太太的野蠻和無禮是當時我的心態很不正常，原因是……」

鍾爲一時說不出話來，因爲此刻蘇齊媚抓住了鍾爲放在桌上的手，兩眼深情地看著他，說：「是因爲我讓你想起在你生命裏另一個人和你受到過的傷害。當別人告訴我您的爲人後，我就知道那份衝著我的野蠻和無禮是裝出來的。我們第一次見面時，鍾教授的風采就留給我很深刻的印象。當時還在想，如果不能做朋友最少也不能做敵人。在英國的那幾年，也想過要主動地把事情講清楚，可是沒有足夠的勇氣，害怕會被人拒絕於千里之外。」蘇齊媚的眼圈濕了。

鍾爲：「對不起。」

蘇齊媚的眼睛笑起來了：「等了這麼多年，終於聽到這句話了。那你也要答應我的一個請求。沒別人時，你叫我齊媚，我叫你鍾爲。叫蘇警官和鍾教授多彆扭。」

「一言爲定。還有，爲什麼不叫我爲呢？不是更親熱嗎？」

「聽了多肉麻！還不如叫你阿爲呢！」

「你敢！給學生聽到了會把它當成我的外號，跟著我一輩子。」

「哈哈！終於讓我找到你害怕的東西了。小心我會要脅你。哎呀，看你什麼都沒吃，看我都全吃光了。鍾爲你快開始吃吧，我來把案子的發展情況告訴你。」

兩個人的心結打開後，就像老朋友似地聊了起來。蘇齊媚仔細地把調查情況說了一遍：

警方不相信石莎會開門讓兇手進來。根據現場留下的蛛絲馬跡，門鎖裏有很新的金屬碎屑，大門很有可能是用新打造的鑰匙來打開的。那麼兇手是如何取得這鑰匙成爲關鍵問題。

根據石莎的房東說，租戶是優德大學，然後分配給石莎做爲宿舍。一共有兩把大門鑰匙交給了優德大學，其中一把留在優德大學的物業管理處，另一把給了住客石莎。

物業管理處有一個掛在牆上的大木盒子，裏面井然有序地掛著所有歸優德大學管理的教職員宿舍的大門鑰匙。大木盒子的鑰匙是歸專人管，如要借用裏頭的鑰匙，要有正式的書面申請。但是這管大木盒鑰匙的人經常把這鑰匙藏在她辦公桌底下。不少同事都知道這秘密。

三周前，蔡邁可帶著警察技術科的人在大木盒的裏裏外外取下幾個指紋，因爲是在半夜進行，沒有人知道這件事。在此同時，邵冰終於找出來進入風切變網站企圖下載ＭＴＳＰ軟體和其他相關資料的駭客。他名叫羅勞勃，兩年前曾被李傲菲聘用做軟體員。但是不久因爲企圖盜賣他人有智慧財產權的軟體又被李傲菲給開除了。奇怪的是，副校長周催林馬上又用他個人的項目費把他聘回來。

一般情況下，被開除的人優德大學是永不錄用的。李傲菲去問人事部是怎麼回事，回應是他不是被開除的，而是自動辭職的，日期是李傲菲開除他的前一天。這些背景事實，專案組決定把他列爲嫌疑人展開調查。

很快地，專案組發現羅勞勃在案發前一周曾在他家附近的鎖店打造過一把門鑰匙，收據上有鑰匙的號碼。他的指紋也出現在物業管理處的大木盒上。同時專案組也發現羅勞勃最近常常到台灣和澳門。

九龍警署署長下令逮捕林大雄，因爲他還在內地，逮捕方案是在他入境香港時在海關由移民局來執行。透過關係，專案組目前已經掌握了林大雄在內地的行蹤。在此同時，專案組向法院申請對嫌疑人住處的搜索票，在林大雄家裏找到一把新打造的大門鑰匙，證明就是羅勞勃打造用來開啓石莎大門的同一把。專案組將他列爲殺人案共犯嫌疑人，但目前還不計畫要逮捕他，因爲要利用他將優德大學高層的陰謀活動曝光。

最後要說的是梁童，因爲他是澳門居民，要隱藏自己的行蹤較容易，因此絕不能打草驚蛇，逮捕林大雄的事一定要保密。目前澳門警方希望在香港逮捕梁童，他們不希望有任何與犯罪活動有關的事件在澳門上報，而影響到他們的經濟發展。

最新的發展是，兩天前警方終於在沙田的一個私人停車場找到了林大雄的汽車，技術科的人證實了車子的輪胎和第一及第二現場所發現的胎痕相同。但是最重要的是在汽車的貨箱裏發現了幾根人的頭髮，經過ＤＮＡ檢驗，證實是石莎的。現在林大雄的汽車用來運屍的假定，也有了直接的物證。

蘇齊媚一口氣把過去幾周的案情發展說完，鍾爲聽得很入神。他說：「我現在才明白爲什麼把警察辦案說成是抽絲剝繭，這要比做科學研究難多了，但是也更有趣味。齊媚你就收我做學徒吧！」

「鍾爲，你不可以取笑我們當警察的。」

「我是誠心誠意的。」

「你別嚇我行不行？說真的，現在我們的調查工作碰上難題了，我們專案組討論和思考了好多次，認爲只有你鍾大教授親自出馬，這些困難才能迎刃而解。」

「不會吧！你剛才還拒絕收我做學徒呢，我怎麼樣來幫警察辦案呢？」

「聽我說，你知道嗎？牟亦深原來並不是優德大學的正式職員，他是周催林聘用的臨時員工，現在他失蹤了，不知去向。我們要求通緝牟亦深和將周催林列爲共犯嫌疑人，展開調查，張家滋否決了我們的申請。他還要我們趕快結案，以強姦未遂及殺人罪對林大雄和梁童起訴，以共犯起訴羅勞勃。何組長和張家滋大吵起來，說案子的中心問題ＭＴＳＰ軟體的事就不管了？」

「那張家滋要結案的理由是什麼？」

「問題就出在這兒，他說是到該結案的時候了，要何組長服從指揮。」

鍾爲很關心的問：「那你們組長抗拒上級會不會被炒魷魚，調離重案組？」

「我看不會，組長在警界有他的人脈關係，並且他是唯一獲得大紫荊義勇勳章的現役警察。那是要在破案時用性命換來的。你能想像如果組長在調職聽證會上戴著它出席，有人能反對他嗎？張家滋是明白人，不會做傻事。」

「我希望你的看法正確，我對做官的人信心不大，他們做得出心黑手辣的事。何組長還是得小心點。」

「我會把你的關心跟他說。但是我們可能在面對一個更大的問題。那就是MTSP軟體也許還不是案子的最終目的，背後可能有更大的陰謀。」

「我們只是一群教書和做研究的，會有什麼大陰謀呢？」鍾為很不解。

「鍾為，你曾想過嗎？周傕林、牟亦深和羅勞勃千方百計要拿到MTSP軟體是為了什麼？是他們自己要用嗎？」

鍾為突然睜大眼睛：「當然不是。」

蘇齊媚盯看著他說：「那是要幹什麼？」

「看樣子這是關鍵問題，我為什麼就沒想到呢？你這麼聰明還不肯收我這笨徒弟，是看不起人。」

「別給我戴高帽子，這全是我們組長問的。他這麼多年的辦案經驗，什麼事都瞞不過他。他認為要把幕後想要用MTSP軟體的人和目的找出來，陰謀才會大白。鍾為，你說，還有誰會想要MTSP軟體呢？另外一個飛機場？」

「不太可能，他們可以光明正大的問我們買呀！有這需要的機場負責人都認識我，他們不會在背地裏做見不得人的事。我們不是要賣軟體賺錢，促進飛行安全是我們的目的，如有正當用途，我們甚至可能把軟體送給他們。更何況如果是在航空氣象上的應用，目標軟體就行了，為什麼要原始程式呢？要原始程式唯一的目的就是要修改，然後發展出其他的用途。」

「鍾為，它很可能就是組長說的陰謀。這是非常重要的新思路。你能說說會有什麼樣的其他用途嗎？」

「我也想不到什麼具體的用途，但是有件事也許邵冰跟你提過，就是她和石莎到美國卡內基美侖大學做交流時，碰到一群軟體科學家對MTSP的構思和功能很感興趣，他們都是爲美國國防部開發軟體應用的專家，由此看來MTSP的功能在修改後可能會有軍事上的用途。但是如果美國國防部對MTSP有興趣，他們會通過正式途徑來取得，不必使用非法手段。事實上他們已經邀請李傲菲去訪問和討論MTSP的技術問題了。」

「你知道嗎？鍾爲，這個思路的可能結論是什麼嗎？」

「荒謬和可怕。」

「只有恐怖組織才會使用非法手段去取得軍事用途的技術，但是我們的嫌疑人又有台灣的這一層關係，這從當前的國際現勢看又不合乎邏輯。啊！不會吧……」

蘇齊媚突然把手機拿出來，按下一個鍵後就說：「朱小娟，你給我過來！」

鍾爲一回頭就看見實習警官朱小娟笑眯眯地從門口走進來，後面還跟著鍾爲的研究生陳建勇。等朱小娟一到他們的桌前，蘇齊媚就低吼了：「朱小娟，你好大的膽子，是來監視我嗎？」

朱小娟嘻皮笑臉的說：「蘇姐，今天打扮得這麼漂亮啊！」

「少說廢話，說，是誰叫你來的？還是你不放心借給我的這身衣服。」

「我是害怕蘇姐和鍾教授會一言不合，吵起來了。所以找了陳建勇來看看。」

「鍾爲，說了真不好意思，我連一套像樣的外出服都沒有，還得問小娟借這身衣服，穿起來太緊了。」

「齊媚，我看還是不夠緊，要不怎麼在身上還能戴上一把槍呢！」

朱小娟臉上一付曖昧的笑容：「陳建勇，我看我們走吧，人家一口一個鍾爲和齊媚，把教授和警官都不要了，還把身上哪裏有槍的事都談過了，說不定還親手驗證過了。看樣子感情是以超音速在前進中，我們白擔心了。」

蘇齊娟的臉有點紅了：「朱小娟，你要是再胡說八道，我回去會收拾你。」

鍾爲來解圍，他問陳建勇：「你們吃過飯了嗎？」

陳建勇：「還沒有，本來打算順便也改善一下營養，但是看了這裏的價錢，只好打消這念頭了，鍾教授，是不是挺沒面子的？」

蘇齊娟：「尖沙咀附近有不少大牌檔。」

鍾爲揮手把服務員叫來：「這兩位要到樓下的餐廳吃自助餐，請把買單加到我的帳上。謝謝你。」然後對陳建勇說：「好好地招待朱警官，人家爲了我們的案子挺辛苦的。你自己慢慢的吃，把下星期的營養都給補足了。」

朱小娟：「蘇姐，你看人家對徒弟有多好，不像你那麼小氣，拿大牌檔來打發我們。」

蘇齊娟：「朱小娟，別以爲我不知道，說是來關心我，其實是來騙吃騙喝的，老實說是不是？」

朱小娟：「陳建勇，計畫被拆穿了，我們向樓下餐廳撤退吧！」

陳建勇牽著朱小娟的手走了。蘇齊娟若有所思地說：「朱小娟是個很幸福的女人，有男人深愛著她，聽說陳建勇是很優秀的學生。」

「他是不錯的，很喜歡讀書。有一次他說諸葛亮是個氣象專家，因爲在三國演義裏諸葛亮好幾次利用氣象因素打勝仗，借東風就是其中之一，滿有靈氣的。」

「聽說你對學生除了學術問題嚴格要求外，別的事你都是有求必應，做你的學生一定很快樂。」

「做學生是一生中最值得回憶的時光。我們當老師的應該幫助學生們去營造這段時光。但是你沒聽說我也很會罵學生嗎？我罵起人來很凶的。」

「嘿！你忘了，我是曾經被你狠狠羞辱過的。」

「不是說好了不再提那件事了嗎？」

「我要保護自己，免得你再對我凶。」

「好了，還是繼續說我們剛才說的事吧！我們說到哪裏了？」

「台灣和恐怖組織。組長說表面上這是很不合理的結論，但是也有一些說不清的蛛絲馬跡。比如，羅勞勃到台灣去做什麼？見了哪些人？去這麼多次的理由是什麼？我們查出來失蹤了的牟亦深曾用過南美多明尼加共和國的護照，上面的名字是康達前，多次進出香港、澳門和中國大陸。他在優德大學人事處檔案的資料說他持有香港永久性居民身分證，但是沒有人聽過他說廣東話或客家話。資料說他在一九六八年中學畢業後去了英國，到香港回歸那年才回來，但是他的英文能力都不像是一個在英國生活了三十年的人。這是怎麼回事？」

「你們已經有了很好的開端，取得不少資料了，應該繼續查下去啊！」

蘇齊媚：「我不是說了嗎，現在要我們結案，不能查下去了。我們想查問周催林關於牟亦深的事都無法進行。鍾爲，你們也許能助我們一臂之力。」

「我們一定會義不容辭，盡力去做，說吧，我們這些手無縛雞之力的秀才能幹什麼？」

「台灣不太可能會是MTSP的終端用戶，但是非常可能是轉手的中間人，這些事實真相和優德大學的嫌疑人在扮演的角色都需要調查清楚，否則起訴後控方站不住腳。但是我們在台灣完全不能施展開調查工作，這一點我們需要幫手。」

鍾爲回答：「我們有很多同事都有台灣的背景，包括我自己，也許能使點勁。」

「組長叫我告訴你的第二件事就是想想爲什麼張家滋要結案？張署長從來沒辦過任何案子，他是管人事出身的。他做官的唯一方法是不分黑白，堅持執行上級的指令。沒有一點自己的主見。我們專案組說是由他直接指揮，實際上還是組長在管事，所以要結案的決定不可能是來自張家滋，他對案子根本沒興趣。

這一定是上面的意思，是誰？這是不是來自當初提出石莎是因爲你的壓力太大而自殺的同一個黑手？對組長說來這是最大的未知數。」

鍾爲：「何組長要我做什麼呢？」

蘇齊媚：「他希望你或是優德大學在媒體上表態，說明對案子的進展滿意，但最重要的是要把盜竊MTSP原始程式的人或集團找出來，這樣優德大學對香港政府才有個交代，因爲港府是版權所有人。」

鍾爲：「這沒問題，明天我就去辦這事。」

蘇齊媚：「這對我們非常重要，克服不了這個障礙，案子就沒法往下辦了。上次林亮和小娟到澳門去追查梁童，事先沒和澳門警方打招呼，給人家認出來了。澳門提出抗議，張家滋就要處罰我們專案組，按規矩林亮和我都要降級，小娟要趕出刑警隊。但是組長硬是給扛下來，說是他派他們去澳門的。現在我們一切要按規定做，也就是說一切都得受張家滋和後面的黑手控制。」

鍾爲：「你們的老何不會就此服輸了吧？」

「當然不會，要是張家滋把我們去澳門調查MTSP的申請拖時間批准的話，我們就出保護任務。」

鍾爲訝異的問：「什麼是保護任務？」

「由於兇手沒有達到目的，有再次犯案的可能，加上兇手的黑社會背景，我們判斷鍾爲、李傲菲和邵冰是兇手的可能目標，上級已經批准可以對你們重點保護，這就叫保護任務。它是可以先斬後奏的，因爲我們無法控制被保護人的行動。你大教授心血來潮要去澳門，那我們就名正言順的跟著去。這不就解決問題了嗎？」

鍾爲拍案叫絕：「太好了，我下次去澳門時，你會陪我去，是吧？」

蘇齊媚：「別高興得太早，等你嘗過警察是如何保護你們的滋味後，你會恨死我們的。」

鍾爲：「你們現在已經有警力在出保護任務嗎？我怎麼沒看出來呢？」

「要是給你看出來了，我們還是警察嗎？」

「你現在是不是就在出保護任務？跟我換座位也是任務的一部分，對不對？」

「這是秘密，不告訴你。你盤子裏剩下的蛋糕如果你不吃，給我好嗎？」

鍾爲：「拿去吧！甜點都吃光了，酒也喝完了，你還沒飽，我們要不要再叫點東西？還是再來一瓶紅酒？」

蘇齊媚：「你真的是心懷不軌，非要把我灌醉嗎？我都快不行了。要是真醉了看你怎麼辦？」

「辦法有的是，就看你敢不敢了。」

蘇齊媚已是滿臉緋紅，有點不勝酒力了，鍾爲有點擔心她失控：

「齊媚，我們叫點咖啡，喝完了我們到外邊走走，吹吹風可以醒酒。」

「你呀真好玩，開始想把我灌醉，現在又怕我真的醉了，鍾爲你是拿不定主意了？」

「我是擔心你醉了會影響你的保護任務，那我不就沒命了嗎？」

「哈！原來是怕死啊！我的咖啡別加糖和牛奶。我上一下洗手間就回來。」

鍾爲在想，蘇齊媚原來是這麼有內涵的一個女警官，他深深地被吸引住了，並且又讓他想起多年前就藏在他心裏的事，這世上真有投胎轉世的事嗎？還是老天爺在作弄人。

「在想什麼？能說說嗎？」蘇齊媚顯然地又重新打扮了一番，看起來又是容光煥發。不少客人都轉頭看這位美豔的女子。

鍾爲沒回答她的問題：「來，把咖啡喝了，我們就去走走。」

洲際大酒店的後面就是維多利亞港，靠著岸邊修了一條水泥的人行道，取名爲星光大道。入夜後輕風徐來，兩岸萬家燈火，再加上港裏船上的點點漁火，構成一幅迷人的夜景，星光大道就成了香港的美景之一，是情侶最喜愛去的地方。整晚說話和開玩笑的鍾爲突然間變得沉默了，蘇齊媚也不曉得該說什麼好，只能在旁邊陪著慢慢走。隔了好一會兒，鍾爲開口了：

「齊媚，對不起，光顧著想自己的事，把你給冷落了，真是抱歉。」

「我還以爲說錯了話，又惹你生氣了。」

「我沒那麼愛生氣。我不是跟你說了嗎，那次我對你發脾氣，不是因爲你，而是我自己的情緒不對。別再提了好嗎？」

「對不起，鍾爲。我好像老是在向你說抱歉。其實我是看你心事重重，說出來也許會舒暢一點。」

「齊媚，我只是在感慨我都走上我人生裏的最後一段路了，但是我所擁有的都好似虛幻的，都是讓我抓不住的。」

「你怎麼會這麼想，有多少人能有你這樣的成就。」

「我不是在說我的科學事業，我是在說我的感情生命。只要我開始在意一份感情的喜悅，它就會這麼消失了，不管我是多麼地小心翼翼，它還是會走得無影無蹤。人的心不是鐵打的，有誰經得起這麼折騰。」

蘇齊媚突然明白了鍾爲是在想念石莎，她有一股失落的感覺，也很想去擁抱著他來安慰他。但是她不敢。兩個人又是沉默不語地走了一段路，蘇齊媚才說：

「李傲菲幫助我們技術科的電腦工程師把石莎家電腦硬碟中有密碼的文檔都打開了。其中有一個是她的電子日記，她把這幾年發生在她身上的事和她內心所想的都記錄下來，你知不知道？」

「她和我提過，偶爾也會寄給我看。」

「石莎活著時，我沒見過她本人，但是我看過她好些照片，她有非常漂亮的外表，從她的日記裏知道她有一個更美麗的內在，認識她的人都說她是個漂亮的人，也擁有一顆善良的心。」

「有時候我在想，會不會有一天她又回來了？」

「石莎寫下來她能感受到你對她的關愛，可是她渴望著你對她的感情有具體回應，讓她遺憾的是，她一直沒能聽到你說出口，為什麼？」鍾為不說話了。

「不想告訴我？」鍾為搖搖頭。蘇齊媚接著說：

「也許有一天，我們有更深的認識後，你會說給我聽。其實，我很羨慕你們的生活。」

「是嗎？」鍾為很驚奇的問。

「你看，當石莎最要好的朋友邵冰瘋狂的愛上她的男人後，石莎關心的是邵冰和你不要受到傷害。她從沒把邵冰當成情敵。而邵冰明知道石莎對你的感情，卻能毫無保留的把自己的感覺告訴石莎，這是多純潔、多崇高的境界。而你這位大教授對人世間理想又是無比地執著，每一個走進這世界的人都會被迷醉在裏頭。蔡邁可說這是你的神仙世界，遠離人間煙火。而我自己剛剛對愛情有了感覺時，就嫁給了走進自己世界的第一個男人。當我第一次碰到你時，才知道世上還有這麼不一樣的男人，可是你我的世界就像天和地一樣，只有在很遠很遠的地方才會相逢。一切都晚了。但是我小時候也曾夢想過像你一樣的神仙世界。」

「我不明白，你不是從小就想當警察嗎？」

「我原來的警察夢是發生在義薄雲天的人間，那裏有的是鐵血柔情。想聽聽發生在我二姨父身上的故事嗎？它也是我想當警察的一個原因。」

「要是愛情故事我就聽，打打殺殺的就免了。」

「二姨父警校畢業後被派在旺角巡邏，一天三個小流氓要勒索一個推車賣魚丸的小姑娘，她不肯，這三個小混混就把她拉進小巷子裏要強姦她。小姑娘拚命地喊叫反抗，全身的衣服都被扯下來了。這時姨父正好經過，他撂倒了小流氓，救了這人稱魚蛋妹的小姑娘。魚蛋妹看見這位從天而降救她出虎口的白馬王子，英俊瀟灑、身手矯健，就非要嫁給他不可。那時我二姨和二姨父剛是新婚，於是魚蛋妹說她當小老婆也行。我二姨那時大學剛畢業，是位中學老師。莫名其妙的看見一個面目嬌好、身材惹火、混身發散著青春氣息的驃悍女郎，堅持要當自己老公的小老婆。她說姨父救了她的命，又看到她赤裸裸的全身，根據她們水上人家的傳統，她是再也不能嫁出去了。」

鍾爲問道：「那你二姨父就開始享齊人之福了？真有意思。」

蘇齊媚：「哈，我二姨眼睛裏連一粒沙子都容不下，還能受得了這個？於是就又罵又打，魚蛋妹也不還手。最後還是把她的家人請出面，由旺角警署署長保證爲魚蛋妹找個好婆家，這才把事情擺平。兩年後，魚蛋妹嫁了人，也生了個兒子，在以後的十幾年裏，把一個在路邊賣魚丸的小攤變成了旺角區的大餐館之一。但是魚蛋妹對姨父還是不能忘情，只是在爲人妻、爲人母之後，以往的激情變成柔情的關心了。姨父，甚至我二姨也慢慢的接受了她，兩家偶爾還來往。」

鍾爲：「故事就這麼完了？可憐的老何，齊人之福就泡湯了。」

蘇齊媚：「你是真正的男性沙文主義者，還是在存心氣我？故事還沒完呢！」

她接著說：「姨父每隔一兩個月，就會穿了一身警長的制服到餐館去走動走動，目的是告訴別人這是警察的關係戶，別動歪念頭。一天姨父買了幾本書要送給魚蛋妹的兒子，剛上二樓就聽見魚蛋妹尖叫老何小心，然後槍聲就響了。原來是有個通緝犯和兩個保鏢也在二樓吃飯，看見有警察上來就要拔槍開火，但是魚蛋妹早已注意到這三個人可疑，等她一看到姨父上樓來就撲了過去。姨父本能的拔槍還擊，近距離駁火，幾秒鐘就結束。三個嫌犯被姨父撂倒了，姨父也身中兩槍，魚蛋妹也中了兩槍，打中了要害血流如注。姨父不顧自己的槍傷，抱起她下樓想在門口攔車送去三條街外的醫院。但是路上交通擁擠，車子動不了，姨父就抱著魚蛋妹向醫院狂奔，一路嘶喊著叫行人讓路。魚蛋妹的血和姨父的血混起來把警服染成鮮紅。在手術台上，她突然清醒過來，告訴姨父要照顧她的兒子。最終她用自己的生命表達了她對姨父的一往情深。魚蛋妹死在手術台上。」

鍾為：「你二姨父是一位真正的英雄。」

蘇齊媚：「第二天，所有報紙的頭版頭條都登了這個故事，還附一幅混身是血的警察，抱著一個婦人衝進醫院的照片，新聞的標題是鐵血柔情。這件事曾轟動一時。但是它還有個不為人知的結局。就是我二姨和二姨父開始照顧魚蛋妹的兒子。去年，他中學畢業考進了你們優德大學。鍾為，你知道嗎，他長得和二姨父一模一樣。你說，姨父會是他的生父嗎？」

鍾為：「完全可能，魚蛋妹敢愛敢恨的個性，導致她認為她唯一能用來報答老何救命之恩和表達她感情的方法就是她的身體。她的熱情老何無法擋得住。我可以想像，他們之間的愛是充滿了原始的激情和無限的溫柔。太美了。」

兩人在很長一段時間內都沒說話。

最後，鍾為開口了：「好了，我們繼續來談談蘇齊媚警官的事吧，又吃又喝的一頓後，總要給我一些口吐真言的時候了吧。」

蘇齊媚：「行，你想知道什麼？哎，等一等，鍾為，你注意到沒有，路上的人都在看我們呢！」

「不對，不是在看我們，是在看你，你是美女啊！」

「不對，你看這兒的人都是一對對如膠似漆的情侶，只有你我保持距離，人家在看我們兩個怪物。」

鍾為：「那還不好辦嗎！」，說完就牽住蘇齊媚的手，「這回對了吧！」

蘇齊媚：「不對！」，她把鍾為的手從自己的手上移開，然後放在她腰上，再把她的頭靠在鍾為的肩膀上，說：「這樣才入境隨俗，不會把你嚇著吧？」

兩人又沉默不語了許久，還是鍾為先開口：

「杜威法醫來見過我，把你的事都告訴了我。你的確是過了一段苦日子。真難為你了。聽了你那天和今晚的敍述，現在我終於明白為什麼杜法醫說你是個最優秀的刑警。你應當為自己感到驕傲。」

蘇齊媚：「離開香港後，我過了五年行屍走肉的日子，那時我還常想到你罵我的情景，奇怪的是我一點都不生氣。回到香港後，全靠姨父拉了我一把，才又回來幹警察。我已經決定了，等這案子破了，我就辭職不幹了。」

鍾爲：「爲什麼？你不是熱愛刑偵工作嗎？爲什麼要離開？」

「人不是就爲了一個情字活在這世上嗎？把我帶大的二姨和二姨父，他們反對我的婚姻，爲了愛情我對他們說了狠話，傷透了他們的心。等我失去了所有的一切，逃回香港後，收容我的還是二姨和二姨父。我是個熱愛工作的優秀刑警，別人尊敬我和我的工作，但是我脫不掉殘花敗柳的外衣，它把世上所有的情都擋在外面，我連碰都碰不到。鍾爲，你說我還能不走嗎？」

「齊媚，你錯了，是你自己把自己緊緊地包住，別人想親近你都不得其門。你一定要把心扉打開去擁抱世界。」

「我不是你的對手，不跟你辯論了。鍾爲，別摟得這麼用力，我的腰快斷了。」

鍾爲把手收回來：「我是在找你的槍。」

「瞎胡說，穿這緊身衣服，能把槍放在腰上嗎？」

「那要是緊急情況需要拔槍來保護我的時候怎麼辦？」鍾爲好奇的問。

「別害怕，我有本事在一眨眼的時間就出槍。」

「那我就放心了。我這條命能保住了。」鍾爲還是不放過和蘇齊媚的槍開玩笑。

他們在星光大道上的欄杆邊停下，背對著維多利亞港欣賞半島酒店的燈光表演。蘇齊媚轉過身來面對著鍾爲，鍾爲就用雙手摟住她的腰。蘇齊媚把全身靠在鍾爲的身上：「別胡思亂想，也別嚇著了，我們還是在入境隨俗。」

鍾爲的手在蘇齊媚的腰間和背上撫摸，蘇齊媚不但沒有抗議，還用一手搭在鍾爲的肩上，另一隻手輕輕地按在他胸口上。兩人盯住對方，雖然一點聲音都沒有，但是心靈的交流在激盪著。

蘇齊媚開口了：「鍾爲，求你再放鬆點，我的腰又要斷了。」

「不行，我們要堅持入境隨俗。」鍾爲說的似真似假。

「鍾爲，我知道石莎的遇害給你帶來無比的哀傷，但是她到底曾有過讓她真正喜悅的愛情。時間不會把哀傷徹底地帶走，但是它會讓你恢復生活的勇氣。邵冰告訴我，你現在還時常陷入痛苦的回憶裏。鍾爲，你聽我說，我是過來人。你不可能忘記過去的事，但是你應當把它埋在心裏最深的地方。」

「石莎在她生命的最後時刻，選擇了保護我的事業而犧牲了自己的性命，換了你，你會把這記憶埋起來嗎？」

蘇齊媚無語，但是把頭埋在鍾爲的胸口，兩手還是緊緊地抓住他。兩人和星光大道上其他的情侶一樣，無聲地擁抱著。蘇齊媚知道時間已經很晚了，但是她完全地陶醉了。過了很久，她才感覺到鍾爲的雙手不知不覺地在她的腰背上遊動著。

「怎麼還不死心，還在找我的槍嗎？」

「齊媚，我覺得找錯地方了，我的手將要轉移陣地繼續搜索你身上的槍。」

蘇齊媚把鍾爲抓得更緊，急促地說：「不行，絕對不行！所有的刑警行爲守則今晚我全違反了，姨父會殺了我的。鍾爲，我求求你，放了我吧！」

「你真的急了？我是在嚇嚇你。」鍾爲輕輕地摸著她的頭髮。

蘇齊媚看著他說：「是不是已經過了半夜？我該回去了。鍾爲，我已經很久沒有這麼開心了，真的非常謝謝你，我以爲今生今世已經不會再有這種感覺了。」

「你還這麼年輕，美好的前途在等著你。」

「我沒那麼好的命。鍾爲，你是個正人君子，是我從英國回來後第一個碰過我的男人。你也看得出我在你面前是毫無招架之力。你如果要求我去任何地方做任何事我都會答應。可是你沒有，我真的很感激你。」

「哈，我們還有下半夜呀！」鍾爲帶著開玩笑的口氣說。

蘇齊媚看著鍾爲：「是嗎？」然後把眼睛閉上，她以爲鍾爲會吻她。

過了好一會兒，蘇齊媚聽到：「我送你回去吧！」，她似乎有點失望。

鍾爲開車送蘇齊媚到藍田的警察宿舍，一路上兩人都沉默不語，都在沉思今晚發生的事。車開到宿舍門口停下時，鍾爲說：「我也和你一樣，今晚非常開心。感謝你讓我認識了你，我覺得你是個很有靈氣的人，很想和你做個朋友。你願意再和我聚會一次嗎？」

「當然了，但是有一個條件，就是輪到我做東。」

「那就一言爲定了，我等你的電話。」

蘇齊媚突然抓住鍾爲的手：「有件事我沒敢說，怕你生氣。但是和案子有關的。」

「你說吧！我不會生氣的。」

「在石莎的電子日記裏出現過一段文字，說在六、七個月前有位優德大學教授曾用愛情來騙取MTSP軟體，還送了她兩本書。被她拒絕後就沒下文了。日記裏沒提這位教授的名字。鍾爲，你知道這事嗎？」

「我知道有幾位教授追過石莎，但是和MTSP好像沒關係。」

「我們希望知道爲什麼石莎在半年前沒有把這件事告訴你或其他的人，連邵冰都不知道。如果石莎還保留著這兩本書，也許就能知道這位教授是誰和他爲什麼要MTSP的理由。所以，我們希望你能和我們一起去一趟石莎的住處，也許你會認出那兩本書。如果你覺得不行，我們再想其他辦法，不要爲難。」

鍾爲想了一下：「好，我去試試。可是你來陪我行不行？我不想別人在場。」

「沒問題，我打電話跟潔西卡定時間。」

他們分手時，沒有親吻和擁抱，只是握手說了聲再見。

兩天後優德大學的公關部發佈新聞稿，說明校長代表全校教職員和學生向警方對石莎小姐命案所做的進展表示滿意和感謝。石莎小姐是爲了保護ＭＴＳＰ軟體而死，優德大學也期待警方能在短期內將企圖非法盜竊的幕後黑手緝拿歸案。

黃念福大姐的病情繼續惡化，出人意料地，她在近黃昏時從嗎啡麻醉的昏迷中醒過來了。護士明白這可能是病人最後一次的清醒，趕緊把黃念福叫來。

走進病房，黃念福看見大姐的氣色似乎好了一點：「大姐，我來了。」

「我不是說了嗎，如果太忙就不用來了，你年歲也不小了，要當心會累病的。」

大姐這一輩子對他的關心是他唯一的溫暖，在她面前還得強顏歡笑，怕她會更傷心。黃念福覺得上帝對他們姐弟倆太不公平了。

黃念福：「沒事兒的，我身體好得很。餓不餓，想不想吃點什麼的？」

大姐：「我不餓，你知道我剛做了個夢，夢見了鍾爲，你最近見過他嗎？」

「沒有，但是我們有書信往來。」

「念福，鍾爲是個好人，別忘了他在你最困難的時候，堅持不懈地在經濟上和精神上對你的支持。下次見他時，別忘了替我向他問好。」

此時此刻的黃念福內心有著無比的痛苦煎熬，毫無疑問地鍾爲是他的恩人，但是爲了神聖的使命，他將要去傷害這位恩人。有朝一日，當一切都過去後，他會以子子孫孫後代的名義，請鍾爲原諒他。如果有必要，他也會以生命來謝罪。等大姐走了，他完成父親的遺志後，他對這世界也就沒有什麼留戀，到天堂見他們會是最大的願望了。但是無論如何，他將要虧欠鍾爲一輩子。

他們的故事應該是在四十多年前開始的。在黃念福流亡到瑞典最困難的時候，他接到一封別人轉來的信，是一位在美國的台灣留學生寄來的，信中說他很欽佩黃念福謀刺獨裁者的勇氣，附上了五十元美金支票，說這是他每月獎學金的百分之二十，希望對黃念福的生活有所幫助。從此開始了長達四十多年的書信往來。

這位拿出百分之二十獎學金的台灣留學生就是後來的鍾爲教授。

在這長距離的交往中，黃念福知道鍾爲雖然是台灣人，但是他認同中國和中國文化。雖然他欽佩刺殺獨裁者的勇士，但是他反對暴力。這些理念和價值觀的不同似乎並沒有減少他們之間在書信上的溝通和辯論的意願。台灣獨立的問題是他們之間最大的分歧，對中華文化的認同他們是穿一條褲子。

黃念福無力說服鍾爲對台獨的不認同，但是非常欣賞他對不同意見和價值觀的包容。也許這就是學者和革命家的不同。他感到不僅和鍾爲無法成爲推心置腹的好朋友，更可能因爲鍾爲大力地幫助中國的發展，在他的台獨不歸路上也許要和鍾爲起衝突。但是他萬萬沒有想到衝突這麼快就來了，並且翻天覆地強烈到出了人命。

大姐沈沈地睡去了。

黃念福低聲撥了通電話：「我是黃念福，請找康達前上校。」

對方一接電話，「老康嗎？我是老黃，半小時後在老地方見面。」

黃念福離開時摸一摸大姐的臉，她的臉色很安詳。不知道明天早上她還會不會醒過來。

黃念福和康達前約的老地方是一家連鎖咖啡店的三樓，客人不多，他看見康達前已經來了。他趨前握手：「老康，你好，怎麼還比我早到啊！」

「路上車少。老黃你是從台大醫院來的？大姐情況怎麼樣？」

「熬不過這幾天了。」

兩人都不說話，好一陣子後，黃念福先開口：「我見到阿布都拉．沙拉馬，他對我們提供的傳統武器彈藥照單全收。他先付了一半的錢，這是五百萬的支票，把他入帳吧。」

「倒是挺乾脆的。交貨方法呢？」

「用漁船先運到香港，集中裝箱運塞普勒斯，他們在那裏取貨。」

「老康，出貨、運貨這些事你一定好好抓住，貨箱上要註明來自中國。這事要是叫老美知道了是我們幹的，會吃不了兜著走。並且也要滿足客戶的要求，做得好他們該是長期飯票。」

「放心吧！老黃，我一定會去做好的。沙拉馬還說了什麼？」

「我們可能要面對大難題。他們出了天價，一定要MTSP的原始程式。並且指定是要鍾爲的隊伍所開發出來的。優德大學那邊的情況怎麼樣了？」

「老黃，香港方面可能會出亂子。第一，警方的調查有了重要的進展，殺人案他們已經鎖定了林大雄和梁童，隨時會逮捕他們。林是個渾小子，傷害不了我們。但是梁現在很不穩，說我們騙了他，告訴他MTSP是爲澳門賭場開發的用來對抗拉斯維加斯賭場入侵澳門的競爭，但是他從報上看到MTSP原來是為政府開發的民航飛行安全軟體。如果他被捕，有可能會把我們給抖出來。」

黃念福：「叫你們的人馬上把梁童處理了，今晚就發指令。還有呢？」

「我對周催林保證他可以在教授會通過提案來取得MTSP沒有信心。我同意鍾為是個按規矩辦事的人，一旦教授會通過的提案，他會完全遵守。但是他會全力以赴不讓提案通過，鍾為在大學裏是很有號召力的教授，至少要比周催林的號召力大得多。周催林以為請客吃飯，安排他們到台灣免費旅遊就會投他的票了，我看不見得。」

「老康，如果周催林拿不到MTSP的原始程式，我們該怎麼辦？」

「得重頭開始，我有幾個方案，把它寫好後，到時候我們提出來討論。」

「很好，但願周催林能做到他所說的。」黃念福還存著希望。

康達前：「到目前為止，他是一事無成。這種人光會練嘴皮。」

「好，康上校，今天就談到這。我再次強調，在任何情況下都不可以對鍾為教授做出人身傷害。他要是有一點皮毛之傷，我會唯你是問，並且要制裁動手的人。請你再次告訴你的人。我絕不手軟。知道嗎？」

「是，知道了。」康達前站起來回答。

黃念福的大姐在第二天早上沒有醒過來，她在午夜就已走到她生命的盡頭。

回到台灣不久，黃念福就發現了一個事實，這件事讓他百思不得其解，更讓他感到憤怒。那就是絕大部分的台灣同胞都不贊成「台灣獨立」，只有不到百分之十的人希望台灣成為獨立的政體。

他的老朋友們都說，他在近三十年的流亡生涯中已經和台灣的主流社會脫節，自己的生命還在為父兄復仇的火焰裏燃燒著，但是其他人都把改善生活做為首要的目標。

他無法理解爲什麼台灣的商人和企業家會爭先恐後地到中國去尋求發展，更有不少的父母把子女送到對岸的大學去讀書。當他聽見老朋友們的話題是他們的孩子們能不能進北京大學或是清華大學讀書時，他感到比流亡在北歐時更寂寞和孤獨。慢慢地，黃念福只有和大姐兩人在互相鼓勵和安慰，維持著那被扭曲了的「仇恨之火」。

在海外二三十年的流亡生涯裏，黃念福認識了不少和他一樣有「政治庇護」身分的人，例如北愛爾蘭的共和軍、伊斯蘭基本教義信徒、前蘇聯的反抗分子，以及車臣武裝分子……等等。他們之中有真正是爲了信仰而被執政者所不容的，但是也有不少是雙手沾滿了血的恐怖主義信仰者。

他們堅信爲了達到目的，無辜群眾的生命只是他們的工具，是可以用來做爲綁架、要脅和殺害的對象。黃念福在完全孤立後，開始走近這些人，先是從他們那裏尋找同情、共鳴和心靈上的安慰，但是慢慢地也談到具體行動。當執政者告訴他，沒有任何經費來支持他的台獨活動後，黃念福徹底失望了。爲了達到他的目的，他終於擁抱了「恐怖主義」，做了「恐怖活動」的計畫並付諸實施。黃念福成爲一個不折不扣的「恐怖分子」

第六章　暗藏陰謀的教授會議

優德大學的教授會議每年舉行兩次，都是在學期中。在此之前的一個多月，負責的行政人員就會來問每一位教員有沒有議案要提出，由他們來匯總，將類似的提案結合，設定提案人。在開會的兩天前把會議的議程定出來，分發給將要參加會議的同事。

鍾爲拿到議程後，令他注意的是周催林副校長提出的議案：「開發中的軟體原始程式共用建議」。看完了書面檔，他就把李傲菲叫到辦公室來：「你看了教授會議的議程和周催林的建議書了嗎？」

「我看了，看樣子姓周的對ＭＴＳＰ還是沒死心。他的提案是衝著我們來的。」

「他要ＭＴＳＰ軟體原始程式的真正目的是什麼？有人知道嗎？」

「除了周催林本人，沒人知道。現在牟亦深又不見了，前兩天蘇齊媚警官請邵冰和我吃中飯，把羅勞勃涉及石莎命案的情況告訴我們。她認爲從羅勞勃那裏也許能引出ＭＴＳＰ的真相。」

鍾爲：「我有感覺，這後面也許有大陰謀，蘇齊媚說重案組也是這麼認爲。她告訴你了嗎？現在警方已經把你、邵冰和我都列入了保護對象。」

李傲菲：「她說了，爲了安全，邵冰前幾天又搬回去和父母親住了。今天早上，李洛埃副校長辦公室派人來要了ＭＴＳＰ開發過程的背景資料，說是要在教授會議上用的。看樣子，教授會議將會有好戲看了。你要小心，在會上有人要暗算你。」

鍾爲：「我會的。我也希望有人放馬過來，也許對石莎的命案能提供突破。」

鍾爲和機械系系主任佟希餘教授一同在十分鐘前來到了教授會議，等坐下來後才發現周催林也已經來了。

鍾爲覺得有點奇怪，平時開會時周催林總會遲到，並且到了會場就和「重要人物」先打招呼，說是有如何如何更重要的事讓他脫不開身，從來不顧會打擾到會議的進行。可是今天不但沒有遲到還早到了。再來是周催林今天和平時不同，一反大學高層人士的西裝革履，他穿了一身便服，手中還有一份時代週刊雜誌，一會兒捲起來揮舞著，一會兒把它打開翻到某一頁。這一切反常的行爲，似乎是在表示周催林對今天的教授會議很有信心，對將要來臨的議案勝券在握。

教授會議的主席是校長，他在九點二十五分來到了會場，跟周圍的人寒喧。校董會會議室是圓形的，是中間低而周圍高的階梯式會議室。大學的管理人員和教授們的座席安排顯示出他們分庭抗禮的性質。

等一到九點三十分，賈維吾校長就宣布：「我以優德大學教授會議主席的身分，宣布本年度的第一次教授會議開始。在我們進入議程前，我希望和各位說件重要的事。」

校長背後的大銀幕上突然出現了石莎的全身照片。她穿了一套很合身的衣服，淺綠色的緊身無袖襯衫，墨綠色的裙子，配套的高跟鞋，脖子上圍的絲巾是唯一的裝飾。手上有一株長枝鮮紅的玫瑰花，背景是優德大學廣場前的紅色日晷。雖然她不施脂粉，但是柔和的打扮以及鮮紅的玫瑰花和飛鳥日晷背景將她光亮雪白的皮膚襯托出來。一對綠色的大眼睛鑲在一臉喜悅和頑皮的笑容裏。

「她就是我們的同事石莎小姐。數周前她遇害身亡，屍體就在我們校園的海邊被發現。香港警方正在調查，還沒有結果。石莎小姐在本校創建初期就加入了我們的電腦中心擔任軟體工程師。兩年前她參加了鍾爲教授的香港飛機場風切變預警計畫，做出了重要的貢獻。根據警方初步的調查結果，石莎小姐非常可能是因爲保護屬於優德大學的智慧財產權而喪失了她的生命。現在主席要求各位起立，向石莎小姐致敬，並默哀一分鐘。」

每一天，鍾爲都會思念石莎，但是今天，他覺得石莎是在看著他對他笑著，想到真正的兇手可能就在同一個會議室，鍾爲的哀傷被無比的憤怒所取代了。

一分鐘後，主席說：「請坐。石莎小姐在生前從來沒有列席過我們的教授會議，今天我要求把這張幻燈片留在銀幕上，讓她在另一個世界看著我們開教授會議。」

會議順利地依據議程進行，鍾爲注意到周催林的軟體原始程式提案是在議程的最後一個項目。

「校務報告」結束後，剩下的議程就是最後一項，「討論提案」。大部分的提案都是有關教學和學生的問題。包括了各個教室視聽設備的改善、研究生聽課時使用筆記型電腦的政策、助教的聘請、分配和職責、聘請博士後的資源分配、學生考試作弊的處罰、學生在宿舍打架毆鬥的處理原則……等等。鍾爲沒有想到在討論周催林提案之前居然還有一個提案是預設給他的埋伏。

主席：「秘書女士，我們進行下一個提案。」

秘書：「謝謝主席先生，提案編號爲第十八號，提案人是數學系的吳宗湘教授。案題爲《對部分教授享有特權的質疑》，提案的書面內容是在發給各位的第十八號檔案。」

主席：「對此案有附議的嗎？」周催林舉起手來。主席即刻要求表決，因爲沒有人反對而通過並開始提案討論。

主席：「現在主席邀請吳宗湘教授用三分鐘的時間說明提案的目的和內容。」

吳宗湘：「謝謝主席先生，優德大學是一所研究性的大學，每一位教員都有從事研究的責任。但是做爲一個大學教員們最重要的任務是教學，也就是開課。因此優德大學公布了教員開課任務的規定。而研究任務是以帶研究生來具體體現出來。目前有某些教授參與超大型的應用科研專案，因此沒有時間來滿足規定的教學任務，我要求校方說明給予部分教授不必開課的特權是根據什麼規定。」

主席：「很好，現在主席邀請學術副校長李洛埃教授回答。」

李洛埃：「謝謝主席先生。大學有規定在特殊情況下，教員可以申請減輕甚至免去開課的任務。但是要經過系主任，院長，學術副校長同意後由校長批准。但是到目前爲止我還沒有收到任何的申請。我對吳宗湘教授的質疑完全不清楚，我要求吳教授將情況說得更具體些，指明哪些教授享有不用開課的特權。」

吳宗湘舉手發言：「校長先生，承擔大專案的情況在工學院的教授們中較爲嚴重，我曾和席孟章院長討論過，他告訴我像風切變專案，由於任務沉重，鍾爲教授已沒時間開課，他的開課任務是由他系裏其他的同事們分擔。可想而知，鍾教授更沒有時間負起其他對學生的責任了。其實，我不是要批評不開課的特權，而是要建議把這些大項目納入周催林副校長辦公室做更高層的管理和協調，確保教員們在教學和研究上不會發生衝突。」

鍾爲明白了李傲菲所說的埋伏原來就是這位吳宗湘教授。他陷入了回憶中。

鍾爲和吳宗湘相識已有多年，但是關係一直處不好。他們成長的年代不同，在專業上也沒有交集，所以鍾爲認爲他們之間的風風雨雨是很可笑的。他和鍾爲一樣是從台灣到美國讀研究所，在芝加哥大學拿了博士學位，專業是數學裏的拓撲學。後來進入了美國東部著名的普林斯頓大學任教。

七十年代初，海外的留學生，尤其是在美國的大學裏，掀起了「保釣運動」，這是抗議日本非法佔領台灣北方海域釣魚台島的學生愛國運動。

保釣行動委員會在這個問題上的第一個動作，就是在密西根州安娜堡市的密西根大學召開第一次「國是論壇」。參加會議的人來自全美國的各個大學，有好幾百人，鍾爲也是其中之一。也就是在這次的集會上鍾爲第一次見到吳宗湘。

當時吳宗湘已是普林斯頓大學的副教授，他在會上做了一件事留給鍾爲很深刻的印象，就是他當眾在台上把一份官方報紙點火燒了。

國是論壇會議裏決定的行動之一，是要在紐約華埠（唐人街）舉行一次大規模的遊行示威，抗議日本政府佔領釣魚台島和台灣當局媚日行爲。在遊行前還要在當地張貼中英文標語，將事件公布給大眾。

鍾爲決定參加行動，他花了一些功夫準備了不少的標語，其中部分還參考了當年抗日戰爭時的標語。但是鍾爲志願參加寫標語的請求被遊行示威領導小組否決了，理由是人選已定。鍾爲又要求把他準備好的標語拿去做參考，也被拒絕，理由是不必要。鍾爲去找領導小組理論也不得要領，還弄得灰頭土臉的。拒絕鍾爲請求的領導小組成員就是吳宗湘。

最終，領導小組同意鍾爲可以參加準備漿糊和到馬路上貼標語。到了遊行那天，鍾爲一夥負責貼標語的人，因爲貼標語時會弄得滿手甚至滿身都是漿糊，他們就自稱爲「漿糊隊」，穿著寫滿了抗日標語的白布背心，早早就來到了唐人街，開始行動，當時保釣運動的激情是無比的熱烈。但是萬萬沒有想到，有一批黑社會「華清幫」的小流氓拿著木棍和鐵錘在等著，目的是要把遊行隊伍打散。

首當其衝的就是正在貼標語的「漿糊隊」，小流氓們看見穿白背心的不分青紅皂白就打，連女生也不放過。鍾爲和他的夥伴手無寸鐵，只能赤手空拳起來對抗。在很短的時間內警察就來了，但是「漿糊隊」已經被打得落花流水，個個鼻青臉腫，遍體鱗傷。

「漿糊隊」在醫院療傷時，沒有任何一個「領導小組」的成員到醫院來慰問他們，倒是在電視新聞上看到吳宗湘口沫橫飛地敍說他們是如何英勇抗暴。鍾爲對這位普林斯頓大學教授的作法是很有意見的，同時也讓他對一些所謂「愛國人士」的真正目的和他們的作法有了更深入的思考。

總的說來，鍾爲對「保釣運動」是認同的，但是對很多「保釣人」有負面的看法。鍾爲和吳宗湘的第一次近距離接觸的結果，彼此都留下了壞印象。鍾爲再也沒有參加以後的任何活動，也不和別人提起他也曾是保釣分子。

三年多前吳宗湘辭去了普林斯頓大學的教職應聘做了優德大學數學系的教授。雖然那時離他們相遇時的保釣運動已有十幾年了，但是也許因爲不能忘懷過去的不愉快，兩人都沒有主動接觸對方。同時工學院的機械系和理學院的數學系沒有業務上的來往，在公事上也沒有任何的接觸，鍾爲和吳宗湘在優德大學倒是相安無事。

只是鍾爲沒想到的是，他和吳宗湘竟會在教授會議上有了交鋒。

鍾爲聽見佟希餘在他的耳邊說：「老鍾，別走神了，這個提案是衝著我們來的。」

主席：「謝謝吳宗湘教授，如果我沒聽錯，本提案有兩部分，第一部分是質詢有關教員免除開課任務的根據。第二部分是提議本校的大型科學應用專案要統籌由負責研究與發展的副校長周催林來節制。對嗎？」

吳宗湘點頭。

主席：「很好，現在主席宣布開始討論提案的第一部分，要發言的請舉手。」

李洛埃舉手發言：「提案人已經指出來問題是在機械系，我建議主席先生現在應邀請機械系的系主任來說明。」

主席：「謝謝李副校長的建議，主席現在邀請機械系主任佟希餘教授提出說明。」

佟希餘：「謝謝主席，我和機械系的同事也都渴望著能有機會解釋吳教授對我們的誤解和不公正的批評。但是允許我首先說明使我們非常迷惑的一點。顯然，吳教授是從工學院院長那裏得知機械系有教授享有不必開課的特權，但是爲什麼我們的院長先生沒有叫我這系主任去了解真相，和照章處理這顯然是違反規定的事件，反而是和一位與機械系毫無關係的吳宗湘教授討論。我和我的同事們都非常希望校方能給我們一個解釋。」

這番話當然是說給工學院長聽的，但是臉色最難看的還是副校長李洛埃，他兩眼瞪著看工學院院長席孟章，看得他臉色一陣紅一陣白的。

佟希餘接著說：「至於提案人所指責，機械系讓某些教授享有特權不必開課和負起教學的任務是一片謊言。又特別指出鍾爲教授，更是極端荒謬。」

由於佟希餘措詞強烈，引起會場一陣騷動。

「主席先生，鍾爲教授所開過的課和他的教學任務在優德大學有正式的記錄可查。爲了討論起見，我簡單說明一下。鍾教授每年開兩門課，他前後共開過五門機械系的課，分別是：『彈性理論』、『分析方法與應用』、『應用熱動力學』、『飛行力學』和『系統識別學』，又因爲特殊情況開了一門全校性的課『科學發展史』，在這六門課中有三門課讓他獲得全優德大學的『最佳講師大獎』。在此同時，鍾教授一共帶了八個博士研究生，其中四位已完成學位畢業了，除了一位還在修博士後外，目前有三位已經是在北大，清華和吉林大學當正教授和博士生導師，在北大的那位剛剛被提升爲系主任。關於鍾教授的研究成果是這樣的：他自參加優德大學以來，平均每年發表論文九篇，全部都是在SCI（Science Citation Index）的期刊發表，其中五篇他是第一作者。值得一提的是鍾教授和他的學生成功的在SIAM季刊（Proceedings of Society of Industry and Applied Mathematics）發表了兩篇論文，SIAM季刊是應用數學領域裏學術地位最高的刊物，到目前爲止，全優德大學，包括數學系在內，只有鍾教授的文章出現在SIAM上，主席先生，請問這樣的成就在我們優德大學，這個號稱是世界級的大學裏，應該是擺在什麼地位？」

會場上一片寂靜，鴉雀無聲。

「主席先生，現在請允許我將鍾教授在機械系所作所爲和一位絕沒有特權的教授成就相比較一下，也許結論就很清楚了。提案人吳宗湘教授應該是優德大學中有代表性的沒有特權的教授。吳教授一樣也是每年開兩門課。自從來到優德大學以來就開過這兩門課，沒有得到過任何的教學獎。目前有一個博士生，還沒有任何已畢業的學生。如果不包括他在普林斯頓大學的文章，他在優德大學發表的論文三年來只有兩篇，都是在非ＳＣＩ期刊上發表的。主席先生，我對提案人提出對機械系和鍾爲教授的指責說明完畢。我和同事們非常希望知道主席先生的結論。」

主席：「佟教授，我也希望把我的看法告訴大家，但是有這麼多人舉手想發言，所以就等一等吧，先聽聽別人要說的。主席現在確認化學系主任游樂寶教授。」

游樂寶：「謝謝主席先生，我只是希望代表化學系對剛剛佟希餘教授的發言做一些補充。從兩年前開始，化學系將鍾爲教授開的『應用熱動力學』指定爲必修課，另一門『分析方法與應用』和數學系吳宗湘教授開的『高等應用數學』爲兩者選一的必修課。兩年來，化學系的研究生是全體一致的選了鍾爲教授所開的課。他們的理由在學生對授課教師的考評中說得很清楚了，不用我在此詳細說明。這些都是事實，因此我完全不同意吳宗湘教授的指控。鍾爲教授是個非常盡責任的同事，化學系對他是衷心感謝。謝謝主席先生，我的補充說完了。」

主席：「謝謝游樂寶教授的補充說明。現在主席要確認物理系主任沈大平教授，你有三分鐘。」

沈大平：「謝謝主席先生，我希望對游樂寶教授的補充說明做進一步的補充。我們物理系和化學系一樣也是對鍾爲教授衷心感謝，我們的研究生也是要必修這兩門課。過去的兩年裏，上這兩門課的學生超過了五十人，其中有百分之四十是我們理學院的研究生，實際上這些外院學生都是他的額外負擔。令我高興的是，鍾教授對這二十幾個理學院來的學生和對他自己機械系的學生一樣關心。游樂寶教授和我曾合寫過一份正式檔由我們的院長轉給李洛埃副校長，請他表揚鍾爲，但是李副校長認爲不必，說這是鍾爲應該做的事，要我們請他吃碗牛肉麵就行了。今天在這裏居然有我們的同事不分青紅皂白、違背事實地指責鍾爲教授不負起教學的責任，這完全是故意誹謗。尊敬的主席先生，我還希望提醒同事們，在選修鍾爲教授的『分析方法與應用』研究生裏還有好幾個是數學系的。難道這還不能說明事情的真相嗎？」

主席：「謝謝沈大平教授的補充說明，現在主席確認電機系的曾海闊教授。」

曾海闊教授是優德大學裏少數的在香港土生土長的教授，他是在著名的哈佛大學取得博士學位後，就在紐約州立大學任教。他和鍾爲一樣在取得終身教職後來到了優德大學。他爲人心直口快，敢想也敢說。

曾海闊：「謝謝主席先生，如果我的話有不禮貌的地方也請我尊敬的主席先生原諒。首先我希望提醒同事們，優德大學的存在和它的任務是來自一個香港法律，法律的第一條規定了我們的教學和基礎研究的任務，第二條規定了我們必須要從事應用研究來協助香港的社會和經濟發展。如果我們沒有做到其中的任何一條，我們就是犯了法，理論上我們的存在就有問題，甚至於我們還會有人要去坐監獄。鍾爲教授所做的正是爲我們滿足這第二條法律的要求，根據我的消息，他做得非常精彩，這讓我們其他的同事們可以安心的來滿足第一條法律的要求。我們應該感謝鍾爲教授才對，爲什麼還有人在指指點點呢？難道有些人的正義感是去度假了嗎？」

由於文化背景的不同，曾海闊和鍾爲幾乎沒有私交，他們來到優德大學後才相識，但又不是同行，雖然萍水相逢，但能仗義執言。鍾爲回頭看了看坐在後排的曾海闊，對他點點頭，笑笑。曾海闊沒有說話，但是伸出了握緊拳頭的右手，向上舉著，指向鍾爲，然後彈出了大姆指。全場的人都能明白這是向鍾爲致敬的手勢。

佟希餘輕聲的對坐在身邊的鍾爲說：「電機系的哥兒們還是要得的。」同時，曾海闊的話聲也響了：

「主席先生，我其次認爲這個提案是莫名其妙的。提案的質疑問題都是有完整無缺的記錄，保存在學術副校長辦公室裏，有專人負責，任何人都可以去查。同時所有教員的教學任務和研究成果在優德大學的校園網上都查得到。所以這個提案只能發生在以下的情況；第一是提案人有智弱的殘疾，第二是提案目的是要浪費大家的時間，第三是要誹謗同事。三個理由都不能接受。因此，主席先生，請允許我提出程序提案，建議將吳宗湘教授的提案取消。我講完了。」

主席：「很好，現在我們有一個程序提案，建議取消本次教授會議第十八號提案的第一部分，它的內容是質疑機械系教員有不用開課的特權。同事們希望附議取消這提案的請舉手。」

會場上有不少的人舉起了手，賈維吾繼續地說：「太好了，但是在開始討論之前，主席要求塔布森教授說明，如果要取消已經列入了議程的提案時，是否需要三分之二以上的票數才能通過？」

塔布森：「謝謝主席先生。根據議會規則，要取消已經有過半數投票通過的提案，必須要三分之二以上的投票人同意才能生效。」

主席：「謝謝塔布森教授。我們可以開始討論了，由於提案的內容主要是學術部門的管理問題，主席希望先聽聽學術副校長李洛埃教授的意見。」

李洛埃：「謝謝主席先生。首先請允許我讚美一下我們的好同事曾海闊教授，沒想到這些日子他有了很大的長進。按照他以前的做法，他必定會堅持先要討論優德大學教授們的智弱問題。」

李洛埃的話馬上引起了哄堂大笑，頓時把會場的緊張氣氛變得輕鬆了，連平時老是板著面孔的曾海闊教授都哈哈大笑起來。但也有兩個人的臉色是鐵青的，他們是周催林和吳宗湘，這兩人還顯得坐立不安。賈維吾的臉上也有了會心的微笑。

但爲了議事規則，賈維吾還是用錘子在桌子上重重地敲了兩下。

李洛埃接著說：「校長先生，請原諒我的用語不當引起了同事們的不安。請允許我繼續說下去。一點都不錯，提案的內容完全是在學術部門的範圍內，並且還是和教學的管理和執行有關，這是屬於我們內部的問題，本來就不該提到教授會議上來討論。有關機械系教授或是任何院系的教授享有不開課的特權一事，請校長先生接受我將一查到底的承諾，靜候我的調查報告。因此我希望同事們支持曾海闊教授的程序提案，取消吳宗湘教授的提案。」

主席：「很好，謝謝副校長先生。請問還有希望發言的同事嗎？請舉手。現在主席確認工學院院長席孟章教授，請講，不要超過三分鐘。」

席孟章：「謝謝主席先生。在討論本提案時產生了許多誤會，我希望在這裏澄清一下，好留下正確的記錄。做爲工學院的院長，我當然對每一位工學院教授的工作任務都很清楚，也理解他們的研究成果。當提案人吳宗湘教授和我討論優德大學教員們的教學任務時，我們是在許多假想的情況下來理解爲了要完成應用研究的合同任務，有些教授應該享有不用開課的特權，爲了體會真實情況，我們拿鍾爲教授做爲假想的例子，也許吳宗湘教授一時昏了頭，把它當真，才做成了提案，我是一無所知……」就在這時，他的話被打斷了。

主席：「席孟章教授，對不起，我必須要打斷您的發言，我們是在討論一個程序提案，決定是否要取消吳宗湘教授的原提案，而不是在討論原提案的內容。席教授對目前的程序提案有意見嗎？是贊成還是反對？」

席孟章慌張的回答：「對不起！對不起！當然我是贊成要取消原提案。」

主席：「非常好！席教授，我只是很好奇，吳宗湘教授的原提案在三個月前就提出來了，相關的檔也隨後就分發出去，吳教授的誤會存在了三個月沒有被發現。」

席孟章的臉漲得通紅，正要開口分辯，賈維吾就又開口了：

「各位同事，還有希望發言的嗎？沒有的話，我們就開始投票。」

不出意料，這個程式提案以絕大多數的贊成票順利通過。接著就是討論十八號提案的第二部分，也就是要周催林來節制所有的大型應用研究專案的建議案。鍾爲小聲的告訴身邊的佟希餘，叫他別發言，靜下心來看好戲。

主席：「現在主席要求吳宗湘教授簡單扼要的說明本提案的內容。」

吳宗湘：「謝謝主席先生。優德大學是一所高等教育學府，除了教課之外，我們的專長是基礎研究。但是大型的應用研究計畫需要專案管理、預算分配和系統集成等方面的專業知識和經驗。而這些都不是優德大學教員們的專長。但是我們負責研究與發展的副校長卻在這方面有專長和豐富的經驗，因此本提案建議將所有的大型應用研究專案由負責研究與發展的副校長辦公室統籌管理節制，以期達到最佳效果。」

主席：「有好幾個同事都希望發言，讓周催林副校長先說應該最爲合適，請講，您有三分鐘的時間。」

周催林：「謝謝主席先生。在來到優德大學之前，我曾任職於台灣經濟部所屬的工業研究院，頭五年擔任材料研究所所長，後來升任爲工研院的院長。工研院承擔的專案都是非常的大，它每年的預算都超過數十億元。從這些年的經驗中我體會到最重要的是，我們必須要具備和客戶們建立良好關係的各種方法和能力，這些關係將決定專案經費的大小和是否還有後續專案。這一點吳宗湘沒有解釋清楚，同時也是優德大學教員們最弱的環節。」

會場裏有很多人的臉上露出了迷惘的表情，不是很清楚周催林話裏的意思。但是李洛埃和鍾爲卻完全明白他是什麼意思。一股厭惡之心油然而起。賈維吾的眉頭皺了起來，他說：「現在主席確認理學院院長袁少正教授。」

袁少正：「謝謝主席先生。剛剛周催林副校長建議由他來『節制』應用研究的專案，『節制』是個新的名詞，可否請周副校長說明它的具體內涵和行動是什麼?」

主席：「非常好，很多同事包括主席自己在內都不清楚『節制』的定義。目前的管理方法是『首席科學家』全權負責，從專案申請、執行、到資源分配完全是他說了算。由副校長來『節制』後，首席科學家的角色是什麼？」

周傕林：「校長先生，首席科學家的任務還是一樣不變，但是他要接受我的領導。在優德大學的應用研究專案中有關人事、財務和資源分配的事要由我來決定。我已經說過了，用各種方法和手段來建立與客戶間的關係是第一優先，這是我的使命，我需要有最高的項目指揮權，才能完成使命。同事們要明白，大專案都是來自政府部門，所以我們的客戶就是政府裏做決策的官員們，和他們建立良好關係是要保障他們個人會得到一定的利益，這也是對我們成功的保障。在這種氛圍上，我們不能再停留在象牙塔裏，要走進真實的世界了。」

這回輪到賈維吾的臉色變得鐵青，他的兩眉鎖得更緊了。

主席：「現在主席確認商學院院長蔣白臣教授，三分鐘。」

蔣白臣：「謝謝主席先生，商學院的同事們在院務會議上討論了這個提案，我的發言是代表我們商學院全體同事的意見。我們認爲這個提案不僅無法行得通，對優德大學還會造成嚴重的傷害。我們商學院的學生以高分考進來，在優德大學裏我們的學生又是最聰明的，但是尊敬的校長先生，您知道誰是他們最佩服的老師嗎？他不是我們商學院的同事，而是一位工學院機械系的教授。原因不是他精彩的講課，而是因爲他用他的科學知識、愛心，甚至生命投入了保護香港同胞生命財產的大項目。主席先生請允許我向鍾爲教授問三個問題來說明我們的觀點。」

主席沒說話只是點了點頭，蔣白臣接著說：

「請問鍾爲教授，在副校長的『節制』下，你會以競爭的方法來爭取香港機場風切變的項目嗎？」鍾爲搖頭，不說話。

「請問鍾爲教授，在副校長的『節制』下，如果把風切變專案交給你，你會接受嗎？」

鍾爲還是不說話，又搖了搖頭。

「再請問鍾爲教授，根據您的經驗，您認爲本提案的建議對優德大學有益嗎？」

鍾爲舉起了握緊拳頭的右手，伸出了大姆指，然後指向下方。

蔣白臣：「謝謝我們的好同事鍾爲教授，我們完全理解並且同意您的看法。主席先生，鍾爲教授在風切變大專案的成功，使優德大學脫穎而出，成了香港從事應用研究的頂尖大學。尊敬的校長先生，我們有責任要保護這成果。謝謝主席先生，商學院的意見說完了。」

主席：「謝謝蔣白臣教授和商學院同事們的寶貴意見。現在主席確認人文社會學院院長盛西期教授，您有三分鐘的時間。」

盛西期：「謝謝主席先生。首先我希望向研究與發展副校長辦公室表示敬意，因爲我一直認爲它在我們優德大學扮演著重要和被尊敬的角色。今天我們的周催林副校長鼓勵我們要走出象牙塔，走進真實世界。但是它卻包括了要『保障政府官員們的個人利益』，這不是真實世界，這是萬劫不復的火坑。尊敬的校長先生，香港的刑法包括了所謂的『陰謀犯罪』，就是想到要去犯罪就已經構成了犯罪行爲。我堅決反對這個提案。我講完了。」

主席：「謝謝盛西期教授。現在只有工學院院長還沒有發表意見，請問席孟章教授有話要說嗎？」

席孟章：「謝謝主席先生。應用研究在工學院是非常重要的，因此我們在各個方面尋找突破。我認爲這個提案值得去試試。」

主席：「謝謝席院長的發言。再請問，席院長的意見在工學院有代表性嗎？」

還沒等席孟章回答，會場後面有人大聲地說：「當然沒有！」

賈維吾用錘子重重的敲了一下桌子，也大聲的說：「請舉手發言！」

坐在後排的曾海闊教授舉起了手。賈維吾說：「請記錄寫下剛才發言的同事是工學院的曾海闊教授。」等會場安靜下來後，主席看了看才又開始說話了：

「塔布森教授很少發言，現在他舉手了，一定是有重要的事，請說吧！」

塔布森：「謝謝主席先生。我只是想提醒大家，本提案的建議是幾乎不可能實行的。曾海闊教授剛才說到優德大學是根據立法創立的，在這法律中說明優德大學的行政結構和大學的運行是按我們的『教員手冊』來執行。我們實行首席科學家責任制來管理研究專案是在『教員手冊』裏有明文規定的。除非能將這法律更改了，否則這個提案是沒有意義的。」

主席：「謝謝塔布森教授，那麼您認爲修改立法的可能性有多大？」

塔布森：「我個人的意見是幾乎不可能。首席科學家責任制是被世界上大部分的大學所採用並且已施行有多年。光拿一個台灣的經驗，不但完全沒有任何的說服力，而且會將優德大學成爲別人的笑柄，因爲這是倒退，從教授治校、學術民主，又走回長官和行政主導的管理方法。」

主席：「塔布森教授說得對，我們可不能成爲別人的笑柄，更不能往後倒退。這邊李洛埃教授想發言了，我正奇怪呢，怎麼對任何事都有獨特見解的李教授，居然沒話說了。」

李洛埃：「謝謝主席的關心，在這個提案上我的任何發言都會很可能被誤解爲和研究發展部門爭權，所以我還是少說爲妙。此外，我想說的，別人都已經說了，不用我來多費口舌了。但是我還是有一點要補充的。那就是整個提案的出發點假設。這個假設就是周催林副校長的台灣經驗將給優德大學帶來輝煌的成就。這是個天大的錯誤。台灣工研院每年有數十億元的研究經費，它的每一塊錢都是來自政府的財政撥款。因此採用行政管理。而優德大學的研究經費完全是來自首席科學家以競爭方法爭取來的，所以實行首席科學家責任制。周催林副校長的台灣經驗其實和優德大學是沒有關係的。我說完了。謝謝主席先生。」

賈維吾停止了討論，把提案付諸投票。結果是可想而知，提案是徹底的失敗了。賈維吾接著宣布休會，大家可以去用餐和休息，兩小時後繼續。

周催林和吳宗湘沒有去用餐，兩人在周催林的辦公室起了很激烈的爭吵。他們互相指責對方，說提案的準備工作不充足，以及討論時用語不當而引起多數人的反感。但是周催林對將要來臨的最後一個提案還是充滿信心，因爲他已經將多位與會同事的「個人利益」照顧好了。這是他做事一貫常用的法寶。

下午三點，教授會議又開始了，原班人馬全都到齊。前面的一個半小時用來討論了六個一般性的提案後就到了這次教授會議的最後一個提案，也就是周催林的提案，要求鍾爲把還正在開發的ＭＴＳＰ軟體的原始程式交出來。

主席：「我們來到了本次會議的最後一個提案，現在主席邀請提案人周催林副校長簡單扼要地說明提案的內容。」

周催林：「謝謝主席先生。研究發展部最重要的任務之一就是去爲優德大學爭取大型的應用研究專案。在爭取的過程中往往需要使用我們開發出來的或是正在開發中的技術工具來說明優德大學和要爭取的大專案的相關性。由於首席科學家責任制的實行，研究發展部無法完全自由地使用這些工具，因而對我們在爭取項目時造成很大的困難。因此本提案要求建立規則，促使首席科學家應當配合研究發展部門的工作。」

主席：「謝謝副校長周催林博士的說明。塔布森教授對本提案的法理問題做了較爲深入的分析，現在主席邀請塔布森教授說明一下結果。」

塔布森：「謝謝主席先生。今天上午我曾經說過，首席科學家責任制來自『教員手冊』，它是成立優德大學立法的一部分，要更改是困難重重不說，時間也會拖上好幾年。在此之前，所有的大型專案合同簽約時要有優德大學校長或是他的法人代表簽字背書。在法律上這是表示優德大學將遵守『教員手冊』中的規定來運作。由於『教員手冊』的修改而帶來的影響錯綜複雜，因此，我建議周副校長具體的提出是需要什麼研究成果或研究工具，再來考慮應如何提供和由誰來提供。校長先生的意見如何？」

主席：「很好，謝謝塔布森教授的分析。」

賈維吾看見塔布森又舉起了手，「塔布森教授還有話要說？請講。」

塔布森：「是的，謝謝主席先生。有一個重要的事我漏了說，那就是首席科科學家的制度不是最近才有的，也不是只限於優德大學才有，這個制度在全世界的著名大學裏已實行多年了。它不僅是一個研究項目的管理方法和智慧財產權的分配原則，更重要的是將科學家的研究道德和對研究結果的責任做了具體的規範。這在所有現代大學的研究事業裏是個不可改變的理念。謝謝主席，我的補充說明講完了。」

主席：「謝謝塔布森教授的補充說明，這是非常重要的一點。對任何一方事情的修改都是爲求進步，因此修改不能造成退步，在優德大學更不可以。好，我們回到原來的提案，周副校長對塔布森教授的建議有意見嗎？」

周催林：「我很同意塔布森教授的建議，一個制度的更改需要從長計議。目前我們正在發展一個西太平洋氣象預報的大專案，需要用到鍾爲教授在風切變計畫裏開發出來的MTSP軟體。由於鍾教授的項目還沒有結束，所有的研究工具還不能開放。我們將它提到教授會議來的目的是希望有特別的安排，繞過首席科學家這道門檻來拿到它。」

主席：「在研究專案還未完成前，或是研究成果尙未發表前，一般說來他人是不能動用其成果和開發出的工具。但是爲了大學的前途發展，應該是沒有問題的。請問鍾爲教授有問題嗎？」

「沒有。」

「對提供MTSP軟體給周副校長有問題嗎？」

「沒有。」

「沒問題那爲什麼不給呢？」

「已經給了。」

「那爲什麼還要呢？」

「不知道！」

會場上的笑聲愈來愈大了，主席用錘子敲了一下桌子，說：

「請大家安靜！鍾爲教授，你是有毛病嗎？爲什麼我不明白你的回答呢？」

「不知道！」

又是哄堂大笑，主席的錘子又敲下來：

「鍾爲教授，請注意了，主席已經沒有能力欣賞你的幽默了。爲找出問題所在，請鍾爲教授把整個事件的來龍去脈和前因後果說明一下，主席要的是事實而不是你的評論。懂嗎？」

「哈哈！非常謝謝主席先生。總算聽懂了，剛才我還真以爲我真的犯了癡呆症。」

會場上笑聲又起，主席又用錘子敲了一下桌子，說：

「各位好同事們，主席認識鍾爲教授時，他還是個可愛的學生，那個時候他就有個小小的毛病，那就是自認爲很有幽默感，凡事一定要在嘴上占最後的便宜。幾十年了，看樣子不但是改不了，還變本加厲了。現在只能希望鍾教授的學生可千萬別學他的尖酸刻薄。」

「看樣子，這下我是完了。校長饒命！」

主席：「鍾爲教授請開始吧！」

鍾爲：「謝謝主席先生，我們是接到了周副校長的書面說明，敍述了需要ＭＴＳＰ軟體原始程式的理由。這個說明現在我手裏，共有兩頁紙。主席先生，我們已經印了足夠的拷貝，爲了避免錯誤，我請求將它們發給在場的同事們。」

主席：「秘書小姐，請執行鍾教授的請求。」

「謝謝主席先生，也謝謝秘書小姐。周副校長要求MTSP的理由，是要爲台灣中央氣象局開發一個西太平洋的颱風預報系統，目標是要比現在的預報系統有更強、更準確的功能。這是個很好的課題，也是個熱門的研究領域。但是問題出現了，報告裏說專案負責人名叫賴武雄，現在我手頭上這本子是台灣中央氣象局今年出的電話本，上面沒有一個人叫賴武雄的。我手上另外一本電話本是台灣中山科學院的今年版本。在它的第二研究所，導航系統組，卻有一個叫賴武雄的人。主席先生，我們的確是生活在很小的世界，台灣的賴武雄博士曾經是我的學生，是一位優秀的科學家。他目前的工作是在台灣的中山科學院從事『雄風二號』地對空導彈的目標追蹤技術研究。而在台灣中央氣象局也打聽不出一個類似周副校長所說的研究項目。日前，李洛埃教授接到台灣中央氣象局局長，也是他大學同學的電話，說這件事根本不存在。至少在台灣中央氣象局是不存在的。」

周催林的臉色通紅，賈維吾的臉色鐵青，相映對照。

「鍾爲教授，還有別的嗎？」

「當然，還有更讓人不明白的。就是它的學術問題。在此首先要說明MTSP軟體的特有功能，這就是它可以將一個電腦系統的運行分成爲兩個或是多個的獨立系統，同時和並行對某種現象進行分析、模擬和預報。它的優點就是當多個獨立事件要結合時，MTSP就可以做無縫的暫態計算聯結，節省了傳統多個電腦系統間的資料傳輸所需要的時間和記憶體。其次就是風切變的特性，它是極小尺度的氣象事件，是由強大的低空對流與地面接觸時造成的，稱做『下擊雷暴』。這是目前民航飛機空難事件的最大原因。全部過程，從低對流的形成到下擊雷暴的消失，短的幾分鐘，長的也只不過十幾分鐘。此外，多個下擊雷暴會同時或在很短的時間內發生，前後只相差數分鐘。因此風切變在時間及空間上和一般的氣象事件有極大的不同，對它的分析、模擬和預報也需要特別的功能。MTSP軟體就是用來提供這個特別的功能。再來看看颱風，它是傳統的大尺度氣象事件，從低壓氣旋的形成到颱風登陸的時間短的有數天，長的要兩三週。氣旋形成的地點和颱風登陸的地點相距短的有七八百公里，長的有兩三千公里。颱風很少有兩個同時或在某段時間內同時形成，即使有也是相距很遠。颱風的分析、模擬和預報多年來都是以傳統的電腦系統完成，並且它的軟體都已經很成熟了。周副校長要用MTSP軟體來研究颱風是個笑話，會成爲優德大學的一個笑柄。尊敬的主席先生，我個人認爲周副校長的提出要求取得MTSP軟體的理由是一片胡言亂語。」

鍾爲的話還沒有說完，周催林舉起了手並且從座位上站起來馬上就要發言。

主席：「周副校長請稍等。請問鍾爲教授，您的敍述講完了嗎？」

鍾爲：「沒有，我希望把最後也是最重要的一點說出來。」

主席：「現在主席邀請鍾爲教授繼續敍述他對本提案背景的了解。」

這時會場上突然有人大聲的說：「要求程序發言！」聲音是來自吳宗湘。

主席：「鍾爲教授請稍等。主席現在確認吳宗湘教授的程序發言。」

吳宗湘：「謝謝主席先生，我希望提醒主席，鍾爲的發言已經遠遠超過了規定的三分鐘。」

主席：「謝謝吳教授的提醒，同樣的，我也要請塔布森教授再一次把『議會規則』向您說明，請注意聽，主席將非常感激。」

塔布森：「謝謝主席先生，根據『議會規則』，又稱Robert's Rule，與會者的發言時間是由主席來定，在討論提案時，一般是定在二至三分鐘。但是主席有絕對的權力更改或指定任何人在會議過程中的發言時間，可以爲零或是無限長。但是當主席邀請個人敍述事件時，傳統上是讓被邀請的人自己決定所需時間。吳宗湘教授清楚了嗎？」塔布森的語氣不是很友好，吳宗湘只好點點頭。

主席：「鍾爲教授，很對不起打斷了敍述，現在請繼續。」

鍾爲：「謝謝主席先生。我要說的第三點可能成爲我們的惡夢。主席先生，我們想知道的是爲什麼周催林想要拿到MTSP軟體的原始程式？如果是用來研究颱風，目標軟體就可以，不需要原始程式。因此真正的目的應該是要修改它做其他的用途。幾星期前我們的電腦工程師邵冰和被殺害的石莎曾到美國的卡內基美倫大學做交流。那裏的軟體專家對MTSP軟體有很大的興趣。原因是MTSP的功能有可能用在軍事用途上，例如分析雷達上同時出現的目標。現在世界上有多個恐怖組織都在設法提高他們的軍事技術水平，如果優德大學的科學技術成果落入這些人手裏就不堪設想了。我要說的就是這些，謝謝主席先生。」

主席：「謝謝鍾爲教授。周副校長有回應嗎？」

周催林：「謝謝主席先生。李洛埃教授和鍾爲教授所提出有關本提案的問題都是誤會，我也承認這些誤會是因爲我的辦公室對於提案的準備工作沒有做好。加上我們都不是專家，沒有將我們的理由做充分及合理的解釋。鍾教授說的恐怖組織的事雖然是天方夜譚，當然我們還是會保證MTSP軟體不落入恐怖分子的手裏。但是這些都不是本提案的重點，它是用來說明本提案的中心目的，那就是優德大學所有的首席科學家都必須配合主管研究與發展的副校長，隨時隨地要提供研究成果和研究工具，來協助爭取大型應用研究專案。校長先生，我認爲本提案的討論已經足夠了，可以投票表決了。」

周催林對投票的結果是充滿了信心，他是志在必得。

主席：「會場上有不少的同事舉手了，我們應該聽聽他們的意見，然後再來投票。」

在接下來的討論中，發言者都對這提案有所保留，有的是很理性的分析提案建議的不可行；有的說優德大學的研究成果證明了目前制度的合理及完善；也有人說這是沒事找事，典型的行政人員閒得無聊，因此來干涉別人的事。說得最難聽的是：「有本事的人會自己來創造成果，沒本事的人才會把別人的成果據爲己有。」還有：「憑什麼周催林可以把鍾爲的研究成果拿走，何況人家還沒完工呢！是不是因爲官大？」

但是對周催林造成最大的衝擊的是有人指出來：「如果周副校長是真的爲了優德大學，他首先就應當請鍾爲去領軍開發台灣的專案，不僅將學術專家的問題解決了，也不會有MTSP軟體的問題了。他爲什麼不找鍾爲？是沒有管理的能力還是沒有經驗？還是別有用心？這是大家應當考慮的。」這番話把周催林提案背後真正的動機赤裸裸的暴露無遺。周催林的信心有點動搖。他精心策劃的那些「準備工作」怎麼還不顯露出來？沒有一個人提出贊成的意見，連吳宗湘和席孟章都沒發言表態。

主席：「各位同事還有要發言的嗎？現在很多同事都發言了，但是我們的學術副校長李洛埃教授卻一直保持沈默，是不是有些反常了。主席認爲對這個提案發表看法應該是學術副校長的責任。李洛埃教授同意嗎？」

李洛埃：「謝謝主席先生的邀請。其實我很想說說我的看法，但是我擔心有人會以爲我是在保護學術部門的既得利益，不肯與研究發展部門分享研究成果。我要說的是，如果我們把『首席科學家』的名位看成是權力的執行和利益的分配就錯了。它有一個更深的內涵，就是責任、誠信、良心和道德的勇氣。機場風切變計畫啓動時，鍾爲教授以首席科學家的身分把他的隊伍召集起來，告訴他們說這不是一般的科研專案，可以犯了錯誤道歉挨罵後就沒事了。這回不一樣，任何錯誤都可能使最後的預警系統失誤，而造成空難。如果它是一架波音七四七客機，就可能讓四百人的身家性命都消失了。到那時還能過日子嗎？我當時把這話當成是鍾爲用來鼓勵士氣和嚇唬人的，並沒有在意。一年以後，我才明白鍾爲教授當時說的話。」

主席：「是發生了什麼事嗎？」

李洛埃接著說：「不錯，主席先生記得去年夏天的颱風山姆嗎？」

「當然記得，那是這一百年來掃過香港最強烈的颱風，造成了很大的損失，還傷了人。」

「就在香港天文台掛出十號風球和發出紅色強大暴雨訊號時，優德大學的一個隊伍離開了校園，奔向大嶼山。鍾爲帶著兩名技術員和一名研究生要去上鳳凰山頂搶修他們的自動氣象站，因爲資料和訊號中斷了。我把他們攔住，叫他們等颱風過後再去。鍾爲說不行，他說在風切變的契約裏有特別的要求，就是在最惡劣的天氣來臨時要對氣象參數採樣。這是承諾，一定要做，更何況這些資料是爲來日在狂風暴雨中降落到香港機場的民航機提供安全保證。我當時才想起來鍾爲在專案啓動時說的話。它不是用來鼓舞士氣的，它是在制定執行專案時的行爲準則。主席先生，在這時刻，權力和利益對首席科學家都是太渺小了，他在意的是責任、誠信、良心和道德的勇氣。就這樣，他們出發了。」

會場又是變得非常安靜，只聽見主席說：「後來呢？」

李洛埃：「鍾爲的自動氣象站在七個小時後恢復正常，又開始收到信號和資料。但是我們和鍾爲失去了聯絡，他們帶了三部通訊器材、兩隻手機、一隻短波無線電話，但是收不到信號。李傲菲向港府飛行服務隊要求搜救，但是因爲風太大，直升機無法起飛。十八小時後得到通知說直升機已到達鳳凰山附近開始搜索，不到一個小時又接到報告說看到地面發射的紅色信號彈，半小時後直升機報告找到四名優德大學的人。主席先生，那是我來到優德大學後度過最漫長的十八個小時。但是也讓我明白了在鍾爲的研究領域裏『首席科學家』的真正意義，他們對專業的熱愛、道德和勇氣讓他們義無反顧的用生命來保證研究成果。做爲他們的同事，我有無比的驕傲。主席先生，你和我是研究理論物理的，我們無法了解優德大學每一個同事的領域，更不能體會在各個領域裏的傳統和社會價值，但是我們要求他們每一個人的研究成果都要是優質和創新。完整和獨立的『首席科學家』是達到這個目標的保證。周催林副校長的提案會將優德大學的研究品德毀於一旦，絕對不能通過。」

主席：「謝謝李洛埃教授。周副校長已經等不及了，請發言吧！」

周催林：「我的提案是要優德大學定一個制度，規定所有的首席科學家遵守我的辦公室所提出的要求。這和李洛埃剛剛講的故事有關係嗎？但是有一點我可以提醒大家，做爲一個首席科學家，鍾爲有沒有利用在颱風中搶修器材的事件向客戶要求增加費用？從事研究項目最重要的就是要從客戶手裏拿到最大的財政利益。其他的都是次要的。由我來管理優德大學的首席科學家後，我們的收入會大量增加。現在我們必須停止討論，開始投票了。」

會場上的人都露出了驚訝的表情，一個副校長會說出這種話，讓人不可思議。賈維吾的眉頭又鎖了起來，但是李洛埃卻露出笑容，他知道周催林的提案這下子是死定了，並且是自殺死的。

主席：「謝謝周副校長，什麼時候要結束討論和開始投票，是由主席來決定。周副校長剛剛提到鍾爲教授，爲了公平，主席現在邀請鍾爲教授回應。」

鍾爲：「謝謝主席先生。機場風切變項目的眼前客戶是全體香港居民，長遠的客戶是全世界所有搭乘民航飛機的旅客。做爲首席科學家，我和我的同事們從沒有想到要從客戶手裏拿到最大的財政利益，因爲專案的收入在合同中已經定好了，它是雙方的承諾，我們不想也不可能去改它。我希望主席先生對我們沒有失望。」

主席：「當然不會！」

鍾爲接著說：「謝謝主席先生。我希望提醒各位同事們，眼前提案的真正目的是要取得我們MTSP軟體的原始程式。半年來周催林用了各種手段，包括買兇殺人等各種卑劣手段來奪取它。」

突然，周催林站了起來指著鍾爲大聲的吼叫：

「鍾爲你的證據在哪裏？含血噴人，我要上法院告你。」

就在同時，賈維吾的錘子在桌上連敲了三下，他大聲的對周催林說：

「請遵守秩序，舉手發言。周副校長要控告鍾爲教授是個人行爲，不必提到我們教授會議上來。」他又看著鍾爲說：「鍾爲教授，我們要聽的是事實，不是傳聞。你還有話要說嗎？」

鍾爲：「是的，我明白。相信主席先生還記得一位牟亦深吧？他是周副校長聘請的訪問學者。沒有人知道他是做的什麼研究工作，但是他總是出現在周催林身邊，跟進跟出的。直到數星期前他每兩三天就來索取我們MTSP軟體的原始程式。在石莎小姐遇害後，此人就失蹤了。我們想找他，人事處也在找他，周催林說他辭職了，但是他沒有辦辭職手續，連最後一張薪水支票都不要了，逃得無影無蹤。主席先生想知道爲什麼牟亦深要逃跑嗎？因爲香港警方掌握了他涉嫌石莎命案的足夠證據，並在今天早上發出了通緝令。將他逮捕歸案後，石莎命案的真相就會大白了。優德大學保安處的蔡邁可主任從一開始就在協助警方調查這案子，主席先生可以請他來報告案子的最新進展，他可以告訴教授會議周催林的雙手是如何的沾滿了石莎的鮮血。」

賈維吾突然注意到保安處主任蔡邁可已經出現在會場，他向校長點了點頭，再加上他臉上的表情，他向校長傳達了一個無聲的訊息，就是鍾爲的話是證實過的。在此同時，周催林對眼前案子的信心開始動搖了。但是讓賈維吾和周催林都同樣擔心的是媒體曝光，一旦事情在教授會議中討論了就會上報。牟亦深的事一曝光，賈維吾擔心優德大學的校譽會受到影響，進而讓想捐錢的人裹足不前。周催林則是擔心校董會將要炒他的魷魚。他們兩人都想要趕快把教授會議控制住。周催林很野蠻地插嘴：

「賈校長，鍾爲說的事情，什麼軟體、牟亦深、甚至石莎被殺都不重要，重要的是我必須得到授權來控制優德大學的首席科學家，這才能……」

鍾爲再也忍不住了，他站起來指著周催林怒吼：

「姓周的，你是連狗都不如的瘋子，居然說得出來石莎的生命還比不上你對權力的慾望和貪婪，你還有人性嗎？」鍾爲指著銀幕上笑容滿面的石莎說：「姓周的你聽好了，我對著石莎的在天之靈發誓，只要我還有一口氣，我一定要把殺害她的真凶繩之於法。」

賈維吾大力的將錘子敲了三下桌子，大聲的宣布：

「夠了，夠了，主席宣布討論結束，現在開始投票。」

投票的結果只有一個人感到驚訝，非常的驚訝。他就是周催林。他愣住了，口中念念有詞的說：「不可能，不可能。」他無法理解他精心策劃的「準備工作」，請客吃飯、去台灣旅遊、特別招待、蔣經國基金項目的承諾……等等活動都付諸東流了。投票的結果是兩票贊成、三十三票反對、一票棄權。贊成票是來自周催林和吳宗湘，席孟章投了棄權票。更沒想到的是李洛埃突然發言：

「主席，我要求程序發言。」

「李教授，有問題嗎？」

李洛埃：「我要求重新計票並審查投票人的資格。」

主席：「這是怎麼回事？塔布森教授你知道嗎？」

塔布森：「主席先生，剛才的投票人中，有人沒有投票資格。」

主席：「是什麼人？」

塔布森：「周催林副校長第二次教授資格申請沒有通過，按優德大學教授會議規章，應該沒有投票權，他的票應當取消。」

賈維吾現在明白了，李洛埃沒有在第一次投票時提出資格問題而選擇這個最關鍵的時刻重拳出擊，這是要把周催林在優德大學的地位、權勢和他個人的尊嚴徹底毀滅。這已經不是權力鬥爭了，這是血淋淋的復仇。賈維吾要想制止已經來不及了。

主席：「取消周副校長的投票，再重新計算選票。」

李洛埃：「主席先生，爲了避免今後再度浪費時間，請務必通知周催林副校長，由於他不是優德大學的教授，因此他不可以在教授會議上投票。」

周催林從沒有在公眾場合受過這麼大的羞辱，他漲紅了臉，拿起那本捲起來的時報週刊走出會議室，突然，他停下來面對著開會的人說：「這種會有什麼了不起，一點用都沒有，我再也不會來開了。」

李洛埃：「請記錄寫下，周催林副校長在被取消投票資格後，離開了會場。」

這不是周催林在教授會議上聽到的最後一句話，在他開門將要走出會場時，有人說了一聲：「再見！」

一大早出門，在永和豆漿吃了頓早餐後，黃念福就來到了他在總統府的資政辦公室，但是康達前已經在等著他了。

黃念福：「老康這麼早啊！吃過早餐了嗎？」

康達前：「早上我喝杯咖啡就行了。」

「是不是香港方面來消息了？」

「是的，周催林的計畫全軍覆沒，沒拿到MTSP的原始程式。」

「我不是說過了嗎？周催林能力有限，只會吹牛。」

「那就放棄他吧！我們啓動下一個計畫。」

「好，梁童的事有些難度，因爲他和各方面的關係都很好，道上的哥兒們都很尊敬他，找能下手的人不容易，可能要派自己的人，或是買大陸的槍手。」

「這就由你來決定了。」

「好的，還有別的事嗎？」

黃念福思考了一下說：「阿布都拉介紹的白俄軍火集團將派代表和我們談交易，但是有個問題，就是他們的人很可能都在美國中情局的名單上，一離開國境就會被盯上。所以見面的地點很重要。如果在台北一定會被老美發現。這絕對不可以。還請你想個辦法，再跟我商量。」

第七章　案情與愛情

蔡邁可準時來到重案組的會議室，但是大家都已經到了，顯然是重案組的內部會議在此之前就已經開始。他來開會的主要目的，是給大家說一下優德大學教授會議中有關周催林和MTSP軟體的事。目前重案組已經有信心掌握了石莎遇害時的情況和犯罪嫌疑人。他們也一致同意幕後還有真凶，MTSP軟體是真正的目的，而最重要的嫌疑人牟亦深在人間蒸發了，還有就是找不到任何在法庭上站得住腳的證據，可以把周催林和石莎的命案連起來。

朱小娟端了一杯熱騰騰的咖啡走進來，擺在蔡邁可的面前，笑瞇瞇地說：「這是我們組長特別買的極品咖啡豆現磨出來沖的，蔡主任要的飛砂走奶黑咖啡，請慢用。」

林亮嘻皮笑臉的說：「嘿！實習警官，給你亮哥也來一杯怎麼樣？」

朱小娟：「自己去沖。」

林亮：「嘿，還沒嫁過去呢，就一心一意地向著優德大學的人啦！現在的年輕人可真大方，一點都不害羞了。」

朱小娟：「蘇姐，林亮在欺負人。」

林亮：「別以為我不知道，你們兩人都是優德大學的警察啦啦隊，人在警隊但心向優德大學，目標一致啊。」

蔡邁可：「這可是我們優德大學的福氣。」

蘇齊娟：「你們在說什麼亂七八糟的，不就是一杯咖啡嗎？」

何族右：「行了，別胡鬧了。老蔡，你是說周催林就這麼被打得落花流水，一敗塗地？他是絕對拿不到MTSP的原始程式了？」

蔡邁可：「我剛到優德大學的時候也是不能體會教授會議的重要性。後來我才明白所謂的『教授治校』理念，它的具體體現就是在非常客氣的針鋒相對下所取得的妥協。我到優德大學工作也已有十年了，周催林除了是我看過最沒有能力的副校長外，他的問題是他完全不了解優德大學的治校作風。」

蘇齊娟：「蔡主任認為周催林會就此死心，不再去要MTSP軟體了？」

蔡邁可：「周催林是被人在教授會議上羞辱後，又被取消了投票權。在會議結束前他是被氣走的。同事說他回到辦公室後就破口大罵，並且發誓一定要拿到MTSP的原始程式。這是他的復仇使命。老何，我擔心優德大學又要出事兒了。要是大學裏再鬧出人命，我的飯碗就得砸了。」

何族右：「蘇齊娟，你們專案組要提高警覺，特別是優德大學的保護任務，等一下我再多派兩個人到你組裏。」

蔡邁可：「老何，還有就是羅勞勃的問題，我希望你們不要在校園裏逮捕他，這會給媒體一個機會大做優德大學的文章。」

何族右：「在什麼地方逮捕他不是問題，我是想用他做個橋，將命案、軟體和周催林擰在一起。看樣子這個時機還沒到。」

蘇齊娟：「老闆張家滋不是急著要我們趕快把林大雄和羅勞勃抓起來嗎？我們不服從上級行嗎？」

何族右：「哈！上級不也有他的上級嗎！忘了跟你們說了，兩天前，總署長一哥把我和張家滋找去報告案子的進展，我就一五一十的把所有的細節都說了，還把我們認為幕後有陰謀的看法也說了。當時張家滋就反對，認爲應該是強姦未遂殺人，可以結案了。你們猜一哥怎麼反應的？」

林亮插嘴說：「一哥和張家滋不同，他跟我們一樣是刑警出身，他應該是理解我們的看法。」

「說得一點都不錯。一哥問張家滋說那林大雄是找了羅勞勃打鑰匙替他開門，又找了一個澳門武師來制服了石莎，結果還是強姦未遂。可能嗎？香港有這麼笨的犯罪人嗎？說得張家滋的臉色一陣紅一陣白的。」

蔡邁可：「一哥是當著你的面說的？那我看張家滋的官也就做到此爲止了，還是早點退休好了。」

何族右接著說：「一哥還說特首找他來問這案子，但是他說特首不能過問正在調查的案子，所以他是以香港的所有大學的總校監身分來關心這案子。他說了兩點，第一是機場風切變計畫關係香港未來的經濟發展，因此要儘快破案，好讓科學家們安心工作，順利完成任務。第二是鍾爲教授，當時指名要這個人，不完全是因爲他是個好教授，更因爲是香港的未來需要這樣的人材。所以硬是把人家從很好的工作環境裏挖到香港來，最低我們也得保障人家的安全。現在他的隊伍裏有人被害，這是完全不能接受的。一哥說如果再有人被傷了一根寒毛，我們就別想過好日子了。」

蘇齊媚：「組長，我們有信心完成一哥和特首的要求，但是幹這些活需要人力和財力，張家滋會扯我們後腿的。」

何族右：「我說啊！一哥到底是個老差骨，是他提起我們幹活要人和要錢，他說人請張家滋派，要是有困難，他來請香港島警署支援。錢從他的特別辦公費裏出。他要我馬上送預算給他。你們的加班費和餐點費全報上去了，別再跟我瞪眼了。」

他看了朱小娟一眼，再接著說：「別裝得一幅可憐兮兮的樣子，實習警官也有份的。」

朱小娟拍起手來說：「太好了，謝謝組長。」

蘇齊媚把頭湊過來小聲地耳語：「師父是要抽頭的。」

朱小娟：「不給！借了人家的衣服穿去會情人還沒付錢呢！」

「小氣鬼！」

何族右：「老蔡，我們可能和牟亦深搭上線了，到時候還得請你幫忙辨認一下。林亮你說一說是怎麼回事。」

林亮：「蘇齊媚認定了牟亦深必然已經離開了香港，所以我們請移民局查有沒有一個叫牟亦深的離境。電腦馬上就查出來在四月十七日早上八點牟亦深從上環的港澳碼頭搭乘快船赴澳門。但是奇怪的是澳門移民局電腦卻沒有一個叫牟亦深的人在當天入境。我們拿了牟亦深的照片，到澳門碼頭去問那天上午在移民局窗口值班官員，因爲一大早旅客不多，他們記得有一個很像的人但是用的是多明尼加國的護照，名字是『康達前』，我們再要求澳門警方和移民局查康達前在澳門的活動，結果發現他當天下午就乘長榮航空的班機去了台北。爲了確定無誤，我們已經要求借調港澳碼頭、澳門碼頭和澳門機場相關的監視錄影帶，我們只有蘇齊媚和朱小娟看過牟亦深一次，所以想請蔡主任也幫我們確認一下，這個叫康達前的是不是我們要找的牟亦深。如果是的話，這就有好戲了。」

蔡邁可：「老何，你是強將手下無弱兵，你看他們年輕這一輩的辦案能力要比我們那時候強多了。林亮，你什麼時候要我來看錄影帶，就打電話給我。不過，這批移民局官員們的認人能力是有一套的，我看八九不離十，康達前就是牟亦深。老何，如果是的話，你想怎麼查下去？」

何族右：「香港警方在台灣是完全沒有施展的餘地和任何影響力。這是檯面上的情況，但是檯面下，那就要看各自的神通了。老蔡，你還記得那個陳克安嗎？」

蔡邁可：「就是那個台灣來的警察，二十幾年前你閉上一隻眼，高抬貴手，他才能成爲英國軍情局的漏網之魚。是他嗎？」

何族右：「就是他，他退休後開了一間徵信社。他答應協助調查。」

突然，何族右的秘書伸頭進來說：「組長，移民局緊急電話，一號外線。」

原來，皇崗口岸的一位移民局督察向何族右通報，說一位叫做林大雄的香港居民正在過關，問是否要扣留住他。何族右回答說，不用，但只要海關檢查他的小包，讓他多停留些時間。然後他指示在皇崗值班的便衣刑警跟上林大雄，看他住在什麼地方。然後，何族右向大家宣布：

「林大雄現身了，就按你們的逮捕方案，開始行動。」

林大雄在皇崗口岸過關，從深圳回香港。他以爲多帶一條紅塔山牌香煙不會被查。沒想到就是運氣不好，偏偏被海關給抽查出來。

他每次過關什麼都沒帶時就不被查，這次的一條煙被沒收了後還又被盤問了好久，真是倒楣。走出了入境大樓，他掏出手機，先把裏頭的晶片換成香港的，就馬上給他老媽打了個電話，告訴她說回來了。他老媽住在荃灣的一個公屋邨，林大雄嫌公屋的房子太小，就自己搬到沙田租了一個公寓房。要找林大雄不容易，認識他的人都會留言在他老媽那兒，所以他常打電話回去問問。

林大雄的第二通電話是打給他澳門的表哥梁童，但手機沒開機。他在深圳的時候也試過好幾次，也沒接通，他覺得有些反常。接著他又給十四K幫會在九龍的老大打電話，告訴他在深圳的事都辦好了，已經回到了香港。他看了看巴士站，然後掉頭走去計程車候車站，那兒已經排了一個短短的隊，有七八個人在等計程車，但是流動得還很快。跟著他的便衣刑警對著對講機說：「目標進入計程車候車站，把車子開到路口等候。」

兩位便衣刑警很順利的跟蹤林大雄到了沙田。三十分鐘後，他們向重案組報告了林大雄的住處所在。再隔了半小時，蘇齊媚的人就來接替監視目標的任務。從這一刻起，林大雄的下半生就失去了自由。

林大雄沖了個涼後倒頭就睡。他這次到深圳去是十四K老大派的任務，要他去做一個港商的保鏢。一個多星期來什麼地方都不能去，老是要待在這大老闆身邊。看在大老闆給他極高的工資，他不敢輕舉妄動，想等到任務完了後再好好地瘋狂一下。但是就在最後一天，林大雄接到老大的電話，叫他一下工馬上回來，還有事叫他做。也許是工作的疲勞，他這覺睡得很沉，是手機響了他才醒過來。外面天都暗了，林大雄先把燈打開，睡眼矇朧的拿起手機：

「喂？」

「是雄哥嗎？我是臭頭啊！」

臭頭是個小混混，旺角是他的地盤，因爲老不洗頭，頭上老有一股臭味，久而久之人家就叫他臭頭。他平常給人看看賭場，替夜總會做「馬伕」，爲客人送送小姐，混碗飯吃。但是臭頭的基本「事業」是「拉皮條」，給妓女介紹嫖客。林大雄是他的老主顧了。

「我他媽的，是臭頭啊！你一定是洗了頭，才想起還有我這雄哥，是不是？」

「那能呀！我剛聽說雄哥回來了，這不就馬上打電話來了。有好貨色，想要孝敬雄哥。」

「哈！臭頭，你還想矇我是吧？上次你那個北姑是又醜、又乾，又是個啞吧。我還沒找你算帳呢！」

「雄哥，君子不跟小人計較。這次我保證是上等貨色，明星級的。剛從鄉下來的。雄哥一看就知道她一定是水多，又會叫床。要不要試一試？」

「這北姑在哪裏做買賣？」

「旺角苿蘭街，芬蘭浴室對面的麗美大廈的七一一室。」

「是不是那座一樓一鳳的大樓？」

「對了，要不要就定了，雄哥什麼時候能到？」

「臭頭，我都有半個月沒消火了，憋得我都要炸了。你要是又找個次等貨搪塞我，小心我這次饒不了你。」

「雄哥，我就是吃了豹子膽也不敢哪！天地良心，我要是矇雄哥，就讓我天打五雷劈，不得好死。」

「好了，我先去吃飯再去，叫這女的等我，告訴她要是我爽了，我就包她一夜。噢，她叫什麼？」

「小姑娘的名字是阿娟，我馬上叫她今晚就等雄哥一個人了，別忘了，麗美大廈，七一一室。」

掛上了電話後，林大雄覺得精神特別好，他換了一身新衣服，就出門直奔他平日很喜歡的那家餐館，叫了他最愛吃的燒鵝和兩個小菜，又加了一瓶啤酒，著實痛快地吃了一頓。

林大雄決定乘大眾運輸去旺角，他走去就在附近的沙田九廣火車站，上了往紅磡方向的車，過了三站就是九龍塘站，在那裏轉車上了往尖沙咀的地鐵，又坐了三站就到了旺角站。從太子道出口，往左就是旺角警署，九龍重案組的辦公地方。往右走碰上的第一個交叉路就是苯蘭街。

這是香港最著名的色情營業地區，有提供小姐的夜總會和舞廳、按摩院、三溫暖浴室和著名的「一樓一鳳」。這是香港的特殊產物，說白了就是在住宅裏賣淫。一個公寓裏有一個妓女在做她的「生意」，因此稱爲「一樓一鳳」。

林大雄經常在這裏混，他一來到這裏，就能感到苯蘭街上所發散出來的那一股無法形容的韻律，它的快慢帶動著林大雄身上每一根神經，使他的腳步都輕快起來。快走到麗美大廈時，林大雄記起來，他曾來過這裏，但光顧過那一間就想不起來了。

走進了樓下的大廳，看見大樓的管理員是個穿著保安公司制服的年輕人，他覺得有點怪，通常這些大樓管理員都是年歲比較大，退了休的人。所以下意識的多看了他兩眼。

跟在他身後不遠的林亮非常緊張，從他離開沙田的家那一刻起，林大雄就沒有離開過他的視線。現在快到收網的最後時刻，絕對不能出差錯。他拿起裏頭捲著無線電對講機的雜誌說：「三號報告，目標到達，正進入電梯。」

對講機響起來了，「這是一號，全體人員進入位置，封鎖現場。」

電梯到了七樓，林大雄看見走廊上燈光通明，但是一個人都沒有。他感到有點不安，因爲按以前的經驗，臭頭會來跟他會面，把人介紹給他。這小子大概又去拉客了。七一一室是最後面的一間。香港的公寓房很多都有兩道門，裏面的一道是原來的門，外面的是折疊式的鐵門，關起來時就像是一道鐵欄杆，門裏門外可以一目了然，但是除非再把它打開，就是不能進去，非常安全。林大雄按了一下電鈴，裏頭那道木門上面的小窗子打開了，出現的是一張很秀麗的臉，薄施脂粉但是很漂亮。

「請問是哪一位，有什麼事啊？」聲音和那張臉一樣，聽了格外舒服。

「我是臭頭叫我來的。你是阿娟吧！」

「啊！是雄哥呀！對不起，雄哥知道我們這兒的規矩，我看看身分證可以嗎？」

「沒問題。」林大雄掏出了身分證給她，心想你現在說什麼都行，等一會兒在床上就由不得你了。

「果然就是臭頭說的雄哥了，快請進！」

裏面那扇門開了，出現在眼前的是一位年輕貌美的女子，林大雄在這種地方混了不少年了，見過也「品嘗」過很多女人，但是面前的人是讓他最能一見就動心的。阿娟的身上穿著緊身無袖的襯衫，前三個扣子敞開著，露出一大片白白的胸脯和誘人的乳溝，上衣只到肚臍眼上面，下身是一件短得不能再短的迷你裙，小蠻腰和兩條修長的大腿全露在外面，腳下蹬著一雙細跟高跟鞋，把大腿襯托得更性感。外面那扇鐵門打開了，但是林大雄還是看得呆住了。

「別發愣了，快進來呀！」漂亮女子把門關上，林大雄沒有注意到那扇鐵門並沒有關上。

房子裏頭和林大雄見過其他一樓一鳳的房子沒什麼分別。進門就是間小客廳，有一個長沙發，一個電視機和一個小圓桌。另外兩間是廚房和廁所。還有一間房的門是關著的，那一定是臥室了。林大雄一屁股坐在長沙發上，但是兩隻眼睛就沒離開過阿娟的兩條大腿，心想著面前讓他動心的女人就將要赤裸裸地躺在床上，讓他任意的玩弄，她這兩條長腿就會緊緊的勾在他的腰上。他的身體就起了生理變化。當阿娟也過來坐在沙發上時，林大雄就伸手想要摸她，她一下就站了起來，林大雄也跟著站起來，兩手伸開想要抱住她。她身體一扭就脫開了。

「雄哥，別這麼急嘛，先喝杯茶、談談天，培養好心情，等一會兒才會更爽。」

說完了，她雙手用力把林大雄推回去又坐在沙發上，然後一隻高跟鞋就踩上來放在他的兩腿間，林大雄無法站起來了就開始摸阿娟的大腿，他的手一直往上移動，阿娟把林大雄的手抓住：

「雄哥還沒給賞呢，怎麼就想要爽了？」

就在這個時候，臥室的門打開了，走出來兩個人，一男一女，分別站在沙發的兩邊。他的第一個反應是他碰上了「仙人跳」，不是要來敲詐勒索他，就是要打劫他。林大雄非常地憤怒，是有眼不識泰山還是大水沖了龍王廟？

他厲聲的說：「你們是什麼人，想要幹什麼？」

男的慢條斯理地回答：「林大雄，你說我們會是什麼人？」

林大雄很奇怪他們怎麼會知道他的名字？是和臭頭串通一氣來計算他的？他本能的把手伸進褲子的口袋，手再拿出來時就多了一把五、六吋長的彈簧刀，他按了一下按鈕，一個五吋長的刀刃就彈了出來，在燈下閃閃發光，他正想把刀指向那男的，但是發現為時已晚，那女的在他伸手拿刀時一閃身一把黑乎乎的手槍就出現在她手上，同時持槍的手臂伸直了指著他。而不知何時，阿娟也是一槍在手對準了他，一左一右交叉的火力，他再有本事也是插翅難逃。林大雄感到情況不妙，但是還是鼓起勇氣說：「知道我是什麼人嗎？十四K勇字堂的，我們的老大不是好惹的……」

男的拿出了重案組的警證說：「你不就是狗熊嗎，你看好了，也聽好了，這位是九龍重案組的蘇齊娟警官，也是香港警察的神槍手，她現在是瞄準你左邊的睾丸，她要是開槍絕不會傷了你右邊的睾丸，你還能是個男人。那一位叫阿娟的是實習警官朱小娟，要是她開槍了，那就不好說了，以後你也許就只能去當太監了。所以我勸你還是先把刀放下。」

林大雄明白這回是真的大難當頭了：「阿ＳＩＲ，我不知道你們是重案組的，我們有話好商量……」

蘇齊媚：「林大雄，把刀放下！」

林大雄一鬆手，彈簧刀就掉到地板上，他感到快要崩潰了，兩腿發軟，腦門冒汗。

蘇齊媚又發話了，但是槍還是指著他：「舉起兩隻手臂，兩腿分開，然後靠牆。」

當林大雄面牆站好後，蘇齊媚說：「朱小娟，搜他的身再把他銬起來。」

林大雄這才看見在朱小娟的超短迷你裙的後腰上，有個手槍套子和手銬套子。林大雄後悔剛才沒有抱住她，否則他有可能會把槍拿到手。但也可能當了蘇齊媚的槍下鬼了。

朱小娟：「除了那把彈簧刀外，沒有其他的傢伙。」

蘇齊媚：「給他上腳鐐。」

林大雄：「我到底是犯了什麼罪？還要帶腳鐐？」

何族右：「看看這是什麼？法院簽發的拘捕令，看清楚了，上面寫的是你的姓名。說明是謀殺罪嫌疑人。按規定我們要給你上腳鐐。」

林大雄：「你們一定是搞錯了！」

蘇齊媚：「閉嘴！朱小娟，把腰帶和帽子給他戴上。」

「腰帶」其實就是一條圍在腰上的鐵鏈，但是手銬和腳鐐都是要鎖到這條腰帶上，帽子就是個黑布套，上面開了兩個眼洞。這是警察帶殺人犯出現在公共場所時的規定。目的除了要保證犯人不能逃跑外，還要別人看不出他是何人。

朱小娟：「林大雄，要不要再看一次？這是你這輩子最後一次看女人的大腿了。」

說完了，朱小娟給林大雄戴上黑帽套。

蘇齊娟拿出對講機，發出指令：「這是二號，目標拿下，鎖住了。要求大廳情況報告。」

對講機響了，「五號，大廳控制，沒有閒人。」

「四號請報告情況。」

「四號，七樓走廊和電梯情況安全。」

蘇齊娟又開始發號令了：「這是二號，全體注意，開始輸送犯人。」

不知什麼時候，朱小娟已換上了牛仔褲和夾克，她打開房門，兩個便衣刑警馬上就進來了，一左一右把林大雄給架起來就往外急走。朱小娟雙手握槍在前面開路，蘇齊娟緊跟在林大雄的身後。她知道這裏是十四K黑幫的地盤，不敢大意。

何族右殿後，一夥人在七樓走廊上急行。有人把電梯的門開住，林大雄注意到就是那個在一樓大廳看門的管理員，他現在明白了，這是重案組設下的陷阱。他一生就只有一個毛病，就是愛玩女人，最後還是要栽在女人手裏。

電梯在二樓就停下來，他們從二樓走樓梯到一樓，出了樓梯旁邊就是麗美大廈的後門出口，一夥人開門出來時，押運犯人的囚車也正好開到，下來了兩個軍裝的警察把林大雄迅速地推上囚車，原來架著他的刑警也上車後，馬上就開走了。後面隨即又開來一輛汽車，開車的人是林亮，在何族右，蘇齊娟和朱小娟上車前，蘇齊娟拿起對講機，說：

「犯人安全運走，清理現場後收隊。」

坐在後座的蘇齊娟和朱小娟都閉上了眼睛，緊繃的神經鬆弛下來後，才感到全身的肌肉都酸痛不已。

坐在前座的何族右回過頭來看了看他手下的兩員女將，然後對車裏的三個人說：

「我們趁熱打鐵，馬上審林大雄。」

朱小娟：「我的媽呀！怎麼這麼累啊！沒做什麼累活啊！」

蘇齊媚：「是因爲精神緊張，習慣就好了。」

何族右：「林大雄是這案子逮捕的第一個嫌疑犯，我們不能回頭，只能把這案子清查到底。但是你們不要忘了，MTSP軟體和這案子緊緊地捆綁在一起。」

何族右停了一下又說：「從目標進入現場到送上囚車，一共是十七分鐘。我對你們做的逮捕方案和執行都滿意。」逮捕方案的中心思想是不讓任何人知道林大雄已經在警察手裏，顯然何族右認爲這是做到了。

蘇齊媚：「謝謝組長，這是我們全體專案組組員的努力。」

這是蘇齊媚重回警隊後，第一次受到肯定，又是來自向來非常嚴格的重案組組長，眼淚差點奪眶而出，她用力地握了一下朱小娟的手，表達她無言的感激。何族右很高興，因爲他又看到了真正的蘇齊媚。

何族右：「朱小娟，你剛剛跟林大雄在屋子裏那一套又一套的，都是警校教的？」

朱小娟：「不是，是我師父教的。」

蘇齊媚：「胡說！」

此時，林大雄發現他們不是要去九龍警署，囚車已經進入過海隧道，駛向香港島。

陳克安手頭有兩份名單，一份是長榮航空BR八五五航班，由澳門飛台北的旅客名單。它是透過何族右的關係從澳門發給他的。第二份名單是他從桃園國際機場出入境管理處取得的當天搭乘BR八五五航班飛抵台北過關的旅客名單。BR八五五航班的機型是波音七四七－四〇〇－COMBI，它將原來的客機後面三分之一的空間改成貨艙，因此載客量減少很多。

BR八五五的旅客名單上包括機組人員共有一六七人，其中包括了何族右委託尋找的康達前，他是持台灣護照登機的。但是第二份名單上顯示該班機出關的旅客只有一六六人。上面沒有康達前的名字。這唯一的可能就是他由「公務」通道出來。

機場上只有兩種人可以使用公務通道，那就是機場的工作人員或是有特別通行證的人，後者大多是治安和情報人員。陳克安拿著何族右傳來的牟亦深／康達前的照片，去找到當天在公務通道值班的人，他們認出來有這個人出關，用的是「軍情局」的通行證。

軍情局所有的業務，包括工作人員的名單都是保密的，無法去打聽，唯一的辦法就只有當面去認了。軍情局對面有一間大型連鎖咖啡店，陳克安已經到這裏來了三天了。今天是第四天。他早上十點半來，叫一杯咖啡就坐在二樓靠窗的雅座，到中午十二點一過就走人。他每天穿的衣服都不同，店裏沒有人認得出來是同一個人。

進出軍情局的人分成兩類，一是穿軍裝的，另一類是穿便裝的。大門口有兩個穿軍裝的警衛，他們對穿軍裝的軍官會行軍禮。但是偶爾也會對穿便裝的人敬禮。這些人是軍情局高層，衛兵認得他們。

陳克安的桌上有一本雜誌，裏面是從香港用電郵傳來的牟亦深／康達前照片。另外就是一本厚厚的書，這不是一本普通的書，書裏暗藏有一部相機。

陳克安一大部分的私家偵探生意是蒐集夫妻間的婚外情證據，這些工具正好派上用場。私家偵探大部分的時間是用在「等」，等人的出現和等事情的發生，久了就把人的耐心給磨出來。手頭的案子也一樣，他認定了目標會出來吃中飯，所以他在守株待兔。

十一點四十五分，門口出現一個穿咖啡色西裝上衣的男子，衛兵向他敬禮。陳克安認爲就是他。拿起手機，按了一下，接通後就說：「小李，目標出現，咖啡色西裝上衣，向右轉。」

「知道了。」

陳克安匆匆地結帳，下樓走出了咖啡店。就在這時，一位穿著普通的婦女來到了軍情局門口，她手上拿著一大束鮮花：「嗨！阿兵哥先生，不好意思，我們花店有客人要送這把花給你們的康達前先生，是給他過生日的，拜託通報一聲，多謝啦。」

「康上校剛剛出門，看，就是那個穿咖啡色上衣的，快點，也許能追上他。」

「多謝，多謝！」

小李快步追過去，看見康達前在路口等紅綠燈，小李走進路口邊上的小店，變成綠燈後，小李看見康達前走進對街一家叫驥園的餐館。不久，陳克安就跟上來了，小李說：「老闆，我們的人是個重要人物，門口的警衛認識他，官階是上校。」

「好極了，他一定是來吃午飯的，可能要有一陣子，你先回公司吧，最近比較忙，說不定又有事在等你呢。」

「那這花怎麼辦？」

「就送你了。」

接下來，陳克安就要設法取得一張康達前的照片，歸檔後，香港的委託案子就能完整結案了。等了三十分鐘後，陳克安走進了驥園餐廳，他是要確定康達前已經入座。

驥園餐廳是設在地下一層，顯然是地下停車場改裝的。一走下去，迎賓小姐就笑瞇瞇地迎上來，陳克安告訴她是朋友約來的，他要看看朋友是否到了，說完了就朝裏面看了個清楚。

康達前坐在靠邊的一張桌子，同桌還有一位五六十歲，頭髮都白了的人。洗手間的牌子是掛在康達前後面的走道入口處。陳克安在外面又等了一會兒，就跟迎賓小姐說要先入座，要了個離康達前遠一點的桌子坐下。等點好了菜飯後，他起身走向洗手間，手裏拿著那本厚書，經過康達前的桌子時他將目標攝入了書本裏的數位相機。回到座位後的第一件事就是把夾克脫下來掛在椅背上，他不要餐廳裏有人記得有一個穿這夾克的人。然後他打開手機從查號台問了軍情局總機的電話號碼，就撥過去，鈴聲響了三次，手機裏就傳出：「國防部軍事情報局。」

「我要找一位康達前上校。」

「請問哪裏找？」

「我是審計部，陳督察。」

審計部是真有一位陳姓督察，但是現在出國了，他曾是陳克安的客戶，請他偵查過他老婆的婚外情。

「請稍等。」手機中能聽到分機的鈴聲。

「軍情局，特勤處。」

「我找康達前上校。」

「對不起，我們處長正外出用餐，請問哪裏找？」回答的聲音非常柔和。

「他是不是又去香港了，怎麼最近老是找不到他？」

「不是，康處長剛從香港才回來。請問哪裏找？」

「那我下午再打電話吧！」說完了，就馬上把手機合上。小聲的對自己說，就是他，錯不了，剛從香港回來，不是嗎？

陳克安開始慢慢地享用他的午餐，並且陷入沉思中。突然他想起來什麼事似的，又把手機拿出來，按了一個鍵。

「喂，小李嗎？你現在什麼地方？」

「還沒回到公司，正在一個小館子吃麵哪！」

「小李，真抱歉，你得馬上再到驥園來，現在目標正和一位老頭在吃飯，我要你查出來他飯後到什麼地方去，他是幹什麼的。」

「沒問題，我馬上動身。」

把手機合上後，陳克安又站起來拿了那本書在飯館繞了個圈子，避開康達前的座位到了洗手間。他在裏頭洗了把臉，出來走回自己的座位，這回他故意從康達前的座位邊經過，並且在那轉了個彎。就在這瞬間他拍下了兩張照片，一張是坐在康達前面老頭的正面照，另一張是側面照。

陳克安對軍情局的人很反感，他們是可以直通天庭，和總統府直接對話。因此常常仗勢欺人，把刑警隊辦得差不多了的案子搶過去，好邀功請賞。他雖然不認識康達前，但隱約好像聽過這人的名字，有人說他心狠手辣，爲了達到目的不擇手段。

至於和他在一起吃飯的人，陳克安想起來了，他是台灣獨立運動的大佬，有人說他是黨裏唯一有「武裝鬥爭」經驗的人，因爲他曾在海外槍擊過總統，也參與過用郵包炸彈刺殺當時的副總統，結果只是把一隻手給炸斷了。陳克安接到小李報告，那位和康達前一起吃飯的人，離開驥園後去到總統府，他是從後門進去的。打聽出來他名叫黃念福，是總統府資政。

於是，陳克安把他所知的，加上他的跟蹤調查詳細地寫了一個報告，附上數張照片，當天晚上就用電郵發給了何族右。最後他寫著，不論你們香港刑警要幹什麼，這位康達前是軍情局特勤處的上校處長，絕不是省油的燈，千萬要小心。

載著林大雄的囚車和重案組的警車來到了香港最南端的赤柱，車子在香港著名的「赤柱監獄」停下。司機和門口的警察交談了幾句話後大門就打開，他們的車子長驅直入，開到監獄最後面的一間三層樓的建築物前停下來。

林大雄被帶到一間大房間裏，帽子、手銬、腳鐐和腰帶都被除下。這時林大雄才看清楚了在這間大屋子裏的正中央擺了一張桌子，四把椅子，一把放在桌子的一邊，另三把放在對面的一邊，桌子的正上面有一個從天花板吊下來的燈。林大雄一看就知這是間審問室，但是今天他感到有些不對勁。第一，到目前爲止，什麼表格都沒要他塡，他知道被警察逮捕後的頭一件事就是要塡很多表，把祖宗八代的事全寫得一清二楚；其次他是在距離旺角警署幾條街的地方被逮捕，爲什麼要捨近求遠把他送到香港島最南邊的赤柱來審問？

半個多鐘頭過去了，還是沒人來理他，林大雄很是不耐煩，在大房間裏來回踱步。最後他走到房門前用力的拍門，還大聲的喊說人都死光了嗎？

就在這時，房門打開了，林大雄眼前一亮，站在面前的正是今晚逮捕他的那個漂亮女警官，蘇齊媚。他第一眼就注意到女警官穿的低腰緊身牛仔褲，肚臍下方一大片的細皮嫩肉都露出來。緊身的襯衫凸顯性感的身材，單薄的衣料使兩點隱約可見，襯衫上的兩顆鈕扣是解開的，動人的乳溝讓林大雄看得心猿意馬。蘇齊媚將門關上後就背靠在門上，腰身略往外挺，眼睛看著林大雄，臉上帶著曖昧的笑容，他感到身體要起變化了。

「雄哥，不好意思，讓你久等了。」

林大雄站在原地不說話，兩眼盯在蘇齊媚的胸部和腰部。她一步一步慢慢的走到林大雄面前，他能聞到香水味了。

「雄哥，我們有點誤會，在旺角我們是在找一個賣白粉的，剛剛我們給雄哥的十四K老大通了電話，知道雄哥跟白粉沒關係。所以來道歉，再派車送雄哥回去。我們希望雄哥就把今晚的事當做沒發生，好嗎？」

「不要我投訴，你得給我好處。」林大雄不懷好意的眼光直視著蘇齊媚。女警貼得更近了些。

「雄哥，你說要我做什麼？」蘇齊媚用手指點著林大雄的腰部。

「你要和我玩一次。」

「沒有問題。」

林大雄笑起來了，兩手張開就要來抱蘇齊媚，但是已經晚了。蘇齊媚退後一步，飛起右腿踢中林大雄的下體，他慘叫一聲，雙手抱著下體，再也直不起身來，臉色變得蒼白。蘇齊媚向前一步，雙臂張開，雙手握緊拳頭，同時用力的打在林大雄兩邊太陽穴上。林大雄又是一聲慘叫，兩眼發黑，雙腿一軟，人就躺倒在地上，兩手還是握住下體。蘇齊媚再走過去對準他的腎臟部位狠狠地踢了一腳，林大雄在短短的幾秒鐘內發出了第三聲慘叫。男人對疼痛最敏感的三個部位同時受到嚴重打擊，林大雄已經失去任何反抗的意志。蘇齊媚溫柔的說：「雄哥，玩夠了嗎？」

何族右和朱小娟推門進來，兩人把手上的公文夾放在桌上。

何族右：「見到我們警察也不必趴在地上，起來，起來！我們有話問你。」

林大雄想試著站起來，但是只要一動，他的下體和腰子就像是火燒和針刺般地痛徹心脾。蘇齊媚拉著他的衣領幫他在桌子前面站了起來，他全身痛得眼淚直流。林大雄看見那有一張椅子，他趕緊就坐了下來。但是蘇齊媚一扭腰，下面的一個掃堂腿就過來把椅子踢開，林大雄坐空了就往下掉，蘇齊媚的雙手像閃電一般抓住了他的頭髮，順勢往下把他的頭撞在桌面上，林大雄又是一聲哀號。馬上血就從他的鼻孔和嘴裏流出來。蘇齊媚還不罷休，上去又是一腳踹在他的肋骨上，他又趴在地上，嚎啕大哭。他現在明白了，眼前這位女警察是非要置他於死地，就是不死也八成會變成殘廢，這輩子也完了。

何族右：「狗熊，別這麼沒用，站起來，我們要問話了。」

林大雄咬著牙痛苦地說：「我就這樣等律師來，我要告你們警察打人。」

何族右：「我看不對，我們在監視器上只見到你要非禮蘇警官，沒見到警察打人。律師也要看證據的，更何況也沒有律師要來。」

林大雄：「十四K有專用律師，只要有我們的人進了警署，他們就會馬上過來。」

何族右：「我說你在十四K也混了不少年了，怎麼連這麼重要的事都看不出來？你們十四K的律師不會來的，因爲沒有人知道你是在我們手裏，你好好想想。」

林大雄開始冒冷汗，他回想起來在旺角的路上是和幾個熟人打過招呼，但是沒有人看到他去了一樓一鳳的地方，更沒有人看到他被警察帶走。他緊張了：「你們想幹什麼？」

何族右：「那就要看你是不是合作了，要是不合作，就送你去大陸青海。」

林大雄：「青海？你們沒有權力。」

何族右：「要不，你就試試。」

蘇齊媚插嘴說：「你要是再不起來，我就在你另一個腰子上來一腳。」

這句話馬上就起了效果，林大雄一邊痛苦地呻吟著，一邊掙扎著要站起來：「阿SIR，讓我坐下吧！實在是痛得受不了。」

何族右：「行，朱警官拿杯水給他。」

林大雄喝了半杯水，把另外半杯灑在臉上，再拿起桌上的衛生紙搽臉，紙上全是血。他舉起紙來，對著坐在桌子對面的三位警察說：「你們這麼對我是違反人權。」

他聽到啪的一聲，女警官重重的拍桌子：「混蛋！你殺石莎的時候想到她的人權了嗎？」

原來是這件事，林大雄的希望又出現了。他看清楚，女警察坐在中間，顯然是由她主審了，剛剛出現的希望又涼了一半。審問開始了：

「林大雄，我是優德大學石莎命案專案組組長蘇齊媚警官，右邊是重案組組長何族右警長，左邊是專案組朱小娟警官，她是這次審問的記錄。我們是以殺人犯罪嫌疑人的名義逮捕你。」

然後，蘇齊媚問了一連串的例行問題，姓名、年齡、住址、出生日期、案子發生的時間地點……等。

「林大雄，你為什麼要殺死被害人石莎？」

「我沒殺石莎。」

「這是法醫的報告，裏頭說被害人的指甲裏有你的DNA。這一份是技術科的報告，它說明你的汽車裏有被害人的毛髮，還有你的汽車輪胎紋路留在案發現場的停車場，這些你怎麼解釋。」

林大雄默不作聲，他知道這些都是間接證據，律師可以大做文章的。

「我們還有目擊證人，看見你殺人。你的犯罪同夥人梁童在澳門被逮捕，他已經招供了，他說你想強姦被害人未遂而殺人。」

「你們不要矇我，梁童絕不會這麼說。」

「澳門警方在梁童家搜出被害人的珠寶，他說原來你找他去是為了那些珠寶，後來你見色心起，才又想強姦被害人。梁童在澳門犯了侵入民宅搶劫殺人被捕，他說這案子是你主謀，審問過程中又供出了石莎的案子。所以澳門警方在通緝你，並且要我們協助。我們對梁童沒有興趣，我們的興趣是在石莎的案子。你說石莎不是你殺的，那你和我們合作找出兇手來，我們就把你留下來，否則就把你交給澳門警方。你一定知道澳門司法警察是多恨你們這些香港的黑幫分子，那裏百分之八十的犯罪行為是和你們這些人渣有關係。根據梁童的供詞，你是重犯。澳門現在將所有犯了重案的黑社會分子送到青海省去。青海和澳門簽了合約，青海省監獄要為澳門看管重要刑事犯人。你就看著辦吧！」

「我的律師不會同意把我引渡到澳門。」

「什麼律師？你被逮捕已經有四、五個小時了，律師怎麼還沒來？別做夢了。明天半夜，我們就把你送去離這不遠的赤柱碼頭，澳門來的快艇在等著你。你不見了沒有人會找你，你老媽想她的麻將桌比想你要多得多，十四K老大有多少比你更得力的人來使喚，他會在乎你嗎？」

林大雄年歲愈大愈感到孤獨，他很明白在這世界上沒有一個真正關心他的人，蘇齊媚的話和她的粗暴一樣令他痛苦。

何族右插進來說：「狗熊，我告訴你，青海監獄是很特別的，它沒有圍牆，沒有鐵絲網，也沒有警衛防備犯人逃跑，你知道爲什麼嗎？因爲監獄設在沙漠的中央，離最近的村子有幾百里地，所以逃犯不是餓死就是凍死。你看，住這個監獄是不是挺有意思的。還有就是那裏關的全是重犯，好多人十幾二十年沒見過女人，他們看見母狗都會興奮，看你這一身細皮嫩肉，他們准把你給玩了，到時候你就有罪受了。」

何族右的這番話對林大雄起了最後推一把的作用，他覺得和警方合作可能是唯一的出路了。

林大雄：「我要是跟你們配合，你們會給我什麼好處？」

「啪！」的一聲，蘇齊媚又拍了一下桌子，說：「林大雄，你是梁童指證的殺人兇手，你沒有資格和我們討價還價，有屁快放。」

「他媽的，梁童這狗娘養的，他撒謊，人是他殺的。」

林大雄終於一五一十地把當天犯案的經過詳詳細細地說出來，讓人驚訝的是它幾乎和專案組所設想的完全一樣。

蘇齊媚：「你和梁童是什麼關係？什麼時候認識的？」

林大雄：「他是我的表哥，從小就認識。」

蘇齊媚：「梁童是什麼時候告訴你要去找石莎的？」

林大雄：「就在前一天。」

「他告訴你去找石莎的目的了嗎？」

「去要一個軟體和一封信。」

「你知道是什麼信嗎？」

「梁童只說是一封優德大學內部的信，是校方高層寫給石莎的。」

「梁童爲什麼要找你到石莎那裏？」

「他說要我幫忙制服石莎，她可能會反抗。」

「石莎不肯給你們要的東西，所以你們就把她打死了，對嗎？」

「是石莎撥了九九九電話，把原來的計畫完全攪亂了，梁童才動手的。」

「爲什麼不馬上離開，還接著去棄屍？」

「原來的計畫就是這樣的。」

「林大雄，這是非常重要的，你要根據事實，不能胡說八道。」

「梁童告訴我拿到軟體和信件後就把石莎弄昏，然後扔到海裏裝成是自殺。事前梁童和我還去對面海看了那裏的環境。」

「爲什麼拿到了軟體和信件還要殺害石莎？」

「梁童說是上面做的決定。」

「誰是上面？你見過嗎？」

「沒見過。只有一次聽到梁童在電話裏叫他康先生。」

「康先生付給你們多少錢去辦這件事？」

「原來答應給五十萬，我和梁童四六分帳，後來只給了五千。」

「這件事過後，你和梁童有沒有再見過面？」

「有，事後的第三天他來找我，說他很後悔，還說姓康的騙了他。」

「他是說錢的事嗎？」

「我以爲他是在生氣錢給得太少了，但是他說不是，我也就沒有再問。他還說馬伕和洗錢的事等下一次那個鬼佬來了後他就不幹了。」

「馬伕、洗錢、鬼佬是怎麼回事?」

「每兩、三個月，梁童就要我把一筆現鈔送到大陸去，所以我是當送錢的馬伕。每次的現款都是新鈔票，梁童一定要我拿到賭場去一進一出，換成舊鈔。梁童的錢是他從香港拿現款回去，或是由一個鬼佬送去的。」

「錢送到哪裏?給什麼人?」

「我曾送到過深圳、珠海、長沙、廣州和上海，但是大部分是在深圳。都是交給同一個人。」

「這個人有名字嗎?他是幹什麼的?」

「不知道，梁童叫我不要問。不曉得他是做什麼的。不過從他的講話和舉動，像是個當兵的。」

「每次送多少錢給他?」

「兩萬塊美金或是換成的港幣。」

「送錢的時間和地點是怎麼定的?」

「每次都是梁童告訴我的，並且每次都要用不同的暗語。」

「最近的一次呢?」

「一個月前在珠海的唐家灣大酒店二樓咖啡廳，暗語是『梁先生姑媽的病好多了』。不說暗語，他是不會收錢的。」

「這送錢給梁童的鬼佬叫什麼名字?哪一國人?他來找梁童做什麼?」

「聽梁童叫他札克，不清楚他是那國人，但是聽口音像是歐洲來的。上次他帶了兩百萬美金的現鈔給梁童。」

「札克和梁童是什麼關係?」

「沒有關係，他是康先生派來的。說是下次要來送那軟體的訂金。」

「札克下一次是什麼時候來？」

「應該就是這幾天了。」

「林大雄，你認識優德大學的人嗎？」

「有一個姓羅的，他說是電腦專家。有一次在梁童那見到。」

「我這裏有幾張照片，告訴我你認不認識其中的任何一人。」

蘇齊媚把周催林、牟亦深、羅勞勃、鍾爲和李傲菲的照片攤在桌上，林大雄把羅勞勃的挑出來，說：

「他就是姓羅的。」

「你再想一想梁童還跟你說起什麼人沒有？」林大雄停了一下才說：

「梁童說過還有一個在優德大學教書的，康先生都要聽他的。梁童沒見過這個人。」

「這人的名字叫什麼？」林大雄搖搖頭。

最後蘇齊媚看看何族右，他點點頭。

蘇齊媚：「林大雄，我們今天就到這，我們會去核實你的供詞再決定下一步。你暫時還不用去澳門，但是還要隔離。」

軍裝警察把林大雄帶走後，在另一個屋子看閉路電視的林亮、蔡邁可，和重案組的五六個人，就進來了。

何族右：「你們都看到了，沒想到案情如此複雜。但是重要的是現在案子要定位在預謀殺人而不是普通殺人案了。今天時間已經很晚了，明天早上九點半開會討論案情。」

在上車前，何族右跟蘇齊媚說：

「齊媚，案子是複雜了，可是你的表現很精彩，好好幹，我有信心你會破案。」

「謝謝組長，我會全力以赴。」

「星期天回家來吃飯，你二姨想你了。」

蘇齊媚的眼睛濕了，這麼多年來何族右頭一次叫她「回家」。

蘇齊媚和朱小娟回到宿舍時，都過了凌晨一點了。

朱小娟：「蘇姐，我從來都沒想到你揍男人還真有一套呢！這麼凶，你就不怕沒人敢娶你了？」

蘇齊媚：「本來我就是沒人要的，我不在乎。」

「可是有人會在乎啊！」

「誰？」

「鍾爲教授啊，別再跟我裝糊塗了。自從跟他吃了頓飯，蘇姐就像變了個人似的。」

第二天早上專案組開會做案情彙報，張家滋和以前一樣還是缺席。但是杜威法醫和蔡邁可都來了。林大雄的供詞基本上證明了專案組的推論，也爲很多問題提出了答案。杜威法醫感到特別高興，因爲他的很多假設和辦案方向的建議都證實了。這是一樁預謀殺人，由於被害人的反抗，撥打九九九求救，將原訂的殺人計畫破壞了，棄屍是預謀的一部分，是爲了要僞裝成自殺。目前當務之急是要儘快抓獲梁童，找出謀殺石莎的幕後主凶。但是梁童失蹤了。

何族右：「澳門警方有消息嗎？」

蘇齊媚：「還沒有，他們也已經通知各口岸的移民署關卡。」

何族右：「林大雄的供詞，加上台灣陳克安提供的資訊，給了我們一個疑點也是難點，那就是牟亦深

／康達前、台灣軍情局、澳門洗錢，和送錢進大陸這些事和目前的命案是什麼關係？」

林亮：「我認爲關鍵所在還是那MTSP軟體。」

蘇齊媚：「我同意，還有別忘了錢的金額高達百萬美金，並且這很可能只是部分訂金而已。這麼大的錢財支使下，什麼事都可能發生，包括謀殺。」

何族右：「我看這事還是要靠鍾爲教授，只有他能知道爲什麼這軟體值這麼多錢，也許他也會知道爲什麼台灣軍情局特勤處對這軟體感興趣。陳克安說特勤處是專門負責對大陸的諜報工作，這和那軟體的關係又是如何連上？實在是太複雜了。」

蔡邁可：「在上次的教授會議上，鍾教授討論了MTSP軟體的功能，還說老美軍方對它也很感興趣，他們把李傲菲經理也請到美國做交流了。回去我送一份教授會議紀錄來給你們做參考。」

蘇齊媚：「林大雄說的優德大學還有一位教書的也是幕後參與的人，有沒有線索？」

蔡邁可：「有，就在那會議紀錄裏。」

何族右：「還有林大雄說的那個信件，也一定要找到。鍾爲教授願不願去現場？」

蘇齊媚：「不知道，還沒問他。」

朱小娟：「只要是蘇姐去請，我擔保鍾爲一定會去。」蘇齊媚瞪了她一眼。

何族右：「那就快把這事辦了。還有我想那個送錢給梁童的鬼佬，叫札克的，如果是從歐洲到澳門，他八成是要經過香港，請出入境處按林大雄說的時間查一查看有沒有此人，並且一旦他再現身，就馬上通知我們。我想攔截他，再看梁童那方面的反應如何。」

蘇齊媚：「這事我早上已經辦好了。」何族右笑得很開心，他接著說：

「那今天就到這，杜威大夫今天沒說話，你說這案子辦得如何？還行吧？」

杜威：「我是說不出話來了，真是長江後浪推前浪，這些年輕人雖然經驗還有點不足，辦案子不比你老何當年差吧？青出於藍啊！我看了逮捕行動報告和審問記錄，多精彩。但是你這個老差骨今天可能要馬前失蹄了。」

何族右：「我們漏了東西了？」

杜威：「如果林大雄說的在大陸收錢的是軍人是正確的，你知道這代表什麼嗎？台灣軍情局送錢給解放軍，這種事不是在基本法裏說得明明白白的該怎麼辦嗎？」

何族右：「對呀！我是糊塗了！這是國安部的案子，不是我們重案組的案子。案子的進展我們要向優德大學彙報，是不是解放軍這事就先放一放不說。」

蔡邁可：「我看不必，校長和鍾爲教授都曾參加過海外的愛國運動，要比我們愛國多了，他們會有分寸的。但是對周催林還是要保密。」

當天中午何族右和蘇齊媚與香港警政總署署長共進午餐，他們把案情詳詳細細地向「一哥」做了彙報。當天下午四點，香港特首在辦公室接見他們，在座的還有中聯辦的主任。就在那天晚上，一分絕密文件由香港送到了北京的國安部。

專案組爲了攔截札克，成立了行動小組，由林亮領頭，帶領兩位新調進來的刑警，阿虎和阿豆，再加上實習警官朱小娟。他們是在案情會議後的第四天接到移民局出入境管理處在香港國際機場的值班督察電話，說有一個名爲札克的人持烏克蘭護照從法蘭克福搭乘德航班機抵港，要過境往澳門。林亮先要求在機場值班的刑警跟蹤，然後行動小組在半路接手，一路跟到灣仔的海港大酒店。

札克在酒店餐廳用餐時，行動小組的人第一次好好地看到這位送錢的馬伕。林亮覺得他可能是個職業的安全人員。札克在晚餐後又要求酒店替他訂購第二天從上環港澳碼頭開往澳門的船票。林亮和阿虎當晚就先去了澳門，阿豆也買了第二天從九龍尖沙咀碼頭開往澳門的船票。朱小娟的任務是確定札克上了預定的船後，她再赴澳門。他們一定要避開和札克坐同一條船，否則到達澳門後，很可能因爲他的反偵查能力被札克認出來。

札克到達澳門後住進了碼頭附近的文華大酒店，這是一家五星級酒店，除了正門外還有三個進出口位於酒店的後門。其中之一是酒店本身的後門，另外兩個分別是經過它的餐廳和美容院，通到酒店的後院。那裏有一條路通到酒店隔壁的一間露天停車場，它是可以從大馬路進出的。林亮就守在停車場，其他的三個人分別守在酒店大廳、咖啡廳和酒店對面的馬路上。爲了避免向澳門警方暴露身分，他們不用對講機，而是使用手機。

在傍晚時候，林亮接到朱小娟從大廳來的電話，說札克身上背了個大的背包要出門了。不到兩分鐘，札克就出現在林亮所在的停車場。由於天色昏暗，路燈照亮了札克並且把身影投射在停車場的地上，背上的大背包完全扭曲了身影的外形。札克走出了停車場在路邊等候紅綠燈，到了馬路對面就向左轉。

友誼大馬路是澳門最寬廣的馬路，這條馬路上最重要的建築物，就是全世界賭徒都知道的葡京大酒店，札克就是朝它走去。林亮在確定目標沒有同夥之後才跟上去，然而他發現札克很自信地走著，似乎完全不擔心被人跟蹤的模樣。但是重案組的刑警不敢掉以輕心，阿虎和阿豆在馬路的對面監視，朱小娟跟在林亮身後十公尺，準備隨時接替他。

札克沒有進賭場，而是走到旁邊的一個地下通道。這是個H型的地道，兩邊長的地道是位於友誼大馬路的兩邊並且和它平行。中間的短地道是橫跨友誼大馬路，兩頭就是長邊地道的中點。林亮突然恍然大悟，原來是在這裏，札克要實行他的反跟蹤動作。

H型地道有四個出口，如果一個人進行跟蹤，一定要拉近距離，但此舉極可能被發現。如果拉長距離，又會將目標跟丟。林亮守在札克進去的路口，另外三個刑警各守一個出口。三分鐘後，林亮看見札克從原來進去的出口出來了，他心裏有點變態的喜悅，覺得他和札克是心有靈犀一點通。

反跟蹤的動作後，札克就直奔葡京大酒店的正門。賭場除了正門外，還有兩個側門和一個後門都可通到外面的馬路，林亮通知他的同事守在不同的出口，他自己跟著札克進了賭場，在進門的剎那，林亮把身上的夾克反穿，原本米黃色的夾克成了黑色，同時又從口袋裏拿出一頂鴨舌帽戴上，對札克來說，林亮現在完全是個陌生人。

葡京大酒店晚上的客人很多，林亮可以把跟蹤的距離拉近而不怕被發現。札克沒有進賭場，他只是在一樓的商場打轉，以順時鐘方向一圈又一圈地漫步在櫥窗之間。顯然他是在等時間。和札克一樣在轉圈子的還有來自各地的妓女，她們一群又一群地在圓形走廊上漫步，用眼神來邀請，也用超短迷你裙下赤裸的大腿來引誘遊客。而一個個遊客則在賭桌和「性需求」之間的煎熬下掙扎著。這是葡京大酒店的典型夜晚，像一個巨大的熱帶魚缸，遊客和妓女就像五顏六色的大小魚群在裏面一圈一圈地游動，他們的共同目的是金錢，但是各自懷著不同的想法，在等待著機會。

札克是從一個邊門走出去的。從他在葡京大酒店裏的動作，林亮確信札克認爲自己已擺脫了所有的跟蹤。他向西北方走，上了殷皇子大馬路。這是條筆直的路，車流量很大，但是路邊卻是黑暗的。不久，札克走到了位於議事亭廣場的購物步行街。這裏人潮擁擠，即使是在夜晚，遊客還是絡繹不絕。林亮拉近了與目標的距離，他明白現在已經進入任務的關鍵時刻，不能把札克給跟丟了，他下令其他的三人也縮小距離。

附近的幾家飯館傳出烤肉和蒸糯米的香氣。札克在幾個攤位上停留，翻看了一些商品但是沒買任何東西。他繼續沿著人行道上黑白相間的地磚，走向廣場中央的噴泉，水珠在五彩的照明燈光裏跳躍，圍著噴泉的孩子們在互相追逐，一片和平溫馨的景象和林亮他們將要從事的暴力行爲成了荒謬的對照。一群警察即將搶劫一個犯罪分子。

離開了議事亭廣場後，札克就直奔在北面的大三巴牌坊，顯然他的目的地是去中華武術館，它的總教頭就是梁童。朱小娟已經到達那裏，她的任務是監視梁童會不會出來接應札克，必要時她需要上前阻止他的行動。但是她也很清楚，梁童的武功不凡，她不是對手，朱小娟下意識地摸了一下腰後的手槍。

大三巴牌坊的所在地在一百多年前是一座宏偉的葡萄牙天主教教堂，它經歷了多次的大火後已經只剩下前面的一堵牆，在夜晚的燈光下，它像是一個被漂白了的骷髏，站在一串台階的頂上向遊客們述說它過去的滄桑。札克轉進一條住宅區大街，不時可聽聞麻將撞擊聲從住家中傳出。這時札克聽見身後有人說：

「把背包放下來走人！」

札克本能地快速轉身，他的第一念頭是奇怪自己沒聽見身後跟上個人來，這個人或許有點本事，一般有人接近他，他會立刻察覺的。

「我勸你打消搶劫的念頭，免得後悔。」

札克打量著來者，想起別人曾告訴過他一句中國的諺語：「來者不善，善者不來。」但是他注意到來者穿的夾克拉鏈沒有拉上，他清楚地看到裏面的套頭衫印有「中華武術館」的字樣，他記得梁童也曾穿過相同的一件。面前的人又發話了：

「放下背包，否則後悔的是你。」

札克轉身就跑，希望到了梁童的武術館就安全了。但是面前又出現了另一個人，穿著同樣的套頭衫。他腹背受敵，馬上轉進左邊的一條小巷子，他記得這裏也能通到中華武術館旁邊的巷子。可是小巷裏也有一個穿著中華武術館套頭衫的人。札克立刻自口袋掏出一把匕首，刀刃在昏暗的夜光下閃爍著，散發著肅殺之氣。他用低沉但是堅定的聲音說：「你們不要胡來，我是梁童的朋友。」

這句話並沒有改變目前的局面，林亮、阿虎和阿豆繼續逼近，札克本能地後退，往巷子裏的牆壁靠近，林亮已經預料到這一動作，他上前踩住札克的腳，使他立刻失去平衡向後倒，但是札克還沒有放棄，右臂伸出，匕首指著林亮。但是阿虎已經飛出一腳把匕首從札克的手中踢掉，同時阿豆也踢中了他的肋骨，從疼痛的程度他知道肋骨可能斷了。札克的本能反應是要在地上打滾，希望滾出這三個人的包圍，但是一心要保護背包的意願使他犯了致命的錯誤，沒有當機立斷脫下背包，使他無法在地上打滾。剩下的最後一招就只有大聲呼救了，但是他正要開口時，林亮已經用手捂住了他的嘴，同時以封箱膠帶把他的嘴牢牢地封住了。

林亮用膝蓋將札克的脖子壓住，把他翻過身來，將札克雙手捆綁在背後。這時札克才確定了這三個人不是來要他的命，而只要他的背包。札克的雙腳也和雙手捆在一起，因此他只能腹部著地，仰起頭來才能看見前方。然後他被拖到邊上一個住家的垃圾桶後面，札克想起來他小時候住在農村時，當地的人要把大肥豬送去宰殺時，就是把四肢捆綁在一起，丟在一邊，等殺豬的人來。他覺得把自己比成待宰的肥豬很是可笑，但是同時也感到強烈的羞辱。

林亮把札克身上所有的東西全拿走，包括他的護照、皮夾，文華大酒店的住房卡等等。朱小娟也趕過來，她從自己的背包裏取出個大袋子，將札克的背包裝進去後，四個人迅速地離開了現場。整個事件從開始走進小巷子到撤離，僅費時一分鐘。

林亮一行回到上環的港澳碼頭時，蘇齊媚來接他們。首先他們來到警政總署的地下樓層證物保管室，要求保管札克的背包。雖然都是大面額的美金，他們還是花了一些時間才把背包內的現鈔清點完畢，一共是美金三百五十萬元。

札克是在兩小時後被人發現，當時有三隻野狗來到垃圾桶找吃的，看見札克在地上掙扎，很自然地把他當成了要來搶垃圾桶裏食物的敵人，所以三條狗對著他狂叫，把屋裏的人引出來，報了警。札克是一個經過嚴格訓練的情報員，現在被三隻野狗欺負，這是他人生的最低點了，他又想起了中國人說的：「虎落平陽被犬欺」。

由於札克的證件已全被拿走，等警察把文華大酒店的人找來對質，再錄下口供，辦了必要的手續，拿到領事館補發的護照後已經是第二天晚上的事了。札克出了警察局後就直奔機場，登上了下一班飛往台北的班機。這些情況立刻被傳送到何族右的辦公室。當札克飛抵台北時，康達前在機場接他。同時也出現在機場接機大廳的是陳克安，他記錄了這一切。

第二天澳門水房幫的老大傳出話來，叫梁童馬上來見他。又過了三天後，水房幫老大發出了紅色追緝令，捉拿梁童，不論生死懸賞五百萬港幣。

邵冰是第一個發現有駭客進入了風切變預報及控制系統的。當她回家梳洗完畢，時間已近午夜。在入睡前，她想看看她們設下的陷阱，有沒有人掉進去。

自從發現羅勞勃涉嫌石莎命案後，專案組沒有即刻逮捕他，就是希望透過他做誘餌，將牟亦深和周催林引出來。

專案組的想法是，設法讓羅勞勃拿到ＭＴＳＰ軟體的原始程式，就在他交給周催林時，犯罪動機和陰謀就可以建立。這個陷阱是利用需要維修和提升風切變系統軟體時，宣布將要把部分防火牆打開。這是邵冰和李傲菲精心設計的陷阱。

今晚，當邵冰進入了風切變系統時，發現果真有人正在使用「防火牆破壞器」軟體，企圖解密風切變系統的第一道防火牆。邵冰馬上打電話通知了李傲菲和蘇齊媚。

這位正在入侵的駭客就是羅勞勃。他企圖進入風切變系統好多次了，但是都被擋在防火牆之外。當他知道風切變系統將要進行維修和提升而要打開部分防火牆時，他告訴自己，機不可失。

和以前的經驗一樣，他沒有費太大的精力就越過了第一道防火牆。但是第二道防火牆卻足足用了他兩個多小時才打開。但是以前把他拒於門外的第三道防火牆現在沒有了。他自由自在地漫遊在風切變系統裏。他沒有進入風切變系統裏的預報子系統，雖然MTSP軟體是在那裏運行，但是一定是運用程式而非原始程式。羅勞勃進入了程式庫。

風切變系統中所有的程式都存了一份原始程式在程式庫裏。通常一個運作軟體在使用一段時候後會出現一些意外加入的成分，往往對程式的運行造成影響，因此爲了確保系統的正常，每隔一段時間，系統會自動將運行軟體洗掉，再由軟體庫中的原始程式重新生成一個運行程式。這種更新在風切變系統是每個月做一次。

羅勞勃將MTSP軟體的原始程式從軟體庫下載到自己的電腦，由於傳輸系統的頻寬不夠大，用了將近半小時才完成下載。他將MTSP的原始程式拷在光碟上，共拷了兩份。第二天一大早還沒上班前，羅勞勃就來到了周催林的宿舍，把兩張光碟交出來，換來一張支票。羅勞勃馬上到優德大學校內的銀行把它存到自己的帳戶裏。一共是二十五萬港幣。這是周催林答應付給他的錢。然而，這一切的行動都被專案組跟蹤的刑警記錄下來。

三天後，羅勞勃帶著一份光碟到台北，在機場値班的刑警接到何族右的指示放行，而沒有逮捕他。和他同行的還有優德大學數學系教授吳宗湘。他們到達桃園國際機場出關時，就被陳克安的人盯上了。

第二天，羅勞勃和吳宗湘會合了黃念福、康達前和賴武雄去到了交通部的民航局開會。他們要求民航局的官員提供美國泛美航空公司飛越太平洋到香港航班的所有資料。

除了航班的時間表外，他們最關注的是飛行路線和沿途如何取得航空氣象資料。民航局官員告訴他們，由北美洲飛往香港的航班首先進入美國阿拉斯加航空管制區，一路向西飛，經安克拉治，飛越阿留申群島進入俄羅斯遠東航空管制區，飛越堪察加半島轉南進入韓國航空管制區，最後進入中國大陸的航空管制區。在飛越北京地區後，飛往香港的航線有兩個可能，一個是經上海飛入華東航管區，沿海岸經杭州、廈門、台灣海峽、海豐，由東面到達香港。另一個可能是向正南方飛，進入中南航管區，經武漢、廣州，由北面到達香港。具體的路線要看當時的空中交通繁忙情況而定，一般在進入中國航空管制區時就會通知該航班的機組。任何通過台灣海峽的民航機都要事先通知台灣的民航局，由它進行航空交通管制和提供氣象資訊。航機的飛行高度一般要求在一萬公尺至一萬五千公尺之間，具體高度由地區塔台來管制。

他們在民航局停留了大半天才離開。陳克安從他在民航局的關係人打聽出開會的內容，將資訊傳給了何族右。

蘇齊媚早上一到辦公室，何族右就來電話提醒她別忘了和鍾爲再到現場看看，也許能找到林大雄所說的信件。

要再次面對鍾爲，蘇齊媚有些猶豫。上次和鍾爲的相會，帶給蘇齊媚相當大的衝擊，原本以爲已心如止水的她，似乎在面對鍾爲時，又攪動一池春水，那份說不出的興奮和渴望是不是戀愛呢？蘇齊媚不敢和任何人說起這份強烈的感覺。當朱小娟一語道破她時，她還是矢口否認。但是她不敢確保下次和鍾爲再近距離接觸時，她的情感不會爆發出來。也許早在她去英國之前，那份愛慕之情就已在她心中悄悄點燃了。

「請問是鍾爲教授嗎？我是蘇齊媚，就是曾經被你罵爲母狗的女人，記得嗎？」

「看樣子請吃一頓飯還是不夠，還是沒被原諒。」

「我是怕大教授記不得我，才提醒你，我曾出現在你的粗野裏，你一生唯一的一次，應該記得。」

「一輩子就做了這麼一次的粗暴就被警察碰上了，你也會記得一輩子嗎？」

「我是害怕你真的會記不得我是誰了。」

「那你一定是在詛咒我得了早期老人癡呆症。」

「好極了，那你是真的沒把我忘了。記得在石莎的電腦裏，她提起過優德大學有位教授曾想用愛情來騙取MTSP原始程式的事嗎？我們又有一些新的相關情況，想請鍾教授到現場去一趟，看看能不能有新線索，不知道行不行？」

「沒問題，告訴我時間，只要沒課，我一定奉陪。可是我好像記得有人說過要請我吃飯，是反悔了還是健忘？」

「鍾為，我沒忘。等案子破了，我一定會好好地回請你，讓你滿意。」

「那我就記住了，還有，吃飯是包括了飯後的餘興節目，你就不怕我連你一塊吃了？」

「哈！別那麼自信，到底是誰吃誰還有得看。別忘了我是警察，我練過功夫。」

「好，那就一言為定。你們快點破案，別讓我等得太久了。」

「那我們三點半在孟公屋見。」

鍾為準時到達孟公屋，蘇齊媚已經站在門口等他。她今天穿了一件緊身天藍色的套頭短衫，頸上圍著一條深藍色香奈兒絲巾。下身是低腰牛仔褲，露出了一截小蠻腰。鍾為目不轉睛地瞪著她看。兩三個星期前和他共進晚餐和在星光大道上散步的是一位雍容華貴少婦，現在站在面前的，則是一位清秀美麗但卻更誘人的年輕職業女性。蘇齊媚先伸出手來，鍾為有點失望，沒機會擁抱她，只好握手了。

「抱歉，我來晚了。」

「你沒來晚，是我早到了，我得把現場再巡視一遍。」

一進了石莎的屋子，那股悲喜交加的回憶如排山倒海似地湧進了鍾為的大腦，他的呼吸開始變得急促，臉色也開始變白。他走進了臥室，一眼看見床邊小桌上石莎身穿那紅色比基尼的照片。想到幾個星期前她還是個活生生的美女，現在已是一把塵土，飛揚得無影無蹤，讓留下來的人永遠生活在無限的傷痛和思念裏。

「這裏應該充滿了你們甜蜜的回憶！」

那份濃郁的溫柔和火熱的激情又一幕一幕地重現，鍾爲感到支持不住了。

「鍾爲，如果能讓你好受些，你可以抱住我，我能受得了。」

「我很想，但是我會傷害你的，這樣對你太不公平。」

「沒關係。」蘇齊媚靠了過來。

「不！不行。」突然，鍾爲衝進了浴室，用冷水洗臉，恢復了冷靜。

「對不起，我差點失態了，希望你別在意。」

「不會的，來，我們坐下來談談這件案子。」

蘇齊媚心裏明白，其實差一點失態的人是她。她對自己在鍾爲面前失去自我感到很無奈，這也是她遲遲沒約見鍾爲的真正理由。她很清楚他們之間所存在的隔閡，在身分、文化、背景等等方面，他們沒有任何共同點，但是自己陷入愛情和鍾爲釋放出那錯誤不了的信號，把蘇齊媚從裏到外地撕開了。也因此讓她每次和鍾爲在一起時，都覺得自己是赤裸裸的。

在飯桌上，蘇齊媚把最近的案情發展，包括逮捕林大雄、攔截札克、放行羅勞勃、台灣方面的資訊和梁童從人間蒸發的事詳詳細細地說給鍾爲聽。她說專案組目前最重要的任務就是要找到周催林和牟亦深犯罪的直接證據和對ＭＴＳＰ／白俄羅斯／解放軍之間的關係要搞清楚。蘇齊媚將一份審問林大雄的記錄拿給鍾爲。他很仔細地讀完後說：「我很佩服你們，你們的案情推論基本上和林大雄的供詞一樣。」

「謝謝大教授的認可，但是我們還是差臨門一腳。」

「我沒想到案子會這麼複雜，給我點時間，讓我想想你提的問題。」

「組長說可能和恐怖組織有關，但是別人都說組長想像力太豐富，這不像是他。」

「這不是沒有可能的。」

「另外一件重要的事就是林大雄說的那封信，我們認爲它應該在石莎的住處，但我們搜查了三次，還是沒找到。」

鍾爲：「我沒見過石莎手上有什麼信件是和MTSP有關的。」

蘇齊媚：「你對石莎的了解比我們多，你能不能看看有什麼東西是不該出現在她房裏的？」

鍾爲花了近一個小時，把石莎房子裏所有的東西都仔仔細細地看了一遍，最後他把注意力放在石莎的書籍上。她的書基本分成三類，一種是她的老本行，有關生態和環保的，第二種是有文學藝術方面的，第三種就是她的專業，和電腦軟體和程式有關的書。石莎有超過百本的書，鍾爲耐心地掃看著。最後他指著書架最上端的一本書，書名是《統計學概論》說：「那本書絕對不屬於石莎所收集的。」

「爲什麼？」

「第一，這是本理論數學的書，它不在石莎的興趣範圍內。第二，它是本中文書，雖然石莎說得一口流利中國話，但是對中文她是文盲。」

「也許作者是位朋友，送給她做紀念的？拿下來看看。」

鍾爲搬來一把椅子，站上去把書拿下來交給蘇齊媚，蘇齊媚看了封面就驚叫了起來：「作者是吳宗湘！」

在這本厚厚的統計學教科書中夾著兩封信，一封是用英文寫給石莎的情書，一封是周催林寫給台灣工研院的一個朋友，信裏說他要替石莎的弟弟償還賭債，條件是要說服石莎把MTSP的原始程式拿出來。要她的弟弟知道，如果不拿出原始程式，他們姐弟二人的生命會有危險。英文情書裏也把周催林的信翻成英文。

鍾爲說：「就是爲了這封信，石莎丟了性命，這是什麼世界！」

蘇齊媚：「鍾爲，我向你保證，周催林這回難逃法律的制裁。這是證明他殺人動機的直接物證，他的親筆信和他辦公室的信紙，周催林死定了。」

鍾爲沉默不語，隔了很久，蘇齊媚說：「你還有別的事嗎？我不想耽誤你太多的時間。」

「如果你還有點時間，我想跟你說件對我一直耿耿於懷的事。」

「當然有，你說吧！」

鍾爲從皮夾裏拿出一張照片，是一位年輕的女孩，有一張清秀漂亮的臉和動人的身材。但是蘇齊媚一臉驚訝，驚叫一聲後用手捂住了嘴：「她是誰？怎麼和我長得一模一樣呀！」

「她是你失蹤了多年的雙胞胎姐姐。」

「別開玩笑了，她就是你的初戀？是讓你對我粗暴的理由？」

「不，那是苦戀，要不也不會有粗暴了。」

蘇齊媚把照片翻過來，看見後面寫著，「別忘了你的春閨夢裏人，嚴曉珠。」

「本來不想告訴你這段往事，但是我改變主意了。想聽嗎？」

鍾爲在讀小學四年級的時候，他住的那條巷子裏搬進來一戶人家。那戶人家有三個孩子，老大和鍾爲同年，是個非常乖巧可愛的女孩子。她被分發到鍾爲就讀的台北師範學校附屬小學，還分到同一個班上。他們常常在一起上下學，一路上說說笑笑，無憂無慮地過著快樂的童年生活。雖然鍾爲是個好學生，不過也和其他同年的男孩一樣調皮搗蛋，喜歡去逗女孩子找樂子，但是他從不去惹這位鄰居的女孩。

小學畢業後，鍾爲考進了師大附中，小女孩考進了北一女。他們還是鄰居，只是見面的時候愈來愈少了，偶爾在巷子裏碰見就打個招呼。又過了幾年他們都已是高中生時，有一天鍾爲突然發現這位鄰居的小女孩已經變成一個亭亭玉立、落落大方的美麗少女了。從那天開始，他們的交往進入了一個新階段，鍾爲把她當成了「女朋友」，她就是嚴曉珠。一段跨越了三十多年時間與超大空間——亞洲、美洲和歐洲——的愛情故事開始了。

女孩成熟較早，嚴曉珠會很大方地到鍾爲家來串門，很自然地和他的家人相處。反而是鍾爲顯得靦腆得多。也許是對文學的共同愛好，他們常互通「情書」，寫好了就放在對方家的信箱裏，也不用寄了。他們發現在信中傾訴的感情可以凍結在字裏行間，一次又一次地拿出來回味、感受。鍾爲曾問過，這就是永恆嗎？

那時鍾爲熱愛閱讀的個性就顯現了，由於他又是個會講故事的人，左右鄰居的小孩就常圍著他要聽他講故事，其中最忠實的聽眾就是嚴曉珠。她說這是她們這巷子的「天方夜譚」裏的一千零一夜。但是鍾爲最喜歡的是在星期天約嚴曉珠一塊騎自行車到新店去。

新店是台北市南方的一個小鎮，那兒有一條新店溪，清澈的河水緩緩地流著。有一個古老的吊橋橫跨新店溪，橋下的那一段河水特別的綠，人們稱它「碧潭」，那裏可以划船，也是鍾爲和嚴曉珠的目的地。

鍾爲將小船往上游一直划去，到了遊人較少的地方，他們會下船到樹林裏換上泳衣，然後下水游泳。其實鍾爲最大的目的就是要看穿著泳裝的嚴曉珠，她已是成熟的青春少女，那小一號的泳衣緊緊地包住了她曲線玲瓏的身材。他也是個「懂事」的小男人了。異「性」相吸在這對青梅竹馬的戀人中再也擋不住。當鍾爲目不轉睛地盯著她時，嚴曉珠就提醒他「非禮勿視」，也不許鍾爲碰她的身體。但是等他們一到河裏時，嚴曉珠就會主動的把身體靠在他身上，也會緊緊地摟著他，這是他們肌膚相親的啓蒙。

十八歲那年，他們從高中畢業，嚴曉珠考進了政大新聞系，學新聞是她的第一志願，但是政治大學卻是她的第三選擇。鍾爲則是以優秀的成績從師大附中畢業，獲准免試直升大學。但是鍾爲沒有選擇最熱門的台灣大學，而去了南部的成功大學。原因是那裏的機械系有一位著名的航空工程教授，他可以去追求他熱愛的航空和飛行。

兩個年輕的戀人首次分隔兩地，當然都很難受，但是也讓他們開始利用書信來傳遞他們的愛情和相思之苦。在不知不覺中，這對青梅竹馬的小戀人長大了，學校放假時。鍾爲會匆匆忙忙地回到台北，嚴曉珠會在火車站用熱情的擁抱迎接他。他們在一起吃晚飯、看電影和到他們家對面的師範大學去散步。雖然相識超過十年，但還是有著說不完的話。

鍾爲最喜歡帶嚴曉珠到新公園旁邊的田園咖啡館，在那裏喝濃郁芬芳的烏龍茶，聽古典音樂。那裏燈光昏暗，和其他熱戀中的情侶一樣，他們可以放肆地溫存，嚴曉珠最喜歡向他索吻。

大學三年級時，嚴曉珠參加了一個天主教的青年朝聖團去羅馬朝聖，但是她並沒有馬上回台灣，而是到英國念書了。鍾爲的反應很矛盾，一方面他生氣嚴曉珠事前沒和他商量，另一方面他也爲嚴曉珠找到深造的機會高興。

也許是因爲大學生活的多元和忙碌，他們之間的書信由多年來的每週一封，漸漸地變爲每月一封。但是鍾爲並沒有在意，因爲他要做的事實在太多了。

大學畢業後，鍾爲完成了服兵役的義務後就出國留學了。他沒有去英國找嚴曉珠，而選擇了美國的加州理工學院。那是一所著名的學府，是世界上研究航空學的重鎭。加上優厚的全額獎學金，更促成了鍾爲的決定。他們橫跨大西洋的往來書信繼續著他們的愛情。

但是到美國後的第二年，鍾爲的愛情世界毀滅了，他接到嚴曉珠寫給他最短的一封信，說她將要結婚了，對方是位英國警察，請鍾爲諒解。

有長達兩個星期的時間，鍾爲茶飯不思，最後他將嚴曉珠寫給他的數百封情書裝訂成冊。他告訴自己，這將是他一生裏唯一的愛情，現在已經凍結在這本冊子裏。在他的世界裏，嚴曉珠已經不存在了。

鍾爲披上了黑色的袈裟，走進孤獨。

三年後，鍾爲拿到了博士學位並獲留校任教。在不到十年的時間，鍾爲當上了終身職的正教授，成爲一位很有成就的學者。在這期間，沒有人再走進他的感情世界。每回他拿起裝訂成冊的情書時，鍾爲已經是心平氣和，沒有憤怒或哀傷了。每當他在思考問題遇到困難時，他會翻開這本「情書集」，讀幾篇多年前嚴曉珠寫的情書，回憶當初那份濃濃的愛情。

一次偶然的機會裏，鍾爲碰到一位小學同學，她說嚴曉珠問他好。鍾爲很平靜地回答說，請她代爲謝謝。逝去的愛情加上時間的沖淡，一切都已平靜。但是在夜深人靜時，那份刻骨銘心的感覺卻揮之不去。

嚴曉珠曾寄給鍾爲一本書，那是她寫的一本小說，書名是《夢兒已斷魂》。是根據鍾爲和嚴曉珠兩人間的愛情寫成的故事。其中很多文字來自鍾爲的情書。鍾爲有一股莫名的傷感，也有一絲喜悅。傷感來自這段愛情的句號似乎終於來到了，喜悅的是他寫的信回來了，一來一往的情書將這苦戀的故事終於編織完整了。這兩本書並排出現在鍾爲的書架上。

時間不停的前進，鍾爲來到德國的那一年已四十多歲了。

德國有一個優良的傳統，就是研製高性能滑翔機。將近一百年來，全世界最好的高性能滑翔機都是在距離法蘭克福北方不遠的一個小鎭裏製造的。鍾爲在專業和業餘愛好上對滑翔機是情有獨鍾，他認爲在所有的飛機中，滑翔機的線條最美，而無聲的飛行也是最動人，最讓人感到舒暢的。

最近德國人研製了一架飛行距離超長的滑翔機，鍾爲安排在附近的馬普學院停留三個月，對這架滑翔機進行研究。這一天鍾爲特別高興，因爲第二天終於輪到他來做長途飛行了。飛行的路線是從溫特爾堡滑翔機基地出發，先向西，到達萊茵河上空時轉向南飛行，最後的目的地是海德堡滑翔機基地。

多日的緊張準備就將看到成果了，鍾爲的心情特別興奮。在下班前他將辦公室整理一下，他是來作客的，又沒有自己的秘書替他打理房間，這次出去試飛也要好幾天才回來，不能太亂。馬普學院的花園在德國是很有名的，有人說它是全歐洲高等學府中最美的校園。鍾爲每天都要在這裏待上一段時候，這是他思考問題的地方。花園裏還有一條小河，河水清澈，河上有一個小吊橋，它的設計讓他想起在碧潭的吊橋。他忘不了新店溪畔的情懷。走過吊橋時，有時他會低吟：

春江一曲柳千條，三十年前舊板橋。
曾與情人橋上別，恨無消息至今朝。

鍾爲跟自己開玩笑，也許他應該找一個德國美女做情人，有朝一日回到碧潭吊橋時，想起來的是這位德國情人，而不是嚴曉珠。但是，這可能嗎？

就在他神遊四海的時候，一個女人像幽靈一樣的出現在他眼前，是夢還是真？

「是你……」鍾爲的臉色都白了。

「還認得我嗎？」

「嚴曉珠？你怎麼找到我？」

「你忘了，我是記者出身的。」

鍾爲和嚴曉珠最後一次見面，是他們大學三年級的時候。現在再次重逢在萬里之外的德國，他們都是過了四十歲的人了，這麼大的時空跨度和人世間的滄桑，使他們當年的天真和無憂無慮的外表完全消失了，但他們還是一眼就能認出對方。這麼多年來的愛情、背叛、羞辱和那無盡的相思在鍾爲的腦海裏翻騰著，他都快不能呼吸了。

「找我有事嗎？」

「鍾爲，我們分開有二十多年了，這是你唯一能對我說的？」

「我沒有去打擾別人老婆的習慣。」

「打擾老情人呢？」

「老情人當了別人的老婆後就不存在了。」

兩個人都低頭不語。最後還是鍾爲歎了口氣，說：「對不起，曉珠，這幾年你好嗎？」

「不好！那你好嗎？」

「就是當個教書匠，一個人終老此生。但是我還很喜歡我的工作。」

「爲什麼不結婚？」

鍾爲張大了眼睛，瞪著她，提高了嗓門說：「你說呢？」

嚴曉珠無言回答，鍾爲還是目不轉睛地看著她，她還是這麼美，古典的臉、高挺的鼻樑、大眼睛，一身套裝遮掩不住她仍姣好的身材。

突然，嚴曉珠開口了：「這都是我的命。」

鍾爲再也忍不住了，二十多年積下來的怨恨爆發了，他吼說：

「不，這不是你的命，你的命好得很，你有丈夫、有孩子。這是我的命，我在這世上是如假包換的孤鬼遊魂，你知道嗎？但是我也可以告訴你，我不在乎，我認了。」

嚴曉珠小聲地回答：「鍾爲，我求求你別衝動。從我十歲我們認識那年，你就一直在保護我，爲了我你還挨過老師的板子。就是因爲這些難忘的事，我才在走投無路的時候來找你，但是我錯了，我不該來的！」說完了忍不住就開始哭了。鍾爲就是看不得人哭，他說：

「嚴曉珠，你站住，上次你就是不明不白地走了去嫁人，這次你要是不說清楚就別想走！」

「我要離婚了。」

鍾爲愣住了，不知道該說什麼好：

「什麼時候的事？」

「婚姻的開始就不是建立在愛情上，又加上其他的問題，分手是早晚的事。」

「那孩子怎麼辦？」

「都二十多歲了，他們有自己的世界，我也進不去。」

「那你有什麼打算沒有？」

「說服舊情人娶我。」鍾爲又愣住了。

嚴曉珠：「別嚇壞了，我跟你開玩笑呢。跟你分手是去嫁人，回來找你是告訴你要離婚了，你不覺得我很可笑？」

鍾爲是萬萬沒有想到嚴曉珠會離婚的事。他陷入了沉思。

嚴曉珠：「鍾大教授，我做過你的青梅竹馬小戀人，也做過你熱情如火的情侶，更不幸地做了你恨之入骨的仇人。我們再相逢時，沒有熱吻，沒有擁抱，連握個手都沒有。但是你總該問一問我餓不餓吧！我一整天都沒吃東西呢！」

鍾爲：「真抱歉，我這幾天是忙糊塗了。一頓晚飯我這窮教授還請得起。對了，你是怎麼來的？」

「從倫敦飛法蘭克福，在機場租了車開過來的。」

「要趕時間回去嗎？」

「不用。」

「那好，跟我來。」

「鍾爲，抱一抱我行嗎？」

深藏在鍾爲內心的柔情再也蓋不住了，二十多年來的恨擋不住鍾爲善良的本性和他曾信誓旦旦地對在他面前的人說的海誓山盟。他一把將嚴曉珠拉進懷裏，緊緊地摟住。嚴曉珠也忍不住，淚流滿面嗚咽地哭了，她在鍾爲的懷裏無法控制地啜泣著。

「鍾爲，我是鼓足了勇氣才來找你，想跟你說說話、聽聽你的聲音。沒想到一見面你就這麼凶，讓我說完了，我就走，不會打擾你的。」

「是我不對，我不該對你凶。」

「從小到大，你從來都沒有對我大聲說過話，今天終於對我吼了。」

「曉珠，不要哭了，你知道我就是受不了看你哭。快別哭了。」

鍾爲把衛生紙遞給她，過了好一會兒，她擦乾了淚水，拿出一面小鏡子照照臉，才對著鍾爲說：「不許看我，一哭就更醜了。」

「但是半老的徐娘會更有風韻。」

「你愛在嘴上佔便宜的習慣這些年還是沒改。」

「那要怪你當年沒把我教好。」

「人家是一笑抿恩仇，我是一哭抿恩仇。我是真餓了，你到底給不給吃的？」

二十年的恩恩怨怨似乎就如此煙消雲散了，這麼多年裏，在飯桌上鍾爲頭一次感受到和情人吃飯的心境，他以爲這種感覺是永遠回不來了。

一頓飯吃完後，鍾爲終於明白嚴曉珠爲什麼離他而去，和她後來的遭遇。

雖然鍾爲和嚴曉珠的年齡和成長過程幾乎完全相同，但是心智的發展卻有差別，並且隨著年齡的增長，差距愈來愈大。即使在他們共同愛好的文學上，兩人的方向和追求也不一樣。

上高中的時候，鍾爲帶著嚴曉珠跑遍了西門町、中華路上的舊書攤，目的是找像魯迅和巴金的書，這些書都是當時在台灣的禁書。而嚴曉珠則是瓊瑤的忠實讀者，醉心在少女浪漫愛情的世界。進了大學後，每當鍾爲說到他重讀托爾斯泰的「戰爭與和平」和雨果的「悲慘世界」所得到的感受時，嚴曉珠只有耐著心聽，她無法插嘴也沒有興趣。她喜歡印度詩人泰戈爾寫的詩，文字和詞句的華美是嚴曉珠所追求的。

高中畢業的那年，嚴曉珠頭一次感到他們之間的差距將會撕裂他們的愛情，以前，他們就讀的學校堪稱門當戶對，但是，嚴曉珠大學考得不盡理想，而鍾爲是免試直升，在當時階級觀念還很重的社會，嚴曉珠馬上就能感到別人在指指點點。更難受的是，圍繞在鍾爲身邊的男男女女，個個都像鍾爲一樣優秀，雖然她還是鍾爲的女朋友，但是嚴曉珠很清楚，鍾爲對她的感情完全是因爲那段青梅竹馬的過去和異性的吸引，早晚會有另一個更好的女孩走進他的視線。

也許是爲了逃避，或是自我保護，當偶然的出國機會來臨時，雖然大學還沒畢業，她欣然地接受了。當一位英俊的警察出現在她的生活裏時，她也接受了。

在婚後，她得知鍾爲開始了「自閉」式的生活，使她痛苦不堪，她原以爲其他的女孩子會很快地進入他的生命，這對「小戀人」就此找到各自的快樂。她後來寫給他的信，托朋友帶的口信，都石沉大海。唯一讓嚴曉珠欣慰的是，她陸陸續續地聽到和在報紙上讀到鍾爲成爲很有成就的學者、科學家，並獲得很多大獎。

後來，嚴曉珠花了整整兩年的時間，利用她爲人妻、爲人母和記者工作以外所剩下的工夫和精力，寫了一本小說——《夢兒已斷魂》，故事就是建立在她和鍾爲十幾年來的「愛情」上。

她把所有無法與別人說的內心感受和那午夜夢迴的激情，寫進了這本小說，將很多鍾爲寫給她熱情洋溢的情書結合在裏頭。她原本希望用這本書將這段無法忘懷的往事畫上句號，但是她發現每當她情緒低落時，就會將這本書再拿來讀一讀。也許是因爲書中夾著一張鍾爲寄來的謝卡，用那熟悉又讓她動心的筆跡，寫著：「謝謝你的書，我應該分到點稿費嗎？」

這是她婚後，鍾爲給她的唯一訊息。每當她讀這本書時，彷彿就能重溫鍾爲的柔情蜜意。就這樣二十多年過去了，嚴曉珠的婚姻也走到了盡頭。

鍾爲：「沒想到你也不好過。」

嚴曉珠：「人的個性和命運是緊緊相扣的。我追求名利、虛榮心和善變、缺乏自信的個性和我今天的處境是完全相關的。相反的，你追求理想，善良、執著和實幹的個性，不是造就了今天的鍾爲教授嗎？」

「一個人千萬別忘了自己的優點。」

「別安慰我了。我把想對你說的話說完了，心裏痛快多了。我欠了你很多，也想把債務理清一下。」

「你想怎麼還？還給我二十年青春？」

「那超出了我的能力範圍，辦不到。但是你可以罵我一頓，打我一頓。」

「說話大點聲就掉眼淚了，我還怎麼罵，怎麼打？」

「沒事，我能受得了，保證不再哭了。」

「那行，我保留權利，以後見機執行。」

「鍾爲，還有一件事我知道你耿耿於懷，你是不是恨我沒讓你當我的第一個男人？」

隔了一會兒，鍾爲才回答：「現在說這些有什麼意義？」

「當然有，我要把我們之間的帳都說清楚。」

鍾爲不說話。嚴曉珠接著說：「我們從前是多麼親蜜，即使我們從未跨越那最後一步，但在我心裏，始終認定你是我的第一個男人，我也假定我是你的第一個女人。所以從今以後你就不要在朋友面前否認了，要不然別人都說我在小說裏造謠。」

鍾爲小聲的說：「上帝，還好這裏的德國人聽不懂中國話。」

嚴曉珠笑起來了：「那是我一生中最甜蜜的回憶，有什麼不能說的。」

鍾為不說話，兩眼瞪著她看。

「你怎麼這麼看人，怪嚇人的。」

「你終於笑了，跟以前一模一樣。這是你最美的時候。」

「不許和老女人開玩笑，鍾為，我得上床睡覺，否則明天會難看得不能見人。」

「去我住的地方，那裏很寬敞。」

「鍾為，給我留點尊嚴吧，雖然我跟丈夫分居有一年了，但我還是別人的老婆啊！更何況你房間裏一定有女人，我沒心情看別人顛鸞倒鳳。」

「你想得乖巧，以為這麼說就能減輕債務了，沒門。你要是害怕我要你馬上就還債，今晚你就住我們的招待所。」

「還是和以前一樣，跟你聊天真開心，明天還有時間嗎？」

「忘了跟你說了，你來得不巧，明天我得去一趟海德堡。這樣吧，你跟我一塊去，一路上你會看到你從沒看過的美景。」

這一夜是嚴曉珠在過去的幾年裏睡得最甜美的一覺。等她走出招待所時，馬普學院派來的車子已經來了。從昨晚招待所給她一間豪華套房，到早上派車來接她的事，她能意識到她的老情人在這裏的地位，嚴曉珠感到很驕傲。但是她歎了一口氣。

汽車開了半個多小時後，來到了一個飛機場，上面的牌子寫著「溫特堡滑翔機基地」，裏面停滿了各式各樣、奇奇怪怪的滑翔機，嚴曉珠看它們都像玩具。汽車開到一架最奇怪的飛機前停下來。這架飛機的翅膀非常的長，有機身的三、四倍長，所以兩頭都垂下來碰到地上，最尖端還有兩個小輪子支撐著不讓機翼直接碰地。機身在機翼下面，小小的尾舵頂上是個特大的水準尾翼，形成個很不對稱的丁字。機身的最前端是一前一後兩個座位，上面是一個很大的玻璃罩子。

嚴曉珠才一下車，鍾爲就迎上來：「老同學早！看你的樣子就知道昨晚睡得不錯。」

「這幾年來最好的一次美容覺，連做的夢都是美的。」

「在下有沒有榮幸出現在老同學的夢裏？」

「不告訴你。」戀人間言語的互動，在不知不覺中又回來了。

鍾爲目不轉睛地看著她：「你一定吃了什麼仙丹，怎麼就不見老呢？」

「我再說一次，不許跟老女人開玩笑。我說老同學，你就是要用這東西送我去海德堡？從小到大你就是喜歡整我，又有新花樣了。」嚴曉珠用手指著前面的滑翔機。

「你看看這架飛機的線條，有多美呀！它可能是目前長途飛行滑翔機裏性能最好的，在一、兩年內會創造新的世界紀錄。」

「我愈看它愈像是玩具。它安全嗎？會不會摔下來？」

「滑翔機是最安全的飛機，要比你昨天坐的空中巴士飛機安全得多。」

「可是你看這前面就只有這麼一片玻璃，萬一出事，什麼都擋不住，怪害怕的。」

「你老公不是帶你去跳過降落傘嗎？那要比滑翔飛行更可怕多了。」

「只要你也在就行，要走一起走。還記得我要跟你一起進天堂的事嗎？」

「你是說在碧潭教你游泳的事？喝了兩口水就自以爲要上天堂了。」

「那次我真以爲要淹死了，才死命地抓住你，準備一塊上路。現在想起來真好玩，那個時候我是真的想好了一定要跟你一起上天堂。」

「後來你到政大成了游泳健將，也從來沒謝過我。」

「又是一筆債，記下來了。我們什麼時候動身？要飛多久？」

「這就動身，看今天的氣象情況得用三個小時吧。真的，你別勉強自己，就在這等我回來，我不會在意的。」

「鍾爲，不要趕我走，我是來還債的。」

「那好，你把這降落傘帶上。」鍾爲拿給她一個降落傘背包。

「爲什麼要帶降落傘？你不是說滑翔機最安全嗎。」

「這個型號的滑翔機還沒正式生產，目前還是實驗型，按規定得帶降落傘。」

「拿我來做試驗，當你們的小白鼠。沒安好心！」

「曉珠，我會一直在你身邊。」她幾乎都忘了鍾爲的溫暖是什麼感覺了。

「我是說著玩的，大教授不會拿自己的生命去開玩笑吧！」

鍾爲沉默了一下才回答：「也許這就是我的問題。」

所有的準備工作都完成後，鍾爲就開始做飛行前簡報，第一部分是飛行路線的說明和沿途地面塔台的無線電訊號頻率。爲了要尋找上升氣流，滑翔機是允許暫時脫離預定航線的。但是要報告給控制的塔台。第二部分是飛行安全的說明。鍾爲先把嚴曉珠帶到滑翔機的前座，幫她綁好安全帶。

「怎麼是我坐在前面？」

「前面是頭等，女士第一，所以坐前座。我只好坐二等艙了。」

接著鍾爲很嚴肅的說：「我說過了，滑翔機是非常安全的飛機，但是和民航機一樣，安全簡報是爲了萬一發生緊急狀況，說明我們要如何逃生。首先讓我說明機艙內和你身上帶的設備。你頭盔裏有耳機和麥克風，它們外接機艙的通信設備和你左臂上的通信包。通信包裏有兩樣東西，一個是超高頻ＶＨＦ對講機，另一個是微波無線電信號發射器，一旦啓動，它會自動發出求救信號。記住了，我們的呼號是『滑翔機一〇五七號』。求救信號是固定在歐洲民航緊急通信頻率，一旦發出信號，全歐洲所有的救援中心都會收到。你右臂上是一個GPS衛星定位系統，它和你左臂上的通信包連線，在求救信號發出後，它會自動廣播你所在位置的經緯度。通信包有兩個語音通道，一個是對內通話，一個是對外通話，開關就在邊上，往上是對內，往下是對外。你想跟我說話就用對內通道。這上面的是個攝影鏡頭，和旁邊的電視機一起在後面也有相同的一套，它們組成閉路電視，你能看見我跟你做鬼臉，我也能看見你漂亮的臉蛋。有問題嗎？」

面對著這些高科技的東西，嚴曉珠頭都大了。鍾爲接著說：

「所有的滑翔機設計都是所謂的『自然穩態』，也就是在沒有任何控制下，它都會自然地滑翔落地。但是在機身結構受到破壞後，就會失去這個特性，例如這麼長的機翼折斷了，逃生程式就要啓動。第一件事就是按下右邊這根的紅色逃生桿，前後機艙都有這桿子。按下後，壓縮空氣會把這玻璃罩連同座位兩邊的機艙板彈開，下一步你要把胸前的紅色圓形按鈕用力按下，打開你身上的安全帶，然後向外一翻，就像是從椅子上滾到地板上一樣，脫離滑翔機，降落傘會自動打開。以後的事就和你跳傘的經驗一樣了。」

嚴曉珠：「這麼多要做的動作，我怕記不住。」

鍾爲：「沒問題，當逃生程式啓動後，耳機裏會有語音提示每一個動作。我已經選好了英語做爲提示語言。」

嚴曉珠：「你還是這麼細心，真好。」

鍾爲：「曉珠，有萬一時，我會在你身邊，別害怕。」

嚴曉珠摟住鍾爲的脖子，在他唇上深深的印下一吻。這是他們分手後第一次的親吻。

「以前在田園咖啡館就是我吻你，現在德國也是我要求你的擁抱，是我吻你。你是鐵了心再也不碰我了。」

鍾爲想起了在碧潭教她游泳。

嚴曉珠：「別發愣了，我們趕快走吧！」

鍾爲在三千公尺的高空脫離了前方的牽引飛機，開始自由滑翔。他們先向西飛，經過德國的心臟地帶。嚴曉珠頭一次經歷了「天籟」，那是全世界一點聲音都沒有的情況，只有風與風互吻的聲音，偶爾來自耳機中傳來地面塔台的呼叫聲，這是真正的「天人合一」。他們像鳥一樣的自由飛翔，上有青天白雲，下有綠草大地，而他們就在其中做著各自的白日夢。

那天的天氣狀況造成了不少強大的上升熱氣流，利用它們，鍾爲一路上能維持住高度。滑翔機沒有發動機提供動能，它是把高度的勢能轉換成動能，沒有高度就無法往前飛。滑翔機長途飛行的秘訣就是靠飛行員不斷地尋找上升氣流。不久，他們就看見了遠處荷蘭和比利時的邊境，鍾爲將方向定在羅盤上的一七六度，大約是正南方。不久他們飛進了著名的萊茵河地區。河畔是有名的美酒產地。

嚴曉珠的耳機裏響起了鍾爲的聲音：「前方十一點方向，在這大河的中間有個無人小島，看見了嗎？你說它美不美？」

「那些五顏六色的都是花嗎？太漂亮了。」

「是的，這個小島就是用不同顏色的花編織出來的一幅畫。」

「是誰設計的？要用多少園丁才能完成啊！」

「沒有設計師也沒有園丁，這些花都是天然的野花。信嗎？」

「不信，太不可能了。真是太美了，從來沒想到在天上能看到這麼美的景色，怪不得人人都想去當天使。」

「不是騙你的，我們在高空看是幅美麗的畫，你如果到了島上去看，只是一片野花和亂草，什麼都看不出來。這後面有個天使的故事，想聽嗎？」

沒等嚴曉珠回答，鍾爲就開始講故事了：

「很久以前，有位畫家和一個女孩在熱戀。突然，這女孩離開了畫家，嫁給遠方的一個富家男子。畫家傷心之餘，來到了萊茵河中的無人小島上與野花爲伍和作畫。

有一天，上帝派了一位天使來到了小島，告訴畫家，他和女孩間的愛情已經消失了，他該離開這小島去過他正常的生活。畫家回答說，上帝錯了，他的女孩有一天會回來的。

天使告訴畫家，上帝會讓女孩來到這小島上，但是條件是，如果愛情依舊，她就會留下來。但如果她還是離開了，表示愛情已經消失了，畫家就要回家，讓小島恢復爲無人島。

不久，那位美麗的女孩來到了小島，他們在一起過了三天神仙似的生活，最後，女孩還是離開了舊情人。

當天使來到小島要送走畫家時，她要畫家記住，愛情是多變的，只有在夢裏才會是永恆的。畫家沒有離開小島，他在那結束了自己的生命，從此小島又成了無人島，不同的是，每年當野花盛開時，五顏六色的花朵就會編織出一幅畫來，野花編織的畫每年都不同，但是都像極了那位多情畫家的作品。」

「曉珠，你相信天使說的，愛情是多變的嗎？」嚴曉珠默不作聲。

鍾爲繼續沿著萊茵河向南飛行，這條被無數詩人讚美過的大河，像處女般地躺在碧綠的草原上，等待著她愛人的撫慰。天色漸暗，氣溫下降，上升氣流愈來愈少，鍾爲在掙扎著維持滑翔機的高度，終於看到了目的地海德堡城外的滑翔機基地，他要求進場降落。

「這是滑翔機一〇五七，呼叫海德堡滑翔機基地，聽得見我嗎？」

塔台即刻回答，「海德堡基地，滑翔機一〇五七，信號清楚。」

「滑翔機一〇五七，快速喪失高度，要求優先進場降落。」

「塔台，一〇五七，請報告位置及情況。」

「滑翔機一〇五七，方向二五〇，速度四十五公里，高度八六〇公尺，現在目視機場，距離跑道十公里。」

「塔台，一〇五七准許優先進場，跑道十三，地面風向二八〇，風速〇三，能見度良好，請報告飛越外場座標。」

鍾爲按著民用航空的傳統重複塔台的指示：

「滑翔機一〇五七，准許優先進場，跑道十三，地面風向二八〇，風速〇三，能見度良好，報告飛越外場座標。」

風向變了，鍾爲要從跑道的另一頭降落，他希望還剩下足夠的高度，讓他在機場外面打個大圈子，否則就麻煩了。最後一切平安，鍾爲將滑翔機對準了十三號跑道，打開了落地燈：

「滑翔機一〇五七，通過外場座標。」

外場座標是一個巨大的紅燈，當它一閃一閃時，表示跑道在開放運行，任何飛機通過外場座表後，它所有的行動都要嚴格遵守塔台的指令和那個機場的降落程式。

「塔台，一〇五七，允許降落，快速滑行至CAD出口，跨過ZTK停機，等候拖車。」

鍾爲重複塔台最後的指示：「滑翔機一〇五七，允許降落，CAD出口，過ZTK停機，等候拖車。」

爲了減少空氣阻力，保持滑翔機的速度，鍾爲在最後的一刻放下了起落架。他輕輕的把滑翔機降落在跑道的正中央觸地，按塔台指示，快速地離開跑道，到指定的停機地點時，拖車已經到了。等機場的工作人員和鍾爲把滑翔機拖到停機坪，固定好之後，他才帶著嚴曉珠去吃晚餐。

每次在長途飛行後，鍾爲的心情就會特別的好，嚴曉珠感到他像是換了一個人，昨天的兇狠和敵意消失了，取代的是嚴曉珠熟悉的溫情。

等他們住進酒店時，已經是夜涼如水了。鍾爲生起了壁爐，火光在嚴曉珠和鍾爲的臉上跳躍著，閃亮著紅光，是他們不勝酒力？是燃燒著的木柴所發出的熱力？還是期待著愛的來臨？

他們品嘗著萊茵河畔的美酒，說不盡的千言萬語。收音機裏傳來那低沉動人的歌聲，那是一曲「奔放的旋律」：

Oh, my love, my darling, I've hungered for your touch a long, lonely time.
And time goes by so slowly and time can do so much,are you still mine?

他們情不自禁地深吻著，但是嚴曉珠把鍾爲著了火似的身體推開，說她已是結了婚的婦人，身體是屬於另一個男人的。鍾爲只能看著她在床上入睡，而自己倒在沙發上。

時間並沒有停止，在天快亮的時候，鍾爲醒了，他聽見嚴曉珠輕聲的呼喚，她太冷了，需要溫暖。鍾爲起身把壁爐重新點燃。在熊熊的火焰下回頭看她時，她已除盡衣衫坐起，誘人的身體在魚肚色的晨曦和火光下，散發著無可抗拒的熱力。

鍾爲過去抱住了她，熱情地吻著她。鍾爲再也無法控制自己的情慾了，他像是一個古代的騎士，把嚴曉珠從敵人的懷抱裏搶過來，毫不憐憫地侵犯著她，埋在心裏二十多年的思念和怨恨，反映成交織的溫柔憐愛和無情的侵犯。

早晨天光大亮時，嚴曉珠才從疲憊不堪地沉睡中醒來。發現自己一絲不掛的躺在鍾爲懷裏。她想掙扎起來把衣服穿上時，鍾爲也醒了。臉上露出了燦爛的笑容。他輕輕的愛撫著嚴曉珠光滑的肌膚，說：「對不起，昨晚你太誘人了，我控制不住自己。讓你受苦了。」

「是嗎？現在的我對你說來，和馬路上的殘花敗柳有什麼兩樣？」

「你是在污辱我的人格。」

「對不起，我不是這個意思。但是至少你是在復仇，所以使出渾身解數來一解你這麼多年的怨恨。」

「那你是真的連一點愛情都沒有感覺到？」

嚴曉珠緊緊地摟住鍾為的肩膀，把頭放在他的胸口，更想把身體上每一寸的肌膚都貼在鍾為的身上。

「當然不是。就在你瘋狂地侵犯我時，你讓我陶醉在二十年前的濃情蜜意和溫柔體貼的感覺裏，我已經很久沒有這樣的感覺了。」

「曉珠，那上次是什麼時候？」

「二十年前和我的一個老情人親熱的時候。」

「真的還記得我們從前的事？」

「我知道你認為我是個無情無義、見異思遷的女人。現在我說什麼你都不會相信了。」

說著，嚴曉珠的眼淚掉下來，落在鍾為的胸口。他托起嚴曉珠的臉，深情地吻她的雙唇。嚴曉珠閉上了眼睛。過了好一會，她把鍾為輕輕地推開，說：「還記得我第一次這麼吻你嗎？」

「在一次送你回宿舍的時候，是嗎？」

「居然還記得。那次差一點兒沒把你嚇死。那時大家都說是你在追我，其實從十歲認識你時開始，都是我在採取主動。你說是不是？」

「那昨夜呢？是我還是你？」

嚴曉珠：「昨夜你是復仇之火和愛情之火同時在燃燒，在愛與恨的矛盾中掙扎，它使你更加瘋狂。即使在快不能呼吸時，我還是努力地配合著你，不是嗎？」

「那是因爲你在還債。」

「有我這樣還債的嗎？你敢說你沒有感覺到任何的真心嗎？」

「我知道昨夜你是很體貼我，但是你還愛我嗎？」

嚴曉珠沒有回答他，她反問：「你恨我嗎？」

「曾經恨過。」

「我不怪你，到底是我背叛了你。」

鍾爲翻了身，把嚴曉珠的頭放在枕頭上，又將她的頭髮理好。看著她說：「我是血肉之軀，是有七情六慾的人。女朋友嫁人時，我曾想過她的初夜，是被奪去的，還是獻出的？每想到你在婚禮上如花似玉的容貌和誘人的身材，就想向敵人挑戰。也曾夢想過，要像德國的鐵血宰相俾斯麥一樣，拔劍與情敵決鬥，最後攜美而歸，共成好事。但是事實上我卻像是賽凡提斯筆下的唐吉軻德，連敵人都還沒有見過，但卻騎著馬去和風車大戰。多可笑，又多可憐啊！正因爲我有七情六慾，我才會恨過你，恨你爲什麼把自己給了別人，恨你爲什麼不讓我是佔有你的第一個男人。」

鍾爲的眼睛裏閃著淚光，嚴曉珠的雙手捧著他的臉，輕吻鍾爲的兩眼，然後用力地抱住他，輕聲的說：「鍾爲，我的愛，是我對不起你，讓你受委屈。現在我是你的女人了。」

鍾爲沒有回答，但他的手和他的吻沒有錯過嚴曉珠身體的每一寸肌膚，極度緩慢的動作，像似輕風細雨在濕潤她的全身，時間停住了。最後停留在她的胸前，尋找她心跳的韻律。鍾爲將他一生裏唯一愛過的人帶進了只有他們倆的世界，在那裏他們的靈魂得到昇華。

嚴曉珠用只有自己能聽見的聲音喃喃地說：「帶我走吧！」

重逢和飛行給鍾爲無比的喜悅和新的希望。

但是遠處的天使說：「愛情是多變的」。

激情過後，鍾爲和嚴曉珠心裏都明白，他們不能再沉浸在過去，而是要面對未來該如何走完他們之間的路。這是二十年來，頭一次他們把自己的一切詳詳細細地告訴對方，兩個人都被他們之間的巨大分歧嚇住了。

原來，二十年前他們分頭走上了方向相反的路，鍾爲堅持他的理想和生活方式，但是嚴曉珠變了，她曾和鍾爲分享過的理想、價値觀全都消失了。現在的她，熱愛追求物資生活、社會的知名度和財富。嚴曉珠坦白地承認，也就是對這些的要求，造成了她目前婚姻的破裂。當她很自然地問起鍾爲目前的資產有多少時，他目瞪口呆地不敢相信自己的耳朵。赤裸裸的打破沙鍋問到底的個性倒是一點都沒有變。

談完了過去就開始談未來，嚴曉珠說她最大的願望就是要在倫敦最高尙的地區買一棟房子，然後要賺很多很多的錢。鍾爲說他要當一個教書匠終老一生，尤其希望能有機會到中國大陸去教書。嚴曉珠很不以爲然，她不明白鍾爲是和她一樣在台灣長大的，竟然會去同情一個共產黨政府下的年輕人。嚴曉珠認爲目前鍾爲已經是在世界上最著名的學府教書，人生的目的已經達到了。英國有世界上最高的文化、最高尙的社會和最好的大學。她提醒鍾爲，他到英國劍橋大學去演講時不是很受歡迎嗎？爲什麼不選擇倫敦，而要去東方的亞洲呢？

鍾爲感到絕望了。

嚴曉珠：「你是我一生中最讓我心儀的男人，從小我最大的願望就是要嫁給你。」

鍾爲：「我也是守身如玉地等了你二十年。」

「別胡扯！」

「我是在說我的心。」

「你是大教授，我辯不過你。你知道嗎？二十年前我得不到你的承諾，傷心地嫁給別人。二十年後我還是要問你要一個承諾，我是個很自私的人，我需要你給我下半生幸福和快樂的保證。」

鍾爲完全明白了，他只有改變他的生活方式和他熱愛的工作，才能保證嚴曉珠後半生的幸福和快樂。這是愛情嗎？這就是他等待了二十年的結果嗎？兩個人都陷入了沉默，各自思考著這一切怎麼會走到這樣的地步。很久後，嚴曉珠開口了：「怎麼了，我們的大教授也會有無話可說的時候？」

「不是，我是有太多的話要說，不知從何說起。」

「反正我們多得是時間，從頭說吧！」

「那好，我們倆走到今天都是因爲我們之間在二十年前的那份愛情，它從我們青梅竹馬一直維持到我們成人、大學畢業。這裏頭曾經有過無數的夢想。這些夢是不是都要煙消雲散了？」

「這一點是我們之間最大的不同。你還是生活在象牙塔裏，還在尋找你的夢。而我是要追求實實在在的生活。鍾爲，你能不能從你的象牙塔裏走出來呢？」

又隔了很久，鍾爲回答說：「我們在解決一個數學公式時，要同時滿足它的邊界條件和初始條件。當這兩個條件都無法滿足時，公式是無解的。但是，往往會有一個近似解，它雖然不能百分之百地滿足所有的條件，但是只要能滿足條件裏百分之九十的要求，它就會被接受。如果你我的重逢是個數學公式，那你對生活的要求是邊界條件，而我對過去愛情的夢想是初始條件。如果它們滿足了百分之九十，你會幸福和快樂嗎？」

嚴曉珠沒有回答鍾爲的問題，但是卻反問：「這個近似解存在嗎？」

這個無法回答的問題，使這遲了二十年的重逢走到了盡頭。但是鍾爲還是充滿信心，認爲時間和愛情將會克服所有的困難，讓他們在一起度過餘生。爲了嚴曉珠，他一定要嚴肅地去考慮有必要時如何在倫敦過日子。但是嚴曉珠卻有了完全不同的想法和決定。現在她只是要求鍾爲在剩下的兩天，和她再回到多年前的戀愛和昏天黑地的情慾世界。

回到英國後的第三個星期，嚴曉珠給鍾爲發了電郵，說她已經開始辦離婚手續了。同時她也有了新的男友，對方是一位警察出身的律師。離婚生效後他們會馬上結婚。她對鍾爲的愛情將會是永恆地刻骨銘心，也是永遠的遺憾。

鍾爲的夢醒了，喚醒他的是他對人性，尤其是對愛情的徹底絕望。「女友要出嫁，新郎不是我。」第二次在他身上演出，這是人性的鬧劇，要如何去刻骨銘心呢？鍾爲第一次見到嚴曉珠是他十歲念小學的時候，現在他已經是過了四十，一個夢怎麼要用三十多年——一個人的半生——才能醒來？情何以堪？

來到香港優德大學後，鍾爲以爲他終於走出了苦戀的陰影，但是就在鍾爲的夢被第二次中斷後的十年，在夢裏讓他心碎的嚴曉珠突然又再次出現了。

是同樣的一個人嗎？她的名字是蘇齊媚警官，更年輕了，和嚴曉珠一樣，她身邊的丈夫也是個英國警察。鍾爲的「惡夢」又來臨了？這是怎麼回事？鍾爲發瘋了。

蘇齊媚：「我現在終於明白了，可憐的蘇齊媚是做了你鍾大教授老情人的代罪羔羊，是不是？」

鍾爲笑著說：「我可是已經向你再三地、誠懇地，很辛苦地道歉了，口頭的、書面的和請客，不是都做了嗎？」

「不錯，我不是也接受了，所以我們現在才坐在這談話嗎？」

「要不是你的何組長逼迫你，要炒你的魷魚，你才不想理我。」

「你請我吃飯的時候，我像是被逼迫的嗎？」

「我希望那是一頓愉快的晚餐。」

「是的，我當時曾希望有力量把時間停住。」蘇齊媚的頭低下來。

「那我們再去好不好？」

「鍾爲，我也很想，可是等我們把案子結束了再去吧。」

「你什麼時候能結案？明天？」

「我有那麼大的能耐就好了。鍾爲，你現在原諒嚴曉珠了嗎？還恨不恨她？」

「每當深夜想起自己像孤鬼遊魂似地活在這世上，再想到她有了新老公，兒女都養大了，也達到生活在英國上流社會的願望時，我還是很恨她。但是我也理解，我和她除了青梅竹馬那幾年外，我們的思想和價値觀都是在兩條平行路上，永遠沒有交叉。年輕的時候，是被她溫柔體貼、善解人意和美麗的外表吸引，加上那無法忘懷的兒時，就不能自拔了。我們本來就不該走到一起的。這麼想我也就心平氣和了。你是不是覺得我很可憐又可笑？」

「絕對不是。你是被自己的善良傷害了。」

「我也有我的喜怒哀樂，你領教過我憤怒時的不可理喻。但是生活在大學裏，你學會了要尊重別人。對於我，有時這份尊重卻帶來遺憾和傷痛。」

「你是在說嚴曉珠還是石莎？」

「和嚴曉珠第二次分手後，我曾好好思考過未來的人生道路，當時確實想重新開始，找一個同路的人做終身伴侶。石莎的出現帶來了新希望，但是她的柔情不時勾起了痛苦的往事。石莎知道我的過去，她努力地帶著我走出陰影，但是她自己卻走了。」極度的痛苦把鍾爲臉上的表情扭曲了。

「鍾爲，你聽我說，案子破了對你會有很大的療傷作用，一切都會雨過天晴。現在你要想到你的學生和你的同事，他們需要你。」

「現在他們幾乎就是我生命的全部了。」

「還有，你也不能讓關心你的人失望。」

「有嗎？」

「邵冰就是一個。我看她對你是一往情深。」

鍾爲目不轉睛地盯著蘇齊媚：「就只有她？沒別人了？」

當何族右知道札克帶了三百五十萬美金時，他覺得事情可能會出紕漏，因爲這錢數目太大，牟亦深或水房幫都不會善罷甘休。果然，他們以爲是梁童獨吞了這筆錢，對他發出了紅色追殺令，這是不論死活都能領賞的。同時，梁童也失蹤了。如果何族右他們在短時間內找不到梁童，他很可能就從此消失了。透過不同的管道和關係，何族右放話給梁童，說要見他。

要進出澳門有三個選擇，一個是澳門機場，部分國際遊客和台灣人去大陸轉機的，都會使用機場。第二個就是來往香港的輪渡，它穿梭在中國南方最大河流的出海口，珠江河口，每隔十五分鐘至半小時就有一班。它們都是快速的雙體船。第三個選擇是走澳門北邊的關閘。

梁童將他準備退出洗錢、往大陸送錢和傳遞文件的工作告訴康達前後，他們起了強烈的衝突。當康達前威脅要傷害他在潮州的老媽時，梁童狠狠地揍了康達前一頓，把他打得鼻青眼腫。

梁童並不是不知道他這麼做的後果，但是他已經思考了很久，下定了決心要面對自己的良心，把殺害石莎的事做個了結，並把該做的準備都完成了。所以當他在水房幫裏的結拜兄弟在深夜通知他逃命時，他已做好了隱蔽，消失在澳門的茫茫人海中。但是梁童非常明白，澳門已不是久留之地，他早晚會被人認出來。

按常理他應該進入大陸，要在那麼大的地方和那麼多人之中找他幾乎是不可能。所以追拿梁童的人在關閘和拱北關口都佈滿了眼線，在那裏梁童是插翅難逃的，反而在澳門輪渡碼頭的人並不多。但是讓梁童最擔心的還是他的結拜兄弟說的，追拿他的人全不是水房幫的，這是怕他有人緣，會有人放水。還有就是因為他的武功，沒有人敢動他。所以康達前請來一批從湖南來的職業殺手，他們身上都帶了傢伙。梁童必須在被發現前到香港去見一個人，他首先要克服這些來追殺他的人所設下的障礙，對他們說來梁童的死活並不重要，懸賞的獎金是不論生死。

梁童知道他從此不能再使用真名實姓的證件了，澳門和香港的警方在找他，黑道在追殺他，雖然前途不樂觀，但是他要拚搏，至少他已準備好了為隱蔽所需的證件。

當梁童一走進澳門碼頭的出境大廳時，就認出第一個來追殺他的人。這個人一點都沒有隱藏自己的企圖，就是很直接地瞪著梁童看，臉上的表情好像是在說；我終於找到你了。不久梁童就看見了第二個人，他體型魁梧，留著小鬍子，穿著西裝上衣還戴著墨鏡。他站在一台自動提款機旁邊，能看到出境大廳裏的每一個人。梁童裝做沒有看見他。但是梁童也想到這兩個不刻意隱蔽自己的殺手是不是在掩護別的殺手，但是梁童並沒有其他的發現。輪渡用了五十分鐘到達香港，在船上和出境大廳，殺手們不會動手。梁童很清楚，當下一個可以提供脫身的場合出現時，殺手們會毫不猶豫地動手。

香港的港澳碼頭是在上環的信德中心裏。梁童一走出入境大廳，就立刻發現了第三個殺手。他是個留著長髮的年輕人，穿著藍色西裝上衣，襯衫的領子沒有扣上，還戴著一付很時尚的太陽眼鏡。

他不像別的來接船的人緊靠著出口的鐵欄杆好和要接的人打招呼，而是站得遠遠的，靠著一根柱子，一副很無聊的樣子。

梁童和他的三個「跟隨者」走出入境大廳後就上了手扶梯，下了一層樓後得轉一百八十度彎走下另一座手扶梯才能下到出口樓層。就在此時，梁童看見其中一個殺手正在使用同一座手扶梯。走出了信德中心後，梁童又馬上進了瑪莎百貨公司，他看見跟著他的兩個殺手守候在對街的滙豐銀行，另一個殺手則站在隔壁的周瑞磷珠寶店門口。三個殺手停留在相對的近距離位置，這對跟蹤一個目標很不利，但是對出手襲擊一個目標卻是有利。

梁童意識到也許動手的時刻來臨了。從上環到中環有著高架的人行道，梁童快步前進，避免被殺手趕上。高架道上有警察在巡邏，也裝置有不少的監視器，殺手們不好動手，但同時梁童也不能對他們動手。他必須在發生任何事之前，去見一個人。

他走進中環地鐵站，身後緊跟著三個人。梁童上了往荃灣方向的車，三個人也上了同一節車箱。一路上相安無事，梁童在深水埗下車，他們緊隨著也下去。這裏有著每天都有大批人去朝拜的天后宮、廉價的成衣直銷市場，也有賣各種各樣電子零件的商家。梁童從C1出口走到馬路上，馬上就面對車水馬龍和人山人海的街道。跟著梁童的三個殺手也正在注意周圍的人事物，他們在思考動手後的脫身方法，完全沒有想到他們的目標正準備先發制人。

梁童走進一家大樓底層的體育用品店買了一雙長長的運動襪，然後又到隔壁的雜貨店買了八顆最大的乾電池。他將電池裝進襪子裏，把襪口綁緊。雜貨店的門口是個過街的天橋，從馬路上可以使用大樓外面的手扶梯上天橋，接著左轉就可以進入大樓的二樓，右轉則是過街。

梁童走出了雜貨店就飛快地奔上手扶梯，跟蹤的三人以爲他要逃跑，馬上緊追在後。上了天橋梁童左轉，開了二樓的門就進去了，留小鬍子的彪形大漢緊追到二樓的進門處突然明白這是個陷阱，但爲時已晚，那扇門和貼在門後的梁童突然往外打開，厚厚的門板向小鬍子的臉迎面撞來，鼻樑斷了、牙齒掉了，小鬍子滿臉是血昏倒在天橋上。

緊跟在小鬍子後面的殺手還沒來得及反應時，一條長長的襪子就像棒球棒子似的橫掃過來，正好擊中後腦，眼前一陣發黑，他昏了過去。最後一個長頭髮的看清楚了眼前正在發生的事，本能地從腰間拔出一把帶消音器的手槍，因爲槍管加長了，拔槍沒有往常快而導致近乎死亡的錯誤。梁童一個健步用左手抓住長頭髮持槍的手，右手出拳重擊他的喉嚨。長頭髮呼吸困難，注意力無法集中。梁童右手抓住長頭髮的衣領順勢把他往前一拉，左手將手槍取過來。長頭髮彎腰靠在天橋的欄杆掙扎恢復呼吸。梁童過去抓住他的腳往上一抬，長頭髮就從天橋欄杆翻過去掉到街上一部汽車的車頭上，大腿骨折的疼痛使他失聲尖叫，但也讓他重新呼吸。梁童拿了手槍對準滿臉是血的小鬍子雙膝各開一槍，回過頭來向昏倒在地上的殺手做了同樣的處理，再從容地走下天橋，把倒在汽車車頭上的長頭髮拉到地上，也在他的雙膝各開了一槍。

被從天而降到自己汽車頭上的人嚇昏了過去的開車婦人，剛剛才醒過來。當看到有人開槍後，又昏了過去。

梁童走回了雜貨店，把槍放在櫃檯上，請店主打九九九。

何族右的手機響了，來電顯示上沒有號碼。

「喂！請問是哪一位？」

「請問是何ＳＩＲ嗎？」

「我就是，請問哪一位？」

「是你在辦石莎的案子嗎？」

「如果你不說是什麼人，我就沒法和你談下去。」

「我是梁童，如果你在辦石莎的案子，我想向你自首。」

「你現在什麼地方？能不能馬上到旺角警署來？」

「你們那不安全，能不能到我這裏來談談？」

「可以，把位置告訴我。」

「哼！不要把我當成傻瓜。你們裏面有內奸。」

「那我怎麼找你？」

「你出來到彌敦道上往南走。到地方我會告訴你。你必須一個人來。」

「不行，你知道我們的規定，要帶一個夥伴才能行動。」

「只能帶一個人。」

在何族右的心裏亮起了紅燈，警署有內奸？

何族右召集了專案組，告訴他們梁童的電話。他和林亮去赴會，蘇齊媚和朱小娟帶著錄影、錄音設備開車遠遠地跟著。剛走上彌敦道，何族右的手機就響了：

「朝南走，到中藝百貨公司門口。」

彌敦道是九龍最熱鬧的一條大馬路，總是車水馬龍，行人不斷。中藝百貨公司位於佐敦，離旺角大約有一公里多。他們才到，手機又響了：

「到馬路的對面，往回走兩百米。」

他們在富都酒店門口停下來，酒店裏走出一位服務員：「請問是何族右先生嗎？」何族右點點頭。

「您的朋友在三〇七號房。」

三〇七號的房門虛掩著，林亮雙手握槍，推門而入，立即單膝跪下，手槍指著屋中的人。何族右也緊隨著拔槍進來，他馬上將洗手間和衣櫥檢查一遍。然後也用槍指著屋中的人說：「林亮，搜他的身。」

屋中的人已經高舉雙手，兩腿分開，面牆而立，準備好要被搜身的動作。

「身上淨空！」

「梁童，對不起，這些都是規矩。」

何族右把槍放回槍套：「我們是不是以前見過？」

梁童：「何SIR記性不錯，兩年前在澳門少年武術比賽大會上，您是嘉賓。」
何族右：「你表演南派八卦拳，對吧？很精彩。你還帶一群小孩來比賽，是不是？」
梁童：「那段人生中的美好日子，已經一去不回了。何SIR，我找你們是有兩件事。第一是我殺了優德大學的石莎。第二是水房幫在追殺我，在他們得手前，我要告訴你他們追殺我的理由。」
何族右：「前幾天有三個人在深水埗成了殘障，跟你有關係嗎？」
梁童：「那應該算是正當防衛行爲。」
何族右：「可是他們不是水房幫的人。」
梁童：「他們是從湖南來的職業殺手。這也是我要告訴你們的一部分。」
何族右：「我們需要錄影和錄音。」
梁童：「沒問題。」

在告知梁童將由蘇齊媚主導審訊後，審問正式開始：
蘇齊媚：「你認識林大雄嗎？」
梁童：「他是我的表弟。我們在一起長大的。」
蘇齊媚：「你在孟公屋殺害優德大學的石莎小姐，請你說明案情的經過。」
梁童：「早在兩年多前，周催林找我幫忙送錢到大陸，大約每兩個月一次，每次兩萬元美金。我可以拿到百分之五的傭金。後來周催林告訴我，優德大學的一位教授把一個電腦軟體扣住不給他，造成他在工作上的困難，要我幫忙從一位叫石莎的電腦工程師那裏取得軟體的原始程式。但是後來他又要我把他給石莎的一封信也取回來，並在得手後殺了她，然後要僞裝成是在優德大學附近投海自殺。起先我拒絕了他，我說雖然自己加入了水房幫，但從不做傷天害理的事，我唯一犯過的罪就只是從大陸走私電子零件和香煙。但周倠林威脅我說，如果我不幹，他就要向公安告發我在家鄉的老媽參與了走私。其實我老媽什麼都不知道，我只是將零件和香煙存放在她那。但她確實拿了我賺來的錢，去幫助一些親戚朋友。因此我不得不屈服。我的盤算是替周倠林取得他要的軟體和信件，但是我不會要石莎的命，同時我也安排好把老媽送到外地躲避一下風頭。我想拿到軟體後，周倠林就應該滿意了。沒想到石莎頑強抵抗，趁機撥打九九九，我一驚之下出拳，沒想到竟把她打死了。我練功夫時，師父就曾說過，拿了別人的命只能用自己的命來賠。我已經想通了，所以才跟你們聯絡。」

蘇齊媚：「林大雄是什麼時候加入犯案行動的？」

梁童：「按照康達前擬定的計畫，需要兩個人共同行動，並且在事前要做很詳細的現場勘查。因爲林大雄有車，對香港也熟，所以在一開始勘查時他就參加了。」

接著，梁童將犯案的過程詳細地交代，基本上和林大雄所說的完全一樣。專案組認爲命案的本身已經算是真相大白，可以結案了。目前的主要偵辦方向應集中在謀殺案的幕後真兇。

蘇齊媚：「周倠林是什麼時候跟你接上頭的？」

梁童：「那是澳門回歸後的事。周倠林當了香港優德大學副校長後，有一天來找我，說是有事要我幫忙，而且待遇優渥，我聽了當然義不容辭。這就是我往大陸送錢的開始。」

蘇齊媚：「之後就是石莎的案子嗎？」

梁童：「中間還發生了一些事，我認爲都有重要的影響。」

蘇齊媚：「請一五一十地告訴我們。」

「周倠林還帶了另外一個人來見我，說是他在優德大學的助手，和周倠林一樣都是我們潮州的客家人。這人就是康達前，往大陸送錢的詳細計畫都是他策畫的。通常是由他把錢拿給我，然後由我拿到賭場把錢洗一次。再根據康達前所指定的時間和地點把錢送到那個人的手裏。對了，康達前還說過他們和香港警方的高層有連線。」

「那你如何確定是送給什麼人呢？」

「通常都是同一個人來拿錢，但是康達前還是安排了暗語。每一次都是在我說出暗語後，這人才會和我說話。按照康達前的指示，我會把手機交給他，由他打電話給康達前，他們也會說一些暗語，然後把手機還給我。隔不久後，康達前就會打我的手機，指示我可以付錢了。」

「你知道來拿錢的是什麼人嗎？」

「不知道，康達前特別囑咐絕對不能打聽來者的身分。」

「你對這些不尋常的行爲沒有起任何疑心嗎？」

「當然有，尤其是後來又有不少更奇怪的事。例如每次要到大陸去送錢時，康達前會給我一個澳門或是香港的身分證，不同的名字，但是有我的照片。然後再給我一個手機晶片和號碼。我必須使用這個假證件和新手機進大陸。回來後就馬上得還給他。」

「你認爲這些動作是爲了什麼？」

「躲避大陸公安或是其他人的偵察。我開始懷疑康達前是做情報工作的。」

「然後呢？你怎麼辦？」

「我去質問周催林，但是在此之前我就懷疑康達前的所作所爲不可能是爲了優德大學，大學是教書的，怎麼會神神秘秘地往大陸送錢呢？但是我又問出來優德大學沒有人叫康達前的，周催林的助手叫牟亦深。可是在向我介紹時，周催林又說是康達前。所以我糊塗了。」

「那麼你去找了周催林了嗎？」

「去了，但是沒見到，他叫康達前來跟我談，結果我們起了第一次的衝突。我告訴他，如果不把事情解釋清楚，我就不幹了。」

「他怎麼說？」

「他終於露出了真面目。他說如果我不幹，就對我的家人不利。當時我頂了回去，告訴他我們走著瞧。但是等我回到澳門後，水房幫老大把我找去，跟我做了長談。他說康達前的後面有一個龐大的集團，它的力量足以毀滅水房幫，所以我一定要配合他們的要求。同時中華武術館不必再向水房幫付月費了，很明顯地，威脅利誘雙管齊下。」

「你知道這個背後的集團是誰嗎？」

「當時不知道，只是想到能讓水房幫老大恐懼的集團一定是有來頭，並且非同小可。」

「那你的對策是什麼？」

「那時我開始有了要退出的念頭。我要求康達前讓林大雄去送錢，他同意了，但是他還是要我負責事情的成敗。同時我開始減少武術館的業務，準備過一陣子就關門，再另找出路。」

「後來呢？」

「又發生了兩件事，改變了我的想法。第一件是康達前要我到大陸去拿檔案。還是用他給我的假證件住進指定城市的指定酒店。在進住前或是進住後會有一個檔案袋或信封送到酒店的櫃台轉交給我。我摸得出來，裏面裝的有時是檔案，有時是光碟。因爲我從來就沒見過來送東西的人，我想知道裏頭是些什麼東西。有一次我用蒸氣把文件袋下邊薰開，裏面全是解放軍在台灣海峽部署的文件，有部隊、裝備、武器……等等的資訊。當時我終於了解，原來康達前是台灣派出來的特工。」

「第二件事呢？」

「有一次我在廣州的畔溪酒家吃飯，無意間看到了每兩個月從我們手裏拿錢的人。他在一個包廂裏，身著軍裝，軍階是少將。飯後我坐計程車跟蹤他到廣州軍區司令部。費了一番心血才打聽出來，他是廣州軍區後勤部少將參謀。我當時就明白，他是解放軍的叛徒，將情報賣給台灣的特工換取金錢。康達前操控了一切，而我是替他送錢和取情報的馬伕。由於發現了這些事使我下定決心要退出。」

「你有沒有查出來那位解放軍少將的姓名？」

「有，他叫劉廣昆。」

「接著就是石莎的案子嗎？」

「是的，事發經過我都已經說過了。」

「你認識一個叫札克的東歐人嗎？」

「他是白俄羅斯的特工，帶來過兩百萬美金到我那兒，交給康達前。」

「你認識一個叫羅勞勃的人嗎？」

「認識，他是優德大學的電腦工程師，曾到我那裏來見札克，說明電腦軟體的事。」

「你還認識一位叫吳宗湘的人嗎？」

「不認識，但是我聽到過康達前在電話裏向他報告我在大陸活動的情況。從他的說話語氣，他應該是康達前的上司。」

「現在來說一說石莎案子發生後的事。」

「失手殺害了石莎後，我的心情非常不好。我知道你們重案組早晚會破案，我終究逃不出法律制裁。但是從新聞報導上看到石莎案子的情況，尤其是關於電腦軟體的事，和事前周催林說的完全不同。我打電話給周催林問他爲什麼要騙我，同時告訴他我已經拿到了那封信，要他向警方說明石莎命案的真相，人是我殺的，但是預謀是他和康達前的主意。如果他不去，我就公布那封信。其實我是想知道那封信有多重要。」

「結果呢？」

「當天晚上，康達前就來找我，結果是我們的第二次衝突。」

「他是來勸你不要去自首，是嗎？」

「是，他還給了我一百萬港幣要我交出那封信並要我閉嘴，否則就要我的命，也要殺害我老媽。我當時火大了，就狠狠地揍了他一頓，他很狼狽地被我打跑了。」

「康達前不會善罷甘休吧？」

「一點不錯。第二天一大早就接到我拜把兄弟的電話，說康達前拿出一百萬港幣要我的人頭，從那時開始我就轉入地下躲藏起來。兩個星期前又接到消息說水房幫發出了紅色追緝令捉拿我，不論死活，懸賞是五百萬港幣。理由是我侵吞了水房幫三百萬美金，捲款潛逃。大概是康達前幹的，栽贓在我頭上。我還真沒想到我的命值這麼多錢，不過我也很清楚，我的路也走到頭了，所以才打電話給何ＳＩＲ，想把事情交代清楚。」

「梁童先生，你願意將今天所說的一切在香港法庭上再說一次嗎？」

「沒問題。但是我想我活不到那一天。」

「你現在是香港政府的證人，我們有完善的證人保護制度。」

梁童：「還沒有人能逃得過水房幫的追殺令，現在連我自己的徒弟都在找我，好去領功。我即使是在香港的監獄裏也逃不過這一劫，更何況康達前和他的殺手也在找我。」

蘇齊媚：「你應該對香港警方有信心。」

梁童：「我對你們有信心，但對你們的高層就沒那麼放心了。但我也是有備而來，我將所有的電話和在我辦公室的談話都錄音了，也用手機拍下有關的人和檔案，包括大陸的劉廣昆和札克。我又把我所知道的全都寫在我的報告中，這些全都紀錄下來了，現在就全交給你們，即使他們殺了我，也不能達到要滅我口的目的。」

說完了，梁童就從襯衫口袋裏拿出一個隨身碟交給蘇齊媚。這是重案組萬萬沒有想到的，大家都沉默不語。過了好一會，梁童好像又想起一件事，他說：

「對了，上次札克來時帶了一本很厚的冊子，是俄文的。要我交給大陸的劉廣昆，他們好像把這本冊子看得很重要。我半夜裏把它複印了一本，存在一個朋友那，他就在這附近開了一間茶餐館。等一會我們去拿回來，請你們聯同劉廣昆的資料一齊送給解放軍的調查單位，告訴他們有叛徒。」

突然，梁童把頭髮理一理，挺直了背，眼睛看著錄影機鏡頭，說：

「我，梁童，澳門居民，頭腦清醒，心智正常，自願做了以上的陳述。」

他轉過頭來向蘇齊媚說：「蘇警官，有關石莎案子的事，我已經把知道的完全都說了。請把錄影機關上，我希望和何SIR說一下我的私事。」

蘇齊媚：「小娟，把它關上。」

梁童站起來，面對著何族右很嚴肅地說：

「何SIR，我是粗人，不懂什麼國家和社會的大道理，我們練武的人就講一個義氣，不做傷天害理的事。多年來我就聽說何SIR是個講義氣，大公無私和恩怨分明的人。我梁童今天來自首，面對法律制裁，一無所求。只要求何SIR一件事，就是把這存摺和一封信交到我老媽手裏。這上面有她在外地的聯繫號碼。」

說完了他抱拳向何族右行禮：「存摺裏的七十萬元是我一生的積蓄，全是乾淨錢，應該夠我老媽花到要走的那天。」

何族右說：「這件事，我老何就包下來了。你就放心吧！我也對你說句良心話，你今天給我們的資料和物證，使我們有信心把牟亦深和周催林繩之於法，衝著這一點，以後如果你有個萬一，我老何會替你為你母親送終的。」

梁童跪下來給何族右磕了個頭：「梁童謝何SIR。」

何族右：「梁童，法醫的驗屍報告說，石莎是死於心臟病。你是過失致死，再加上你不是主謀，你的律師可以有很大的空間爲你辯護。法官量刑時，我們也會把你自首和配合調查的情況爲你出庭作證。又加上你沒有傷人的前科，我看你的路還是有得走的。」

梁童：「說這些都沒用了，我師父說的，殺人償命，天經地義。更何況水房幫也不會放過我的。」

何族右：「法律要如何制裁你的殺人罪是法官的事，水房幫追殺你是因爲康達前的壓力和那三百萬美金。等我們拿下康達前後壓力就沒了，那三百萬美金在我們這兒，我們會爲你擺平它。我看你大概得進去五，六年，再爭取提前假釋，也許三年就出來了。你有的是時間給你老媽送終，我看你是白給我磕頭了。」

何族右向蘇齊媚點點頭，她向梁童說：

「梁童，我們以你是殺害石莎的嫌疑犯逮捕你，你有話要說嗎？」

「沒有了，要說的都說完了。」

「朱警官，給他上手銬。」

林亮負責這次行動的安全，現在簡直是坐立難安，他敲門走進了三〇七號房間，向何族右和蘇齊媚報告，就在審問的過程中，他接到九龍警署負責路上治安巡邏的警長報告，說九龍的油尖區發現行動可疑的人，很像是「省港旗兵」。

何族右隨即打電話給反黑組的警長和移民局關口值班督察，他們都證實了在最近的幾天有不尋常的大批似乎是省港旗兵的遊客入境，但是他們的目標還不清楚。何族右與蘇齊媚簡短地商量後決定立刻轉移。大批省港旗兵在附近活動，使何族右感到不安，他決定請求飛虎隊來護送他們去赤柱監獄。他的手機又響了，令他吃了一驚，是香港警政總署署長：

「老何，你現在什麼地方？」

「一哥，梁童來自首了，剛才審問完。」

「太好了，能證實林大雄的供詞嗎？」

「更多、更完整，並且還有記錄。」

何族右簡單扼要地將梁童的供詞報告給署長，署長沉默不語許久。

「一哥，我報告完了。」

署長的語氣突然變得很嚴肅：

「何族右警官，警政總署署長要下達直接命令給你，明白嗎？」

「是！」何族右的聲音提高了。

「你和重案組的全體警官必須不惜任何代價完成以下的任務：第一，從現在開始有關石莎的案情、供詞和證物，包括現在我的命令都是屬於絕對保密。你們唯一的對外通道是警政總署署長；第二，隔離梁童和林大雄並確保他們的安全，確保他們提供的所有證物，尤其注意對內安全；第三，保護鍾為教授的安全，他不能受到任何的傷害。命令完畢。」

何族右回答：「明白，重複命令，第一，石莎命案所有資料絕對保密，一哥是唯一通道；第二，隔離和保護梁童、林大雄和證物；第三，保護鍾為安全。」

「很好，書面命令會即刻存檔。立即開始執行任務。還有明天早上十點你和蘇齊媚到我辦公室來。」

「是！」何族右將手機收起來。

林亮：「我的媽呀！是不是天塌下來了？一哥都直接下死命令給組長了。」

蘇齊媚：「梁童和林大雄把他們知道的說了，但是可能有更多的事連他們都不明白。不過那些明白的人，會不會就是要對我們不利的危險人物？」

何族右：「我的感覺很不好。這麼多省港旗兵如果都是衝著我們而來，就麻煩了。」

何族右決定要求飛虎隊來護送他們去赤柱監獄。駐紮在九龍的飛虎隊是由九龍警署署長張家滋來節制。因爲有「一哥」的命令，何族右在電話中無法將他要求的詳細理由說清楚，他只能說是要押送重要嫌疑犯到赤柱監獄。張家滋問要從那裏出發，何族右就說是從九龍的富都酒店走。張家滋告訴他等待電話指示，然後就掛斷了。

在這期間，蘇齊媚和林亮不停地和在馬路上巡邏的軍裝警察及反黑組打電話，了解省港旗兵的動向和可能的目標。將近一個多小時後，何族右的手機響了，但不是張家滋打來的，而是他的助理通知他飛虎隊要派到機場擔任特別任務，所以不能支援重案組的要求。何族右當場就發火了，他知道如果有情報說機場將受到武力威脅，重案組會接到通報，八成又是張家滋爲了討好某一個重要人物，派飛虎隊去擺排場。但是因爲一哥的命令，何族右不能說是要爲梁童護航，他只能抗議和威脅說如果出了事，張家滋要負全責。但是他明白今天飛虎隊是不來了。

林亮在富都酒店附近的街道走了一趟，他感到情況非常不尋常，不但發現了可疑人物而且還有可疑的「軍火車」。他有一種奇怪的下意識感覺，就是這些省港旗兵的目標是富都酒店。他回到三〇七號房間後將情況向何族右和蘇齊媚報告，何族右打電話回重案組，要他們全體動員，全副武裝及配備，立刻集結到富都酒店待命，執行緊急任務，並且要對外嚴格保密。然後他帶著蘇齊媚到附近去看了一遍。他已經能夠確定富都酒店已經是目標了。回來後，他走到梁童面前：

「梁童，你提過香港警察高層有人對外通風報信的，能具體一點嗎？」

「當周催林要我們殺死石莎後僞裝成自殺，我就反對，認爲瞞不過香港警方。周催林說他可以通過警方的高層促成以自殺結案。後來又有幾次提起來，他認識的高層是直接指揮石莎專案組的。」

何族右對大家說：「除了我們和剛剛才接到通知的重案組外，還有誰知道梁童在這裏？」

大家互相地看了看，都在搖頭。

林亮：「組長和一哥打電話時，都沒提梁童是在富都酒店。」

蘇齊媚：「組長和張家滋打電話時，連梁童的名字都沒提。」

何族右：「但是我說了要押解重要人犯從富都酒店到赤柱監獄，加上梁童剛剛說的，我認爲張家滋有出賣我們的嫌疑。並且他會猜出來重要人犯就是梁童。」

林亮：「不會吧！他這不是拿我們的命來開玩笑嗎？」

這時重案組的主要刑警都來到了。何族右把一哥的命令通報給大家，然後說明任務：任務的主要內容是護送證人梁童和兩件證物——一個隨身碟和一捲錄影帶——到赤柱監獄。他從蘇齊媚手裏把隨身碟拿過來放進自己的上衣口袋，從朱小娟的手裏把錄影帶交給林亮放在他的背包裏。他要大家記住，無論發生什麼事，都要把證人送到赤柱監獄，把證物交到一哥手裏。

他們一共有四部汽車和一輛指揮車。一號車是開路，二號車是林亮帶著阿豆和兩個刑警，三號車是蘇齊媚和朱小娟帶著證人，由老崔開車，他是老差骨，路熟，如有槍戰不許介入，不論任何情況，不要停車直接到赤柱。四號車是指揮車，由阿虎駕駛，何族右帶兩個刑警坐鎮指揮和支援必要的行動。五號車殿後。其他的刑警分乘一前和一後的車。行車路線是從酒店往北走，上太子道轉東到觀塘，由藍田進東隧道，再上環島公路，由東部進入赤柱。重案組的兩支短把雷明頓散彈槍由組長和林亮拿著。下達完了任務，何族右走到梁童面前：

「看樣子今天非要見血光不可，我們的行動要非常迅速。爲了方便我要解下你的手銬，可是我要你指著你老媽對我發誓，你絕不逃跑。別忘了我是要給你老媽送終的。」

「何SIR，我看你就把我放了。他們要了我的命就會去領賞，不會再折騰你們了。」

「我看未必，他們是衝著證物來的。再說，一哥的話你也知道了，我能放了你嗎？」

「那行，我發誓。我梁童絕不逃跑，否則我老媽不得好死！」

何族右很驚訝，梁童發了重誓。

「朱小娟，給他鬆手銬，替他穿上防彈背心。」

「何SIR，再發一把槍給我，增強我們的火力。」

「別得寸進尺。重案組的伙伴聽好了，我老何要是回不來，我就把話先說了。你們這些年給我老何捧場，我謝了，我照顧你們不周的地方，請你們原諒，能和各位共事一場是我老何一生的光榮。我們出發。」

蘇齊媚意識到這就是人世間所謂的「生離死別」嗎？她若是死了鍾爲會記得她嗎？

重案組的人按乘車秩序離開三〇七號房間，蘇齊媚走到門口時，何族右小聲的說：

「齊媚，你當心點。」

蘇齊媚：「姨父，您也要當心。」

刑警老崔和梁童走在前面，蘇齊媚和朱小娟緊緊的跟著。

朱小娟：「蘇姐，要是有個萬一，你告訴陳建勇我心裏裝著他走的。蘇姐，你想鍾爲嗎？」

蘇齊媚緊握了一下朱小娟的手，點點頭。

「蘇姐，別怕，有我在。」

由於重案組的要求，富都酒店門口已經佈滿了軍裝警察，重案組車隊的五輛車在門前一字排開，車頂上紅色警燈在閃著，指揮車的車頂上有兩支長長的魚竿式天線和一組調頻發射接收用的短天線。車隊的前方有兩輛開道的摩托車，紅燈也在閃著。突然所有車上的警笛狂鳴，震耳欲聾的高頻率聲響使所有的路人都停下來觀看，車隊在血紅的燈光和聲嘶力竭的刺耳呼嘯中出發了。何族右希望用浩大的聲勢來取代飛虎隊。

車隊越過了斜向的窩打老道，在亞皆老街右轉朝東開去。轉彎後的第一條橫街是西洋菜南街，第二條是通菜街，再下一條是花園街，一路相安無事。但是車隊在穿過洗衣街時，路邊突然竄出一個人，手裏拿著一個塑膠袋就往三號車的前窗扔過去，袋子破了，油漆完全遮蓋住車窗，刑警老崔本能地踩剎車。就在此時，路邊又出現兩個手持AK四七衝鋒槍的人，對著三號車掃射。但是就在塑膠袋拋向車窗時，蘇齊媚大聲叫：「跳車，梁童跟我來！」

蘇齊媚翻身滾出車來，梁童緊跟著也滾出來，前座的朱小娟也及時離開了汽車。蘇齊媚在停止翻滾前已經拔槍還擊，朱小娟也開槍了。前面拿衝鋒槍的兩個人和扔油漆的都倒在路上。蘇齊媚回頭看刑警老崔滿身是血倒在駕駛盤上。她拿起對講機呼救：

「重案組刑警中彈負傷，亞皆老街和洗衣街，要求救護車和急救人員。」

省港旗兵完全是有備而來並且計畫周密。他們用了好幾輛汽車，滿載殺手，同時攻擊重案組車隊的車輛。因此在一開始時，重案組就陷入各自為戰的危機，情況非常不利。在前面開道的一號車就在第一聲槍響時發現前方一輛計程車上的幾個乘客都拿著衝鋒槍，重案組的車加足馬力撞了上去，雙方就在面對面的近距離開火，幾秒鐘後兩個車上的人全倒了。求救聲和要求救護車的呼叫聲此起彼落，它驚動了整個香港的警察，所有能支配的警力都動員，他們以全速開赴現場。但是槍戰也在迅速發展。援兵來得及嗎？

就在蘇齊媚和朱小娟放倒了頭三個殺手後，馬上就又來了一輛汽車開到對街，裏頭有四個手持AK四七衝鋒槍的殺手，蘇齊媚和朱小娟馬上開槍壓制，不讓他們下車。突然有一個黑乎乎的東西扔出來到她們面前，蘇齊媚大喊一聲：「手榴彈，臥倒！」

就在同時，朱小娟奮身躍起，她向前一個箭步，飛起一腳把手榴彈踢進路邊的水溝裏。然後又滾倒在路邊的大花盆後面。一秒鐘後，轟的一聲，手榴彈爆炸了。馬上四個槍手就從對面汽車後面立起身來，同時用衝鋒槍向前掃射，並且一步步地逼近。

蘇齊媚和朱小娟很快地將手槍彈匣退下換上新的。重案組的手槍都已經換成全新的瑞士製造格魯克式手槍，每個彈匣可以裝十七發子彈，使用點七六北大西洋公約組織的標準彈藥，後座力極小，精度高。再加上蘇齊媚和朱小娟的精確射擊，才能把衝鋒槍強大的火力壓制住。

殺手們都接受過軍事訓練，在扔出手榴彈後就立刻能接近敵人陣地。沒想到就在快到目標前，蘇齊媚和朱小娟又出槍射擊，一下子四個殺手都被撂倒，但是蘇齊媚在此時也中槍了。她左胸中彈，痛徹心肺。朱小娟趕過來支援時，蘇齊媚的眼角發現梁童消失在後面的一家商店裏，她命令朱小娟趕快追上去。

蘇齊媚的左胸有令她無法忍受的疼痛，但是她也發現她的視覺還很清楚，如果身體的要害受到了致命之傷，一個人的視覺會馬上變得模糊。她又發現在地上打滾和大聲地呼喊可以稍微減輕疼痛。蘇齊媚回頭看見指揮車橫停在馬路上，車身佈滿彈孔，她忍著使她渾身出汗的刺痛，掙扎著走近指揮車，看見阿虎倒在駕駛座上，滿臉是血，已經摸不出脈搏了。另一個刑警小姜也滿身是血，但還有輕微的脈搏，蘇齊媚再次呼叫救護車。何族右不在車上，他一定還活著。衝鋒槍的槍聲還在響著，但是很清楚地夾著響亮但低沉的散彈槍槍聲，並且是來自不同的地方，蘇齊媚相信也希望姨父和林亮還在奮戰中，她朝著槍聲的方向跑過去。她要去找梁童和朱小娟。

省港旗兵的攻擊使重案組處於不利地位，但是老何的手下都像蘇齊媚和朱小娟一樣頑強地抵抗。因此他們殺害梁童並取得證物的目的都還沒有達到。

槍戰還在進行著。指揮車在槍戰開始時就受到兩輛汽車的夾擊，何族右在跳車逃命時，前胸及後背各中一槍。雖然防彈背心擋住了子彈，但是前後兩下重擊，使老何昏厥在路邊。在隨即醒來後，何族右聽見的都是衝鋒槍瘋狂地掃射，他馬上就明白重案組的幾支手槍是擋不住他們的，唯一的希望是挺住，等待援兵的到來。

他下令重案組找好掩蔽物，只有對方暴露才集中火力做精確射擊。就這樣雙方形成了對抗的態勢，老何會合林亮開始了他們的反擊。兩支散彈槍對準一個目標同時射擊。它們的破壞力、殺傷力和覆蓋的面積使對手逃脫無門。有一個槍手躲避在商店的厚木門內，他們各開兩槍就將木門打了個大洞，第五槍就把槍手的臉變成了慘不忍睹的麻子，他那撕裂了空氣的慘叫震懾了其他的殺手。另一個殺手以車輛的行李箱爲掩護來開槍，兩把散彈槍一集中火力就將行李箱打出幾個大窟窿，跟上來的蘇齊媚就從這窟窿中把殺手撂倒。當時間一分一秒過去，大批的軍裝警察和由港島趕來支援的飛虎隊到達現場鎮壓時，剩下來的殺手們就只好束手就擒了。

梁童脫離了蘇齊媚和朱小娟後，從商家的後門出去到了黑布街，然後再轉到亞皆老街，他快速地行走著，越過染布房街到太平道上再穿過亞皆老街進了對面的廣九鐵路旺角站。

朱小娟遠遠地跟隨著，她看見梁童從火車站的另一頭出來後走進新世紀廣場，她突然明白梁童是來取那本寄存在茶餐廳的俄文冊子。

梁童在一路上已經把他穿的刑警夾克和防彈背心都脫掉了。那本冊子放在一個手提袋裏，他拿著袋子上了二樓走進一家咖啡廳坐下，叫了一杯摩卡咖啡。他想等槍戰過後再回去把冊子交給重案組，之後在這世界上就什麼都不欠了。不久，一位中年婦女手提著購物袋走進來，她向服務員要了一杯柳橙汁後就走向梁童身邊的空座位。但在經過梁童身後時，突然從購物袋裏拿出一把槍管上裝著長長消音器的手槍，對準梁童後腦就是一槍，接著轉身就往外走。

只見梁童一頭倒在桌子上。後面緊跟著的一位男人拿起梁童的手提袋就往外走。破門而入的朱小娟立刻喊叫：「站住，舉起手來，我是警察。」

中年婦女伸手進袋子取槍，男子也從腰間拔槍，兩人同時轉身，但是朱小娟已經連開兩槍，一槍命中女的心臟，另一槍射中在男的兩眉之間。這時蘇齊媚才持槍趕到。朱小娟的這兩槍是這場槍戰的最後兩聲槍響。

參加這場硝煙四起、鮮血淋淋槍戰的人都覺得槍戰持續了數小時，實際上從刑警老崔遇害的第一聲衝鋒槍響起到朱小娟的最後一槍，不過只是二十多分鐘。但是就在這短短的二十分鐘，多少人的家庭破碎了，心愛的人分隔在陰陽兩界，要面對的是無限的悲傷和思念。而活下來的人所面對的世界也是永遠地不同了。

重案組參加這次任務的一共有十九位刑警，其中三名在現場遇難，他們是刑警老崔、阿虎和阿豆。另外還有十名刑警負傷，傷勢輕重不一，其中兩名有生命危險。這是自從重案組成立以來傷亡最為慘重的一次。

何族右隨著遇難組員的遺體和其餘的組員，來到瑪格利特公主醫院分別進行搶救和包紮，不久組員們的家屬也陸續趕到醫院。醫院裏一片愁雲慘霧，到處泣不成聲。

警政總署署長和夫人來到醫院，首先抓住老何上下地打量，何族右說他沒事，但是警察內部有問題。一哥點點頭，一句話沒說。一哥和夫人也走進了家屬群裏。一位穿著醫師袍，金髮藍眼的醫生走出了手術室問說：「請問哪一位是姜先生的家屬？」

一對中年夫婦走出來：「我們是他的父母。」

醫生：「我必須很遺憾地告訴你們，雖然我們已經盡了最大的努力，令郎的生命在一分鐘前還是不幸中止了。在他離開這世界前，沒有再恢復知覺。」

婦人當場昏倒，男人哀號一聲也要倒下。一哥衝了過來扶住了他，叫護士來照顧婦人。但是在大廳裏的另一端傳來一聲低沉的哀嚎，那是來自坐倒在地上的何族右，他和小姜是師徒關係。六個月前他才把小姜從交通警察隊調到重案組，小夥子悟性高，又勤快，學習能力很強。何族右說他就像年輕時的林亮，就把他留在身邊同進同出，親自教他辦案的方法。

這是他第一次參加槍戰。當第一發衝鋒槍子彈射進指揮車時，他騰身而起拔槍還擊，同時用身體擋在何族右前面，讓他得以跳車逃生。

何族右這位曾在槍林彈雨中出生入死的鐵漢子哭了，他在面對死亡時可以連眼睛都不眨一下，但是看著爲他獻出生命的人離開這世界卻不能自拔。二十年前有風情萬種的魚蛋妹，今天有年輕天真，熱愛生命的小姜。昨天他才過了二十一歲的生日，這情何以堪。醫院的大廳裏到處是哭泣之聲，一片淒風苦雨。

杜威法醫走過來也一屁股坐在何族右身邊的地上，他說：「你要挺住了，香港警察能不能過今天這一關就看一哥和你了。跟你先說一聲，我暫時先不運送他們的遺體，讓家屬們和走了的親人再多待一會兒，在醫院裏總比我們那要好些。老何，你同意的話，我就這麼辦。」

何族右：「謝謝你，老杜，在這種時候，家屬的任何要求我們要儘可能的滿足。」

杜威：「我們已經把梁童的遺體送去驗屍了。」

「致命傷在哪裏？」

「就是後腦一槍，手法不像是省港旗兵幹的，倒像是職業殺手的作法。」

「如果沒有家屬來領取遺體，我要把他送到潮州協助他的老媽辦理後事。」

當搶救和包紮傷口的工作接近尾聲時天色已經暗了，九龍警署署長張家滋穿了一身整齊的警裝終於來到了醫院。他馬上走到一哥面前敬禮後說：「工作實在太忙，今天晚上有兩個宴會，九龍商會和銀行公會的邀宴都是推不掉的，特首辦公室要我們一定要把公關做好。」

一哥：「那當然，你們九龍警署的公關要比警察的性命重要得多。是不是？」

張家滋的臉色變得一陣紅，一陣白：「當然不是，可是誰也沒想到一下子會來這麼多省港旗兵到這裏來搶劫。」

一哥：「老何請求派飛虎隊時，你幹什麼了？」

張家滋：「他們去飛機場出任務了。」

「胡說八道，機場有自己的飛虎隊，你去幹什麼？誰批准的任務書？」

派飛虎隊到管轄區外出任務要有批准的任務書，在香港只有警政總署署長和副署長的簽字才能生效，一哥和張家滋都明白這一點。

「是非正式的任務，有台灣的代表團在機場。最近海峽兩岸情勢緊張，爲了以防萬一有情況，我就派出飛虎隊。特首辦公室一定同意這麼做的。」

「又是一派胡言，你接到情報了嗎？我怎麼沒聽說呢？我看你又是去向你台灣的朋友顯你的威風，拿飛虎隊去當儀隊了。你就沒想到會有這樣的後果嗎？」

張家滋：「老何沒講清楚他要求飛虎隊支援的目的是什麼？我以爲就是幾個小流氓，重案組可以自己應付得了。」

一哥：「胡說！要是只有幾個小流氓，老何會要飛虎隊嗎？老何一共才有十九個人，他們全體出動拿手槍面對二十六支衝鋒槍和手榴彈，你說說看會有什麼結果？重案組死了四個傷了九個，其中的一個還在手術台上搶救，是死是活還不知道。他們的證人也被殺了。要不是靠老何跟林亮的兩支雷明頓，說不定重案組的人全都會躺下了。那個時候香港警察還有什麼顏面來爲香港的老百姓維持治安？這個責任該由誰來負？」

一哥愈說愈激動，他明白表面上是張家滋的責任，他濫用職權把飛虎隊調開了，但是追根究柢是他早就該撤換張家滋了，爲了不希望得罪他在特首辦公室裏的保護傘，遲遲沒動手，結果造成了今天的悲劇。

這是他的憤怒，也是他的懺悔。

張家滋：「是不是重案組的行動方案和指揮出了問題？我一定會調查清楚。」

這位搞人事出身的九龍警察的雙手向來以製造無中生有的內部調查爲專長，害了不少人，也有不少人對他恨之入骨，但卻敢怒不敢言。今天有四條人命不見了，情況有了根本的變化。

何族右：「張家滋，你放屁！是你的手上沾滿了我們四條人命的血。」

警察是有紀律的隊伍，張家滋是何族右的頂頭上級，對上級口出粗話是嚴重的違紀行爲。但是警政總署署長，香港警察的最高指揮官卻一句話也沒說。不但如此，他接下來說的把大部分在場的人都驚嚇不已，平日極端紳士派的一哥居然也會滿嘴江湖粗話：

「張家滋，你他媽狗娘養的，重案組的人非死即傷，你狗兔崽子居然敢說他們行動有問題？老何是指揮行動的，他是靠玩命做到他今天的位置，而你是一路靠舔人家的屁眼升上來。我告訴你，老何身上的槍眼比你舔過的屁眼還多。你他媽的知道嗎？那個剛剛死在手術台上的小姜親口告訴過我，他來警隊的目的就是想有一天要埋在浩園。三十年前老何也對我說過同樣的話。也就是他們這份信念，才把今天的災難頂過來了。你這狗養的還是不明白，重案組是查案子的專家，你居然讓他們去對抗衝鋒槍和手榴彈，而應該要拚的飛虎隊卻替你去當儀隊，要不是我這身警服，我現在就把你兔崽子宰了。你知道嗎？小姜今年才二十歲呀！」

一哥動了真情，淚流滿面。大廳裏的人也爲之動容，他們都是警察和警察的家屬，多年來從沒有看過這高高在上的最高警察首腦激動地流下淚來。沒有人說話，安靜地讓人感到窒息。

用出奇平靜的語氣，一哥又說話了：

「張家滋，你聽好了，我正式宣布將你免職，小顧會帶你去我的辦公室，你在那等我，我要把你這幾年幹的事情弄清楚，然後再決定要不要把你趕出警察隊伍。」

警政總署署長出來都會有兩個貼身保鏢跟著，他們是由飛虎隊裏派出來的，小顧就是其中之一。

「一哥，你不能這麼做，我是高階警察主管，特首才能動我，我馬上打電話到他辦公室。」

到底是管人事出身的，張家滋對人事程序非常清楚。他拿出手機就要撥號碼，一哥伸手把手機取過去，交給了何族右：「不用了，特首簽字的同意書已經送來了，就放在我的辦公桌上，你自己去看吧。你現在的問題已經不是還能不能當你的官了，而是你犯的罪有多大。林亮，把他的槍繳了。」

林亮伸出左手要取張家滋的槍，他本能地要掙扎，林亮以右手出拳重擊他的腹部，他大叫一聲後腰就彎了，同時槍也已經到了林亮的手上。那頂有著擦得發亮警徽的帽子掉在地上，他正要撿起來時，林亮一腳就把它給踩扁了。就在這時候人群裏出來一個人，朝著他的屁股就是一腳，張家滋又是一聲慘叫，就在地上跌了個狗吃屎。大廳裏馬上響起一片掌聲，這也是他精心算計的一生事業將要結束的尾聲。林亮從他的口袋裏把他另外一支手機和警證拿出來交給老何。

蘇齊媚負傷在左胸，那顆衝鋒槍彈頭和普通彈頭不同，是用高炭鋼做的，加強了它的穿透力。雖然防彈背心把它擋住了，但是彈頭的尖端還是穿透擊在左胸的乳頭上，一下子把很大量的動能撞擊在上面，所以局部細胞組織就腫得像雞蛋那麼大，那裏佈滿了極敏感的末梢神經，把蘇齊媚痛得死去活來。雖然在醫院經過上藥和冰敷後就好多了，醫生還是要她住院二十四小時觀察。

因爲怕她偷跑出院，朱小娟把蘇齊媚的衣服給藏了起來。倆人正在爭吵時，鍾爲和邵冰走進了病房。蘇齊媚想坐起來，衣服碰到胸口腫起來的地方，再度引起刺骨的疼痛，她痛得皺起眉頭。

鍾爲一見蘇齊媚就關心地問：「我在電視新聞報導上知道，今天下午發生了香港有史以來最大的一場警匪槍戰。後來陳建勇打電話來，說你受傷了。傷勢嚴重嗎？」

蘇齊媚：「就是一點皮肉之傷，還要勞你大教授大駕光臨醫院，真不好意思。」

邵冰的喉嚨乾咳了兩聲：「重案組的實習警官心裏只有優德大學的研究生，女警官的心裏只有我們的大教授。我這個多餘的小女子只好靠邊站了。」

蘇齊媚：「邵冰，你一進來我就馬上舉手跟你打招呼，你知道我舉手有多疼嗎？」

邵冰：「你就看了我半秒鐘，一副不耐煩的臉色。但是看見鍾爲馬上就眉開眼笑，你以爲我沒看見是不是？」

朱小娟：「我怎麼愈聽愈像是情敵在吵架。」

蘇齊媚：「小娟，不要胡說八道。快把衣服還給我，我一定得起來到樓下去看看大家。」

朱小娟：「一哥特別說，現在大家的情緒剛剛穩定一點，你一去又得開始折騰了，剛剛張家滋進來後要不是一哥把他弄走，我看當時三步之內非流血不可。所以要有一哥的命令我才能把衣服還給你。而且有鍾爲教授陪著你不是挺好的嗎？」

鍾爲：「如果醫生說要觀察二十四小時，一定有他的理由。你就別心急了。」

蘇齊媚：「整個重案組都快玩完了，我怎麼能不急啊！」

她說著說著，眼睛就濕了。鍾爲握住了蘇齊媚放在床上的手，她沒有把手抽回來，反而用力地反握住鍾爲的手。

邵冰：「這些打打殺殺的事不是歸飛虎隊管的嗎？爲什麼派你們去幹這事。」

蘇齊媚：「是我們內部出了問題，剛剛一哥當著眾人的面把張家滋撤職了，還押走了說是要親自審查。出了這麼大的事，說不定連一哥都得下台。」

鍾爲：「要是這些打殺都是爲了那ＭＴＳＰ軟體，那就給他們吧！邵冰你同意嗎？」

邵冰：「絕對不同意，憑什麼？就憑他周催林能找到那幾把臭槍？我說鍾大教授，你是什麼時候開始向他們低頭了？石莎就這樣白死了？她對你已經不重要了，是吧？」

鍾爲站了起來，看著邵冰：「邵冰，你是真的認爲我把石莎被殺的原因忘了？你認爲我是會向惡人低頭的人嗎？」

「我不是這個意思，是我一時心急，說錯了話還不行嗎？鍾爲，對不起。」

「邵冰，讓我把原因告訴你。如果這夥人還不甘心，要再來，結果就不止是死傷幾個警察了，而是這個數目的好幾倍。別忘了在浸會醫院還有二十多名無辜的人們是受了槍傷的，包括一個只有三歲的孩子。你能想像下一回的情況嗎？對我說來，背一個你給我加上向惡人低頭的黑鍋要比看見這麼多人爲ＭＴＳＰ而失去生命要好得多。還有，邵冰，我對石莎的感受不用你來提醒。」鍾爲的臉色很難看。

邵冰：「鍾教授，我已經認錯了。還這麼凶。」她也不示弱。

朱小娟：「好了，未來的事，現在誰也不知道，不用爭了。你們不是來看蘇姐的傷嗎？來讓大家看看，那個乳頭像雞蛋那麼大，你們信不信？」

蘇齊媚尖聲的叫起來：「朱小娟，你是真的不想活了！別以爲我受傷了就不能收拾你。」

朱小娟：「蘇姐害羞了，邵冰！我們出去，蘇姐要給鍾教授獨家欣賞，別人不能看。」

說完了就把邵冰拉出了病房。

等其他人都離開後，蘇齊媚開口：「別對邵冰太凶了，她不是惡意的。」

鍾爲：「我知道，她就是說話任性，太傷人了。」

「可是她對你的感覺，你不明白嗎？」

「我當然知道，她是心裏有什麼就說什麼的人。好了，不說她了，你真的沒事？我一直認爲警察帶槍是用來嚇唬人的，可真是有人要跟你們對著幹，子彈不長眼睛，你就不害怕？」

鍾爲又坐了下來，想去握蘇齊媚的手，但是她已經把手放進被子裏了。

「要是害怕就不能幹我們這行了。這次的慘重傷亡是我們自己出了問題，如果還有下次，結局會完全不同。我擔心的是我們重案組的將來，組長受的打擊太大了，如果他挺不下來，重案組可能會解散。我這個專案組沒保護好梁童，讓人給殺了，追究責任可能我也得走路。這種事誰也說不準，擔心也沒用。反正我去幹別的混碗飯吃還不是問題。」

「我贊成，你不是已經開始念心理學了嗎？就改行吧！」

蘇齊媚笑起來了，說：「鍾大教授是真的在爲我擔心了，好溫暖，好感激喲！」

鍾爲又站起來了：「連你都在取笑我。其實我很清楚，人老了，不中用，沒人會再聽我的意見了。」

蘇齊媚把手從被子裏伸出來，拍了一拍床邊，笑瞇瞇地說：「鍾爲，你坐下來，我有話跟你說。」然後她把手心張開，鍾爲能感覺到她手心的熱度。

「鍾爲，前幾天我寫好了一封電郵是回給你的，但一直在猶豫要不要發給你。好幾個人告訴我，石莎走了後，你就老是在說年老、退休，甚至死亡的問題。我們都認爲這不是個好現象。其實你的心比我們任何一個人都年輕。我是過來人，我很清楚。鍾爲你千萬不能放棄我們，有多少人是要你領著走進他們眼前的世界，開拓他們自己的天地。」

「我愈來愈感到生活是很累人的。就算盡了全力，結果還是一片空。」

「快別這麼說，我會很不安的。我已經想好了，只要你不認爲我是在欺騙你的感情，你就把我當成嚴曉珠，我不會在意的。」

「不行，這對你太不公平了。何況我和她的快樂時光幾乎是半個世紀前的事，我要忘記它。齊媚，如果你答應我不再去打打殺殺，我就忘記自己是個老頭子。」

「鍾爲，你別擔心，我命硬得很，這次的行動不就是證明嗎？」

「現在案子的進展怎麼樣了？能結案了嗎？你答應過，等一結案你就讓我對你爲所欲爲。」

「別說得那麼恐怖。鍾爲，案子有了出人意料的發展，但是一哥要親自坐鎮指揮，並且宣布一切案情要絕對保密，所以我也只能說到此。但是如果你聽出我的話裏充滿了樂觀，我一點都不否認。所以你絕不可以把MTSP給他們。」

「一個是當兵的，另一個是幹警察的，這兩種人是最會賣關子的。」

鍾爲和邵冰離開醫院時已經很晚了。兩人都不說話，他全神貫注地開著車，她也在全神貫注地看著他。最後邵冰忍不住開口了：「鍾爲，你還在生我的氣？」

鍾爲還是無言。

「鍾爲，我說錯話了，對不起，請你開開尊口吧！我都快憋死了。」

「你是不是和蘇齊媚戀愛了？她是個很善良的女人，也很漂亮。」

「你知不知道，她和朱小娟今天殺了好幾個人。」

「鍾爲，我知道你討厭我，可是你一句話不說，我會發瘋的。」

「那情況就會大有改善了。」鍾爲終於開口了。

「鍾爲，你不是討厭我，你是恨我。」

「邵冰，你如果兩分鐘不說話，我保證地球不會毀滅，並且會讓你更美麗。」

這句話終於見效了。空氣中只有古典音樂的優美聲音。車子進了優德大學，鍾爲就直奔海邊，停下來：「邵冰，下車。」

天已經全黑了，海邊的路燈照亮了一波又一波海面上的浪花，背後是燈火輝煌的校園大樓。聽著周而復始的海浪和海岸相吻時的溫柔詠歎，鍾爲和邵冰陷入了各自的沉思默想。

「邵冰，你知道爲什麼我每天都會來這裏待一會兒嗎？」

邵冰當然知道，但是她的喉嚨哽住了。

「就是這裏，石莎最後一次回到了優德大學，也就是這裏，她最後一次離開我們。」

「鍾爲，我……」邵冰的聲音要開始哭泣。

「別難過了，你和我都要繼續面對著失去石莎的日子。」

鍾爲摟住了邵冰，她把頭靠在鍾爲的肩上，香水的味道陣陣地挑動他的嗅覺。

「剛剛在醫院裏，我不是在生你的氣，我是對自己憤怒，爲什麼石莎的離去帶走了我對生命的期望。我只能活在對往事的回憶裏，石莎曾帶給我勇氣來忘記過去的痛苦，所以這份思念才如此地刻骨銘心。而蘇齊媚意外地勾起我幾十年前一段至今無法忘懷，充滿著無限甜蜜回憶的苦戀。是不是從現在到死亡，剩下來的就只有這些回憶呢？這就是老年人的悲哀嗎？」

「鍾爲，你一點都不老，我是有資格說這句話的。你是說蘇齊媚使你想起小戀人嚴曉珠？」

「兩個人長得一模一樣，像是雙胞胎。」

「沒想到她這個會開槍殺人的警察，有一顆很善良和善解人意的心。你知道我們成了好朋友了，她有很多地方很像石莎。你是愛上了她，是嗎？」

「別胡說八道，沒人會看上一個行將就木的老頭子。」

「記得你帶我從法國的特路斯到義大利的依斯布拉時，我非要在尼斯停一天，如果你老了，那還會是我一生中最難忘的一天嗎？所以，你要是再說你老了，我就要公開我在尼斯是如何做了你的情人。鍾爲，我們什麼時候再去？」

一哥在醫院裏，一直待到所有的家屬都回家了，在手術檯上搶救的重傷者也脫離了險境後，才和何族右夫婦一起離開。他沒回到辦公室去審問張家滋，因爲在當晚十點，張家滋被廉政公署的人逮捕了。在連夜的審問中，張家滋承認接受牟亦深大量金錢的賄賂，爲他提供各種情報，而否決何族右所請求的飛虎隊支援是因爲得到了優德大學吳宗湘的指示。

第二天下午，一哥來到了九龍警署，進門的大廳已經擺設了香案，上面供了四個照片框，是四個身著警服，面帶笑容的刑警，老崔、阿虎、阿豆和小姜。大廳裏已經站滿了人，重案組的人，有些剛從醫院回來，身上還包紮著繃帶，都一字排開在香案前。

一哥：「老何，倒酒！」

何族右給每一個重案組的人倒了一小杯酒，一哥點了四根香後就向四位死去的刑警敬酒：

「一哥來給你們送行。蒼天在上，我一哥和各位留下來的弟兄們答應你們從今天起會看好你們的家人，你們就放心去吧！敬你們一杯上路，走好了，等著我來。」

說完了，把酒乾了。重案組的人也一飲而盡，齊聲說：「走好了！」

這就是香港警察向殉職同僚舉行的告別儀式。一哥和老何都曾參加過多次，但是還是帶給他們無比的傷痛。一哥對著大家又接著說：「香港警察昨天經歷了最大一次的傷亡，原因是自己的人背叛了我們，背叛了我們警察的誓言。目前的當務之急是重建我們的力量，恢復九龍警署多年來的輝煌傳統。我現在宣布由特首批准的人事命令。何族右警官，我宣布你爲九龍警署代理署長，即日起生效。」

何族右：「是！」

一哥接著說：「蘇齊媚警官，我宣布你爲九龍警署重案組代理組長，即日起生效。」

蘇齊媚：「是！」

一哥的話還沒說完：「你們兩位聽清楚了，我不想當死傷最多的一哥，所以從今天起，你們一個都不能再少了，明白嗎？還有今天四點半你們準時到特首辦公室開會。」

在特首辦公室，何族右和蘇齊媚見到一位從北京來的新客人，他就是中國國安部部長。

第八章　賴狗傳來的訊息

鍾爲接到校長的通知，要他馬上去一趟北京大學，討論下學期在北大開一門航空氣象學的課程，培訓中國民航的氣象人員。鍾爲感到很奇怪，這是下學期的事，爲什麼要他十萬火急地趕去北京。

鍾爲在優德大學的研究生大部分是來自內地的高等學府，王娜和季強是北京大學的本科生，高昂和陳建勇是上海華東師範大學河口海洋學院的本科生。和這兩個大學的關係是來自合作研究的專案。幾年前這兩個大學聘請鍾爲擔任他們的訪問教授，他開始常常前往北京和上海。除了做學術交流外，鍾爲還有替優德大學物色優秀研究生的任務。但是鍾爲去北京另外還有一個私心的目的。他有一個認識了快三十年的老朋友，每次見面都給他很大的欣喜。除了專業和個人興趣相近外，他們之間還有一個很大共同點，讓他們的友誼可以在完全「無壓力」下發展。

他們第一次見面是在一九七八年，鍾爲第一次回國訪問時在當年的北京航空學院，也就是現在的航太航空大學一場學術演講會上。

其中有一人問了許多很有意義的問題，引起了鍾爲的注意。他們從學術交流開始，漸漸發展爲「友誼」。這位老朋友曾經拒絕了鍾爲提供的資金，幫助他的女兒出國留學，理由是他可能無力償還。這讓鍾爲更爲欣賞他的爲人處世。這位老朋友的名字叫柯受全，別人都叫他老柯。鍾爲和老柯每年總要見兩三次面。這就是鍾爲的私心。

老柯後來調到「中國空間技術研究院」擔任副院長，現在是「航太基地」的地面裝備總設計師，是中國「載人航太計畫」的主要領導人之一。和當年每月拿一百多塊錢工資不可同日而語了。但是他和鍾爲的友誼像是一瓶陳年老酒，過往的歲月使它更爲濃醇。

從香港到北京的飛機只要兩個多小時。每次到北京來，鍾爲都是辦完事後才打電話和老柯見面，但是這一次，老柯居然到機場來接他，奇怪的是老柯怎麼會知道他是搭哪班飛機到北京？老柯說他有點事必須和他商量，要他把北大的事辦完就給他電話。鍾爲覺得老柯神秘兮兮的。

北大的勺園招待所已經替鍾爲準備好了客房。放下了背包，鍾爲就把客房裏的網路接上了他的筆記型電腦。每次出差到了外地，第一件事就是看電郵。在好些公事電郵中有兩個郵件鍾爲迫不及待地打開來看，一件是蘇齊媚發來的：

鍾為：

謝謝你讓我知道這些背景，怪不得有這麼多的人想當你的學生，聽你說故事是非常享受的。我不會念書，要不我也想當你的學生。

「送別」的光碟我已經聽了無數次。沒想到聽了一首樂曲，內心的激動可以使我熱淚盈眶，那樣的音樂好像觸動了我心裏最深層的什麼部分，可是我說不出來，也描繪不清楚。讓我想起以前當讀到一篇小說、讀完一首詩，彷彿被某種非常深刻的東西觸動了生命中某種情懷的時候，心裏同樣覺得激動，可是也往往說不清楚的心情。

聲音像潮汐，一波一波，或輕或重，或低沉或飛揚，在空氣裏蕩漾……

當音樂完了，一個人，聽到自己的心跳聲音在安靜地空氣裏震盪。我很享受這樣的感覺，也很珍惜這樣完全孤獨地與自己相處的時刻。我終於明白你在極度哀傷時為什麼要走進孤獨。

你同意嗎？這份無法描繪，也說不清楚的「感覺」，其實就是我們對生命的熱愛。為什麼要逃避我的問題？嚴曉珠帶給你對愛情的絕望，使你走進孤獨，但是並沒有減少你豐富的人生和對生命的熱愛。石莎的離去是你生命裏的打擊，但是你不應該就此「老去」，你的生命力要比我們任何人都年輕。

生命的滋味，有受寵的甜美，有失敗時忌妒的辛酸，有像勞苦中汗水一樣的鹹味，有巨大的失敗挫折的痛苦。這些加上輝煌的成就，成為豐富的生命記憶。你應該繼續堆積這些記憶，而不是沉沒在這些記憶中。

幾天前，當我負傷倒在街頭，看見到處都是鮮血，聽到的都是槍聲和呼救聲，我曾想到也許我的生命將要結束，但是我不感到恐懼，倒是有一絲遺憾，離開這世界前能再見你一面嗎？好不容易把一個敵人說服了變成朋友，就要分手了。在醫院看見你來了，覺得生命多好啊！

我不在意你把我當成嚴曉珠。

蘇齊媚

第二件是賴武雄從台灣發的：

鍾為教授鈞鑒：

想必已見由周催林帶去有關MTSP在颱風研究應用的報告。現有緊急要事相告，我已身不由己，急盼相見。如可來台，請告知行程，當擇時、擇地相會。此信箱為吾弟所有，尚屬安全。

學生，賴武雄

航空氣象學將要在北京大學物理學院的大氣物理系開課，一年前在這系裏教書的文革前「老教授」都退休了。現在的系主任很年輕，她是在優德大學拿到的博士學位，曾做過鍾爲的學生。課程的內容和開課的時間很快就商量好了。鍾爲問他們，這些雞毛蒜皮的事打電話就行了，爲什麼非要他跑一趟。北大的回答是「上級指示」。鍾爲還取笑他們說，北大不是號稱「教授治校」嗎？教學的事居然還要聽「上級」的指示。

事情辦完了，鍾爲的新知舊友和以前的學生們都來和他敍舊。老朋友見面格外高興，最後一大夥人去到了北大「農園餐廳」吃午餐。這裏沒有菜單，客人要自己去看一盤盤還沒有燒好的「菜料」來決定要吃什麼。鍾爲最喜歡的「炒土豆絲」在一般的北京飯館都沒有了，原因是太便宜，賺頭不大。但是北大的農園餐廳還有，這是對鍾爲最大的吸引力。一頓飯吃到下午兩點才散場，回到正大國際中心時老柯已經坐在大廳等他。進了客房後他才把鍾爲「騙到」北京的真正理由說了出來。

原來是優德大學命案的調查過程裏所發現有解放軍軍人接受境外金錢一事，正好也是國安部正在調查的案子，國安部希望鍾爲來配合他們的調查。老柯的車把他們送到長安街上一個不很起眼的政府辦公樓。門口有兩個保安站崗，一塊小銅牌上寫著「中國國家安全部」。一位年輕的秘書在門口接他們，直接就帶他們到了部長辦公室。老柯介紹他們：

「鍾爲，這位是國安部的胡定軍部長；部長，這位是香港優德大學的鍾爲教授。」

鍾爲和胡部長熱烈地握手。

部長：「非常感謝鍾教授到北京來，本來應該是我去拜訪您的，但是爲了安全，我們才串通了北大將您騙到北京來，還請您多多包涵。」

鍾爲：「沒問題，有機會到北京來是求之不得。」

老柯：「你不覺得我們部長大人的面孔很熟嗎？」

鍾爲：「老柯，你還不知道吧！我人老了，犯了老人癡呆症，以前的事都記不得了。」

老柯：「你開什麼玩笑，你比我還小好幾歲，說什麼老人癡呆症。你的毛病就是長年少個女人照顧你，趕快娶個老婆，馬上就年輕起來，保證有效。」

部長：「二十年前鍾教授在北京大學做過一個有關探測木星的報告，當時有一個來聽報告的人特別提了好些無聊的問題，後來又拿了報上登的一張木星照片來請您簽名。您還記得這件事嗎？」

鍾爲：「想起來了，你原來就是那個清華大學的小夥子，是吧？老柯，他不就是你們搞回收衛星的老同事胡保華的堂弟嗎？我還記得，當時你也想要去幹航太事業的。」

老柯：「不錯！二十年前你們是見過兩次。放心吧！你還沒犯老人癡呆症。」

部長：「其實，我們見過三次，兩年前在保華大哥的告別儀式上也見過，只是鍾教授沒認出我來。」

鍾爲：「你什麼時候改變主意，不去航天部，去了國家安全部的。」

部長：「從清華畢業後，保華大哥和柯大哥都不肯替我開航天部的後門，只好淪落到國安部來當特工了。」

老柯：「我們認識的胡家小弟現在是國家安全部的一級英雄，也是我們國家最年輕的部長。可是我們沒人知道他到底是幹了什麼事，當上了一級英雄。」

部長：「不說這些事了，我們還是言歸正傳吧！」

老柯：「那我就告辭了，鍾爲，我們還是老規矩，晚上到我們家吃飯喝酒。」

送走了老柯後，胡部長的助理就把辦公室裏一扇落地拉門打開，原來裏面是一間會議室，大會議桌圍坐了不少人，看見部長走進來就都站了起來。鍾爲大吃一驚，因爲他一眼就看見何族右和蘇齊媚也在座。

胡部長將鍾爲一一的介紹給在座的人之後，就將這次開會的背景情況及工作安排做了介紹：

「近來走私犯罪活動的性質變了，原來走私槍支彈藥的買家都是來自香港、澳門、台灣或東南亞的黑社會分子。現在我們發現了買家中有台灣方面的特工人員，並且在進行有組織性的活動。爲此國安部介入了調查。

我們發現，他們購買的貨品已不是傳統的槍支彈藥，而是有大規模殺傷性的現代化武器系統。它們的用途是什麼？不會是用來裝備台灣的軍隊。根據我們的分析和情報，最可能的用途是恐怖活動，它不僅會造成生命和財產的喪失，還會造成我國在外交上的困境。

香港警方在偵破優德大學的命案過程中，發現幕後的主謀是台灣特工，同時還發現他們在內地進行活動。這些情況完全驗證了我們國安部正在調查的案子，同時也提供了具體的人名、時間和地點。對於我們的調查，這是重大的突破，國安部非常感激香港警方提供的資訊。」他接著宣布：

「爲了加強我們的調查，上級批准國安部成立特別專案組，除了調查台灣特工之外，最重要的任務是不惜一切代價阻止國際恐怖活動的發生。經上級批准，特別專案組（特專組）由國安部的張剛副部長擔任組長。此外，我們也感謝香港特區行政長官同意讓我們借調二位警官參加特專組，一位是現任九龍警署代理署長的何族右警官，另一位是現任九龍警署重案組代理組長的蘇齊媚警官。

各位從媒體上看到，他們最近和台灣特工收買的殺手在香港街頭發生激烈槍戰，有四位警官犧牲，七位警官負傷，和一位證人被槍殺。但是最有價值的證物和證詞記錄都保護住了，它們爲本案在現階段提供了最重要的資訊。

我現在宣布經我同意批准張剛組長所建議的兩個人事任命，一是由何族右警官擔任特專組副組長，除了要做組長的副手外，何警官並負責境內和境外活動的協調工作。第二是任命蘇齊媚警官擔任『港澳行動小組』的組長，這小組的任務是執行特專組所籌畫在香港和澳門地區的行動計畫。小組的第一個任務已經派定，就是負責保護鍾爲教授的人身安全。這是我們上級交付最重要的任務，一定要保證完成。

我們今天邀請鍾爲教授到國安部來參加特專組的啓動會議，是希望取得鐘教授對我們所做決定的諒解。石莎命案已經偵破，對幕後的主謀也有足夠的證據和證人來起訴。但是由於他們也是目前國安部案子裏的台灣特工，我們將從他們身上把所有參與恐怖活動的非法團夥引出檯面來，香港特區行政長官同意了我們的要求暫緩起訴。等我們的案子告一段落後，我們一定將他們拿下接受香港法律的制裁。

我已經向兩位香港警官保證，國安部將使用所有的人力及物力，到天涯海角追捕他們到案。鍾爲教授，幾天前香港刑警在街頭用手槍和生命浴血奮戰，頑強抵抗一群殺手使用衝鋒槍和手榴彈的血腥攻擊，事件的主謀和石莎命案的主謀是同一個集團，他們正計畫在中國境內進行一個恐怖活動，將造成很多無辜生命喪失。香港警方和我們國安部都不會允許主謀者逃避法律制裁。具體工作計畫我請張剛組長來說明。」

鍾爲的思潮起伏，石莎的影子出現在腦海，他不知如何反應，看著蘇齊媚，希望她能幫助理出頭緒。

張剛組長先提及近年來台灣特工活動的發展，最後談到眼前的案子：

「近年來，台灣的軍情局對蒐集大陸情報的方法有了改變。他們開始用金錢收買海外的商人和學術界人士從事情報工作，包括發展他們的組織。國安部在最近的幾年裏曾破獲數起案子。

兩年前有兩個台灣軍情局的特工進入了他們的視線，一個叫吳宗湘，他是一個資深的情報員，長年潛伏在美國收買學界人士和發展組織，最近到香港優德大學擔任教授。另一名叫康達前，是個行動專家，曾多次進入大陸。他目前是台灣軍情局特勤處的上校處長。

我們非常懷疑，兩年前有人行賄要收買解放軍的地對空導彈系統的案子，就是他操縱的行動。但是國安局的調查結果只逮捕了幾個下層跑腿的小角色，其他所有線索的都斷了。一直到最近從香港方面來的情報才重新得到線索，現在我們有了具體的姓名、單位和聯繫方法。但是我們所面對最困難的問題卻愈來愈複雜，如何去解決這問題的方法也沒有一個很好的計畫。」

目前的案件情況分析是：

「兩年前在防空飛彈一案時，我們就提出了『做什麼用？』的問題。結論是『恐怖活動』，但是『目標』在哪裏？兩年前我們沒有具體的答案。這次從何族右警官和蘇齊媚警官所提供的情報，我們的研判是台獨的激進分子企圖在中國境內發射導彈襲擊民航班機，造成國際事件。在美軍介入台灣海峽時，台灣再乘機宣布獨立。由於我們已經嚴格地控制了所有的防空導彈，台灣特工可能用國外購買的飛彈在境內發射。白俄羅斯的軍火商提供的發射裝置藍圖已經送進國內。根據藍圖，發射裝置是用來發射『山姆六型』防空導彈。但目前最重要的嫌疑人劉廣昆少將已經失蹤，我們已全力阻止他逃離境外。」

香港的何族右警官說了他的意見：

「國內嚴格控制防空導彈的去向是一定辦得到。但是中國有這麼長的海岸線，要做到滴水不漏，防止導彈入境恐怕會有難度。我們能不能先把可能的發射場找到，監控起來？

根據鍾爲教授的意見，美國民航機在內地的航線是固定的，再利用『山姆六型』導彈的有效射程，可以將可能的發射場預測出來。其次，台灣軍情局特工康達前很可能在國內已經發展了一個有效的組織，這次在香港發生的襲擊警察事件完全是有組織和有訓練紀律的行爲。

根據調查，參與這次行動的一共有二十八人，其中有澳門水房黑幫分子九人，內地來的殺手十五人，和台灣特工四人。但是他們在行動時可以看出來是有紀律地按計劃執行任務。不能小看了這個康達前。

再有一點，顯然台灣軍情局是在向中東的回教聖戰組織兜售MTSP軟體。第一筆訂金就有三百五十萬美元，可見他們的財源充足，因此出手會很大方。有很多意想不到的事都有可能發生。」

胡定軍部長做了總結，再度強調一定要保證阻止恐怖事件的發生。

部長：「是不是請鍾爲教授說說您的意見。」

鍾爲：「我想說兩點。第一，發射裝置的設計圖上有一行小字，它說該裝置也可做爲船載發射平台。我認爲這個可能性更大，因爲在海上發射的隱蔽性要比陸上發射高得多，而隱蔽是他們成功的必要條件；第二，山姆六型防空導彈是從山姆四型改良過來的，它的體積較小，機動性較大，但是基本的系統設計是一樣的。包括了一個傳統的雷達是用來偵測和追蹤目標，當目標進入了導彈射程內之後，指揮整個發射過程，它包括了發出點火指令和提供控制及導航的資料。當飛彈與目標接近到二至三公里時，本身的雷達能夠鎖住目標，導彈本身的電腦開始控制導彈的最後飛行，直到擊中目標。傳統偵測雷達的建置需要時間和空間，也毫無隱蔽性。我們可以假定恐怖分子不會使用，因此導彈在發射後有一長段的自由飛行，在毫無導航及控制的情況下將飛彈送到距離目標二至三公里的地方，啓動飛彈雷達後才能開始導航和控制。自由飛行的成功要依賴當時和當地精確的飛行環境資料，包括整個飛行路線的風向、風速、大氣溫度、壓力和濕度。他們要從哪裏去取得隨著時間變化的氣象資料？從誰能提供這些資料和誰想取得這些資料，也許能找到我們想要找的人。」

張剛：「太好了，鍾爲教授提出的兩點應該是我們調查的重點方向。至少我們有了具體的思路。鍾教授還有什麼好主意？」

鍾爲：「我接到賴武雄的電郵，他想要見我。」

部長：「這是什麼時候的事？他想見你的理由是什麼？」

來開會的人都看過香港警方的報告，都明白賴武雄是什麼人。

鍾爲：「就在來開會之前我看到他的郵件，是今天早上發給我的。我相信他有重要的事想告訴我，也可能想交給我什麼東西，從電郵中可以看出來他的行動已受到監視。他是用別人的郵箱發訊息給我。」

部長：「賴武雄的爲人和可信度怎麼樣？」

鍾爲：「賴武雄曾經是我的學生，是個優秀的科學家。他的爲人正直，很有正義感，但是也很執著。

他的父親在二二八事件時被國民黨殺害，但是他並不懷恨，他只是希望執政者不要再殺害無辜的老百姓。這是造成他台獨理念最大的原因，他堅信只有在台灣人自己當家作主時，才不會再被別人殺害。當周催林拿著他寫的報告，要求使用ＭＴＳＰ軟體來研究颱風時，賴武雄有意地在告訴我這是一派胡言。正好我的母校成功大學要舉行擴大校慶，我想利用這個機會馬上到台灣去一趟。」

會議結束，鍾為到了老柯家中。老柯的廚藝是有名的，文革時他曾被下放到河南去修鐵路，被分配到伙房，在那還學了點燒菜的技術。一大桌的菜，加上鍾為買了瓶特級花雕，好酒配好菜，老友相聚，格外地高興。他們一直談到很晚才散，鍾為回到北大時都過了十一點了。電話上的語音留言燈是亮的，原來是蘇齊媚留言叫他回電話。

鍾為：「對不起，是不是已經睡了？」

蘇齊媚：「剛沖過涼，在等你的電話。」

「白天沒機會問你，你的傷完全好了嗎？」

「差不多了，不去碰它，就不痛。」

「碰哪裏？」

「人家的命都差一點兒沒了，你還來開玩笑。」

「抱歉，我是在逗你。別生氣。」

「鍾為，你非得去台灣嗎？我擔心你的安全。」

「他們還不敢動我吧！並且傷害我對他們也沒有任何好處，你不用擔心。」

「姨父也是這麼說，但是你們是在做理性的推論，康達前不是有理性的人，他什麼事都做得出來。姨父也不讓我跟你去台灣。」

「你殺了他們的人成了英雄，你要是去台灣，他們一定會收拾你。」

「姨父跟陳克安打了好久的電話，你在台灣時會有我們的人看著你。」

「我明天回香港，後天就去台灣。你在北京的事辦完了嗎？」

「你忘了，我還有一個當保護人的任務。姨父明早先走，我改了航班，下午和你同一班飛機回香港，歡迎嗎？」

「太好了，明天上午我帶你參觀北大，看看真正的大學是什麼樣子，我們優德大學太小家子氣，人家北京大學才是在玩真格的。」

臨睡前，鍾爲給賴武雄發了電郵，告訴他去台南的行程。

第二天早上，蘇齊媚坐計程車來到北大，放下行李後，鍾爲開始當起她的導遊。蘇齊媚打扮得特別年輕，上身是緊身的襯衫，頸上有一條搭配得宜的名牌絲巾，下身是一件短裙和高跟鞋。

鍾爲不自覺地盯著多看了兩眼，看得蘇齊媚有點臉紅。

他們走在校園裏，不時會碰到幾個學生和鍾爲打招呼。當然鍾爲記不得他們的名字，他們都很好奇地看著蘇齊媚，想知道鍾爲身邊這位年輕的美女是什麼人，但是看見鍾爲一瞪銅鑼眼，又嚇回去了。但是終於碰到一群天不怕地不怕的女同學：「啊！鍾教授回來了，好久不見。」

「同學們好！是啊，我們有兩三個月沒見了吧？」

「三月不見，身邊就多了位美女。是現任師母呢？還是未來的師母？」

「都不是，我不是跟你們說過，沒有年輕美女會嫁給老頭子的。你們不都是要嫁給年輕的帥哥嗎？」

「那這位美女是幹什麼的，她是我們的師姐嗎？」

鍾爲突然笑了起來：「對了，她是師姐，但是她不是你們的同學，她是我的保鏢。」

「我明白了，她是女警，在香港管女警叫師姐，對吧？」

「你們在電視上有沒有看到好幾天前在香港發生了警匪槍戰，有一位女警是神槍手，好幾個匪徒倒在她手裏，你們看清楚沒有？」

「不會吧！這麼嬌滴滴的美女還會開槍殺人哪！」

這一群七嘴八舌的女生把鍾爲丟在一邊，圍住了蘇齊媚，有人還摸摸她的臉，看是不是真的，也有人把她的警證拿來仔仔細細地看，也有人問她身上帶槍了沒有。最後還是鍾爲來解圍，請大家去吃水餃，這才放過了蘇齊媚。但是鍾爲覺得她似乎很開心，對這群好奇的學生一點都不在意。

北京大學派了車送他們去機場，三個多小時的飛行讓鍾爲和蘇齊媚頭一次近距離地交談，而內容和案子無關。機上靠窗的位子是兩人一排，起飛不久，鍾爲握住了蘇齊媚的手，她稍微地掙扎，但是鍾爲不鬆手。

蘇齊媚抗議：「大教授，別這樣，別人看見了多不好意思。」

鍾爲：「男人握住美女的手是完全合乎自然定律的，有什麼不好意思的？除非你認爲身邊的男人會讓你丟臉。」

蘇齊媚反過來握緊了鍾爲的手：「你是不是覺得在北大校園裏，我一個四肢發達、大腦退化的警察在你身邊，給你丟臉？」

「你不是也聽見了嗎？這些學生完全無法理解，女警察中會有像你這樣的美女，你覺得我的學生們對你是什麼感覺？不是很羨慕你嗎？」

「說老實話，我是很羨慕她們，生活在理想的世界，無憂無慮，又有好老師關心，這樣的日子我連想都沒想過。」

「這樣的世界不是真實的，你看北大的校園，它給一個成人的感覺是虛的、忘我的，充滿了人性的美麗和光輝。但是在真實的世界裏會有人性的醜陋面，充滿了鬥爭和掙扎。但是我們從事教育工作的，認爲每個年輕人都應該在進社會前體會一下理想世界的生活，讓他們不要忘記一個理想的世界是什麼樣子。」

「所以，在大學裏當老師可以永遠活在這理想世界中，太讓人羨慕了。」

「其實，當大學老師也有很大的壓力，除了要有優越的研究成果外，還要擔心學生們在四年裏從一個少年變爲什麼樣的成人。每一個學生都有不同的背景，有天不怕地不怕的，完全能接受任何大學加在他們身上的改變。但是也有像是很薄的玻璃花瓶，一碰就破。但是不管是哪類的孩子，在四年裏，我們不僅要讓他們練就一身本事，爲社會做貢獻，更要有刀槍不入的心志，在這大千世界中生存下來。」

蘇齊媚沉默不語。

「是不是我的長篇大道理讓你煩了？」

「不是，我喜歡聽你說。我只是覺得自己活得像個井底之蛙，有好多事情，我不僅從沒有體會過，更是從未聽聞。現在我才明白爲什麼把大學說爲象牙塔，它和社會完全不一樣。你是什麼時候決定要在大學當老師的？有特別的理由嗎？」

「重要的原因是我喜歡做科學研究，所以大學成爲很好的選擇。在念研究所時，老師的鼓勵也有很大的影響。還有就是和年輕人在一起，會很開心。」

「不對，你說的這些理由都是一般性的。你一定有一個特殊的理由，怎麼，不好說？」

「不是的，是因爲有很多人不贊成我的說法，我怕你會對我失望。」

「鍾爲，如果你不說，我才會失望。」

「有很多做父母的，還有學校的老師，尤其是中國人，都認爲讀書和戀愛是有衝突的，他們再三地告誡年輕人在讀書時不要談戀愛。但是感情對人就像是喝水，它是生命的一部分，無法擋得住。大部分的年輕人第一次走進感情世界時都會遇到困難，如果不好好開導，說不定這年輕人就會沉淪。但如果就因此否定它的存在也不是辦法。我自己就是個例子。所以我對自己許下心願，要去幫助那些爲了感情要死不活的年輕人。然而這也不是件容易的事，你得先跟他們做朋友，取得他們的信任，他們才會把心裏的事告訴你。」

「那這麼多年來，當學生問起你爲什麼還沒成家，你怎麼回答？」

「對象還沒出現，緣分沒到。」

「學生們相信嗎？」

「哈！我說什麼他們都信。」

「那你是在騙這些天真的年輕人，你太狠心了。」

這回輪到鍾爲沉默不語了。

「你怎麼不說話了，生氣了嗎？」

「我不是在生你的氣，我只是感歎，這日子就過得這麼快。最初是問我爲什麼要東挑西揀的，然後就是說老大不小了，總得該生個一兒半女了，現在別人跟我說該找個老伴，等不能動時也好有個人來照顧。你說，我能爲這些理由，隨便找個人一起走完剩下的人生嗎？」

「當然可以，現在還有郵購老婆和網上新娘。」

「那行，給我網址，明天我就去訂一個。」

「不開玩笑，我想你是生活在理想世界太久了，因此要求在感情上也一樣完美，才會跳不出嚴曉珠和石莎曾帶來的苦戀，這對你是很不公平的。要不然，大學對你是很合適的，對你的學生們更是難得。」

「別淨說我了，也說說你吧！難道就沒人給你壓力，叫你再嫁人、生孩子。」

「哼！我二姨就老在我耳邊嘮叨，提醒我青春將要老去，嫁不出去了。更過分的是還給我介紹男朋友。」

「那也可以去交個朋友呀！」

「大部分介紹過來的人，要不是面目可憎，就是言語無味，或是老色鬼。最可怕的是，有幾個在觀念和談話上很像我那位前夫。」

「我看你是要求過高。你總不能就一個人獨來獨往，就此終老一生吧？」

「我原來是想修一個心理學的研究生學位，再去教書，終老此生。可是聽你說，要去當老師不是件容易的事。」

「想不想當師母？比當老師要容易得多，尤其是如果有一位多年來一直未娶，但是動了凡心，想要戀愛了的老頭子。當他的老婆，他會很疼愛娶進門的新娘。」

蘇齊媚沉思了一會兒：「鍾爲，你有時候很殘酷。你揮舞著你的光環，高呼著愛情我來啦，一路上把多少女人的心給打碎了。」

「有人用愛情的鞭子把我打得遍體鱗傷，用愛情的寶劍刺破了我的心。可是沒有人爲我而碎了心。」

「我說不過你。我想把頭靠在你肩膀上，行不行？」不等鍾爲回答，她的頭就靠上來了。

「居然有人說我殘酷。我問你，你說話算數嗎？」

「當然算數，我說了什麼？」

「你說，你不在意我把你當成嚴曉珠。」

「我是說了，你就看著辦吧！」

「你就不怕我要嚴曉珠還債？」

「不就是一頓罵和一頓打嗎？」

「你真的以爲就這麼簡單？你知道她欠了我多少債？」

「一個女人能欠一個男人多少？我所有的都給你，你就隨便拿吧！」

說完了，蘇齊媚就閉上了眼睛。鍾爲把他們座椅間的把手提上來，讓蘇齊媚倒在他的懷裏。空服員拿了毯子給她蓋上。不久，她真的睡著了，一直到兩小時後飛機要降落時才醒過來。

「鍾爲，不好意思，倒在你身上睡著了，沒嚇著你吧？」

「任何時候你想再來，我都歡迎。」

這次北京之行，兩人都深深感到他們之間的距離大大地拉近了。

從北京回來之後的隔天，鍾爲就出發去了台灣。

香港和台北的距離很近，飛機飛行了一個鐘頭後就看見了台灣島。高度降低，更可以清楚地看見台灣西岸的田野、道路、池塘和一些房屋，魚米之鄉的景色，看上去和大陸的江南一帶沒有什麼區別。飛機降落在桃園機場，它的宏偉及現代化，比起二十多年前的松山機場，真不可同日而語。

鍾爲在機場出關後，馬上叫了一輛計程車到陽明山公墓母親的墓地。母親去世已有三十年了，他在那裏徘徊良久，留下一柱清香和一束鮮花才離去。

鍾爲計畫在台北停留兩天，其中一天想去見見多年不見的中學同學。

當初同窗的四十八位同學，其中有四十個已離開台灣定居海外，留下來的有人當了部長、醫院院長、律師、大學教授，也有去做黨務工作，成了某個政黨的黨魁。有成功的商人，也有老老實實的公務員和中學教員。他們都是總角之交，雖然多年不見還是無話不談。鍾爲對他們的自負和使命感留下很深的印象。

台灣在這幾年裏，在政治、經濟、老百姓的心態及價值觀念都有了重大的改變。對民主及人權的積極爭取、對環保問題的警覺、對核能的排斥等等，都似乎是處於形成現代化社會觀念的過程。

在這個極度轉變的社會裏，母校成大又扮演一個什麼樣的角色呢？鍾爲由台北動身南下。

車到台南時，天色已暗，火車站似乎還是二十多年前的模樣。但是一出車站就完全不認識了。車水馬龍的街道和燈光耀眼的夜景，看不出也嗅不到這是他從前所認識的台灣文化古城。別了多年的母校，也會是同樣的陌生嗎？

在成大的四年中，有幾位教授對鍾爲有很深的影響。不僅僅是他們的學問，更是他們令學生最爲敬佩的待人處世之道。其中一位是徐迪良教授。他講力學課是最享受的時刻，不僅觀念清楚而且深刻生動。徐老師清風傲骨，言行上有江湖遊俠之風，很令學生景仰。他又熱愛運動，更能和學生打成一片。記得他當了十六年的副教授，就是不願意塡一份要求升級的表格，後來還是別人替他偷偷塡好，才升成正教授。

一年多前聽說徐老師中風了，在醫院裏住了很長的一段時間。鍾爲懷著一份興奮的心情去看望這位老教授，走到了巷口他就全認出來了。一排排的平房和磚牆，牆上的九重葛和喇叭花正盛開著，跟多年前一模一樣。

到了老師的住處，鍾爲伸手按了門鈴，徐老師穿著睡衣出迎。一進院子景象就變了，記得以前師母在院子裏種了好些花木，又整齊又好看。現在是一片雜草把路都蓋住了。屋內也是一樣的雜亂，一眼看去就知道是個獨居老人住的地方。

徐老師說有位歐巴桑一周來兩次替他洗洗衣服、燒燒飯。其他的時間他就在外面隨便將就打點一下。徐老師的中風是復原了，但是左臂的行動還是不便。並且每天要用藥物控制他的高血壓。

鍾爲在北京買了一瓶竹葉青酒帶到台南來要送給徐老師，這是他最愛喝的酒。但是他說酒再也不能喝了，帶回去吧！徐老師堅持要送鍾爲到路口，他們互道珍重，徐老師說他沒幾年了，希望能多回來找他聊聊天。鍾爲看著他的背影，一個寂寞的老人步履蹣跚地走回他的獨居，幾十年前一位被學生們崇拜的英雄人物，如今風燭殘年，鍾爲禁不住一陣心酸。

在路上等了一會兒，鍾爲也轉身要往學校走，但是聽見徐老師叫住了他。說是有一封信是要轉給他。

信封上只寫著四個字，「鍾爲親啓」。

之後，鍾爲隨著校友代表團參加了一連串的校慶活動，很晚才回到酒店。他打開信封，裏面是一張白紙條，上面寫著：

鍾老師：

明晚十一點，在吃粽子的地方見。

賴狗

「賴狗」是賴武雄當鍾爲的學生時別人給他取的外號，沒有太多的人知道。在台南有個賣粽子的老字號叫「上帝廟」，他們師徒曾有多次一起去那裏吃特大號的肉粽，喝高粱酒。

鍾爲將這資訊馬上電郵給蘇齊媚，兩分鐘後她的回訊就來了。她說會有一個穿咖啡色夾克的人在現場，那是自己人，同時還留了個台南的電話，有任何困難都可以求救。

第二天鍾爲準時來到「上帝廟」，賴武雄已經來了。他們握手寒喧後，還是老樣子，各要了一個粽子和一杯高粱酒。賴武雄說爲了安全，他只能停留十五分鐘。不出鍾爲的意料，他寫的用ＭＴＳＰ軟體來研究颱風，就是要警告鍾爲，周催林是在胡說八道。跟著他就把他所知道的有關優德大學的事很簡要地說明：

一、ＭＴＳＰ軟體的原始程式是要賣給中東國家，由白俄羅斯專家改造做爲防空飛彈系統的控制軟體。目前要價是一億美金。

二、該筆收入做爲買通解放軍和由東歐國家進口兩枚山姆六型防空導彈。

三、買通解放軍是來改裝船載發射系統，和確定操作人員。

四、飛彈的目的是在台灣宣布獨立時，僞裝解放軍擊落美國或日本航機，造成台海事件，使美軍介入台海。

五、台灣地區的航空管制雷達信號，將利用做爲防空導彈的先期目標追蹤雷達。

鍾爲：「謝謝你的資訊，你現在有危險嗎？離開這裏到我那裏吧！」

賴武雄：「來不及了，我被看住了，何況我有老有小，被死死地管住了。」

「我也許能替你想個辦法。」

「不用了，台灣是我的家，我要留下來爲它奮鬥。我很感謝鍾教授多年來一直尊重我的政治理念，雖然您不同意，但是從來沒有影響我們師生間的關係。二二八事件中，我父親是個無辜的受害者，因此我不想參加傷害無辜人的行動。鍾教授一定要阻止這個將要發生的事件。」

「要有效地阻止事件的發生，我們需要知道目標航班，到時候能提供資訊嗎？」

「由於我反對襲擊民航飛機，我的行動已經被看管了，但是到時候只要可能我一定會和鍾老師聯繫。時間差不多了，我得走了。」

「賴狗，你一定要保重。」

第九章　三十秒後墜毀

鍾爲從台南回到台北後，一直在思考著賴狗的事。賴狗是個心思簡單，但很執著的人，他的信念是要給他遇害的父親討個公道，因此投身於台獨運動。但是最後他還是擋不住他自己的良心呼喚，去找了鍾爲。他拒絕了鍾爲要帶他走的要求而留下來，他背叛了台獨，但是鍾爲不敢問他是不是要當「臥底」。賴狗會有人身安全的問題嗎？鍾爲決定去見黃念福，他打電話到黃念福的辦公室去約時間，回話說叫他等回音。在這等待的時間，鍾爲回憶起他在台灣時對航空飛行的啓蒙。

鍾爲從小熱愛的航空和飛行，就是在成功大學開始了知識上的啓蒙。把他從「生活興趣」帶進了「研究」的世界。但是他永遠記得在無數個星期天裏，他會騎著自行車一個人來到台南空軍基地，就是爲了看當時的F八六軍刀式戰鬥機在日落前完成巡邏任務返航，飛回基地。

在南台灣碧藍的天空和朵朵白雲之下，四架飛機「人」字形編隊進場，通過機場後，最外邊的一架首先離隊翻轉，再往回飛對準跑道。很快地「人」字隊形變成四架前後一線編隊，他們俯衝，快速地降低高度，在最後一刻，放下了起落架，拉起機頭，以最大的攻角用後輪觸地，在兩個機翼尖端所造成的氣旋把跑道上的塵埃捲起來，形成兩個對稱的旋渦，跟著飛機在跑道上高速的移動。然後，飛機的速度慢下來，機身攻角變小，鼻輪著地。四架飛機間的距離減小，它們首尾相接，進入停機坪時，一字排開。他們的編隊進場和降落是鍾爲百看不厭的。

F八六軍刀式戰鬥機的線條簡單但非常優美，它是由美國製造，在空軍中正式成軍的第一種後掠式機翼的戰鬥機。

在世界航空史裏，戰鬥機的發展佔有重要的地位，主要的原因是戰鬥機的性能往往代表當時的航空和飛行技術的尖端。而在戰鬥機的發展過程中，「戰爭」，包括冷戰，和「對抗」成爲它的中心。「戰爭」是背景而「對抗」就成爲發展的動力。

一九〇三年是人類動力飛行的萌芽，而後一九一四年爆發的第一次世界大戰，爲戰鬥機製造技術和飛行員在戰鬥中的「行爲準則」定下了基礎。這個「行爲準則」含有濃厚的「人道主義」和歐洲中古世紀「紳士」和「俠士」的精神。它的矛盾和諷刺到了可笑的地步。它允許戰爭的雙方使用各種方法去奪取對方的生命，但是「殺人過程」必須要人道。這些人道的精神後來都被「日內瓦戰爭公約」採納，做爲交戰國在殺戮對方時的行爲準則。

第一次世界大戰的戰鬥機對抗是以飛行員爲主，當時最著名的飛行員就是舉世聞名的德國陸軍飛行隊隊長：馮．雷克霍芬，他駕駛的雙翼機，或是三翼機，漆成紅色，取名爲「紅色男爵」，後人也將馮．雷克霍芬稱爲「紅色男爵」。

傳說中他在作戰歸來後，會駕著他的紅色戰機降落到敵人的機場，和剛剛交手過的敵方飛行員飲酒暢談。第二天再升空與敵機繼續廝殺。他出現在許多小說、電影和漫畫裏。在美國暢銷了幾十年的著名連載漫畫「花生」，有一隻叫史奴比的臘腸狗，牠經常會做夢，夢見自己是「紅色男爵」，駕著牠的狗房，升空和想像中的敵人作戰。史奴比會頭戴皮帽和風鏡，脖子上圍著一條白色絲質的圍巾在風中飄動。這幅行頭，已成爲早期飛行人員的典型服飾。這些故事也曾經是鍾爲少年時的夢。

只是，「紅色男爵」馮．雷克霍芬的時代已經一去不返，帶走的是飛行的浪漫，帶來的是冷冰冰的科學技術。但是像史奴比一樣，鍾爲也經常生活在浪漫的飛行夢裏。沒想到的是，鍾爲的事業卻和那冰冷的科學技術緊緊地綁在一起。

當鍾爲來到加州理工學院航空系念書時，他的人生開始進入了一個嶄新的世界。在那裏的教授和同學都和鍾爲一樣熱愛航空科學和飛行。從前的夢想變成了一股強大的驅動力，使鍾爲奮不顧身地投入了真實的航空科學事業裏。

他認真的學習態度和優異的成績獲得了教授們的賞識和同學們的友誼。在班上三十多個同學中有八個是很特別的學生，他們是剛從軍校畢業的美國軍官，被批准來進修博士學位。這八個人全是正規的飛行員，鍾爲和他們朝夕相處了四年，在一起探討功課、做吃的和打球。最開心的是他們教鍾爲飛行，在南加州萬里無雲的天空中翻騰。

他們中的六人是空軍，另外兩人是海軍，在畢業典禮上他們沒穿博士袍，而是穿上軍官大禮服，非常引人注目，尤其是海軍軍官大禮服，純白色配金色的穗帶，腰上還有閃閃發光的配劍，看起來英俊又瀟灑。

按過去的經驗，拿了博士學位的軍官會被分派到國防科研單位，但是當時美國正如火如荼地陷在越南戰爭中，這八個博士軍官在畢業後馬上就接到命令開赴越南戰場。在隨後的兩年裏，其中的六人戰死了。鍾爲在他們的追悼會上除了有無限的悲傷外還有一股憤怒，原以爲這些異國同窗會成爲志同道合的終生朋友，但是憑什麼一場沒有意義的戰爭奪走了他們的生命？

在六年前，鍾爲在台灣服兵役當工兵營的排長時，在一次渡河訓練演習中，他負責敵前搶渡排除對岸的障礙物。但是前一晚的突然暴雨使河水高漲流急，鍾爲要求取消搶渡不被接受。一聲令下，三條橡皮艇開始強行渡河，在到達對岸前，其中的一條翻了，戰士們在急流中游泳上岸，但是一位只有十八歲的新兵失蹤了，兩天後才找到他的屍體。

鍾爲將他的遺體送回老家，看到他父母親人搶天呼地的悲情，他禁不住要問，喪失一個十八歲大活人的意義是什麼？六年後在參加他的軍人同學們的追悼會時，鍾爲開始對軍事和戰爭的邏輯和行爲的理性有了新的看法，他開始參加反對越南戰爭的集會和遊行示威，這對日後鍾爲參加保釣的群眾運動有了啓蒙的作用。

好友的離去和年歲的增長讓鍾爲更感到生命的可貴。而每次民航飛機發生空難時的傷亡人數不斷增加，更讓鍾爲思考要如何來改進民航機的飛行安全，經過一段時間的問題探討，他決定把這個問題做爲他的研究主軸。

自六十年代民航進入了噴射機時代後，雖然飛機的系統愈來愈複雜，但由於科技的進步和日新月異的創新，因機械系統、導航和通信等故障而造成的空難愈來愈少。

從系統工程的觀點看，民航飛機的可靠性有了長足的進步。到了八十和九十年代，民航飛機的空難事件主要原因是不可預測的氣象變化所造成的。

在九十年代的十年中百分之九十在空難裏死亡的民航乘客是因爲所謂的「低空風切變」事件。和傳統的思維相反，飛行安全是來自維持飛機的「高度」和「速度」。如果不把極少發生的兩機互撞事件包括在內，空難的定義是航機墜落著地。在航空的術語稱做「未成熟觸地ＰＴＥ」（Premature Terrain Encounter）。有了「高度」，墜地的可能性就小。其次，飛機是靠機翼產生的空氣浮力才能「升空」，而浮力是因爲飛機前進使氣流「吹過」機翼而產生的，一旦飛機喪失動力，「速度」減小，或是一股強大的順風，會使「吹過」機翼的氣流減小而浮力也跟著減小。如果這個現象發生在飛機處於低空和低速狀態時，「未成熟觸地」的可能性就大大地增加。

「低空和低速」的情況是在航機起飛和降落時的必然過程，這也是爲什麼飛機一定要逆風起降的原因，同時起飛和降落也是民航飛行中最危險的時刻。有些飛行員把飛機起飛離地後的十秒鐘和降落前觸地的十秒鐘稱爲「進出地獄的十秒鐘」。「低空風切變」是產生一股強大「順風」的主要原因，由於它來去無蹤，捉摸不定，是當今飛行安全的最大「殺手」。

「低空風切變」是一個小尺度的氣象現象，它和一般的災害性氣象變化，例如颱風、風暴潮、雷雨等，是非常不同的。因爲它發生的地區很小，只有幾公里；發生的時間也很短，幾分鐘就過去了。相對地，一個颱風可以跨越幾百，甚至於上千公里，可以維持幾天到數周的時間。目前的科技已經發展到可以對這些大尺度的氣象變化如颱風做出精確的預測和預報。但是最大的不同就是這種小尺度的氣象變化，目前還無法在空間和時間座標裏做準確的預報。

從一開始，風的變化對民航飛行就是個嚴重的問題。大氣環流和地形都可能在某些時刻和某段距離內引起巨大的風速和風向變化。

在低空，也就是離地面只有幾百公尺的高度，是飛機在起飛和降落時一定得通過的空間，這些變化對民航飛行安全造成了威脅。

爲了去除或是減小這類威脅，鍾爲和一群散布在世界各地但是志同道合的科學人員正致力於把這種小尺度的航空氣象變化的來源和經量化的風險研究清楚。同時也要找出如何來偵查和測量這些變化，並且及時地將有關資訊送給航空管制人員及機組飛行人員。

兩點之間的風切變是以該兩點的風速相減再除以兩點的距離來量化。而最嚴重的風切邊是發生在起飛或降落時，航機突然間由逆風區進入了強大的順風區，特別是在這樣變化的同時，又加上強烈的「下行氣流」，就會構成飛行安全的風險。在風切變的同時，如果湍流和暴雨也同時發生，造成空難事件的機會就大大地增加。

低空「下行氣流」是形成風切變的重要原因，當它觸地時就會三百六十度地向各方擴散。當飛機進入這擴散區後，首先遇到的是逆風，通過「下行氣流」的中心往外飛行時，馬上進入順風區。如果「下行氣流」強大，所造成的順風也強大，就可能使航機失去浮升力而墜落。

一九七五年和一九七六年在美國發生的三起大型空難，每一事件中喪生的乘客和機組人員都超過百人。空難的調查結果證實了強大的「下行氣流」是罪魁禍首。調查報告用「下擊雷暴」來形容強大的「下行氣流」，此後，這個名詞就成爲航空氣象學中的專用名詞了。

強大的「下行氣流」是指向下氣流的速度很大，在這三個空難事件的調查研究結果指出墜毀航機所遇見的三個「下擊雷暴」體積都不大，直徑約爲四公里，只持續了二到五分鐘。因此，也有人稱它們是「微型雷暴」。

這三次的空難事件有一個共同點，也是最重要的一點；那就是航空管制人員和機組事先都沒有接到任何警報。

這是由「下擊雷暴」所造成的風切變最顯著的特點，當機組人員發現航機受到風切變的威脅時往往爲時已晚，航機已進入了「下擊雷暴」的範圍，無路可逃。

在民航飛行人員中盛傳著一個戲謔的說法：在進入了由「下擊雷暴」造成的風切變時的逃生避難方法就是先將右手掌拿到胸前，再將左手掌拿到胸前，雙手合十，開始祈禱。

雖然它是個飛行人員間的玩笑，但是也反映了對這災難性的航空氣象所表現的無力感。

八十年代起美國聯邦民航署開始在一些指定的機場啓用先進的「都卜勒氣象雷達」，它可以監測大氣的運動，包括了「下擊雷暴」。航空管制人員可以在雷達上看到正在發生的「下擊雷暴」，如果是發生在進場或是離場的航線上，可以發出及時的警報。但是對於已經進入了「下擊雷暴」範圍內的航機還是無濟於事。

在北卡羅萊納州，霞羅茨市機場的一次空難就是當雷達偵測到「下擊雷暴」時航機已進入了強大的順風範圍，機組人員按照聯邦民航署的指示，拉起機頭，機身保持十五度攻角，副翼全開，發動機維持最大馬力，但飛機最後還是墜毀。

因此所有關心民航飛行安全的人都一致認爲，發展預測和預報「下擊雷暴」及連帶的風切變技術是徹底改進民航飛行安全的關鍵。

香港的第一個飛機場是位於九龍半島南端的九龍灣，跑道是在維多利亞港填海造出來的。由一九三四年開始運作，在之後的半個多世紀裏，香港啓德國際機場就像香港的「東方之珠」美稱一樣，成爲亞洲最重要的機場之一。

由於社會和經濟的發展，啓德機場在九十年代末達到飽和，於是在大嶼山北邊一座名叫赤鱲角的小島上，用填海的方法建設起一座全新的機場。新機場建成後，啓德機場就關閉了。

大嶼山本身也是個島，上面有數座高山，山高從五百至九百公尺。其中鳳凰山是香港地區最高的山，在附近的昂坪有著名的佛家盛地，也是寶蓮禪寺和大銅佛像的所在地。

由於這些山脈地形，氣象專家認爲在某些氣象情況下，會發生「下擊雷暴」引起的風切變，造成對飛行安全的威脅。做爲一個世界級的商業中心，香港政府認識到維持航空安全是首要任務之一。

因此，在新機場開始運行後，就決定要建立一個「風切變預警系統」來確保民航機的飛行安全。系統的建設是以向全球招標的方式，選定一個負責組建的單位。爲此香港政府成立了一個評審委員會，由來自全世界各地的航空氣象專家組成。

當時世界上還沒有這樣的系統存在，因此這專案含有很大一部分的科研內容，有能力來投標的單位並不多。

第一輪評審選出了三家，分別是英國皇家氣象服務局，它是直屬於英國國防部的單位；第二家是美國最大的一家私人氣象服務公司；第三家是由鍾爲率領的優德大學團隊。

在第二輪的評審和答辯過程中，鍾爲的表現非常出色，提出的計畫非常精彩。但是除了鍾爲自己以外，所有人都沒想到這麼大的一個專案會落到一個剛成立的大學。優德大學的校長和副校長不止一次問鍾爲到底能不能接得下這項專案。當記者們詢問評審委員會時，得到的回答是評審結果的產生乃是根據所提出的計畫內容和鍾爲教授本人過去的成就。

專案的總預算，不包括硬體設備和基礎建設，研究發展的部分就有一億兩千萬港幣，要在四十四個月內提供「風切變預警系統」的設計。

這是在自從香港有了大專院校以來，大學拿到最大的一筆研究經費。鍾爲的系統設計方案是以一系列的監測設施，包括了都卜勒氣象雷達、風廓儀、自動氣象站、無線電／聲學探空器等佈滿在機場附近以及進場離場的飛行路線上，來提供在空間和時間裏完整和連續的實測資料，這些資料利用電話或是無線電即時傳送到優德大學的控制中心。

預警系統中還有一個超大型的數學模式，它是用來模擬和預測機場地區的小尺度氣象變化，由於非常高的分辨率和在時間上的要求，數學模式需要在超級電腦上運算。數學模式的運算啓動是根據一系列的實測資料，它們提供了「下擊雷暴」將要形成的前期大氣情況，超級電腦開始運算，找出它將在何時、何地形成、強度大小和持續的時間。

預警系統中的第三部分是「提供預警程式」，它將數學模式的輸出，即時觀測的資料和存在資料庫裏的大量經驗在電腦裏做成綜合分析，然後將結果發給航空管制人員，再轉發給航機的飛行機組。

這一切都是自動的，因爲變化太快，人爲的反應無法如此迅速。在超級電腦運算時，如果實測資料出現有多個「下擊雷暴」同時發生時，MTSP軟體就會啓動，開始做「同時平行運算」。

任何重要的系統，尤其是有關飛行安全的預警系統，一定要經過實際的驗證後才能付諸實施。

鍾爲向香港政府提出了香港國際機場風切變預警系統的驗證方案，建議以一架滿載儀器的飛機在機場地區以及進場、離場的飛行路線進行航空實測。同時鍾爲透過關係，說服了國泰和聯合兩家航空公司，各將一架進出香港的波音七四七－四〇〇航機裝備了氣象儀器，在進場降落和起飛離場的期間，記錄氣象資料。

香港政府為了香港機場風切變預警系統成立了一個專家評審委員會，主席是美國國家大氣研究中心的主任，雷克．安司博士。

鍾為曾將專案的中期進度報告送給評審會，一個月後，安司博士通知他要到評審會來當面答辯評審委員們的問題。鍾為出差的第一站就是科羅拉多州的波德爾市，也許是因為它位於美國西部的落磯山山脈，千奇百怪的崇山峻嶺地形影響了大氣的變化，促使美國大氣研究中心要設在這裏。

鍾為在科研的事業裏已不知面對了多少次這樣的評審會，應該算是家常便飯了，但這次還是有些緊張。五個評審委員都是來自北美洲和歐洲的航空氣象專家。在兩小時的會議裏，鍾為平靜地回答了評委們所提的問題，有些還是相當尖銳的。最後主席要求每個委員發表自己的評審結論：

「到目前為止這項計畫的進度非常好，超出了我預計的目標。」

「航空氣象的預警中最困難的就是誤報，誤報多了就沒人相信，也就失去了預警的意義。你們對如何減少誤報提出了具體的方法，這是一個重要的貢獻。」

「老實說，我們做航空氣象研究的對象，或是再說白了，就是我們成果的用戶，他們這夥人是民航飛行員、航空交通管制人員和航空公司的航務計畫人，由於專業性特別強，很不容易接受由象牙塔裏寫出來的報告，告訴他們要如何來做他們自己專業裏的事。或許是因為鍾教授是加州理工學院的航空系科班出身，他們特別強調傳統的航空學要建立在飛行的應用技術上，因此特別建議要和航空專業人員溝通並提出具體的辦法，這是值得肯定和支持的。」

「我認為鍾教授在報告裏的建議，要從事十三個月的飛行驗證是個重要的中期結果。它可以用實際的飛行資料來證明專案的成功，因此增加了對預警系統的信心。但這樣做也有可能證明項目的失敗。這對鍾教授本人和優德大學的影響是如何，相信大家都明白。這份對科學的誠信和堅持科學家道德的勇氣可嘉。」

最後，評委會主席，雷克．安司博士做總結，他說：

「鍾教授，你現在明白了，評委會接受了你們的中期報告，也認可了它的結論。我們只是想見一見你，聽一聽你親口告訴我們，你和你的同事們在過去的兩年中所做的一些工作。今天你告訴了我們一些令人興奮的航空氣象研究成果。其實在此之前，我們已經將評委會的結論和我們的認可通知了香港政府，同時也表達了對你們提出的飛行驗證計畫的強烈支持。請讓我祝賀你和你的同事。現在我建議鍾爲教授請大家去喝一杯！」

「我代表自己和我的同事們向各位表示最誠摯的謝意。」

結果鍾爲不僅請了大家喝酒，連晚飯都搭上了。鍾爲很高興有機會和評委之一的豪森納老教授說個話。這位老教授已是八十多歲了，但看上去還不到七十。他終身未娶，一生獻給加州理工學院。鍾爲雖然不是他的學生，但選過他好幾門課。他們建立了深厚的師生情誼。鍾爲畢業後，老教授還是很關心他的事業。鍾爲在考慮去香港時也曾找過老教授長談，他是少數幾個贊成鍾爲去香港一試身手的人。三年前，他還特別去了香港一趟，要親眼看看鍾爲的情況。這晚老教授喝多了一點，臨走時他說：「孩子！我爲你驕傲！」鍾爲差點沒掉下眼淚來。

鍾爲在台北等待黃念福辦公室的電話安排見面的時間，但是兩天過去了還是沒有回音。利用這個空檔，鍾爲除了和好幾位多年沒見面的老朋友敘敍舊外，還去了讓他不能忘懷的幾個地方。

師範大學對面的金山街，是他和嚴曉珠兒時的住宅所在地，現在所有的老房子都沒有了，取而代之的是高層式的公寓大樓，金山街也成了很寬敞的大道。時代的進步毫無疑問地改善了社會，但是也帶走了兒時歡樂的環境和回憶。鍾爲揮不去那一絲的傷感。他想到嚴曉珠是不是也看到了這些變化，她又有些什麼感覺呢？

在台灣的幾天裏，鍾爲和蘇齊媚幾乎每天晚上都通電話。雖然陳克安的人從沒讓鍾爲離開過他們的視線，也按時向重案組報告，但是聽到鍾爲本人的聲音，蘇齊媚特別開心。朱小娟說這絕對是「戀愛」的具體行爲和心態，但是蘇齊媚死不承認，說這是她保護鍾爲職責的必要行動。蘇齊媚知道她是在騙自己。

兩天後鍾爲還是沒有接到黃念福辦公室的回話。但是李傲菲倒是打電話來要他趕緊回去，理由是他們向美國科學基金會租用的飛機已經把需要的儀器都裝配完成，需要去試飛驗收，另外優德大學的校董會將要宣布成立「海岸與大氣研究中心」，鍾爲的風切變隊伍將納入這個中心，而鍾爲被任命爲第一任的中心主任。

國家安全部副部長張剛，也是專案調查組的負責人，這幾天是坐立不安。因爲追捕最重大的犯罪嫌疑人劉廣昆少將的線索全都斷了。嫌犯從人間蒸發了。

九龍警署重案組的辦公室突然氣氛緊張起來，那是因爲林大雄的手機響起來，從來電顯示上看出來是個由境外打來的長途電話。重案組從電話公司查出來，來電者的號碼是屬於台灣的康達前。何族右下令將林大雄從赤柱監獄提出來，經過一番深入的談話，專案組形成了一個方案。何族右馬上向國安部的張剛彙報，國安部同意了香港方面的行動計畫。

第二天上午林大雄坐在九龍重案組的會議室裏給康達前打電話，何族右、蘇齊媚和林亮都戴著耳機監聽雙方的對話。

「康達前，請問是哪一位？」

「我林大雄，你找我嗎？」

「你跑到哪去了？爲什麼手機都不開呢？」

「警察掃黃，我他媽的倒楣，把我給掃進去了，這才放出來。」

「梁童出事了，你知道嗎？」

「我是在裏頭看報紙才知道的。」

「那你說說，你都知道了些什麼？」

「報上說他因爲孟公屋的案子被警察給扣押了，但是在押送時被水房幫的人和省港旗兵給殺了。」

「你相信嗎？」

「當然不信，我看是不是你派人殺人滅口？梁童告訴我孟公屋案子的幕後主謀是你。」

「林大雄，你想知道梁童被殺的真正理由嗎？那是他往大陸走私，搶了水房幫的地盤。」

「不可能！梁童不就是走私一點電子零件，賺點小錢給他媽過日子用的，並且還得到水房幫老大同意過。他們的走私品是豪華汽車和毒品，這些東西梁童從來不碰。」

「林大雄，你是有所不知，完全被蒙在鼓裏。我們和梁童合作這麼多年了，他有很多的事都沒跟我們說，更不用說是你了。你只對錢和女人感興趣。說到錢，你還想賺一筆嗎？」

「當然，現在我正窮得發慌，只能在家孵豆芽。你要我幹什麼？」

「和以前一樣，往裏頭送東西。」

「這次是給誰？送多少？要送到什麼地方？」

「細節我們再談，這次的數目很大，爲了保險才找你，因爲你見過收貨人。」

「上次送貨，梁童答應的五個大牛還沒付給我，我得找你們要。」

「沒問題，這次把貨送到後，我們會付你兩萬塊錢，就是二十個大牛，夠意思吧？」

「你光說是沒用，等我看到了錢我才信你。你什麼時候把貨給我？」

「因爲這次的貨數目很大，收貨人又要求了很多交貨細節，我們要你來台灣一趟，把交貨細節講給你，順便也把貨拿走，省得我們再送給你。」

何族右立刻把手上的筆記本舉起來，上面寫著：「不行，只能在香港或澳門！」

林大雄：「不行，我絕對不去台灣。」

康達前：「爲什麼？來回飛機票由我們負責。」

「台灣是你們的地盤，你們把我給做了，神不知鬼不覺，連給我收屍的人都沒有。要嘛，你們就到香港來，否則就拉倒。」

「林大雄，這麼大的一筆現鈔進出香港太危險了，你就來一趟吧！是我們有求於你，我們不會幹傻事的。」

「你們不是也有求於梁童嗎？他最後又怎麼了？報上說對他開槍的女殺手就是台灣的特工，你說我會不擔心嗎？」

「那行！我們在澳門見面怎麼樣？」

「那好吧！什麼時候？在什麼地方？」

「一切等我的電話。」

電話一完，何族右馬上接通了北京國安部張剛副部長的專線電話。

張剛：「我是張剛，請問是哪一位？」

何族右：「部長早！我是何族右。」

「老何，怎麼樣？接上線了沒有？」

「接上了，張部長，我們重案組有關的人都在這兒，您同意的話，我就把電話放在擴音器上。」

「當然同意，正好我們專案組的人也全到齊，我們就開個電話會議吧！老何，那你就先說吧！」

「好！各位北京的同事早！根據我們的方案，林大雄剛剛和在台北的康達前通上電話，我現在請朱小娟把電話的錄音放給大家。」

香港和北京兩地的會議室除了林大雄和康達前的對話外，鴉雀無聲，每一個人都被這影響案情的對話推進了自我的沉思中。

電話錄音放完了，何族右的話在擴音器中響起：

「很顯然的，康達前之所以要找林大雄來送錢，是因爲收錢的人要求一位他以前見過的人。梁童不在了，只有林大雄能滿足這要求。」

張剛：「現在能不能推敲一下這回來收錢的人會是什麼人？」

何族右：「這就是今天這通電話得到最有意思的一點。根據我們對林大雄和梁童的審問，林大雄前後一共送過四次錢，來收錢的除了有一次是一位女的，其他三次都是劉廣昆本人。梁童也見過這個女的，他認爲很可能是劉廣昆的姘頭或是二奶。」

張剛：「我的媽呀！太好了，我正走投無路要去撞南牆呢，這下子好了，柳暗花明又一村。老何，你可要保住這條線索呀！」

何族右：「放心，跑不了。我看這回送的錢數目大，很可能會是劉廣昆親自來取，要不他也會在現場暗中監視。張部長，我們現在能不能確定劉廣昆是康達前唯一的棋子，還是他還有後備安排。」

張剛：「這就是我們案子裏最大的未知數，拿下劉廣昆並不等於端了康達前的盤子，除掉了康達前也並不等於就此阻止了台獨的恐怖活動，我們只能一步步往前走了。目前有一個女人已經走進我們的視線，我會把她的照片傳給你們，請林大雄認一認。」

何族右：「爲了保險，請把劉廣昆和那個女人的照片傳過來，好叫林大雄確認一下。」

張剛：「好，我們馬上傳給你。」

蘇齊媚：「張部長，我是蘇齊媚，調查庫存飛彈發射器的事有結果嗎？」

原來這是鍾爲提議的，山姆四型和六型的地對空導彈是已經過時的，這些設備應該是報廢或是庫存起來。恐怖分子可能不會去製造一個新的，那太花時間了，很可能去拿一套已經庫存的設備來使用。查一查有什麼人對這些東西感興趣，也許會有收穫。

張剛：「蘇警官，這真是個非常好的辦法。全國有近千套庫存的山姆四型和六型導彈發射器，沒有任何一套被盜竊，但是在這一個多月中有數起借用其中不同部件的申請。根據專家們的意見，這些部件可以裝配成兩套完整的發射器。更有意思的是借調人都和劉廣昆在過去或現在有關係。當然他們不一定是共犯，也許只是受人之托。但是我們已經對借調人和部件實施監控了。」

蘇齊媚：「太好了！說不定林大雄去送錢和借調導彈發射器部件這兩件事最後會殊途同歸，一起把康達前的台給拆了。」

張剛：「那就再好不過了。說起這事，老何，請你向鍾爲教授謝一聲，他出的點子都很管用。還有，老何，中央領導給我們下了軍令狀，說案子一定要破，但是鍾爲教授的毛髮一根也不能傷。這是蘇警官的任務，一定要看住了，必要時做友善的監管。」

朱小娟小聲的說：「找對人了，求之不得的任務。」蘇齊媚狠狠地瞪了她一眼。

何族右：「今天下午鍾爲教授會來和我們談談他在台灣時發生的事，最重要的是鍾教授以前的學生賴武雄提供了很重要的資訊。他很可能成爲鍾教授的內線。他對恐怖活動的計畫有詳細和確定的說明。如果張部長同意，把下午的會也做爲北京和香港間的電話會議吧！」

張剛：「很好，就這麼辦。老何，澳門方面的布控還是由你和蘇警官負責，國安部已經在南方沿海地區開始了必要的布控。昨天國安部透過有關部門匯了五百萬港幣給你們做特支費，老何，該花錢的地方就要花，不用省。下午我們和鍾教授開完電話會議就全體從北京拔營，移師深圳。深圳迎賓館的八號小樓是國安部的，我們在那辦公聯絡要方便得多。到了後，我會把所有的聯繫號碼告訴你們。」

何族右：「謝謝部長，我們一哥也批了追加預算給我們辦這案子。也好，這次在九龍的槍戰我們殺了和傷了幾個水房幫的成員，我擔心他們會把我們當成仇家，以後活動要受牽制。這下子，我可以拿份大禮去拜他們的堂口，把事情給擺平。」

張剛：「太好了，就這麼辦。老何，我一直想告訴你，我們合作不久，但是你給我的震撼要比這案子還大。那不僅是來自你的辦事能力和你們的集體效率，而是看了你的人事檔案，才明白在那彈丸之地居然能有如此優秀的警察。後來又看到你們在九龍街頭浴血奮戰，倒下來那麼多人，但是仍立於不敗之地。我心裏有太多的話要告訴你。老何，等我們把案子破了，我在北京擺一桌酒席，我請你一邊喝酒一邊聽我說心裏話。」

何族右：「好，一言爲定。」

下午的會是定在三點半，但是鍾爲在三點鐘就來到九龍警署，他決定先到蘇齊媚的辦公室聊天，現在他們是好朋友了，無話不談，在一起時兩人都很開心。以前的敵意完全煙消雲散了。他們毫不猶豫地表現出關心對方的濃情蜜意，但是誰也不說「愛」字。好像那是個禁區，他們是不能進去的。讓蘇齊媚更不能釋懷的，是她不能確定有時鍾爲那炙烈的情感，是對著她還是對著嚴曉珠來的。

「我的鍾大教授，怎麼早到了半小時？」

「因爲想念一位一個星期不見的美女。」

「那你走錯地方了，邵冰的辦公室不在這裏。」

「你有保護我的責任，你不可以氣我。」

「到底是誰在氣誰？昨晚我高高興興的到機場去執行我的保護任務，可是要被我保護的人卻說說笑笑地跟一個美女走了，連一眼都不看我。我能不生氣嗎？」

「我的蘇大警官，你真的到機場接我了？感覺好溫暖如春啊！」

「別以爲沒人看見，有美女在機場又是親吻又是擁抱，當然是溫暖如春了。」

「那是邵冰急著要告訴我，她剛剛完成的飛行監測資料獲取軟體，我們需要用它去驗收一架租用的飛機。」

「什麼時候動身？」

「明天中午。」

「這麼急嗎？剛回來也不休息一下，你身體吃得消嗎？要飛十幾個小時的。」

「沒問題，反正上飛機就睡覺。」

「邵冰也去嗎？」

「她忙得很，何況驗收飛機的事她也幫不上忙。」

「但是她可以照顧你的生活啊！」

「她是大小姐出身，不會照顧人。」

「也好，她要是去了你就更累了。」

「蘇大警官的話有太深的哲理，我的學問不行，聽不懂。」

「又在裝傻，我是說你們一路上孤男寡女，又是乾柴烈火，她會折騰你。」

「哈！你怎麼知道不是我折騰她？」

「大多數的老男人都會不自量力。」

「真是世事多變，昨天晚上我在電話裏還能感到另一端的似水柔情，今天就被稱做老男人了。聽了好像是嚴曉珠，太沒勁了。」

「我要是有她一半的本事就好了。」

「別學她，她最拿手的就是去氣愛她的男人。」

「我只是在擔心你的身體會累壞了。」

「那你陪我去好不好？你不會折騰我吧？」

朱小娟突然像幽靈似地出現了：「你們等一會兒再互相折騰行不行，要開會了。」

「小娟，你又在偷聽，是不是？」

「當然了，要比看韓國偶像劇還過癮。」

電話會議開始後，鍾爲就把賴武雄告訴他有關台獨激進分子計畫的恐怖活動，詳細地彙報給大家。在北京國安部的張剛副部長首先透過電話發問：

「鍾教授，您好，首先我代表國安部感謝您的資訊，恐怖分子的目標和具體的實施內容都很明確地說明了，這對我們的破案行動有極大的幫助。我們還有一些問題，想聽聽您的意見，這會使我們對案子有更深的了解。但是我先把醜話說在前面，我們幹警察的，有職業上的惡習，有時會傷人，請鍾教授千萬別介意。」

鍾爲：「沒問題，警察的問話方式我已經領教過了，不就是把所有的人先當成犯罪嫌疑人嗎？問吧！」

「鍾教授寬宏大度，我就問了。您認爲賴武雄提供的資訊可信度如何？」

「我認識他很久了，他是個原則性很強的人，我認爲他說的是真話。」

何族右插嘴說：「我也在思考這問題，如果賴武雄是在欺騙鍾教授，那他的目的何在？對台灣獨立的總體目標又有什麼好處？」

張剛：「早前我們討論這問題時也是用了同樣的思路，所以我們唯一的結論和鍾教授的看法相同。同時我們也考慮到他們之間還有一份濃厚的師生關係存在，賴武雄不應該是在說謊。各位同意嗎？」

北京和香港兩地都沒有人說話，張剛就接著說：

「那好，暫時我們目前只有一個任務，就是阻止賴武雄所描述的事發生。鍾教授，我的第二個問題是，黃念福是這個恐怖活動陰謀的最高負責人？還是另有其人？」

鍾爲：「我和黃念福雖然不是深交，但是也認識有好些年了。這次在台灣時我計畫要當面問他，爲什麼要爲了他台獨的目標來殺害我優德大學的同事，但是我等了兩天，他就是不見我。我相信張部長是想知道這計畫中的恐怖活動是不是政府行爲。對嗎？」

張剛：「說對了，我就是想問這問題。」

鍾爲：「世界上沒有任何一個政府會承認參與恐怖活動，但是在台灣目前的政府裏有很多人會暗中支持黃念福和他的活動。這絕不是理性的思考結果，而是感情上的心結。」

張剛：「我們對台灣同胞的心理無法完全理解，是不是可以請鍾教授給我們上上課。」

鍾爲：「上課不敢當，做爲一個台灣人，我可以把我所知道的給大家做個參考。台灣在被日本佔領和統治了五十一年後回到了中國，換句話說，在台灣有兩代的人是受日本教育長大的。台灣光復後，台灣人把所有的漢人分成兩類，土生土長的台灣人和外省人。人口不到百分之十五的外省人開始取代日本人來統治多數人口的台灣人。由於蔣氏父子和國民黨打著他們是中國正統的旗號，爲了反抗國民黨，台灣人舉起了台灣獨立的旗幟。民進黨就是打著這面大旗成立的。而台獨就成了爭取選票最有利的工具。當民進黨成爲執政黨後，當然不會放棄這個工具，所以他們要收養一批像黃念福這樣的人。我認爲他向政府提出的要求只要不曝光，民進黨政府會支持的。」

張剛：「謝謝鍾教授的背景說明，現在我明白了。台灣政府不會爲黃念福的恐怖活動編列預算，但是也許會同意他們的軍情局盜賣MTSP軟體來取得所需的經費。」

何族右：「根據在台灣陳克安的資訊，康達前的軍情局特勤處現在主要的任務就是支援黃念福的活動。他們居然可以向我們公然挑戰，不但槍殺了我們重要的犯人，還殺死和槍傷了我們好幾個警察，這個能量絕不能忽視。」

張剛：「一點都不錯，我們在內地都已經感到他的能量了。不能否認康達前是個冷血但是有效率的情報員。同時我們也有情報證實吳宗湘是台灣方面長期潛伏海外的間諜。」

鍾爲：「上個月吳宗湘申請了每六年一次的學術離休，去了台灣中研院數學研究所，已經離開了香港。」

張剛：「另外，陳克安和賴武雄之間有沒有建立通道？」

鍾爲：「我已經把陳克安的聯繫號碼告訴了賴武雄，必要時可以求助。」

何族右：「我已經要求陳克安在台灣密切注意康達前和吳宗湘的行蹤。三天前的報告說羅勞勃也出現在台灣並且會合了，他們二人一齊進了黃念福的辦公室。」

張剛：「台灣方面的行動是開始緊鑼密鼓了，我們要加緊配合。老何，我知道你是陳克安的救命恩人，但是人家是靠這行吃飯的，我們該付的錢絕不能小氣，何況他的身家性命還擔著風險。」

蘇齊媚：「這個請部長放心，我們和陳克安徵信社已經訂了契約，按工時付錢。他們除了監控香港警方鎖定的犯罪嫌疑人之外還負有我們指定的人身保護責任，這次鍾教授在台灣的幾天，陳克安的人是全程隨扈。何SIR也做好了緊急避難計畫，必要時我們會用特殊通道把陳克安和有關的人全撤出來。」

鍾爲：「你說陳克安的人一直跟著我？不會吧！我怎麼沒看出來呀？」

在北京和香港兩地參加電話會議的人都笑了。

蘇齊媚：「要是讓一個教授給看出來，我們就不用幹警察了。」

朱小娟：「能力再加上那無言的關心，鍾教授真是很幸福的。」

何族右：「行了，這是什麼時候，還在開玩笑。張部長，我看請鍾教授爲我們講解一下用導彈擊落民航機所需的技術條件，好吧？」

張剛：「當然，這是今天下午來開會的主要目的。希望從這裏能訂出我們工作的重點。鍾教授，您請！」

鍾爲：「好，導彈防空系統的功能就是用飛彈來擊落敵人的飛機。它包括三個主要的系統，一是飛彈本身，它是一個帶了彈頭可控制的火箭；第二是發射系統，它是飛彈在發射時的支架和點火裝置；第三是地面追蹤和導航。它的運作程式分成兩個重要的步驟：首先是追蹤雷達鎖定目標，在目標進入導彈的有效射程後，發出點火指令和導航指令；其次，當飛彈接近目標，飛彈本身的追蹤和導航系統會自動取代地面的追蹤導航系統直到擊中目標。一位有經驗的指揮官可以越過第一步，不用地面雷達的追蹤導航而讓飛彈在無控制的自由飛行下接近目標，使飛彈本身的追蹤導航系統進行最終控制。由於地面追蹤和導航系統龐大，毫無隱蔽性，很可能會由一位有經驗的指揮員來完成第一步驟。」

張剛：「非常感謝鍾教授的分析，我現在可以做一個總結請各位提意見；

第一、中國的飛彈有嚴格控制和管理，不會流失。同時山姆四型和六型導彈因過時，已經全部銷毀。因此最可能是從海外走私進口。

第二、發射架很可能來自國內庫存配件，也不排除走私進口。

第三、地面追蹤導航系統可能以指揮員來取代。他是外來的還是就地取材？

第四、我們必須要掌握恐怖活動的人、地、時。也要攔截他們需要的工具。

我認爲這最後一點是最爲關鍵所在，而林大雄和康達前的接觸是目前最重要的線索，這一點老何，你同意嗎？」

何族右：「我完全同意，但是這也是最具風險的行動。首先，我們要放走林大雄，我們不僅要確保他不能脫逃，更要他能幫我們完成任務；其次，到了澳門後，再進入內地，這一路上康達前和水房幫的人都會緊跟著，爲了不打草驚蛇，我們一方面無法有所行動，另一方面又要盯在林大雄的身邊，確保他不變卦。所以難度很大。我們開始行動後一定要非常地靈活，到時候我們會提出很多人力和財力資源的需求，也很可能對行動工具和器材做出即時的要求。」

張剛：「老何，這完全沒有問題，你就放心吧！」

何族右：「那好，等康達前再和林大雄聯繫後，我會把行動方案寫好，請部長批准。」

電話會議後，鍾爲還有話要和蘇齊媚說，他們又回到了蘇齊媚的辦公室。

「你是不是要跟著林大雄到澳門去嗎？」

「我是港澳行動組的組長，我不去還行嗎？」

「你手上沾著水房幫的血，你就不怕報復？」

「哈！那幾個小流氓還不是我的對手。」

「那麼康達前的特務和殺手呢？」

「那些人的手上有我們香港警察的血，我是巴不得能再會會他們。」

「齊媚，我覺得你太冒險了。」

「鍾爲，你替我擔心了？」

「我只是想提醒你，你是輕重緩急不分。」

「不明白你在說什麼？」

「你有保護我人身安全的責任，我要求你跟我去美國。」

「我們的大教授也會有小心眼，你不就是想不讓我去澳門嗎？可是我是頭兒，我要是不走在前面，以後我就難帶了。但是，我真的感激你的關心。倒是我覺得你是不是太辛苦了？玩笑歸玩笑，我是真的有打電話給邵冰，請她陪你去美國。她說工作還沒完成，你也不會同意她去。」

「澳門和美國不能相提並論。我明白說不動你，只能請你千萬小心了。」

「我會的。你也要保重。」

鍾爲是向美國科學基金會租用他們的「國王號」雙渦輪螺旋槳發動機飛機，這是由美國雷神公司生產的通用性飛機。

幾年來，這架飛機一直是分配給美國大氣研究中心從事大氣科學的空中探測和採樣任務。在租給優德大學之前，鍾爲更新了飛機上的儀器。現在更新工作完成了，鍾爲要來驗收，並且將飛機運送到香港。儀器更新的工作是在美國大氣研究中心的丹佛維修廠完成的，驗收的過程是將飛機從丹佛市飛到坎薩斯城，全程啓動機載儀器。

選擇坎薩斯城是因為鍾為要在那裏向全美民航駕駛員協會做演講，介紹香港機場的風切變系統。替鍾為駕駛這架租來的飛機是他的老朋友，小約翰・福特。他的哥哥原來是鍾為在加州理工學院念書時的同學，他現在是聯合航空公司的資深機長，也是民航駕駛員協會的主席。鍾為請他來幫助驗收「國王號」飛機，同時將它飛到坎薩斯城，從那裏，會有一位香港來的駕駛員把它飛回香港。

小約翰是一位非常優秀的民航機長，不僅飛行的技術高明，且好學不倦，有很豐富的航空知識，很得同行的敬佩。這次就是他安排鍾為給民航駕駛員協會作演講。鍾為記得多年前他以航空科學家的身分坐在一架聯合航空公司由舊金山直飛香港的班機駕駛艙裏，機長就是小約翰。飛機在當時的啓德機場降落，讓鍾為留下了一生難忘的經驗：

啓德機場是在香港島和九龍半島間的維多利亞港裏塡海建造的，跑道大致為南北走向，北邊是位於九龍半島的山脈，其中最高峰是香港著名的獅子山，山高有八百多公尺。跑道南端是大海。冬天吹西北風時，航機從南方海上進場降落，沒有任何驚險。但是一年裏大部分的時間，香港是吹東南風，為了逆風降落，飛機必須從北方進場，但是跑道的北邊被山擋住了，因此它的進場和降落就成了所有駕駛員的一項挑戰。香港民航署要求航機的機長一定要曾有過從啓德機場北邊降落的經驗。

小約翰按照航管人員的指示，將航機由珠江河口向東飛進場，從九龍半島的西邊進入啓德機場的降落航線。鍾為坐在機長和副駕駛間後面的座椅，首先讓他見到的地面景物是香港最大的島嶼大嶼山，過去就是個叫青衣的小島，再向東就是個更小的島叫昂船洲，它幾乎和九龍半島連在一起。當時還沒有青馬大橋把這些地方連起來。

機場的外場座標就在昂船洲上，也是降落自動導航電子束的起點。航機通過後就要開始沿著這條電子束下降。鍾為明顯地看出小約翰和他的副駕駛都緊張起來，從前面的儀器顯示板上看到航機是緊緊地貼著導航電子束在飛，但是鍾為還是看不見跑道，窗外見到的是左邊山上一棵棵的大樹和偶爾出現的小屋，右邊是一座座的高層建築物，其中也有公寓大樓。正前方是豎立在一個小山丘上有半個網球場大的板子，上面漆成了紅白相間的格子，民航署管它叫「棋板」。此刻的航機是沿著電子束衝向這塊「棋板」。副駕駛開始大聲地讀高度計：「一千英尺，九百五十英尺，九百英尺，八百五十英尺……」

鍾爲已經可以看見公寓住家裏的人正在用餐，桌上的菜是葷的還是素的都能分得出來了。但是小約翰還是駕駛著航機一頭栽向那塊「棋板」。鍾爲的心已經跳到了喉嚨，副駕駛的聲音更大也更緊張了：

「八百英尺，七百五十英尺，七百英尺，轉彎！」

這個超過一百噸重的波音七四七龐然大物在小約翰的操縱下開始做四十三度的右向大轉彎，突然，九龍啓德機場的跑道出現在眼前。但是航機離地只有七百英尺的高度，起落架放下，前後副翼全開，機身成爲降落時的大攻角姿態，這些情況使航機的操縱增加了困難，小約翰掙扎著將航機對準跑道，在觸地前輕微地拉起機身，減低了觸地的衝擊，幾秒鐘後機翼上面的擾流板豎起，發動機的反向器啓動，航機很快地減速。小約翰非常優美地落地，機艙內的乘客響起一片掌聲。他對鍾爲說：

「這是我每次飛香港的最大收穫。」

「你是說乘客的掌聲，還是那降落後的快感？」

「兩樣都有。」

雖然後來鍾爲和小約翰又有了好幾次在一起飛行的經驗，但是都沒有像多年前香港啓德機場降落時的令人難忘。

鍾爲在離開香港十三個小時後，在早上到達舊金山。在那裏停留了整整二十四個小時，把時差造成的疲倦消除了。第二天一早他來到丹佛市，小約翰已經在機場等他，第一件事就是去看了「國王號」飛機，辦理好租賃手續。下一步就是到聯邦航空總署辦理登記，將以後十二個月的飛機所有權轉到優德大學名下。並且將飛機取了個新的名字叫「天風一號」，這是在以後所有的航空通信中使用的名字和呼叫代號，它是全世界上獨一無二的。

從丹佛市到坎薩斯城的飛行路線是沿著一條叫Victor 4的空中走廊，經過的導航站從科羅拉多州的丹佛，向正西，經瑟門，進入堪薩斯州的東邊。再經過古藍，希爾市，沙林娜，和透配卡，橫跨整個堪薩斯州，最後到達在密蘇里州邊境的坎薩斯城。全程約需三個半小時的飛行時間。「天風一號」的導航系統是依靠各航站的「超高頻方向測距儀」（Very High Frequency Omni Range，VOR）所發出的無線電訊號，在駕駛艙裏的接收器會將訊號轉換爲與該航站的距離和方向，這也是航機自動駕駛系統的基本資料。

鍾爲和小約翰是在第二天上午出發，起飛時間是定在「格林威治時間」二一〇〇。起飛前的沿途氣象簡報是：「需要儀器飛行，沿途順風，可能有雷暴和結冰，目的地氣候不穩定。」

「天風一號」在小約翰的控制下做好了起飛的準備，鍾爲坐在副駕駛員的座位，他的任務是操作機上的氣象儀器。他們各自將安全帶扣上並戴上耳機與麥克風，準備出發了。小約翰將飛機上的通訊系統打開，開始說話：

「天風一號呼叫丹佛國際機場塔台。」

「丹佛塔台，天風一號，你的信號清楚，請講。」

「天風一號，請求起飛前指示。」

「丹佛塔台，格林威治時間二〇五五，破碎雲層五百英尺，覆蓋雲層一千英尺，能見度五英里，有雨，有霧。溫度華氏五十一度，露點華氏四十八度，地面風向〇九〇，風速每小時四英里。高度計水銀三十點零四毫米。起飛跑道三十五號左和三十五號右。向丹佛航管區請求飛行許可，聯繫頻率一二七點六。」

鍾爲在前一天就已經以電腦將「天風一號」飛往坎薩斯城的飛行計畫發送給丹佛航空管制區了。按指示，小約翰將無線電通訊頻率定在一二一七點六。

「天風一號呼叫丹佛航管。」

「丹佛航管，天風一號，信號清楚。」

「天風一號，要求執行飛往坎薩斯城國際機場的飛行計畫。」

「丹佛航管，天風一號准許飛往坎薩斯城國際機場，許可抄送丹佛塔台和坎薩斯城國際機場塔台。」

「天風一號，多謝，Good day，完畢。」小約翰馬上將通訊頻率又轉回到機場塔台。

「天風一號呼叫丹佛塔台，要求起飛離場，目的地坎薩斯城國際機場。」

「丹佛塔台，准許滑行，在三十五號右跑道起點等候。」

「天風一號，滑行至三十五號右跑道起點等候。」

丹佛國際機場很大，「天風一號」從停機坪滑行到指定的地方就用了近十五分鐘的時間，一路上見到的其他飛機有各種不同型號的客機，從四個發動機的波音七四七龐然大物，到雙發動機的小型客機都要比「天風一號」大得多，而且它又是在這麼多飛機中唯一的螺旋槳式飛機，現在已不多見了。鍾為和小約翰的耳機裏響起了塔台的聲音：「丹佛塔台，天風一號，准許起飛。」

「天風一號，Roger。」

小約翰立刻加足了馬力，「天風一號」開始在三十五號右跑道上快速滑行，很快地就離地了。小約翰收起了起落架後，耳機又響起來了：

「丹佛塔台，天風一號，允許爬升至三千英尺，報告通過外場座標。」

「天風一號，爬升至三千英尺，報告外場座標。」

「天風一號」在五百英尺的高度飛進了雲層，看不見外場座標，但是儀器顯示接到了它的無線電信號。小約翰向塔台報告：

「天風一號，通過外場座標。」

「丹佛塔台，天風一號，爬升至一萬七千英尺，方向〇八五，進入Victor 4導航。」

「天風一號，爬升至一萬七千英尺，方向〇八五，Victor 4導航。」

在丹佛航空管制的雷達指引下，「天風一號」進入了Victor 4航線，飛向瑟門方向。不久，飛行方向略爲改變後就飛向古藍。然而，此刻「天風一號」飛進了雷雨交加的天氣，能見度完全消失，偶爾會看到上方的雲層打開一點而見到藍天。不時，中度湍流也出現了，鍾爲注意到機艙外的溫度已經降到零下七十度，大氣中的水汽很濃，飛機會有結冰的可能。小約翰注意到鍾爲在擔心前方將遇到的天氣狀況，他向鍾爲點點頭，將無線電通訊頻率轉到「丹佛飛行觀測中心」。鍾爲開始呼叫：

「天風一號呼叫丹佛中心。」

「丹佛中心，天風一號，信號清楚。」

「天風一號，高度一萬七千英尺，向東按Victor 4航線飛越古藍，要求古藍至坎薩斯城之間的雷暴和結冰的氣象資訊。」

「丹佛中心，希爾市附近有小型暴風雨，最高雲頂兩萬兩千英尺。二十分鐘前，在Victor 4航道上有航機報告發現中度湍流和中度結冰。」

「天風一號，多謝，完畢。」

鍾爲和小約翰都目不轉睛地注視著各自窗外的機翼，在結冰之前，會有一層薄薄的霜出現，這是他們兩人目前最關心的。鍾爲還是不放心，他要小約翰把通訊頻率轉到丹佛航空管制中心：

「天風一號呼叫丹佛航管。」

「丹佛航管，天風一號，信號清楚。」

「天風一號，要求Victor 4航道上，希爾市附近的結冰情況。」

「丹佛航管，在該地區的一萬五千英尺至兩萬英尺的高度有結冰現象。剛接到報告，在你北邊的V二二〇航線有集雲現象，但是沒有結冰的報告。請報告是否需要降低高度到一萬三千英尺或是向北方偏移航線。」

「天風一號，要求維持一萬七千英尺高度，在希爾市偏移航道，方向〇六〇。」

「丹佛航管，天風一號要求偏移方向〇六〇批准。」

小約翰駕駛「天風一號」向左轉，不久儀器就顯示他們已在希爾市的正北方三十英里，但是天色卻愈來愈暗。「天風一號」繼續在惡劣的天氣裏顛簸了近二十分鐘後，雲層開始消失，湍流也沒有了。小約翰又開始聯絡：

「天風一號呼叫丹佛航管。」

「丹佛航管，天風一號，信號清楚，請講。」

「天風一號，前方天氣良好，要求越過沙林娜，直飛透配卡。」

「丹佛航管，Roger！天風一號，請等待。」

「丹佛航管，天風一號，越過沙林娜，直飛透配卡的要求批准。維持一萬七千英尺高度，與坎薩斯城航管中心聯絡，頻率一二四點四。天風一號，祝一路順風！」

「天風一號，允許直飛透配卡，維持一萬七千英尺高度，聯絡堪薩斯中心，頻率一二四點四。多謝說明，再見。」

此後近一小時的飛行都是天氣良好，氣流平穩。鍾爲利用這段時間將可能有台獨的恐怖活動要用導彈襲擊美國的民航飛機的事告訴了小約翰，請他將事情的來龍去脈告訴美國聯邦民航總署，希望美國官方能向台灣方面施加影響，絕不能爲台獨分子提供民航飛機的雷達資料。小約翰認爲事態嚴重，他會馬上去辦這件事。小約翰工作的聯合航空公司每天都有班機從美國飛來北京、上海、台北和香港，其中飛到台北和香港的班機都會飛越台灣海峽，很可能成爲恐怖分子的目標。

不知不覺中「天風一號」已經飛越了透配卡，進入了目的地坎薩斯城的VOR導航區。鍾爲感到很奇怪，天氣變了，中度湍流又出現，明顯地使飛機在顛簸。同時，飛機下方的雲層愈來愈厚和密集，已經看不見陸地了。小約翰說這是典型的美國中西部氣候，像女人的脾氣，說變就變。小約翰將無線電通信系統的頻率轉爲一二四點四。

「天風一號呼叫堪薩斯塔台。」

「堪薩斯塔台，天風一號信號清楚，請講。」

「天風一號，高度一萬七，Victor 4導航，飛越透配卡進入堪薩斯航區，要求進場前氣象資料。」

「堪薩斯塔台，格林威治標準時間二三五〇氣象情況：雲層高度六千英尺，能見度十英里，溫度華氏八十四度，露點華氏六十六度，風向一九〇，風速每小時六英里，高度計水銀三十點〇五毫米。」

「天風一號，由透配卡飛向堪薩斯途中，氣象情況不穩，逐漸惡劣。」

「堪薩斯塔台，報告ETA，隨時注意危險天氣廣播。」

「天風一號，ETA坎薩斯城國際機場二十五分鐘。」

很顯然，堪薩斯塔台也接到要變天的預報，ETA是Estimated Time of Arrival，也就是預計到達時間。希望在他們到達前不要出現嚴重的情況。「天風一號」繼續著航程，但是天氣不見好轉。

「天風一號，呼叫堪薩斯塔台，要求進場。」

「堪薩斯塔台，天風一號請報告高度和速度。」

「天風一號，高度一萬七，方向一一〇，速度二五〇。」

「堪薩斯塔台，天風一號准許進場，可使用十九號右邊跑道進場，請下降高度到五千，方向維持一一零。報告通過外場座標。」

「天風一號，准許進場，跑道十九右，下降至五千，方向一一〇，報告外場座標。」

鍾爲和小約翰兩人的臉色都很沉重，一語不發，心裏都在想著這多變的天氣會帶來什麼結果。

小約翰右轉將方向定在一九〇，他看見儀器顯示他們正在通過外場座標，但是惡劣的能見度讓他們看不見地面上的閃亮的紅燈，他又通話了：

「天風一號，通過外場座標，高度兩千五，速度一六〇，方向一九〇，請求降落。」

「堪薩斯塔台，天風一號，准許目視降落，跑道十九右，地面風向〇一五，風速每小時五英里。」

小約翰將副翼打開，放下起落架，同時也打開了落地燈。天色更暗了，也開始下雨，他開啓了雨刷。

就在此時，耳機裏傳來塔台的聲音：

「堪薩斯塔台，天風一號，暴雨接近，取消目視降落，准許自動導航降落。」

「天風一號，自動導航降落，高度五二〇，速度一四五。」

天風一號距離跑道的起點只有三英里了，但是能見度已經完全消失，機艙的窗外是一片雷電交加的暴雨，什麼都看不見，連平時刺眼和閃亮的跑道燈都完全消失了。這時耳機裏響起急切的聲音：

「堪薩斯塔台，所有航機注意，緊急氣象情況，低空風切變警報，跑道急陣風每小時三十八海哩，跑道積水打滑。能見度爲零。」

小約翰兩眼盯著自動導航降落的儀器，飛機高度在劇烈的顛簸中繼續下降。突然機艙窗外來了一聲巨大的雷聲，隨即而來的是一個閃電，一條從天上到地上的，長長又彎曲的電光將昏暗的天空撕裂開，同時也照亮了一切。就在這一瞬間，鍾爲看見了跑道左前方一個巨大還夾帶著雨水的氣流從天而降，他興奮地喊叫：「小約翰，看前面的下擊雷暴！放棄降落！」

鍾爲和小約翰成爲在這世界上極少數能親眼看見在機場跑道上正在發生「下擊雷暴」的人。但是小約翰用鎮靜的語氣與塔台通話：

「天風一號，前方有下擊雷暴正在進行，要求放棄降落，緊急上升。」

「塔台，天風一號，放棄降落，緊急上升，方向二七〇，高度三千。」

鍾爲又喊出來：「小約翰，不能左轉，下擊雷暴在左前方！」

「天風一號，要求方向〇九〇。」

「塔台，天風一號，方向〇九〇，高度三千。」

小約翰決定啓動「風切變逃生程式」，收回起落架，副翼打開三十度，攻角十五度，飛機處於起飛的姿態。然後開始爬升，由二百英尺爬升到三百五十英尺後又開始失去高度。相對風速很快地減低，顯然是進入了由「下擊雷暴」所造成的風切變中的順風區。小約翰叫鍾爲「防火牆油門」（Firewall Throttle），這是飛行員用來形容「發動機最大馬力」，但是飛機的高度還是在下降，機艙窗外原本昏暗的天空和暴風雨突然在瞬間消失，鍾爲能清楚地看見窗外的樹木和麥田。

小約翰說；「鍾爲，我看是逃不出去了，我們迫降在右邊的麥田裏。你呼救吧！」

鍾爲：「增大攻角到失速！」

小約翰將攻角增大，操縱桿開始振動，這是表示飛機即將失速，將完全失去浮力。

鍾爲呼救了：「天風一號，Mayday！Mayday！」

「塔台，天風一號，情況和位置。」

「天風一號，無法維持高度，迫降十九右跑道東南方三英里麥田，要求緊急救援和醫護人員。」

「塔台，天風一號，迫降十九右跑道東南三英里。緊急救援程序啓動，救護車出發。」

飛機上的近地警報器發出了聲響：「地面！地面！」

小約翰向塔台做了最後的通話：「天風一號，三十秒後觸地，感謝一切，Good day！」

然後他轉過頭來看著鍾爲說：「把安全帶再拉緊一點。」

但是鍾爲全神貫注在前面的儀錶上，突然，他大聲地叫起來了：

「我的上帝！我們在爬升了。」

機艙裏充滿了發動機在全力運轉時的高分貝噪音，同時發動機的溫度也增加到危險的地步，但是他聽見了鍾爲的歡呼。小約翰看見了高度計的指標正緩慢地向順時鐘方向移動，他的臉上露出了一個大笑容：「鍾爲，我看天堂的大門還沒來得及爲我們打開，還得等下一次。你要求取消緊急求救吧！」

「天風一號，正在重新取得高度，要求取消緊急求救和重新進場降落。」

「堪薩斯塔台，天風一號，非常高興取消緊急求救，准許重新進場，方向○一○，爬升至兩千五，越過外場座標，進入十九右跑道目視降落航線。」

「天風一號，方向○一○，高度兩千五，十九右跑道目視降落。」

五分鐘後，坎薩斯城國際機場取消了低空風切變警報，「天風一號」到達的時間比上報的飛行計畫所預估的只遲到了十分鐘，但是在這短短的十分鐘，鍾爲和小約翰卻在鬼門關口晃了一趟。

當時在「天風一號」即將墜毀時，鍾爲並沒有感到特別的恐懼，也許是因爲職業道德的關係，他是在全神灌注地在取得風切變的資料和克服所帶來的困難。對即將來到的死亡還沒來得及思考。但是在晚上回到酒店後，想起那在像一條龍似的巨大的閃電所照亮的「下擊雷暴」，而他們仍一頭地飛進去時，鍾爲的全身開始冒冷汗。

他想起了蘇齊媚，她是不是還會再次面對像她上次在九龍街頭所碰到的危險？這些不要命的歹徒可要比風切變更可怕得多。愈想愈擔心，鍾爲就在房裏撥越洋電話給蘇齊媚，但是又想到也許會影響她的工作就不打了。他將筆記型電腦連接上房間裏的網路，決定給蘇齊媚發電郵。但是一接上優德大學的電郵伺服器首先就看到蘇齊媚給他的郵件：

鍾為：

你好嗎？擔心你一個人會不會太勞累了。

昨晚又讀到書上的兩句話，寫得很好，抄給你：

「不要把我當成你生命中豪華宴席上的可樂，歡樂過後，曲終人散。我要是你獨處時，細細品茗的一杯茶，喝到最後一口仍然甘醇。人生幾何，難逢知己。魚雁往返，細數心意。無言結局，灑下淚滴。緣起緣滅，埋葬回憶。」

你會不會覺得我太傷感了？千萬保重。

齊媚

鍾爲在回覆的電郵裏，先是說了這幾天所發生的事，問問她辦案的進展情況，最後才把他心裏想的寫下來：

齊媚：

人在巨大的折騰後才會深思自己的人生和未來要走的路。當小約翰向塔台報告我們還有三十秒鐘就要墜毀時，腦子裏就閃過了我的一生。最後留下的就是你的影像，讓我很遺憾的是當我們之間的那些莫名其妙的疙疙瘩瘩終於說明白後，終場的哨聲就響了。現在已經沒事了，別擔心。

相遇相知相惜，人生能有幾回，寒風細雨，故人來鴻，彌足珍貴，十分感性相隨，心靈相繫最美。思念是世間最遙遠的距離，等待是愛情最久遠的習慣，天會亮，夢會醒，只有相思，無聲無息，無日，無眠的伴著你。

你絕對是雨前的龍井，不是可樂。

我一切都很好，正如小約翰說的，天堂的大門還沒開，所以還進去不了，別替我擔心。反而是我覺得你面對的歹徒要比我面對的風切變更可怕，才真叫人擔心。

鍾為

發完了電郵，合上電腦後，鍾爲正要上床入睡，電話就響了：

「這是鍾爲講話。」

「這是雨前的龍井。」

「哈！我剛剛才發了個電郵給你。」

「是啊！當你剛按下發送鍵，我在萬里之外，又隔了個太平洋的香港就馬上接到了，這還得感謝你們這些科學家呢！」

「你是正好在電腦前是吧？我本來就想給你打電話，但是怕打攪你的工作，怎麼還沒去澳門？」

「還在等康達前的電話。你的事辦得還順利嗎？」

「一切都按計劃在進行，飛機驗收了，過幾天我們連人帶機就會到香港了。」

「三十秒鐘後墜毀也是計畫的一部分嗎？」

「那當然是意外，可是你想想，一個搞風切變的科學家經歷了飛進和飛出風切變是多難得呀！」

「可是你想到了危險嗎？」

「你別爲我擔心，沒有你想像的那麼危險。」

「是嗎？那就當我沒說。我知道我沒有資格爲你擔心。」

「齊媚，你生氣了？我當然很感激你爲我擔心，更感到很溫暖，我已經很久沒有這種感覺了。但是你知道，航空和飛行是我生命的一部分，我對它的反應和行爲有時是憑直覺，而不是理性的選擇。如果不這麼做，我會終身後悔。」

「對不起，鍾爲，這些我都知道，可是我還是忍不住說出口了，你是不是覺得我很自私？」

「當然不會，想當我雨前龍井茶的人絕不可能自私。再說如果你是反過來，拚命勸我往風切變裏鑽，你說我會怎麼想？」

「可是你不能否認，別的教授只要教書，寫論文就行了，只有你鍾大教授才非要把自己推到什麼三十秒後墜毀的牛角尖裏不可，別人會不擔心嗎？」

「啊！別人？是誰？」

「邵冰。」

「是嗎？你問過她？」

「鍾爲，你又在氣我。」

「齊媚，對不起，我是想告訴你，你不能拿一般人的想法去套在每一個人要扮演的角色上。一般人心目中的女警都是爲走失的孩子找媽媽，或是爲媽媽找孩子。你說在香港有多少個女警是持槍在馬路上和省港旗兵開火的？你不也是讓人擔心的嗎？」

「啊！有人爲我擔心？告訴我是誰？」

「保密，不能告訴你。除非你再回去幹你的公關。」

「鍾爲，你不公平，爲什麼我不能知道誰在爲我擔心。還有，我警告過你，你再提我那段不光采的過去，我就不理你了。」

「那好，我會發電郵告訴你是誰。你可以把它存檔，必要時拿出來提醒你那人是誰。」

「反正我是怎麼說都說不過你，你永遠要在嘴裏佔上風，連你的老情人嚴曉珠都是這麼說你。」

「齊媚，真好，連跟你鬥嘴都感到開心。」

「我也是，但是現在是上班時間，不能多談，要不然有好多話想跟你說。我就要你告訴我一件事，你在電郵裏寫的那些話是你心裏的話，還是你編的用來騙女人的？」

「你要不要過來看看，你的話像是把利劍，把一個好男人的心刺破了，正在血流不止。」

「每次跟你說正經的，你就跟我開玩笑，不說了，我要掛電話了。」

「那好，就幾天了，我們見面再談。」

「好了，你明天還要做演講。回程上要小心。」

第二天，小約翰帶著鍾爲出席了在坎薩斯城舉行的全美民航駕駛員協會的年會，鍾爲是大會邀請的主要演講人，他詳細地介紹了將在香港運行的風切變預警系統，它的科學理論基礎和實際的應用。但是演講後與會人提問題時，幾乎所有提問人的興趣都集中在「天風一號」以失速攻角的飛行從風切變裏逃命成功。鍾爲的解釋是各型飛機的飛行手冊中所定的失速攻角是從理論分析或是機翼的風洞實驗結果來定的。爲了保險，它還是比實際的失速攻角小了兩、三度。所以當失速的警報響起時，再增加兩、三度還不會失速，而這兩，三度所增加的浮力，可能就會讓人死裏逃生。當時會場上就有人建議應該把這個經驗寫進「風切變逃生程式」裏。鍾爲對這次的大會很滿意。

兩天後，包博·派屈克從香港來到了坎薩斯城，他是鍾爲聘用的一位很有經驗的駕駛員，曾在英國皇家空軍擔任過戰鬥機飛行員，參加過福克蘭島戰役。接著優德大學機械系的總技術師也到了，鍾爲、小約翰和這兩位由香港來的同事，花了兩整天的時間把「天風一號」和飛機上的氣象儀器驗收好了。他們在飛機的機尾漆上優德大學的校徽和用中、英文漆寫了「優德大學」的字樣。第三天，這三位優德大學的同事向小約翰道別，啓程飛回香港。

飛行驗證的工作隨即開始，做爲一個航空科學家，鍾爲通常會坐在副駕駛員的座位，他面前有一個特別的手提電腦，它和飛機上所有的科學儀器連線，可以隨時監控儀器的輸入和輸出狀況，也可以對資料做初步的處理和分析。

航空科學家決定飛行的路線和高度，而這些決定的根據就是來自這個特別的電腦。電腦裏的操作程式和分析軟體是邵冰根據鍾爲的要求而設計的。除了派屈克和鍾爲以外，機上通常還有邵冰，她是負責所有航空資料獲取的軟體，有一夥人在她指揮下日夜趕工，在「天風一號」到達前完工的。

邵冰在鍾爲的隊伍裏地位愈來愈重要了，不僅是她的技術專業出人頭地，她的管理能力也引起別人的注意。李傲菲現在出差或請假時都是請邵冰代理她，鍾爲也聽說了有校內和校外的單位意圖挖角。他感到特別的驚喜，在小飛機裏上下翻騰的工作環境對邵冰一點都沒影響，這是一般的女孩都不願意去做的。

「天風一號」的來到使「風切變預警系統」的工作進入了新的里程碑。科學研究的假定、推理、分析和結論都可以實地去驗證了，提出的方法也能以實地的演練來做改進。

周圍的人都能感覺到，飛行對鍾爲就像是個孩子拿到一個心愛的玩具，愛不釋手。但是和世界上所有的事一樣，「天風一號」也曾遭遇驚心動魄的時刻。有一次，預警系統指出，在香港東南方的海域上空將有一個大型的「晴空湍流」。這也是一種小尺度的大氣物理現象。在某一種情況下，大氣中的熱能突然轉變爲動能，使局部的大氣產生強烈的亂流。當飛機進入後，雖然不會造成空難，但是強烈的顛簸，尤其是突然喪失高度，往往造成乘客和空服人員受傷。飛行驗證湍流的發生是預報系統的指標之一。

「天風一號」根據預報的時間起飛奔向湍流，一切都很平靜，但是當飛到香港東南方六十五海哩，高度在一萬九千英尺時，聽到一聲巨大的響聲後，平靜的世界瞬間就天翻地覆了。鍾爲首先看見他的筆記型電腦浮起在他眼前，這是零重力場的現象，他明白飛機正在處在「自由落體」的狀態。鍾爲又發現窗外的藍天是在他腳下，而海面則是在飛機的上面，他們是上下顛倒，四腳朝天了。鍾爲向機艙裏大喊一聲：

「把安全帶拉緊了！」

然後迅速地和塔台聯絡，報告有強大的「晴空湍流」出現，以及他們在全球定位系統GPS上顯示的位置。塔台回覆說地面雷達正在追蹤「天風一號」。高度計的指針像是風車似地在急轉著，「天風一號」快速地喪失高度。整架飛機在激烈地震動，鍾爲聽到金屬結構在強大的負荷下所發出的撕裂聲。邵冰和高昂在機艙裏狂呼著。就在此時，近地警報器響起了：「地面！地面！……地面！」。鍾爲明白在幾秒鐘內他們將要墜毀。

鍾爲：「看在上帝的份上，快拉起來吧！」

派屈克很鎮靜地回答：「教授，再稍等片刻。」

以後的數秒鐘過得特別慢，時間像似永恆，已經停止了，但是藍色的大海還是迎面撲來。突然，飛機的震動消失了，鍾爲聽見派屈克大聲喊叫：「防火牆發動機！」

鍾爲把油門操縱桿推到最大，然後用兩手把它緊緊地壓在那。他馬上感到有一股很大的力量把他按住在座椅上。派屈克已將機頭拉起，在進行高G值的爬升。原來是當飛機進入了強大的湍流後，它的流場被破壞，機翼失去了浮力，飛機就像是塊石頭似地往下掉。同時，所有的「控制面」也都失效。當飛機的震動消失時，表示已經脫離了湍流，但是派屈克繼續使「天風一號」向海面俯衝，目的是增加速度使「控制面」更能有效。他在最後的一刻才拉起了機頭，離開海面。這是一個優秀戰鬥機飛行員的看家本領。鍾爲伸出了大姆指對派屈克說：「飛得好！」

鍾爲回頭看看機艙裏的邵冰和高昂，兩個人的臉色蒼白，癱在座椅上。

「你們檢查一下，看看尿褲子沒有，別把飛機給弄髒了。」

他們在珠江河口的天空翱翔，往北看是這條南方的母親河遠遠地和藍天連在一起，夾帶著大量泥沙的河口水體，像是一位貴婦人的胸脯，往南看是浩瀚碧藍的南中國海，擔杆列島像是一串綠色的瑪瑙，掛在貴婦人肉色的胸脯上。

每天任務完成返航時，在太陽消失在海平線下之前，香港的萬家燈火亮了，從遠方望去，「東方之珠」開始閃爍。「天風一號」會先飛到優德大學，從牛尾海方向低空通過，在大操場上的同學們會向這漆著優德大學校徽和字樣的飛機狂舞著雙手，派屈克也會將機翼左右搖擺，在地上和天上的人一片歡呼聲中，「天風一號」呼嘯著掉頭爬升，飛向落地前火紅的大太陽，前方大嶼山的機場在等待他們。

在飛行時，也許和天堂近了一點。鍾爲常想起石莎來，兇手近在眼前，但是還不能捉拿，石莎在天之靈能安息嗎？

「特專組」副組長何族右警官和「港澳行動小組」組長蘇齊媚警官目前手上最大的難題，是如何把一個從來都沒幹過一件好事的「慣犯」林大雄改造成一個替他們幹活的「臥底」。

要爲康達前當「馬伕」，送錢進內地，首先就得把他放了，雖然說可用各種手段監控，但是在那複雜的客觀環境，還要避開康達前的手下，誰都沒有把握林大雄不會就此失蹤而遠走高飛了。但是「特專組」現在沒有任何選擇，林大雄是他們剩下來唯一的線索。何族右決定把他釋放。

林亮把林大雄從赤柱監獄提出來到了九龍警署的重案組。會議室裏坐了不少人，林大雄是警署的常客，在座的人除了一位是陌生人外，差不多他都認識。林亮替他把手銬解下來，叫他坐下。何族右朝那位陌生人點一點頭，陌生人就開始說話：

「林大雄先生，我是司法部，檢察署的高檢察官，這是我的證件。」

說完了就把工作證擺在林大雄面前，上面的照片和眼前的是同一個人，正要把名字看清楚時，工作證就被收回了。

「請問，你就是住在香港，九龍，旺角的林大雄嗎？」

「是。」

「香港檢察署決定對你起訴，控告你謀殺石莎、非法棄屍和非法侵入民宅三項罪名。」

林大雄心裏完全明白，現在香港警方是有求於他，目前只是來嚇唬嚇唬他而已。所以他是胸有成竹，一付毫不在乎的樣子。

「你們清楚得很，人不是我殺的。」

「不錯，兇手是梁童，但是根據香港法律，謀殺案的幫兇也是犯了謀殺罪。梁童已經死了，現在你是唯一的犯罪嫌疑人。」

「那麼幕後的指使人你們就不辦了？」

「你是說周催林和牟亦深？目前還沒有足夠的證據對他們起訴，有的只是你的證詞，因爲是污點證人，你的可信度在法庭上會有問題。」

「什麼時候要過堂？真是倒了八輩子的楣，會判多少年？」

「預謀殺人會判無期徒刑，棄屍罪是七年，還有非法侵入民宅會判三年，全部加起來，我看法官會判你無期和永遠不得假釋。所以你就準備在赤柱監獄終了你的一生吧！」

「太不公平了，人不是我殺的，你們現在把責任全推到我身上，幕後的真凶你們卻讓他逍遙法外。這還有公理嗎？我還有一個老媽，她老了誰去照顧她？」

林大雄頭一次感到事態的嚴重，他簡直不能想像他將從此被關在監獄的高牆內，基本上他是個膽小的人，生活在社會和法律的邊緣，偶爾幹一些小打小鬧的壞事，但是還沒做過傷天害理的事。林大雄突然悲從中來，開始哭起來。何族右突然拍了一下桌子：

「林大雄，你還是個男人嗎？你現在想起你老媽來了，從小到大，你爲她做過什麼事？想起她的時候都是你要她把你從裏頭保你出去。現在想當孝子了，晚了。」

高檢察官又開始說話了，但是他臉上和剛剛一樣，一點表情都沒有：

「林大雄，現在我接到檢察署署長的命令，對你的三個罪名裏頭兩項暫緩起訴，只對你非法侵入民宅的罪行起訴。明天就過堂，公設辯護律師也安排好了，只要你認罪，法官會判你三年，緩刑一年。」

林大雄馬上張大了嘴歡呼起來：

「他媽的！我不用坐牢了，何ＳＩＲ，這都是你安排的？真行啊！」

林大雄發現高檢察官的臉上終於有了表情，那是一股極端的憤怒，他的語氣同他的表情一樣的憤怒：

「林大雄，你聽清楚了，我是說暫緩起訴，不是不起訴。謀殺罪和非法棄屍罪是沒有期限的，任何時候我們都可以對你起訴。我不知道何ＳＩＲ想叫你去幹什麼，我也不想知道。我只知道這是香港特首辦公室交代下來的，只要警方對你替他們幹的事滿意，我們就暫緩。只要他們有一點點不滿意，或是何ＳＩＲ給我一個眼色，我會立刻把你拿下。」

林大雄能深深地感覺到，眼前這位看起來文質彬彬的檢察官是想要置他於死地的。

「林大雄，你這種人渣我看多了，到了最後還是會被關進來。赤柱監獄裏有個十斤重的大腳鐐在等著你，我叫人在上面寫了你的名字。如果你進去了，我向你保證，你剩下的這輩子就得戴著它，不管是白天還是黑夜，吃飯、睡覺、拉屎，或拉尿，你都得戴著它，直到你進棺材。林大雄，你知道我最喜歡的一首歌嗎？歌名叫『總有一天等到你』，我會聽著這首歌等著你這人渣回來。」

第二天上午十點鐘，林大雄走出了東九龍的法院，何族右他們在門口等他。上了一輛掛著深港兩地車牌的小轎車就直奔皇崗口岸。他們以重案組和國安部的特別通行證，沒有停車就進入了深圳市區。一輛深圳警車開道，一行人來到了深圳迎賓館的八號小樓。何族右帶著林大雄進了一樓的會客室。裏頭已經坐滿了一屋子的人。林大雄大吃一驚，他頭一眼就看見他老媽也在座。他趕快走到她面前叫了一聲：「阿母，你怎麼來了？」

但是萬萬沒想到他老媽站起來就給了他一個大耳光，打得他兩眼直冒金星：「阿母，你瘋了！」更沒想到的是他老媽回手過來又在林大雄的另一邊耳光給了一巴掌。他老媽是真的發火了，聽見她厲聲的喊說：「林大雄，你給我跪下！」

何族右走過來用手按住了林大雄的肩膀：「老太太發話要你跪下，你是自己跪呢，還是我來動手。」

林大雄跪下來後老太太也坐下：「大雄，你終於出息了，以前是當個小流氓，幹些小打小鬧的事。現在你會幹大事了，居然會殺人了。」

「阿母，我是冤枉的，人不是我殺的，是梁童幹的。」

「打從老爺子走了後，我就管不了你，你在我面前說過一句真話嗎？你叫我怎麼相信你？你現在說什麼都騙不了我了，送我來這的朱警官都告訴我了。」

張剛副部長走過來把林大雄扶了起來：「林大媽，咱們不是有句話叫『浪子回頭金不換』，我看大雄這次是有決心做個有用的人了。他不是答應了要協助國家完成一個任務了嗎？」

林老太太用手指著林大雄說：「林大雄，我要你對著老爺子在天之靈發下毒誓，你要是爲何ＳＩＲ辦事起了三心二意，你就不得好死。跪下，發誓！」

林大雄又跪了下來，他用潮州話發下他的誓言：

「阿爸，我是你的不孝子大雄，現在阿爸面前發誓，要是我對何ＳＩＲ交代的事有任何三心二意，我就不是阿爸的兒子，出門就叫老天爺拿雷把我劈死。阿爸你聽見了！」

說完了，林大雄悲從中來，開始掉眼淚，全身也在抽著。老太太說：

「起來吧，我還要跟你說一件事。你知道梁童是怎麼死的嗎？朱警官告訴我，因爲他良心發現，向何ＳＩＲ自首，他們就把他給殺了。大雄，你這幾年在外面交了一批狐群狗黨，但是能真心照顧你的就只有你這表哥了。你表哥除了過年過節送東西來，每個月他都會寄點錢給我，你知道是爲什麼嗎？還不就是感激當年老爺子在他們最困難的時候幫了他們。那時候梁童才是個十歲大的孩子。他是個有良心的人。何SIR把梁童的骨灰送回家，還說他答應了梁童要替你大表姨送終。何SIR是菩薩人，大雄，你要聽他的。這些年你在外幹偷雞摸狗的事，你老媽都沒臉見人，出門都是低著頭。大雄，你就替你老媽幹一件好事，讓我在進棺材前能抬起頭來上街走一趟。」

老太太說完這番感性的話後，林大雄放聲地哭出來了，在場的人也為之動容。一位沒受過教育的老太婆，本著她在社會上的經驗說出一番是非分明的訓子之言，大家都對她肅然起敬。

張剛副部長走過來，老太太和她邊上的朱小娟都站了起來，張剛扶著老太太，請她坐下，然後自己也坐在她身邊：「我說林家大媽呀，我還是那句老話，浪子回頭金不換，您大概也看出來了，大雄這次是下了決心，要做好事了。我們都會幫他，尤其是有何警官看著，保證不會再出事了。等大雄立了功，我會親自送獎狀到你們家，您就再也不用低頭走路了。時間不早了，您在這兒會客室休息一刻鐘，我們帶大雄到隔壁會議室見見我們的工作人員後，就送您回香港。」

會議室裏坐滿了特專組的成員，張剛副部長，一點時間都不浪費，馬上進入正題：

「各位請注意，這就是林大雄，就是要為康達前送錢的人。你們的任務除了要保證把錢順利的送到外，還要確保林大雄的安全。同時，在整個過程中，如果發現林大雄有叛變行為，為了我們國家的安全，馬上格殺。」

蘇齊媚沒想到剛剛一分鐘前還在林老太太面前替林大雄說好話呢，現在就在下達格殺他的條件。也許這就是能當上國安部副部長的原因吧。何族右這時也加大了對林大雄的壓力：

「林大雄，張部長說的是國家如何來制裁叛徒。你要是有個三心二意，我老何也會走遍天涯海角把你拿下，交給高檢察官。還有，你也知道水房丟了三百五十萬美金，那是我老何半路上給攔下來的，我完全可以放話說是你和梁童給吞了，你可以想像水房的人會是聽你的還是聽我的。你是知道如果水房對你發出了追殺令，結果是什麼樣。到時候你想死都不讓你死。所以你這回得想好了。」

張副部長又接著說：「林大雄，我們是醜話說在前面。不過我們對你是有信心的，再怎麼樣，你老媽說得再明白不過了，她老人家這一輩子就指望著你這次能立功，她走出大門時能把頭抬起來。她老人家對你有了信心，那我們就更踏實了。話都說完了，快帶你老媽回家吧！」

何族右最後囑咐說：「回去後該幹什麼還是幹什麼，康達前在跟你聯絡前很可能會派人先來向你探路踩點，看看你是不是有問題。一切按我們說的做，蘇齊媚警官的人會一直你身邊。」

何族右的人還是原車把老太太和她兒子送回了香港。特專組的人繼續開會把行動方案又很詳細地討論了一次。不可否認的是他們現在只剩下林大雄和康達前這條線索是有希望的，別的都是模模糊糊的影子，結果會如何都看不出來。當然如果他們的頭號嫌疑犯劉廣昆突然在他們面前出現，那又另當別論了。

在林大雄回家後的一個多星期後，何族右接到蘇齊媚的報告說有水房班的人出現在林大雄家的附近。資訊馬上送到特專組，所有的人才真正的放心，認爲何族右建議的方案終於把林大雄這條線索啓動了。

特專組的全體成員進入了備戰狀態，做爲港澳行動小組負責人的蘇齊媚當然是最大的忙人，二十四小時全天候當班。雖然全心投入工作，但是仍有件事令她時時掛心著，那就是鍾爲和他的「天風一號」。

她時常懷疑著，如果有一天鍾爲面對了必須要選擇她和「天風一號」時，他會要一個大活人還是要一架飛機，還真說不準。

蘇齊媚一想到自己會敗在一架破飛機手裏，就感到不是滋味。但她也明白鍾爲和嚴曉珠第二次分手的主要原因之一，就是他不能放棄他熱愛的工作。然而蘇齊媚告訴自己，如果鍾爲要求她放棄警務工作，她會同意的，也許這就是「愛情」。在那一封電郵裏，鍾爲毫不在意地跟她形容「天風一號」三十秒後觸地的事以來，她才完全地明白鍾為對他熱愛的事業投入而造成生命的脆弱就是他生命的一部分。這是一生一世的，無法改變。那麼她的擔心有什麼意義？

蘇齊媚終於明白這是她一生裏第一次的「戀愛」，第一次把一個男人的生命不知不覺的當成是自己的一部分。

發現有水房幫的人在觀察林大雄後的第四天，有人來把線給接上了。林大雄正在街上的茶餐廳吃他的燒鵝飯，一個人走過來坐在他對面。在香港的小餐館裏，當客人多的時候，老闆會要求客人們「併桌」，就是把不認識的人安排坐在同一個桌子上。

林大雄對這個陌生人狠狠的瞪了一眼：「你瞎眼了，沒看見還有空桌子嗎？」

「狗熊，你不認得我了？我水房的。」

「水房的人多了，你誰呀？」

「康達前找你。」

「那他為什麼不打電話？」

陌生人拿出了手機開始按號碼：「他就坐在我面前。」說完了就把手機交給了林大雄。

「我林大雄，你什麼人？」

「我是康達前，這幾天你都跑到哪裏去了？」

「在等你的電話啊！你不是說有活要我幹嗎？」

「你馬上到澳門來。」

「不行，今晚十二點是我們林家祭祖的時候，已經跟我老媽說好了我一定要到。」

「那明天下午之前到澳門來。」

「我到什麼地方去找你？」

「你到了澳門就知道了。」

「等等，上次講好了，我這次的費用是兩萬加上梁童還欠我的五千。少一塊都不幹。先給一萬五，事完後再給一萬。」

「可以，沒問題。」

「這次你要我把貨送給什麼人，在什麼地方？」

「細節我們見面時告訴你。不要跟任何人說你要到大陸去。就說要到澳門賭場去試試手氣。知道嗎？還有，不要打我手機，有事我會找你。」

水房幫的人看到林大雄在半夜前去了他老媽家祭祖，小小的一間公寓裏還來了不少人。等完事了林大雄回到自己住的地方以後，水房幫的人才撤走。康達前透過水房幫的人傳達給林大雄的指示很快地轉達到港澳行動小組和特專組。一支龐大的國家保衛隊伍開始行動了。

但是他們還沒有發現在背後的一個更大的陰謀活動也正啓動了。

林大雄在離開香港去澳門之前，港澳行動小組內部花了不少的時間反覆地討論是否要在林大雄的身上裝置錄音、通訊和跟蹤器材。一方面是他們對林大雄還是沒有百分之百的信心，另一方面也希望取得康達前對林大雄的即時指示。但是最後還是決定林大雄身上什麼都不戴，一是覺得康達前這位有經驗和優秀的諜報人員一定會有先搜身的舉動，二是覺得如果被發現，不僅林大雄有生命危險，整個調查行動可能都會陷入困境，代價太大了。

何族右特別指出來，根據情況，康達前已經到了澳門的可能性很大，但是特專組在澳門佈下的天羅地網卻沒發現任何蹤跡，那麼，如果他現在人確實就在澳門，若不是天羅地網出了漏洞，就是碰到了真的能人了。如果康達前還沒進澳門，他會在哪裏？他還有另外的基地嗎？雖然線索是啓動了，但是張剛和何族右卻是憂心忡忡。

林大雄在港澳碼頭搭乘渡輪時就發現了頭晚去茶餐廳找他的那位水房幫的人。在一個小時不到的航程中，雖然是坐在一起，但是兩人沒有交談，林大雄是專心在看報。在渡輪靠岸前，水房的人又打了一次手機，然後告訴林大雄他們在天河大酒店替他訂好了房間。

林大雄很強烈地意識到他的每一分鐘都是完全被監視住的。天河大酒店是在澳門市中心眾多酒店中的一個典型「澳門酒店」，它的最大設施不是多個不同的餐廳而是一間很大的夜總會，外加一間很大的三溫暖和按摩場。不像其他一般酒店，它的房間費用是按鐘點計算的。由香港來「度假」的遊客在香港上環港澳碼頭所在的地方可以購買所謂的「套票」，它包括了來回的船票，酒店的鐘點費、三溫暖的鐘點費，甚至「小姐」的鐘點費。

這種酒店也是林大雄常來光顧的地方。爲林大雄定好了的是間豪華房，設備很新也很齊全。林大雄和他的水房「護航」剛坐下來不久，房間的電話就響了，是康達前打來的，說他的助手會馬上過去給他送費用並告訴他送貨的細節。電話剛掛上就有人敲門，進來的是一個人高馬大的男子，從口音可以聽出來他不是當地人，很像是台灣來的。他將一個大信封交給林大雄後才又開口：

「林先生，我是康達前先生的助手，這裏是兩萬五千元港幣，是給您的費用，請在這收據上簽字。」

「不是先付一半，事成後再付另外的一半嗎？」

「是的，因爲這次的行動可能難度較大，加上送的貨數量大，康先生主動將您的費用增加了一倍。總共是五萬，事成後您還會拿到兩萬五。」

「姓康的還算是有良心。」

「但是康先生也要求林先生一定要配合我們的行動紀律，尤其是在安全保證上不能有絲毫的差錯。」

「你們說什麼我就做什麼，不就是了嗎！」

這位臉上沒有表情的陌生人第一次露出了笑容：「很好，現在請林先生把帶來的行李和所有的東西都擺在床上。」

林大雄把他的背包、幾件衣服都放在床上，這位陌生人仔細地檢查了每樣東西，尤其是那個背包和他的皮鞋。

「很好，現在請林先生把上衣和褲子口袋裏的東西放在桌子上。」

這位助手將皮夾子裏的東西做了很詳盡的檢查，連八達通和銀行信用卡都看了又看，摸了又摸。還把一支鋼筆打開在紙上寫了寫。他從口袋裏拿出來一付醫生用的橡膠手套戴上：

「林先生，請把所有的衣服都脫下來，我要對你的身體進行檢查。」

「他媽的，你想幹什麼？康達前可沒說過要做什麼身體檢查。」

「林先生，請你配合，這是爲了大家的安全，確保你身上沒有帶任何電子器材。林先生可以自動配合，我們也可以其他的方式完成目的。」

說完了，他握起林大雄的手，馬上林大雄就知道這手上是有功夫的，以前梁童就曾這樣握過他，再用點力，就能疼得把眼淚給擠出來。就這樣林大雄的全身就被這位助手摸了一遍，包括他的生殖器官和肛門。脫下來的衣服也被仔細的檢查後才穿上。林大雄所有的東西都是自己的，只有那個大背包和那支鋼筆是何族右交給他的。

「要不是看在五萬塊錢的份上，才不受這大驚小怪的折騰。我什麼時候進去？」

「康達前先生會通知你，在此之前就在這裏等，酒店的房錢會有人替你付，任何其他的開銷全可以掛在房間的賬上。有一件事，康先生叫我一定要轉告你，就是從現在開始，你是我們行動的一部分，如果你有任何對我們不利的想法和行動，你的下場要比梁童悲慘好幾倍。我們用一顆子彈結束了他的生命，他一點都沒感到痛苦，但是你的情況會使你希望你沒有來到這世上，同時你的家人也會受到和你一樣的命運，好好地想想吧！」

林大雄頭一次看到這陌生人臉上的笑容不見了，也有一股不寒而慄的感覺。在不到一個星期裏，有三方面的人來用各種殘酷的死法來威脅他，有香港警方，有國安部的，還有康達前和他的心腹。他的命從來沒這麼值錢過。

林大雄又在澳門等了兩天，這兩天他就在天河大酒店裏的夜總會、三溫暖浴場和臥房裏過的昏天黑地的日子。尤其是當他發現「小姐鐘費」也可以掛賬時，更是高興得每次都選擇最高價的「消費」。他覺得花康達前的錢有很大的滿足感。在這期間，林大雄還做了另外一件讓他特別高興的事，就是把那兩萬五千塊港幣存進了滙豐銀行，不是他自己的戶頭而是他老媽的戶頭。這是他有生以來的頭一次。

但是林大雄心裏開始有點不安，何族右和蘇齊媚都告訴他，他們的人會一直在他的身邊，但是自從水房的人出現後就再也沒見到過重案組的人了。雖然心裏在嘀咕著，也只能硬著頭皮走下去。最後林大雄還是沒見到康達前，他是在電話裏接到指示，任務是將一個檔案袋和兩百萬歐元交給劉廣昆。交貨的地點和時間在他進到內地後由劉廣昆直接來通知林大雄，把「中間人」減到最少，增加安全。

林大雄的第一個目的地是珠海市的國際會議中心，在那裏等劉廣昆的指示。同時告訴他在拱北出關後馬上到聯檢大樓對面的大快活餐廳，會有人把歐元交給他。康達前的電話是晚上打的，第二天一大早，那個陌生人來交給林大雄一個大檔案袋和一支內地的手機。他自己的手機在「體檢」後就被收走了。按照何族右告訴他的，他在陌生人面前把檔案袋放進了背包。

按指示，林大雄來到了澳門拱北關外的珠海市，當他一走出聯檢大樓就有一群「野雞車」的司機圍上來。這裏的馬路很寬，很整齊，林大雄一眼就看到對街的「大快活餐廳」，它是屬於香港的連鎖店管理。所以要先挑好東西，交了錢再找位置坐下。

買了杯奶茶坐下來，不一會兒就有一個中年婦人走過來，問他是不是林大雄，然後就交給他一個手提包說是康先生要送給他的。手提包裏頭是五個大小一樣整整齊齊的報紙包，摸起來就像是一疊一疊的鈔票，大概是每一包裏有四十萬歐元。這兩百萬歐元相當於差不多三百萬美元或是兩千四百萬港幣，林大雄做夢都沒碰過這麼多的錢。他有點想入非非，原來這就是何族右和康達前都警告他不要三心二意的真正原因。他把奶茶喝完後，站起來出門想叫個計程車，正好有一輛計程車來到他面前放下了客人，他就上了這輛車。開車的是個滿臉笑容的小夥子，他回過頭來說：「林先生，請上車，要去哪裏？」

林大雄正在納悶，這小子真神了，居然知道他的名字。

「國際會議中心。」

小夥子又說話了：「七號呼叫指揮，二號目標上車，目的地國際會議中心，注意我的尾巴。」

原來他是在對著一個胸前的微型麥克風在說話。一個手機響了，小夥子司機回過頭來，遞了一個響著的手機給林大雄：「林先生，有您的電話。」

「喂，哪一位？」

「何族右，林大雄，一切都順利吧？」

「你怎麼現在才跟我聯絡？我以為你們把我給忘了。」

「我看你是樂不思蜀吧？玩女人又有人買單，多美呀！」

「是何ＳＩＲ說要我該幹什麼就幹什麼，我要是不去找樂子，別人會起疑心了。」

「行了，那你還爲公辛苦了，是嗎？東西交給你了嗎？」

「文件是在澳門就交給我了，錢是剛剛在大快活給我的。」

「文件放進你的背包了嗎？」

「放好了！」

「還給了你什麼？」

「還有一個手機，說是收貨人會用它和我聯絡。」

「告訴我號碼。」

林大雄從手機裏把號碼找到後讀給何族右。

「林大雄你聽好了，下面我要說的是非常重要，沒做好就可能會要你的命。」

「何ＳＩＲ，那你怎麼現在才跟我說，怎麼不在我老媽面前說啊？」

「閉嘴，少囉嗦，知道是誰來向你取貨嗎？」

「就是以前見過的那個姓劉的。」

「太好了！你馬上把我給你的鋼筆給開車的小夥子，他會給你同樣的一支，把它戴在你上衣口袋上。裏頭有一個全球衛星定位器和通訊器，從現在起四十八小時內你所在的地方和說的話我們都知道，這是你的護身符，要一直戴著它。還有，在天河酒店見你的人以前見過嗎？」

「沒有，我感覺他像梁童，身上有工夫。」

「是水房的人還是外地的？」

「說話像是台灣來的。」

「你要注意他，他是個殺手。現在這個手機你留著，但是不要用來打任何電話，只有我或是蘇警官會用它來打電話給你。你想跟我們聯絡就對著鋼筆說話。知道嗎？」

「知道了，何ＳＩＲ，你在哪裏？我覺得心裏有點嘀咕。」

「放心，我們一直在你身邊。」

「我怎麼沒在澳門看見你們？」

「要是給你看見了，我們還是幹警察的嗎？」

開車的小夥子又開口了：「七號呼叫指揮，一分鐘後到達目的地，注意，後方二十米的灰色捷達可能是尾巴。」

「林大雄，你馬上要到了，交貨的地點很可能不是在會議中心，你可能還得到別的地方，但是，一交完貨馬上回香港，絕對不能多停，否則會有生命危險。」何族右說。

「現在是幹什麼都要我的命，太沒勁了。」

「你把你自己的手機交給司機。」

「在天河酒店時就被收走了。」

「啊！糟糕了，你有沒有用那支手機跟我們連絡過？」

何族右想到如果康達前他們查到林大雄和警方有聯繫，那就問題嚴重了。

「應該沒有，從一樓一鳳被你們抓進去後手機就在你們那。最後一次就是你們叫我打給康達前，然後在來澳門前還給我的。這期間除了給老媽打過一次電話外，就沒用過。」

但是何族右還是叫蘇齊媚找人把這部手機的通話記錄查出來。

珠海國際會議中心其實就是個酒店，大廳的右邊是咖啡廳，林大雄提著裝錢的手提袋，找了個角落的位置坐下來叫了杯奶茶。

在澳門交給他的手機響了：「我是劉廣昆，請問哪一位？」

「我是林大雄，我們見過面是吧？」

「沒錯，但是爲了安全，我還需要你回答幾個問題。」

「怎麼每個人都被安全驚嚇住了，要問就問吧！」

「請你把你自己的，還有你父母親的生年月日告訴我。」

林大雄告訴了他，並且還特別說他父母是用的陰曆。

「林大雄，你馬上到九洲港碼頭，坐下一班的船到蛇口，然後到碼頭邊上的南海大酒店大廳等我。清楚了嗎？」

「到九洲港的碼頭坐船去蛇口的南海大酒店，對嗎？」

這是說給他身上那支鋼筆聽的。

珠海和澳門是在珠江河口的西岸，深圳和香港是在東岸，而蛇口是位於深圳特區西北方的深圳灣口，它和香港只有一水之隔遙遙相望。林大雄付過了奶茶的錢，拿著背包和手提袋走出了大門，他叫在門口的服務員給他要一輛計程車。服務員就指著止停在門口的一輛計程車說：「就坐這部計程車。」

一上車，司機就說：「林先生，是要去九洲港嗎？」

林大雄正在想那支鋼筆是真有用的時候，剛給他的手機就響了，打開手機他興奮的說：

「何ＳＩＲ，交貨地點是蛇口的南海大酒店。」

「知道了。聽好了，你看見坐位上有一個背包嗎？」

「看見了，跟你給我的是一模一樣。」

「你現在馬上把兩個背包對換。」

「那文件怎麼辦？」

「別擔心，在你到南海大酒店之前，我們會把它還給你。」

「我明白了，何ＳＩＲ是想看看裏頭的文件，是吧？」

「現在離下一班往蛇口的船還有二十分鐘，你的車子會慢一點開，所以會錯過這班船，你在等下一班時，小心地注意看看周圍有沒有水房的人，或是你以前見過的任何人。

林大雄，南海大酒店也許是交貨地點，也許不是。重要的是你一定要堅持在公共地方，像是酒店大廳，人多的餐館或是購物廣場之類的地方交貨。不管什麼理由，絕對不能到酒店的房間或是飯館的包廂，這些都是兇手殺人的地方。你在交貨前會是絕對的安全，但是交貨後是你最危險的時候，你要馬上脫離現場。說白了就是逃命。別忘了那支鋼筆，有它，我們就在你的身邊。」

林大雄感到從沒有過的恐懼。何族右的聲音又從手機裏傳來：

「林大雄，我答應你老媽還給她一個大活人的兒子，你不能讓我失信給一個老太太。」

林大雄的眼淚掉下來了：「何SIR，你是好人，我不會讓你失望。」

正如何族右說的，林大雄在等船時看見了一個水房幫的人，等上了船又發現另外一個。這兩人一路和林大雄到了蛇口。在走出碼頭前有一個大排檔，裏頭有好幾間小吃店，有一個戴著帽子，圍著圍裙的小夥子對著林大雄露出一臉的笑容說：「先生，要不要來個燒鵝飯，附加青菜和老鴨湯免費。」

林大雄抬頭一看就認出來他是送他去珠海國際會議中心的那位計程車司機，他找個沒人的桌子就坐下來，把背包和手提袋放在桌子下。一碗熱騰騰的老鴨湯馬上就上來了。林大雄正在喝得過癮時就聽見有人在叫著：「請讓一讓，請讓一讓！」

原來是兩個沒穿上衣，滿頭是汗的工人抬著一大片三夾板經過。在他們走過林大雄的桌子時的瞬間，把其他人的視線完全擋住了。當帶笑容的小夥子送來燒鵝飯時，林大雄聽到他說：「背包換過了。」

南海大酒店距離蛇口碼頭很近，走過去只要兩分鐘。林大雄一走進大廳就有一位年輕的女服務員過來：「請問是林先生嗎？櫃檯有您的電話。」

服務員把林大雄帶到櫃檯邊上，手指著櫃檯上的電話說：「拿起來就可以通話，注意鋼筆。」最後一句話說得很小聲。

「我林大雄。」

「怎麼這麼久才到？」電話裏是劉廣昆的聲音。

「錯過一班渡輪，又在大排檔吃了中飯，都要花時間的。」

「燒鵝飯好吃嗎？」

「普普通通，但是老鴨湯還不錯。」林大雄已經感到何族右和康達前的人是在全程監視他了，他的心情很矛盾，又是惶恐，又是安心。

「林大雄，你現在馬上趕到錦繡中華的海景大酒店，馬上出發！」

錦繡中華是深圳市著名的旅遊觀光點和最大的遊樂場，在華僑城的對面。

「等等，海景酒店是在錦繡中華的同一邊還是在對面。」

「計程車司機會知道，快走！」

放下電話後，林大雄才有時間看看大廳裏的人，他希望能看到國安部的人，好讓他安心。但是大廳裏有一半多的人是老外，蛇口是中國海上石油總公司的南海油田基地，他們雇傭的很多外國專家都是住在這間酒店。剛才那位年輕的女服務員爲他開門，她滿臉笑容地說：

「謝謝光臨，請慢走。車上小心。」最後一句話又是說得很小聲。

一走出大門就有一輛計程車開過來，門外的服務員把車門打開，林大雄坐好了後說：「送我去海景大酒店。」

司機一句話都沒說就開車了，林大雄希望這位司機也是國安部的人，也希望何族右給他的手機會響起來。二十分鐘後車子就到了海景酒店。一走進大廳手機是響了，但不是何族右的，是澳門的手機。是劉廣昆在說話：「看見大門外的一輛黑色奧迪車了嗎？坐上去。」

「外邊有好幾輛黑色奧迪，上哪一輛啊？」

「反光鏡上有根紅帶子的。」

林大雄上了車注意到開車的是一個中年人，戴著一付墨鏡，看不見任何臉上的表情。車子一出去就是深南大道，很快地就轉上了高速路的濱海大道，向南開。林大雄問：「老兄，我們要到哪裏去？」

「到了就知道。」

林大雄的恐懼感又來了。

「這不是濱海大道嗎？怎麼朝南開？我們不是要去廣州嗎？」

「你最好是閉嘴。」

林大雄下意識地摸了一下胸前口袋裏的鋼筆，他希望何族右聽到了這些簡短的對話。從那蛇口南海大酒店的女服務員短暫的接觸後，就再也沒有碰到或看見任何國安部的人了。車子在上步路的出口離開了高速路，但是並沒有左轉進入深圳市中心，而是向右轉上了臨平路。車子直奔前方的深港邊檢大樓。但是就在要開上它的專用車道前，開進了一家酒店。林大雄又開口了：「這家富林酒店我來過，他們的三溫暖小姐很漂亮。」

開車的中年男人也開口了：「姓林的，進大廳，在你右邊有一個陶然亭咖啡廳，劉先生在那裏等你。」

走進大廳的正對面是一間西餐廳，叫天安閣，大廳的右邊是住房登記和退房的櫃檯。它的左邊就是陶然亭咖啡廳。林大雄一走進去就看見了劉廣昆和另外一男一女坐在角落的一張桌子。還有一個空位子，大概是留給他的。女的他見過一次，就是他第一次替梁童送錢時來接貨的人。男的他沒見過，看起來文質彬彬。林大雄坐下把裝錢的手提袋放在椅下，並叫了一杯咖啡。他現在非常地緊張，感到呼吸都有點困難，也許咖啡能讓他鎮定一些。劉廣昆並沒有想介紹他的朋友，而直接進入了主題：

「康達前先生好嗎？」

「沒見到他，只通了電話。」

「康先生託你帶來的兩樣東西帶來了嗎？」

林大雄把檔案袋從他的背包裏拿出來。

「這是檔案袋。手提袋裏有兩百萬歐元。這些都是交到我手上的，我沒看過，也沒點過，如果有問題，你得去找康達前。」

劉廣昆把檔案袋交給身邊的男人，他向裏頭的檔案看了一眼，向劉廣昆點點頭後就把文件袋放進他的公事包裏起身就走。此人從頭到尾沒發一言。劉廣昆又把裝錢的手提袋拿上來，取出兩個報紙包放進他自己身邊的小包後，就將剩下的連手提袋一起交給那女的：「你自己留一包，其他的給老廖和老趙一人一包。一路上要小心，在說好的地方等我。」

這女的拿了手提包站起來要走之前，摸摸劉廣昆的臉說：「要看老天爺肯不肯給我們這個緣分了，你也要小心和保重。」

同桌的一男一女連名字都沒有留下就很快地離去，林大雄現在面對著劉廣昆一個人，他想起來何族右對他說的交完貨以後要馬上離開的話，他正想起身時，劉廣昆用很奇怪的眼神注視著他說：「林先生，康達前告訴我他答應你將貨送到後還會再付兩萬五千港幣給您，對吧？」

「對呀！怎麼，他後悔了？要說話不算數了？」

「啊！不！不是，他剛才打電話來叫我先替他付給你，免得你還得跑一趟澳門。錢我已經都帶來了，在房間裏，跟我上去一下，我好交給你。」

說完了，劉廣昆的臉上露出了笑容。林大雄在這麼幾次和他見面中從來沒看到他臉上有過任何表情，現在看見了這第一個滿臉笑容的表情卻讓他渾身發冷，感到背上的寒毛都立起來了。因爲這個笑容是兇手在動手殺人前所露出的表情，充滿了對生命的嘲諷和即將結束它所帶來的的滿足。林大雄想到何族右給他的警告：「不能去酒店房間，趕快逃命。」

林大雄站了起來以他最大的努力做出個笑臉回答：「那太好了。不好意思，我內急，先去方便一下，馬上回來。背包裏有些重要東西請替我看一下。」

不等劉廣昆回答，林大雄就問服務員廁所在哪裏，服務員指了一指大廳的另外一邊。大廳裏正好來了一個旅遊團，很多遊客正等著他們的導遊替他們登記和拿房間的鑰匙。劉廣昆看見林大雄很自然地走進了這群在等待著的遊客中後就再也看不見了。在接近大門時，林大雄突然拔足狂奔衝出了富臨大酒店，背包也不要了。出了酒店大門的右邊是一座步行天橋，過了天橋就是深圳火車站廣場。深圳的三條軌道交通是火車、地鐵和由香港來的九廣鐵路，它們都會在這裏上下大量的乘客，再加上深圳的長途汽車也以此爲終點，所以廣場上永遠都是聚集了很多的人。

劉廣昆坐在富臨大酒店的陶然亭咖啡廳等了快十分鐘了才明白林大雄使了個「金蟬脫殼」之計，丟下了背包，逃之夭夭。等到他叫奧迪車的司機去攔截時，林大雄已經消失在火車站廣場的人群裏。在這世界裏只有兩個「外人」能指認他在接受由台灣來的金錢，其中的一個梁童已經被殺，剩下的一個是林大雄，他必須要求康達前也要把此人除掉。

深圳市迎賓館裏八號小樓的會議室已經改成特專組的指揮中心。裏頭擺了六張擠在一起的辦公桌和一張會議桌。每張桌上都有一台電腦，六位內勤人員正在收集和分析各種資料，並接收各個感應器發出的信號。

會議室一邊的牆是一張中國南方沿海地區的大地圖，覆蓋的地區是從長江口一直到海南島的北部灣。上面用小釘子釘有紅、藍、黃、白四種不同顏色的小旗子，顯然是代表各路人馬所在的不同位置和移動的方向。地圖的旁邊是一張大白板，上面有用不同顏色的筆寫的字樣，提醒將要進行的行動或重要資訊。

白板的另一邊貼了好幾張嫌疑犯或是所謂「目標」的半身照片，這些人是在調查過程中進入了特專組視線的重要人物，照片下面是人名、賦予的代號、在案子裏的角色與彼此之間的關係。這些包括了：劉廣昆（**一號**），解放軍後勤總部，少將；林大雄（**二號**），送款者；孔群山（**三號**），劉廣昆的技術專家，少校；鄭豔虹（**四號**），劉廣昆的二奶；廖本揚（**五號**），飛彈部隊裝備官；趙樹水（**六號**），飛彈基地發射指揮官；奧迪司機（**七號**），退伍軍人，劉廣昆保鏢；札克（**十號**），白俄恐怖分子；阿布都拉・沙拉馬（**八號**），埃及人，伊斯蘭聖戰組織成員；和康達前（**九號**），台灣軍情局情報員。

大地圖對面靠牆是一排各種各樣的電子和通信設備。林大雄身上鋼筆所發出的信號就是由這裏來接收後，再轉送到辦公桌上的相關電腦來處理和存檔。這些設備中最重要的是一台「中央通信系統」，它是用來收發所有的語音和電子信號，同時也將處理後的資訊綜合起來，再用各種不同的方法顯示出來。除了林大雄外，所有的特專組外勤偵查員都配戴了類似的全球定位系統和雙向語音通信系統，此外還配備有微型錄影機，全部的信號通過無線或是衛星傳送到「指揮中心」。指揮員可以在掌握全面的情況下，下達命令。

在「中央通信系統」的旁邊貼了一張半頁大的紙，上面寫著特專組行動人員的通信代號，他們是：何族右（**一號**）；張剛（**二號**）；蘇齊媚（**三號**）；林亮（**四號**）；朱小娟（**五號**）；特專組偵查員（**六號、七號……**）。

在香港九龍警署重案組的會議室裏也有一個和深圳一樣的指揮中心，這兩個中心建立了即時聯網，所有的信息都是共用。事實上兩個中心是彼此的備用中心，其中的一個無法運行時，另一個可以馬上切入。

當國安部的特別專案組移師到深圳後，最重要的是展開調查和收集所有關於劉廣昆的背景和活動。由於要保證不打草驚蛇，調查進行得很困難，但是這個犯罪集團和他們的活動已經逐漸清楚了。

劉廣昆是在大約十年前被台灣軍情局吸收，開始了他叛國的間諜活動，當時他還是個解放軍的中級軍官，由於官階不高，所能取得的情報價值有限，能換來的金錢也只能供他用來玩女人。當時在部隊裏的安全單位也發現了劉廣昆的行爲不對勁，就成立了專案來調查，並且上報了國安部。當案子查清楚後正要逮捕劉廣昆時，國安部介入，硬是把它給壓下來了。因爲他們發現來吸收劉廣昆的是一位台灣軍情局非常高層級的情報員，代號爲「秀才」，他長期在海外活動，已取得了美國籍。

「秀才」第一次接觸劉廣昆時的身分就是「美籍華裔學者」，當時他已經是美國一家知名大學的教授了。爲了「秀才」身分的敏感性，和更重要的未來可利用價值，雖然國安部有足夠的證據，但是還是把案子繼續地壓下來。劉廣昆被調進了後勤部門，就是要保證他拿不到第一手或是重要的「軍事情報」，他交給「秀才」的資料主要是來自「傳達」的消息。同時他的同夥都是已經退伍的軍人，解放軍內部也就沒有積極的干涉。

十年來，劉廣昆已升爲少將，他出賣國家所換來的金錢數量愈來愈大。他開始養起二奶，在境外的銀行開了多個戶頭，累積財富和取得他國的護照，並準備逃亡海外了。他估計目前這件事給他帶來的收入會將他在境外的財富增加一倍，所以準備要收山不幹了。台灣軍情局原本是派「秀才」和他單線聯繫，但是「秀才」到了香港的優德大學做教授後，康達前就成了他的上線。

「秀才」，就是優德大學數學系的吳宗湘教授。

當林大雄離開家搭上去澳門的渡輪時，深圳和香港的指揮中心都進入了緊張時期。整個過程是由何族右擔任總指揮。特專組組長張剛副部長在會議桌前走動著。林大雄行動的總體目標是：第一要取得劉廣昆的行蹤，第二是要影印送給他的檔案而不被發現。何族右的第一件事是安排「調包」，取得了檔案並影印後在蛇口下船時交還給林大雄。第二件事是在可能的「搜身」後將器材（鋼筆和手機）交給林大雄。由於高度有效的通信和定位器材，何族右在林大雄乘坐的車船上和他去的地點預先安排了特專組的人。但是當他離開了蛇口的南海大酒店後，他們再沒有機會作目視跟蹤，林大雄只是成了在電腦螢幕上的一個移動的紅點。偶爾傳來的語音資訊都爲時已晚，無法在現場做安排。特專組的人在林大雄進了富臨大酒店的陶然亭咖啡廳坐下來後，指揮中心才接到：

「九號報告，富臨酒店，目視二號目標進陶然亭咖啡廳。」

但是一分鐘後又聽到：

「九號報告，一號目標出現。重複，一號目標出現。」

馬上整個指揮中心響起一片掌聲和歡呼。張剛輕輕地說了一聲：

「他媽的。終於找到你了。」

「九號報告，三號目標和四號目標加入。」

「指揮呼叫九號，報告位置。」

「九號回答，在陶然亭對面的天安閣西餐廳。」

隔了不到兩分鐘，指揮中心又聽到：

「九號報告，三號目標拿檔案袋離開現場。」

「指揮呼叫十四號，按計劃跟蹤三號目標。」

又隔了兩分鐘，九號的聲音又響了：

「九號報告，四號目標拿起裝錢提袋離開現場。」

「指揮呼叫十三號，按計劃跟蹤四號目標。」

九號幾乎馬上又呼叫了：

「九號報告，二號目標離開陶然亭……二號目標快速脫離現場向火車站廣場方向奔跑。」

指揮中心裏的電腦顯示幕上代表林大雄的紅點開始快速移動。

「指揮呼叫七號，跟上二號目標，注意保護安全。」

九號偵查員的任務是發現劉廣昆，然後觀察和報告目標的一切活動。現在雖然只剩下劉廣昆一個人坐在陶然亭喝茶，但是九號偵查員一點都不敢放鬆，他知道眼前的目標是他們這個案子的頭號嫌疑人。劉廣昆喝完了茶，付完了賬後就把裝錢的小包斜背在肩上，然後把放在桌子下帶輪子的行李箱拿出來，將用來拉箱子的把手桿拉出來，就拉著行李慢慢的走出了富臨大酒店。九號偵查員向指揮中心報告後也跟著走出去。

出了大門，劉廣昆向左轉，經過深圳的海關大樓來到一個人行隧道，過了隧道就是深圳火車站廣場下層的南邊入口。一進火車站廣場，劉廣昆就直奔長途汽車站，在那裏他買了往廣東省海豐市的車票。因爲離開車還有將近一小時的時間，他走進車站邊上的一間餐館叫了一碗牛肉麵和一盤青菜，開始慢慢地吃起來。

「九號報告，一號目標在長途汽車站購買車票，現在餐館用餐。」

爲了不驚動目標，九號偵查員沒有進入餐館，而是在對面的書報攤裏觀察。

劉廣昆告訴服務員他要去一下洗手間，請他看好他的行李箱。但是他並沒有進去洗手間，而是打開邊上的一個小門走出了餐館，消失在火車站廣場的人群中。劉廣昆和林大雄一樣也表演了一齣「金蟬脫殼」。

九號偵查員在劉廣昆起身上廁所五分鐘後也走進了餐館的洗手間，他沒見劉廣昆的蹤影，但是看見了一個通往火車站廣場虛掩著的小門，他知道大事不妙。

「九號緊急報告，一號目標失蹤，可能已進入火車站廣場。」

「指揮呼叫七號，放棄二號目標，立即支援九號。六號、八號、十一號、十二號，迅速進入火車站廣場，搜尋一號目標。」

何族右放下了麥克風：「張部長，情況不對，我現在帶人去火車站廣場。」

張剛點點頭，指一指坐在辦公桌前的小夥子：「小李，帶上槍，你負責何警官的安全。」

何族右帶著十個國安部特專組的偵查員在深圳火車站廣場展開了天翻地覆的地毯式大搜查。

林大雄逃離了劉廣昆後，在火車站廣場的人群中狂奔，他心中想的只有兩件事，一個是劉廣昆和水房幫的人在追殺他；第二是何族右對他說的，一定要在人多的地方。他在廣場人群裏像一隻喪家之犬似的亂竄了好一陣子後出了一身大汗，人也疲憊不堪。他想到了一個地方，林大雄走進廣場上的羅湖商城，在七樓有一間香港人開的丹桂軒餐館，因爲做的菜味道好，又在好地段，所以永遠是客人滿堂。林大雄看看周圍的客人大多是香港過來的，覺得安心多了。

一罐冰凍啤酒和一盤燒鵝飯下肚後，他的緊張心情放鬆了，也能好好地思考下一步要幹什麼。周圍的香港人提醒他應該馬上回到重案組的保護之下，而羅湖商城就是在羅湖關口的邊上。林大雄看清楚周圍沒有可疑的人後，他就付了賬，快步地走到聯檢大樓去過關。深港兩方都啓用了自動檢驗身分證的設備，過關要快多了，到了香港的羅湖，他就用八達通卡進了九廣鐵路的羅湖站。一輛列車正要開出，他趕快跳了上去，找了個座位。列車的下一站是上水，下車的人還不少，突然一個人在窗外走過，把林大雄嚇得開始出冷汗。因爲走過去的不是別人，正是劉廣昆。他下意識地對著胸前口袋上的「鋼筆」說：「我看見劉廣昆。」

林大雄進了香港後，他的「鋼筆」信號就由特專組的港澳行動小組負責接收和處理。馬上他口袋裏的手機就響了：「林大雄，重複你說的。」手機裏是蘇齊媚的聲音。

「我看見劉廣昆了，他是來追殺我的嗎？」

「你在什麼位置？」

「上水火車站。」蘇齊媚在電腦螢幕上證實了他的位置。

「說明劉廣昆的衣著和行李。」

「灰色西裝上衣，黑色長褲，沒有行李，只有一個小包。」

「他向什麼方向走？」

「我看是出站了。」

「好，林大雄，你在九龍塘站下車，在月台上會有幾個軍裝警察，你過去跟他們說你是林大雄，他們會送你到安全的地方。」

重案組的人配合香港新界警署的軍裝警察拿著劉廣昆的照片和服裝描述在上水火車站展開有系統的調查，他們查到了劉廣昆乘坐過的計程車、路邊小店裏看見過他的人，一路追查到了中環碼頭。從那裏又查到他上了離島渡輪去了大嶼山南邊的梅窩，在那裏他住進了一個較爲隱蔽和偏遠的度假屋。

蘇齊媚從移民局在羅湖關口的入境記錄和錄影帶中查到劉廣昆是用通行證進香港的。但是知道他有好幾本外國護照，香港所有的出入境口岸都接到通知和照片，要他們一看見劉廣昆即刻扣住。但是從他在深圳居然能脫離特專組偵查員的監視這件事，蘇齊媚不敢掉以輕心，在這度假屋的週邊布下了層層的天羅地網。她現在就等特專組的一聲令下，就可以拿下劉廣昆了。

特專組的偵查員分別跟蹤劉廣昆的技術專家孔群山和他的二奶鄭豔虹到了廣州。孔群山在廣州把檔案袋裏已經分好的兩部分裝進了兩個不同的信封。不久，偵查員看到退伍了的飛彈部隊裝備官廖本揚和另一位退伍了的飛彈發射指揮官趙樹水來見孔群山，並且各自拿走了一個信封。這兩位退伍了的解放軍軍官並沒有去到放置發射架的地方，他們是去到廣州郊外的兩個存放著發射架部件的倉庫，開始組裝的工作。特專組的命令是繼續監控，一定要找到發射場才動手拿人。

在深圳指揮中心裏，張剛及何族右的心情又輕鬆了，所有的目標又進入了他們的視線，並且被監控起來。他們將檔案袋裏的影本送到北京去給專家們看能不能找出一些相關的資訊。同時也送一份給蘇齊媚，請她轉給鍾爲。北京國安部發來通知，說胡定軍部長將來到深圳聽取他們的彙報。

陳克安從台灣送來的報告由香港的重案組轉到了在深圳的特專組指揮中心。除了他們跟蹤目標的活動情況外，最令人注意的是那位埃及人阿布都拉．沙拉馬和白俄羅斯人札克來到了台北，同行的還有一位持烏克蘭護照的人，可能是位導彈專家。他們和吳宗湘、康達前、羅勞勃，及另兩位軍情局特勤處的特工連續在一個酒店裏開了三天會。但是黃念福沒有出席，似乎連他們來造訪一事都不知情。張剛及何族右都認爲這是很不尋常的。但是也想不出個道理來。實際上，這是那更大陰謀的一部分。

第十章　幕後黑手

何族右買了三個十兩重的金元寶。他請香港警署反黑組組長王培恒和水房幫方面做了預先的安排，把一切的條件先談妥了，然後他們和蘇齊媚一起到澳門去見水房幫的幫主。

這位老大叫葉金松，外表看起來像個六十來歲的人，瘦高個兒，香煙不離嘴。滿口的牙齒都熏黑了。他經營三家餐館和兩家三溫暖浴場。據說在那裏的工作人員都是他一手調教出來的「好手」，水房幫重要的任務都是這些人去執行。

在澳門最大的行業是博彩和休閒，也就是賭場和色情行業。因此這些就很自然地成了黑社會幫派賺錢的管道。但是水房幫卻不去碰這些，他們主要的行業是餐館、武術館和提供保鏢。他們自己雖然不從事走私，但是會爲走私的人提供保鏢。很顯然，水房幫和澳門的主流行業沒有直接的關係，因而和黑白兩道都沒有直接的衝突和矛盾。所以水房幫沒有和其他的幫派「火拼」過，也沒有被警方「圍剿」過，不像別的幫會，水房幫沒有大起大落，多年來他們的成員比較單純，雖然生存在法律的邊緣，但是關進監獄的還是少數。

但是水房幫也有它的弱點，那就是傳統的包袱太大，歷史和前人留下的不論是什麼都得吞下去，有時會付出極高的代價。據說這是開山掌門人留下的幫規，變不得。這位水房的祖師爺以前是上海青幫的一個堂主，在抗戰時期因爲炸毀了日本人運軍火的火車被日本憲兵隊追捕而逃到了澳門，當時在上海的警界有很多青幫分子，後來都成爲國民黨裏的重要人物，他們曾幫助過這位堂主逃亡。所以水房幫一直和國民黨有著絲絲縷縷的關係。康達前和水房幫的關係也是在這種情況下建立的。

水房幫的總堂設在葉金松打理的餐館後面的一間小屋裏。一進房間就看見一張紅木打造的大桌子靠牆擺著，上面供放著兩尊塑像：一尊是水房幫的開山始祖，他也姓葉，長得有點像現在的老大，所以有傳說葉金松是祖師爺的後人，他從來沒承認過，但是也沒否認過。當然這對他的幫會內部向心力和鞏固他個人的權力都有幫助；另一尊像是關公，關老爺。左右兩邊是一幅對聯：「一生忠義」和「除惡揚善」，紅木桌子上有一個新鮮大果盤，前面擺放了香爐和兩支點燃了的紅蠟燭。何族右在中間，王培恒和蘇齊媚一左一右在紅木桌前一字排開，葉金松第一次開口：

「點香！」

一個穿著唐裝，腳踏布鞋的小夥子遞給每人三支香，打火把香點著。何族右雙手高舉著香，三股白色的細煙緩緩上升，他緊閉著兩眼，用深沉的聲音說：

「水房幫祖師爺在上，我何族右，香港特區，九龍警署署長。今天帶著我兄弟和姐妹前來行禮致敬。祖師爺一生忠義，除惡揚善，也曾爲保衛國家抵抗外辱，出生入死。今天我等也正爲國家安全在奮鬥，祈求祖師爺保祐。」

三個人把香插入香爐。葉金松站起來，對著三個人深深的一拜，他說：

「葉某僅代表祖師爺和水房感謝三位的敬意，請坐，上茶。」

等三個扣碗茶杯擺好了，沏上了熱水後，何族右才真正步入了正題：

「葉老大，我何某今天來，除了向祖師爺致敬外，還有就是來向您和水房的弟兄們道歉和陪個不是。」

葉金松：「何ＳＩＲ言重了，我們的老朋友王ＳＩＲ前天來了這裏，把誤會都說清楚了，他也擺了酒席把各堂口的老大找來，把過去的事情擺平了。」

何族右：「這樣太好了，爲了表示誠意，蘇警官帶來了我們的小小不成敬意的東西，還請收下。」

這個動作是很重要的，因爲葉金松完全清楚當時開槍打死和打傷水房幫的警察主要是蘇齊媚的人，因爲她是負責保護梁童的。現在蘇齊媚親自送禮，是有它的意義。蘇齊媚從紙袋裏拿出一個用紅色絨布做的盒子，拿到葉金松面前將蓋子打開，三個金子打的大元寶在燈光下閃閃發光，像是要跳出來似的。

蘇齊媚：「葉老大，這是我們的一點心意，您留下，希望帶給您好運氣。」

她又從袋子裏拿出一個用紅帶子捆住的白紙包：

「葉老大，這是我們重案組的五十萬港幣，請您分給那天死在九龍街頭的水房兄弟們的家人，也許他們的日子會好過一點。」

很少有人見過葉金松的臉上有過任何表情，但是蘇齊媚的話讓他動容了：

「蘇ＳＩＲ，你們的誠意太使我感動了，從今天起，水房和重案組的事就此一筆勾銷。」

說完了，他站了起來，向三位警官深深一拜：

「我葉某代表走了的兄弟向你們道謝了。」葉金松坐下後又繼續說：

「各位請用茶。我和你們的王ＳＩＲ相識已有多年，雖然不能說是生死換命的朋友，但是我們互相尊重，有任何事情在發生前能先通通消息，在發生後也能互相諒解，找個雙方都能接受的解決問題方法。所以這麼多年來，跟所有的幫會比起來，水房是和警方起衝突是最少的。我想這點王ＳＩＲ最清楚了。九龍槍戰是我們水房理虧，但是有我們的兄弟死了，兩天前王ＳＩＲ來找我，我們同意，只要何ＳＩＲ親自來向祖師爺上個香，再擺一個百人宴，這件事就算擺平，以後再也不提了。王ＳＩＲ說百人宴是可以，但是上香的事不行，因爲何ＳＩＲ現在的身分不同了，總不能讓警署署長到總堂口來燒香吧。這我能理解，所以就這麼說好了。今天何ＳＩＲ的誠意讓水房感動，所以我想把整件事的前因後果，我們內部的問題，都說明一下。」

何族右知道這是史無前例的，把幫會內部的問題向警察說明是前所未聞，這一定是跟幫會的存亡相關，是到了生死的關頭了。

原來，水房幫的幫規寫得很清楚，什麼樣的事可以做，什麼樣的事是不可以做的。從一開始，水房幫的幫主就希望有一天他們會變成一個真正的合法組織。所以水房幫十分鼓勵成員們從事合法的行業。梁童的武術館就是個例子。梁童爲人正直，有義氣，在水房幫裏很得大家的敬佩。他當上了水房的武術教練後，除了熱心指導會員們練武健身外，還幫人解決困難。但是水房也有不少像林大雄這樣的小混混，成爲社會的人渣。

由於幫規的限制，水房的財務收入不是很好，但是多年來大家還能安心地討個清苦的生活。周催林和康達前打著與水房在歷史上的老關係走進了水房幫，同時還帶來了大量的金錢，很自然地吸引了水房的一部分人，形成了一個集團。但是水房裏也有另一部份人反對他們。水房幫面臨了真正要分裂的危機。梁童是因爲周催林對他的家人曾有恩，他很不情願地爲周催林和康達前出力，本來只是要竊取一個軟體，但是失手殺了人。事後梁童非常痛苦，他去找了葉老大談了幾次，最後他同意了梁童去自首。梁童還告訴葉老大，替康達前往內地送錢這件事很可能會危及國家的安全，將會給水房幫帶來災難。爲此，葉金松召集各堂口負責人開會，但是就在此時，康達前瞞著葉老大，由一個堂口對梁童發出了追殺令。但是除了幾個水房幫的成員外，追殺梁童的任務是由台灣軍情局的特務和「省港旗兵」執行。

當梁童被台灣特工槍殺後，水房幫內部有人提議將康達前拿下以幫規處置。爲了避免水房幫的瓦解，最後將支持康達前的水房幫成員開除。但是，康達前還是不時打著水房幫的旗子進行他的勾當。葉金松很清楚地告訴香港警方，水房幫和康達前已經劃清界限。

葉金松將水房幫內部的情況說明是有他的目的，當王培恒警官把北京國安部成立「特專組」調查康達前的恐怖活動及何族右擔任副組長和蘇齊媚擔任「港澳行動小組」組長的事說了後，葉金松知道事態的嚴重，康達前很可能會成為毀滅水房幫的人，所以他必須要讓何族右，更重要的是要北京的國安部知道，水房幫已經和康達前和他的恐怖活動劃清了界限。葉金松說：

「我們希望何ＳＩＲ一定要把水房和康達前完全斷絕關係的事實轉告給國安部，並且何ＳＩＲ如果有任何需要我們出力的地方，我們一定會盡力而為。」

何族右：「將水房幫的實情報告給國安部是我的責任，請葉老大放心。說到要助我們一臂之力，我倒是真的有個要求。」

葉金松：「請說。」

何族右：「我們有情報顯示，康達前的黨羽將從東歐，尤其是從前蘇聯獨立出來的小國，走私進口武歡，我希望水房能提供資訊協助我們的調查。我們想知道澳門有哪家進出口公司在最近要從這些國家進口大型機械或是特殊的貨物，在哪一個港口上岸？還有，水房幫成員有沒有在這些港口工作的？」

葉金松：「好的。」

當晚的「百人宴」設於葉金松的餐館，席開十二桌，請了一百名水房幫成員吃好菜喝好酒，賓主盡歡。

當天晚上，葉金松也立即派人送來了何族右要求的資料。澳門一共有六家進出口公司在最近的一個月會從事何族右說的事。其中有一家引起了何族右及蘇齊媚的注意。這家公司叫「澳門建興進出口有限公司」，已經成立有多年，基本是做由東歐國家進口青菜和水果。但是這次卻有一個貨櫃列有完全不同的貨品，注明是「農業機械零件」，出口國家是「白俄羅斯」。

特別令人起疑的，不僅是進口的貨品與多年來該公司的業務不同，同時這家公司的老闆是水房幫的成員，並且與康達前的關係密切。

特專組馬上將這家公司和這個貨櫃及到達的碼頭做爲主要的調查目標。根據資料，目標貨櫃搭載的巴拿馬貨輪是計畫在葵湧的六號碼頭卸貨。蘇齊媚的人在貨輪到達前就佈置好了監控的警力。巴拿馬貨輪按期到達指定的葵湧六號貨櫃碼頭，目標貨櫃被卸下後被放置在碼頭旁邊的貨櫃堆積區等待收貨人來領取。

葵湧貨櫃碼頭的運作很可能是全世界最高度自動化的。所有在六號碼頭上岸和離港的貨櫃都是由「香港國際貨櫃碼頭有限公司」來管理，所有的貨櫃資訊，包括到達的時間和碼頭，貨輪的船名和所屬公司、裝載貨品、原產地、收貨人的完整資料……等等，都是存在這「碼頭公司」的電腦裏。香港海關可以直接和所有的「貨櫃碼頭公司」聯線，取得所有的資料。在海關的配合下，朱小娟扮成了海關裏的資訊技術員，進駐在「香港國際貨櫃碼頭有限公司」，在那裏她發現了有一個業務員和「澳門建興進出口有限公司」的老闆關係密切。

一般當貨輪到達港口時，收貨人就會接到取貨的通知。收貨人在接到通知後需要回覆要在哪一天來取貨，通常貨主會在一兩天內安排貨櫃拖車來運走，因爲多停在碼頭一天，就要多繳納一天的保管費。取貨人和拖車來到指定停車場後，貨櫃就會被運過來送上拖車驗收。貨櫃在一般情況下是用錫封住門閂。收貨人只要是檢查錫封完好就會簽字驗收。到此爲止，除非是在這時候海關來通知要開箱檢查，否則整個貨運過程就算是完成。

由於貨櫃的數量太多，海關只能開箱檢查大約百分之十到十五的貨櫃，而這些要被檢查的是從「電子資料交換系統」裏用隨機方法在當天要出關的貨櫃中選出來。但是朱小娟發現在二十四小時前，電子檔案裏已經把目標貨櫃列爲「免開箱」，她發現很可能是那位可疑的業務員做的手腳。就在取貨的當天，蘇齊媚的人還發現了好幾個行蹤可疑的人在六號碼頭附近徘徊，其中的一個很像是和他們交過手的白俄羅斯人札克。

特專組原來的計畫是跟蹤這個貨櫃，希望能領他們到發射場，同時也不要打草驚蛇，也許還有其他的飛彈要進口。但是可疑分子和札克的出現使特專組改變了主意，決定要開箱檢查。

這次他們不敢掉以輕心，何族右下令飛虎隊全力支援，還有三輛衝鋒車在六號碼頭附近的海關大樓停車場待命。海關人員開箱後看見很多農機設備的部件，但是也發現了兩個有兩米長的木箱，每個箱子裏面是一枚山姆六型地對空導彈。海關馬上逮捕了來收貨的人和拖車的駕駛員，同時要求澳門警方以走私軍火嫌疑犯扣押建興進出口公司的負責人。

當天晚上，國安部請來的解放軍專家和香港警方的軍火專家共同對飛彈進行了檢查，然後有了個驚人的發現：兩枚飛彈都只是模型，彈頭裏沒有炸藥，飛彈裏沒有燃料，也沒有任何的導航和控制系統。只是兩個飛彈殼子。

特專組在深圳馬上召開緊急會議，結論是這兩個空包彈的進口是在掩護真正的飛彈進口，突然出現的白俄羅斯恐怖分子札克也是這行動的一部分。

蘇齊媚和朱小娟立刻又回到葵湧貨櫃碼頭再度查看「電子資料交換系統」的資料，她們發現了另一個可疑的進口貨櫃，它的貨物是「旅行轎車」，出口地是烏克蘭，但是貨物的原產地是日本，進口的公司是香港的「貴材進出口有限公司」。問題是爲什麼香港要捨近求遠從烏克蘭進口一輛日本的旅行轎車？是不是轎車裏還裝了其他的東西？再進一步的細看登記的資料又發現「貴材進出口公司」的負責人正是牟亦深。

貨櫃在到達的當天就被領取了，現在公司關了門，不見人影。蘇齊媚動員了大批警力，密集調查和追蹤。根據被租用的拖車司機，貨櫃是送到在元朗附近的一個貨櫃堆放場，根據那裏的管理員說，客戶馬上就打開了貨櫃卸下一輛旅行車並且把車裏裝的有兩米長的兩個木箱放進他電召來的計程車走了，按規定管理員將計程車的車牌登記了。找到計程車的司機，他說搭乘的客人是在屯門碼頭下車，把兩個木箱分別裝上了「深漁二六七」和「深漁二六八」兩條船上。在香港有不少的漁民將他們的漁船在深圳註冊，這樣他們的船就能在內地的海域捕魚，同時他們又是香港人，可以很方便地進出香港水域，讓他們從事一些「非漁業」的行爲。船老大說，他們被雇來將木箱分別運到北邊的虎門港，和東邊大亞灣的南澳碼頭。

大批的特專組偵查員配合了當地和省廳公安人員布下了天羅地網一定要把飛彈找出來。問題是何時才能找到？會不會一切都太晚了？特專組裏一片愁雲慘霧，蘇齊媚的心情也很壞，但是她還有別的讓她煩惱的事。

特專組企圖攔截飛彈的行動進行得不順利，他們確定了飛彈在廣東省海岸入境，相信是在送往發射場的路途上，捕捉的網已經撒開了，但是還沒有任何結果。唯一能夠說是有把握的，就是這個集團裏的叛國分子已經被牢牢地看住了。特專組之所以還不把他們拿下，就是要看看還有沒有其他的黨羽。

劉廣昆自從住進大嶼山梅窩的度假屋後就很少出來，如果出來了也是在附近的小飯館吃飯或是到小店裏買買東西。他的手機和度假屋裏的電話也被人監聽著，他只和兩個人通過電話，一個是他的二奶鄭豔紅，另一個人是康達前。在他們的通話裏彼此都沒透露所在的地方，但是有一段對話使特專組的人聽了不寒而慄：

康達前：「你不說你在什麼地方，事成後我往哪送另外一半的錢？」

劉廣昆：「到那時我自然會通知你。」

康達前：「你怎麼知道事成了？」

劉廣昆：「哈！我怎麼知道？第二個九一一發生時，全世界的人都會知道。」

這段對話讓特專組的人驚心動魄。

廖本揚和趙樹水的行動倒是很有規律，幾乎每天各自到他們的倉庫裏去組裝發射架，偶爾孔群山也會來看看，三個人會去上個館子。特專組的偵查員不止一次潛入倉庫去確定發射架安裝的進度。另外一個目標鄭豔紅的行動更是簡單而規律，基本上是足不出戶，偶爾出去購物、買衣服。但是進一步的背景調查卻有了驚人的發現。

鄭豔紅在租下她現在住的房子時，曾將她的身分證影印本留在物業管理公司。從戶政單位和派出所提供的資料，特專組發現身分證上鄭豔紅的照片和真正的鄭豔紅不是一個人，真正的鄭豔紅已在三年前因車禍意外身亡。那麼目前他們在監視著的「鄭豔紅」又是何許人也？

何族右將資料傳送給台灣的陳克安，看看他是否能探聽出來此人是誰？陳克安很快地回覆，說此人是台灣軍情局特勤處的情報員，是個有經驗的「殺手」，她直接受康達前的領導。很顯然地她是康達前以「情婦」的身分，放在劉廣昆身邊的一個「釘子」。但是讓張剛及何族右最不能理解和不安的就是，從飛彈發射架開始在廣州的兩個倉庫裏組裝後，就沒有任何人，尤其是劉廣昆和康達前，來關心過。沒有人來看過或是來過電話詢問過。似乎是這兩個發射架和整個恐怖活動沒有關係。這是爲什麼？

特專組追蹤兩個飛彈雖然有進展，但是進度很慢。現在知道從虎門上岸的，是往珠江三角洲方向走了，而在大亞灣上岸的則是向北方去了。已經確認運送車輛的牌照號碼，但是在追到時又換了車輛。特專組還記得清清楚楚飛彈的空包彈一事浪費了他們多少寶貴的時間。說不定發射架又是舊事重演，被偷出的部件足夠組裝三到四個發射架，現在很可能是在其他的地方組裝。否則爲什麼沒人過問呢？時間實在是太緊迫了，特專組決定第二天在廣州收網。

但爲時已晚。

當天晚上，在吃晚飯的時候，特專組的偵查員發現孔群山、廖本揚，和趙樹水又聚在一個商場裏的餐館吃晚飯。偵查員將情況報告：

「九號呼叫，三號目標進入海珠燒烤店。五號和六號目標加入。」

「二號呼叫九號，根據信號，你是在環城中路七八九號，請證實。」

「九號證實。」

「二號呼叫十四號，十七號，十九號，向九號靠近，注意布控。」

三個人開始點菜，不久小菜和啤酒就上來了，三個人開始喝了起來，顯然就是他們三個人吃飯，沒有別人了。就在這時候，打扮亮麗的鄭豔紅正向他們所在的商場走來。

「十九號報告，四號目標進入商場，向海珠燒烤店方向移動。」

「什麼？」張剛及何族右幾乎同時叫了起來。

「二號呼叫七號，報告四號目標情況。」

「七號報告，目標情況沒有變化，停留在屋內。」

「七號注意，立刻進入屋內。」

特專組的七號偵查員馬上快步進入了鄭豔紅所住的公寓樓，飛奔進四號目標的二〇七室，用力敲門。沒人來應門，也聽不見屋內有任何動靜，七號偵查員退後一步，飛起一腳踢開了大門，他頭一眼就看見一個女人躺在地上，腦門上有一個槍孔。他馬上在地上打了一個滾，翻身起來時已經雙手握槍。確定地上的女人不是鄭豔紅，他又檢查了臥室、浴室、廚房和陽台，都不見鄭豔紅。

「七號緊急報告，破門進入目標住所，有一具女屍，四號目標失蹤。」

「七號注意，馬上封鎖現場，等待國安部技術處人員。」

「二號呼叫九號，即刻報告目視四號目標。」

「九號報告，目視四號目標進入燒烤店，手裏拿著裝衣服的袋子。」

原來在頭一天鄭豔紅出門買水果，回來的時候碰到了在社區花園裏掃地的女工，鄭豔紅對她說有兩件不要了的舊衣服想送給她，請她第二天下午四點左右下班後來拿。以前鄭豔紅也送過舊衣服給她，因爲還很新，又正好合身，她很高興。第二天女工準時來了，進屋後就被滅音手槍殺害了。鄭豔紅換上女工的工作服離開現場，沒有被特專組的偵查員看出來。她在公共廁所裏換上了她自己的衣服，手裏拿著一個名牌時裝的衣袋出現在燒烤店裏正在吃飯喝酒的三個男人面前。

「嗨！小鄭，你怎麼也在這？」

鄭豔紅把手裏的衣袋晃了一晃說：

「我是悶得發慌，出來買幾件衣服。經過這裏看見你們，哼！有好吃的也不叫我一聲。」

「我們哪敢呀！老劉會罵死我們的。」

「你們想不想看看我今天可買到精彩的好貨了。」

說完了，鄭豔紅就把手伸進了衣服袋。

就在這同一時間，何族右在深圳迎賓館八號小樓的指揮中心來回地走著，他一直在想著九龍街頭槍戰時，梁童也是被一個台灣軍情局的女殺手擊斃，也是用滅音手槍擊中頭部。突然，何族右回過頭來對張剛大聲的說：「張部長，情況不對，四號目標身上有槍，要馬上收網。」

「二號呼叫全體注意，立刻實施抓捕方案，四號目標身上有槍。」

鄭豔紅的手從購物袋裏抽出來，坐在飯桌邊上的三個男人以爲她是將一件衣服拿出來，但是她手上拿的是一把裝著滅音器的手槍，三個人還沒來得及反應，鄭豔紅就連開三槍。三個男人都是頭部中槍，在他們的身體倒地之前，生命就已經結束了。

九號偵查員是第一個衝進燒烤店的，他雙手握槍，向上鳴槍一響，高呼：「大家臥倒，我是國安部的，鄭豔紅，把槍放下，把手舉起來。」

九號偵查員單膝點地，手槍直指著鄭豔紅：「把槍放下，舉起手來，否則我要開槍了！」

鄭豔紅：「小夥子，別緊張，我現在就放下槍。」

但是鄭豔紅知道，在她射殺她的三個同夥時，這位年輕的偵查員沒有開槍，這讓她了解在他們的逮捕方案中，是打算活捉自己。鄭豔紅持槍的手很慢地往地上移動，在到地之前她突然閃身，瞬間將槍指向這位年輕的偵查員開火，果然不出她的意料，他並沒有開槍還擊，只是身體朝右翻滾，但是鄭豔紅手槍裏的子彈還是找到了目標，只聽見一聲慘叫，人就倒下了。她迅速地向樓梯奔去，但是兩位偵查員也從樓下往上跑來，他們舉著手槍狂呼：「站住，國安部，放下手槍！」

鄭豔紅舉槍開火，但是匆忙中無法瞄準，兩位偵查員臥倒在梯間，手槍還是對準著她。前方的路被擋住，她回頭一看，另外兩位偵查員也舉著槍向她逼近，她的後路也被堵住，唯一的去路是旁邊的洗手間。當她持槍進去時，裏頭的幾個女人尖叫起來。鄭豔紅躲在最裏面的角落，手槍對準了門口。一位偵查員稍微探頭看看，她就是一槍開過去。

「鄭豔紅，投降吧！你沒路可走了。」

她知道這是實話，她的路已經走到頭了。早晚她的子彈會打完，要不然就是催淚彈和震撼手榴彈叫她就範。她拿出了手機：

「康上校，我這次是無路可走了，劉廣昆住在大嶼山，梅窩，碧波園的十二號度假屋。別讓他受苦，我們做了三年的夫妻，他是真心的愛我，到了陰間我還會去找他。」

在她一生的最後時刻，鄭豔紅，這個冷血殺手，還是露出了女人的溫柔。她把手槍的槍管含在嘴裏，用大姆指按下扳機。她的真名是林愛，在人世間活了短短的二十九年。

很顯然，恐怖活動中開始了殺人滅口行動，特專組不知道真正的原因是什麼？也不清楚誰是幕後的主謀。是不是最後的收場行動要開始了？但是飛彈在哪裏？目標在哪裏？張鋼和何族右的心急如焚。

特專組決定暫時還不逮捕劉廣昆的最重要理由是，希望能引出飛彈發射場的位置，其次是希望引出康達前，他不但是恐怖活動的策劃者之一，也是石莎命案的主謀。但在這兩個目的都沒有達到前，就監聽到鄭豔紅臨死前和康達前的通話，特專組研判劉廣昆也是將被滅口的對象，下令港澳行動小組即刻逮捕劉廣昆。蘇齊媚和朱小娟來到梅窩的碧波園度假村時，林亮帶著飛虎隊已經到了，並且都已經進入了位置。他們是在離劉廣昆所在的十二號度假屋五十公尺的地方建立了觀察點，但是重案組和飛虎隊的成員已經把目標圍住了，林亮拿著望遠鏡目不轉睛地盯住了十二號度假屋。蘇齊媚來到他身邊：「我們行動吧！」

「慢點，我覺得不對勁。」

「說，什麼不對勁？」

「我剛到時問值班看守的小李有沒有異常的事，他說一切正常，只有今早應來上工的保安說是突然病了，替班的保安也是個巴基斯坦人，留大鬍子。我去找他，遍尋不著。但是我們目標屋子裏好像卻有個大鬍子的人在走動。你看看。」

蘇齊媚拿起望遠鏡仔細的觀看：「不錯，是有個大鬍子不時從窗口往外看。」

林亮：「還有件事也不對勁。我在這裏看了有一會兒了，只見大鬍子，不見劉廣昆。」

蘇齊媚：「這個可能性就多了。」她還是繼續地從望遠鏡裏看著目標。

林亮：「你再看清楚一點，這個大鬍子像不像我們的一個老朋友？」

蘇齊媚再聚精會神的看了一會，突然，她叫了起來：「是札克，情況不妙，給他打電話。」

林亮拿出手機，按朱小娟遞過來的十二號度假屋電話號碼撥號，只響了兩聲就有人接了：

「找誰？」

「哈，果然是老朋友札克先生，好久不見了。」

「你是什麼人，想幹什麼？」

「你太健忘了，這麼快就忘了在澳門和幾隻野狗爭垃圾的事了。」

「他媽的，原來是你這渾蛋，等我辦完正事後再找你算帳。」

「不用麻煩了，你把姓劉的放出來以後，我們倆再來玩一回，怎麼樣？」

「太晚了，劉廣昆已經休息了。」

林亮向蘇齊媚搖搖頭：「我看劉廣昆凶多吉少，我得想辦法進到屋裏去。」

「不許胡來，按計畫做。」

林亮把手機交給她。蘇齊媚說：「札克先生，我是九龍警署重案組組長蘇齊媚警官，請你馬上舉起雙手，走出來。」

札克把窗子的玻璃打破後，伸出手上的烏茲衝鋒槍向外掃射，馬上在蘇齊媚和林亮前方的地上揚起一條筆直的塵土。

蘇齊媚不敢掉以輕心，馬上下令攻擊，飛虎隊發起了他們的標準強攻，首先強大的MP五衝鋒槍對著十二號度假屋進行了兩分鐘震耳欲聾的火力壓制連續射擊，同時兩個飛虎隊隊員手持防彈盾牌向目標移動，後面緊跟著兩個拿著催淚彈發射槍的隊員，在目標前二十公尺的地方將兩枚催淚彈射進玻璃已經完全破碎了的窗子，馬上屋內就起了白色的濃煙。突然所有的射擊完全停止了，空氣中除了有一股催淚瓦斯的氣味外，還有一份不安的寧靜。擴音器裏揚起了蘇齊媚的聲音：

「札克，你聽清楚了，要想活命，就舉手出來！」

持續了不到一分鐘的無聲沉靜似乎將大氣維持在永恆的凍結，但是一個充滿了死亡和淒涼的嘶喊劃破長空：「阿拉阿卡巴！」（阿拉伯語：上帝是偉大）

跟著是一聲槍響從十二號度假屋傳出來。飛虎隊的隊員形成攻擊陣勢，由防彈盾牌在前，隊員們的槍指向前方，全體向目標度假屋迅速移動，領頭的隊員踢開了大門，有三名隊員進入屋內，兩分鐘後傳來：

「現場安全。」

當蘇齊媚走進度假屋首先看見的是兩具男屍，一個是劉廣昆，他的喉管被切斷，另一個是札克，顯然是吞槍自殺。重案組對現場和兩個男屍身上進行了仔仔細細地搜查，但是沒有發現任何有關飛彈的資料。

特專組除了加強盤查那兩輛載運飛彈的汽車之外，所有的線索都斷了，而瘋狂的殺戮滅口開始了，這是恐怖組織爲了能持續存在所做的典型運作方式，它是最後高潮來臨的前奏。張鋼和何族右同意恐怖分子很可能就要出手了，按目前的情況，他們唯一的選擇就是要求「關閉天空」，不准任何飛機起飛。

蘇齊媚這幾天的心情特別不好，當然這跟工作遇到了困難，沒有進展而時間一點一點的過去有關。

末日隨時都會來臨，她的脾氣變得暴躁，動不動就開口罵人，大家都躲她躲得遠遠的。蘇齊媚自己知道，她是在爲愛情煩惱。自以爲愛情已經遠離她去，一顆心再也激動不起來了，但是鍾爲像一頭野馬似地闖進了她的生活，揮舞著愛情的棒子，將她所有的矜持打得粉碎。

只要一閒下來，蘇齊媚就會思念鍾爲，她能感受到一個男人衝著她排山倒海而來的情意，她會本能地退縮，但是又非常渴望。她也會很理智地問自己，一個離過婚的女警察和一個大學教授會有前途嗎？但是和鍾爲的接觸，不論是相見、相處和那若即若離、有意無意的肌膚相親，都給她無比的喜悅，那份濃情蜜意將她的任何理智思考完全痲醉了。但是和任何一個熱戀中的女人一樣，她渴望著聽到「我愛你」這句千古不朽，愛情裏最崇高的詩句卻沒有出現過。爲什麼？

只有一件事蘇齊媚是確定的，那就是嚴曉珠從沒有離開過鍾爲的生命，這麼多年了，鍾爲仍會不時流露出那份失去了初戀的傷感，是他不想揮去，還是這份感情已經成爲他生命的一部分了。蘇齊媚在一時衝動下，曾對鍾爲說她不在意被人當成是嚴曉珠，但是鍾爲應該知道，沒有女人會願意當另一個女人的代替品。

「天風一號」的出現，使蘇齊媚更明白爲什麼鍾爲是一個優秀的教授和一位受人尊敬的科學工作者。不僅是他對工作的熱愛和投入，而是他能看清楚這些工作對文明的意義和對社會帶來的進步。所以圍繞著他的人也和他一樣義無反顧地投入了他們的科學事業中。

當鍾爲告訴她在飛行中所碰到「三十秒觸地」的事，是那麼地輕描淡寫，不僅對三十秒後就將來臨的死亡漫不經心，似乎還有一份期待。

蘇齊媚在她生命中最低潮的時候，也曾想過找一個轟轟烈烈的機會擁抱死亡，從那死死地纏住她，不肯離去也揮不走的傷感裏解脫。鍾爲也是這樣嗎？他將很多發生在他身上的事都說了，但是卻很少談他的內心，他還是把自己包得緊緊的，別人一點都無法進去。自己鼓足了勇氣又開始戀愛，但是卻讓她一頭碰上了這樣的男人。

桌上的電腦以語音提醒蘇齊媚，她有封來自鍾爲電子郵件：

齊媚：

你好嗎？你知道我們有多久沒聯繫了？你是如何的感覺？我的感覺是我們之間出現了一個接近於零的分母。不明白是吧？回想一下你中學的數學課，一個有限數被零一除就等於無窮大，被接近於零的數除就會等於很大。看起來，這個討厭的分母是你我忙碌的工作。

空下來的時候很想念你，特別是擔心你工作上的危險。前兩天在報上看到你們重案組在梅窩和罪犯開火，為什麼這種事非要你大組長提槍上陣呢？真不懂。是不是追查飛彈的事不很順利？別著急，壞人鬥不過警察，這是天經地義的，否則不就天下大亂了嗎？

好了，說些開心的事吧！我們的風切變項目進行得非常順利，主要是因為飛行驗證的結果很令人滿意，香港政府要求我們馬上在機場試用，雖然在合同裏沒有這樣的安排，但是評審委員會強烈的建議，同時如果試用結果良好，也能當成是驗收的一部分，香港政府答應負擔起所有增加的費用，所以我也就同意了。

我們的專案辦公室已經搬到機場的塔台，就在它的航空管制中心下面一層，我們的預警資料現在直接連接到塔台航管人員面前的電腦，他們可以在第一時間將資訊轉告給航班的機組。同時我們上下「天風一號」也方便多了。

你知道嗎？派屈克除了是個非常優秀的飛行員之外，他也是個性情中人，我們很談得來，和他在天空中翻騰很開心。

他告訴我他在福克蘭島保衛戰中，當他滿載炸彈飛向阿根廷軍艦時，得使出渾身解數，上下左右翻騰，就是要躲避追著他射擊的防空炮火。但是在最後要投下炸彈前的十秒鐘，必須穩定地飛行向敵人的軍艦俯衝，才能瞄準投彈，命中目標。但是這十秒鐘也是敵人射手能要他命的時刻，為了讓自己在槍林彈雨裏繃得緊緊的神經放鬆，派屈克會在這面臨著死神的關鍵時刻，在機艙中播放他喜愛的一首音樂，他就不再想別的事全神貫注在眼前的目標。說完了他就按下播放鍵，「天風一號」機艙裏頓時充滿了我曾最熟悉的歌聲：

Oh，my love，my darling，I've hungered for your touch a long，lonely time.
And time goes by so slowly and time can do so much，are you still mine？

他說當他陷入失戀的困境時，就是靠著這首歌挺過來的。我把我從前那段無奈的故事告訴他。派屈克好奇地問我這麼多年來的獨身和這首歌有關嗎？「天風一號」在藍天下盤旋著，但是我找不出答案。派屈克一定要我也拿一首音樂的錄音帶放在機艙裏，他說如果有一天我們走到人生的盡頭時，應該聽著喜愛的歌聲，想著心愛的人，心平氣和地走。今天當我們從牛尾海飛越優德大學時，我把選好的歌放給他聽：

也許我告別將不再回來，你是否理解？你是否明白？
也許我倒下將不再起來，你是否還要永久的期待？
如果是這樣，你不要悲哀，
共和國的旗幟上有我們血染的風采
也許我的眼睛再不能睜開，你是否理解我沉默的情懷？
也許我長眠再不能醒來，你是否相信我化作了山脈？
如果是這樣，你不要悲哀，
共和國的土壤裏有我們付出的愛！

在飛向大嶼山的途中我將這首「血染的風采」歌詞和背景故事講給派屈克聽，也許是因為他當過軍人，曾在戰場上殺戮過，他能理解，所以竟然說出了很有哲理的話：

「這位殘廢了的軍人才是真正的勇士。不把痛苦帶給心愛的人有時需要更大的勇氣。」

有人說，失戀過的人也是殘廢的人，只能給別人帶來痛苦，齊媚，你相信嗎？

多加小心！

鍾為

每次蘇齊媚接到鍾爲的信時，總是十分高興，一方面是鍾爲的文筆好，另一方面是鍾爲會說話，讓人開心。但是今天不知爲什麼，蘇齊媚開始掉眼淚，最後乾脆放聲大哭起來，把朱小娟給嚇壞了，問蘇齊媚爲什麼哭，回答說不知道，就是想哭。朱小娟說一定是鍾爲惹的禍，就要打電話給他，可是蘇齊媚死活不讓，說是跟他沒關係。朱小娟只好死勸活勸地哄她。最後說了句：「我都快變成你媽了。」

這才把蘇齊媚給逗笑了。快下班的時候，蘇齊媚打電話給邵冰：「喂，我是蘇齊媚。」

「啊！蘇大警官，有何指教？」

「你現在哪裏？」

「我剛剛到家，怎麼，你是要來逮捕我？」

「你犯法了嗎？」

「騷擾女警官的心上人算不算犯法？」

「是不是鍾爲在你那？」

「報告警官，非常遺憾，本姑娘今晚要度過孤獨的一夜。」

「那你等著，我去找你。」

「你是真的要來逮捕我?那我要叫律師來了。」

「我是有私事找你。」

「警察找我有私事?不會吧？」

其實蘇齊媚發現自己還是很喜歡邵冰，除了有時流露出富家女那份嬌生慣養和遊戲人間的態度外，她是個非常善良的人。心直口快，絲毫不隱藏自己的感情，赤裸裸地讓人受不了。在調查石莎命案的開始，蘇齊媚還曾懷疑過邵冰，就因爲她是被害人的「情敵」。但是後來才發現，她們愛同一個男人，一點都沒有影響這兩個女人間友誼的真誠。當鍾爲對蘇齊媚有了那份特殊的關懷後，邵冰並沒有真正的「敵意」，只是多了一份調侃和戲謔。曾不止一次，當著蘇齊媚的面前說鍾爲是老男人，只會有老女人才會死心塌地愛他。說的人和聽的人都沒有惡意，慢慢地蘇齊媚也被她吸引住。她覺得邵冰對她很好，只是每次都要在嘴巴上佔便宜，有時會罵回去，邵冰也不在意。

「蘇齊媚，你臉色難看，要不要叫我的老闆來騷擾你一下，保證立即見效。」

「邵冰，你能不能在以後的十分鐘裏停止開玩笑，憋不死你。」

「行，那讓我給你倒杯水。看樣子你是真有嚴重的問題。」

蘇齊媚把邵冰倒給她的冰水一口氣喝完，再把杯子添滿後，邵冰把水瓶留在桌上。

「蘇齊媚，你慢慢喝，這一瓶完了，冰箱裏還有。警官小姐，喝水不用拚命。」

「邵冰，我都快煩得要發瘋了，我想大哭一場。」

說完了眼圈就紅了，邵冰正想說兩句奚落她的話，蘇齊媚的眼淚就掉下來了。在邵冰的眼裏蘇齊媚是那種凶巴巴，提著槍殺壞人連眼睛都不眨一下，威風凜凜的警察。可現在眼前卻變成了淚如雨下，哭哭啼啼的弱女子。這是怎麼回事？邵冰移身坐到蘇齊媚旁邊，把她抱住了，她馬上就緊緊地摟住邵冰，然後就放聲大哭起來，這下把邵冰嚇壞了，拚命問是怎麼回事，要不要打電話把鍾爲找來，可是一提鍾爲的名字，蘇齊媚就放聲哭得更慘。邵冰看著看著也跟蘇齊媚一起哭了，兩個女人抱頭哭得天昏地暗。過了好一會蘇齊媚把邵冰推開：

「人家傷心，你也來湊熱鬧，是不是取笑我？」

「我是看你哭得那麼傷心，就忍不住也哭了。你到底是出了什麼事？」

「我下午在辦公室就已經大哭了一場，差點沒把朱小娟嚇死，可是我想說的朱小娟不會明白，所以我才來找你談。你和他有親密關係，你會懂得我要說的。」

「他是誰？」

「別跟我裝糊塗，我當然是在說鍾爲了。邵冰，我想喝酒，家裏有酒嗎？」

「鍾爲說你是不喝酒的。」

「我是在他面前裝的，在英國時，我天天喝酒。別跟我小氣，把你最好的酒拿出來。」

邵冰拿出一瓶紅葡萄酒和兩個酒杯，一人倒了一杯。

「我說蘇齊媚啊，如果你是爲了那個老男人哭得這麼傷心，我勸你還是去找個年輕的帥哥，一定要四肢發達，大腦退化的，保證你馬上會把老男人給忘了。」

「我也希望會這麼簡單。你別忘了，我還做過帥哥老外的老婆呢，結果呢？」

「我想你是很容易被男人給迷住的人。」

「哎，我說蘇大警官，你是來騙酒喝還是來跟我鬥嘴的？」

「你不也是嗎？」

「都不是，我是來求救的。」

「好，你先說爲什麼哭得怪嚇人的？」

「就是心煩，又無處發洩。」

「所以就來找我發洩，是不是？真是夠朋友。」

「別跟我鬥嘴行不行，給一點同情心吧！」

「那你就說呀！」

「兩件煩心的事，一是案子一點進展都沒有，二是你的老闆，他最近好像是變了，煩死人了。」

「案子的事我幫不上忙，但是鍾爲做了什麼讓你煩心了？」

「你知道你們的天風一號在美國碰上了風切變的事？」

「鍾爲對我們說了，在坎薩斯城降落時遇了到下擊雷暴。」

「他有沒有說三十秒後墜毀的事？」

「有，他說那是飛行員小約翰向塔台報告，怪嚇人的。」

「鍾爲跟我說的時候，特別提到在做風切變研究的科學家裏，他可能是唯一真正飛進了下擊雷暴的人。他說的時候好像是很盼望它的發生，絲毫沒想到安全和即將面臨的死亡。你不覺得奇怪嗎？」

「你這麼一說，我也覺得奇怪。不過他在平常和大家談天時也會說起生命和死亡，但是他沒有給人是在盼望死亡來臨的印象。」

「你有沒有感覺到他最近的心態和談話和以前不同？」

「我沒注意到有什麼不同，但是我們有很多時間都是在天空裏上下折騰，沒有時間談心裏想的事。」

「那他和派屈克都談些什麼？」

「都是些飛行的話題。噢！對了，鍾爲把案子的大概情況告訴了派屈克，好幾次他還要求派屈克講些在福克蘭島戰役中是如何的逃避防空飛彈的故事。因爲現在案子裏也有這一層的關係了。」

「你看，連跟案子有關的事他都不跟我談了，我能不煩嗎？」

「你知道爲什麼嗎？在鍾爲的眼裏你已經不是警察，是愛人了。」

「胡說，他從來沒有說過他愛我，只說我長得像他初戀的情人。」

「你是真糊塗還是裝糊塗？你敢說你一點感覺都沒有？」

「有時候他的情意會排山倒海似地撲面而來，讓人招架不住。」

「那你還不承認你們是情人了？」

蘇齊媚沉默不語，又把面前的酒杯倒滿，她聽見邵冰說：

「你知道嗎？你和我都是在香港長大的，這是個非常現實，非常商業化的環境，一切都要說清楚，講明白。包括愛情在內，男人愛女人就是要赤裸裸地說；我愛你。但是鍾爲是從另外一個環境長大，說不明白的感受才是最高的境界。」

「那好，就不談我這個笨女人，我們說鍾爲，他爲什麼突然起了想離開這世界的念頭。」

「我要告訴你兩件事，但是如果你不能保密，我會殺了你。」

「你不能殺我，那是犯法的，我會逮捕你。但是我保證一定會保密。」

「鍾爲常說，如果人能在他事業達到巔峰時離開世界，將能爲其他人留下最好的記憶。三十秒墜毀是不是他想像中的巔峰？在他最近的談話裏，我是有這個感覺，你一提，我覺得很可怕。我們需要去改變他的心態。」

「邵冰，所以你同意我的感覺，鍾爲在找他轟轟烈烈的離去之路。」

「蘇齊媚，是的，我現在同意。第二件事更是嚴重。他最近告訴我，石莎的死和將要發生的恐怖事件都是因爲他的錯誤所造成的。他說他不應當拒絕周催林和牟亦深對ＭＴＳＰ軟體的要求。他要負責任，更不能再讓無辜的人受害。」

「完全不通，這是犯罪行爲，怎麼會是他的責任？想法簡直是幼稚！」

「可是他不這麼想。他一向非常歡迎同事和學生使用他的研究成果，不過周催林不配做他的同事，所以才不想把研究成果給他。但是現在他改口覺得優德大學既然聘用了周催林，他就是同事。我可以感覺到他自我責備的心態。」

「那你爲什麼不把事情跟他說明白？」

「蘇齊媚，你對鍾爲也有所認識了，你說他會聽我的嗎？這種事他現在只會聽一個人的話。」

「誰？」

「就是你蘇齊媚。」

「邵冰，這都是什麼時候了，你還拿我尋開心。」

「我是巴不得要找機會來尋你的開心，可是我會拿鍾爲的生命來尋你的開心嗎？要說對他的關心，我付出的不會比你少。我的問題是我的命沒你的好。」

說完了，邵冰的眼圈就紅了。蘇齊媚趕快緊緊握住她的手：

「對不起，是我說錯了話。」

「我不是在怪你，我是想起我的感情生活爲什麼就這麼不順心。有那麼多的好男人追我，可我偏偏愛上了石莎的心上人，她走了以後，我滿心以爲我就是鍾爲的情人了，誰會想到又跑出個女警察來。結果還是落空了。」

「我剛剛不是跟你說了嗎，鍾爲從來沒有對我說過他愛我的話。」

「他曾不止一次地告訴過我他愛上了你，但是他很害怕。」

「他怕什麼？怕我把他吃了不成？」

「他是害怕他自己會下意識地把你當成嚴曉珠，這樣對你不公平。」

「我已經告訴他了，我不在意他把我當成嚴曉珠。」

「鍾爲是活在另一個世界的人，有時候會固執己見到不可理喻的地步。」

蘇齊媚和邵冰有好一陣子沉默不語，兩人把一瓶酒喝完了，又打開了第二瓶酒。

「石莎在生前曾說過，鍾爲是一位很有成就的科學家和教授，但是在感情生活裏卻是一敗塗地，帶給他無比的痛苦。三十多年裏，從一個十幾歲的孩子到四十多歲的中年人，他只有過一個戀人。而嚴曉珠爲了自私的理由，兩次背叛了鍾爲。石莎的出現，重新點燃了鍾爲生命裏已熄滅多年的感情火焰，蘇齊媚，你應該讓這把火繼續燃燒，不能再讓它滅了。」

「可是每當我感到鍾爲靠近了，他又會退回去。」

「是石莎那份不食人間煙火的靈氣吸引住了鍾爲。當他發現你的真實氣質正是他期望已久但卻在青梅竹馬戀人身上找不到的，他一定會慎重地考慮對你的感情會不會傷害到你。然而對感情強烈的渴望，不但無法消除可能失去你的恐懼，同時還會加強他行動的決心。」

「沒想到鍾爲的生命裏會有如此痛苦的一面。」

「石莎有一次對我說，鍾爲老骨董式的愛情觀，讓他情重如山。所以當青梅竹馬的戀人在三十年中背叛了他兩次，他就被傷害得成了感情上的殘疾人。他只能靠著對工作的熱愛，找到活下去的意義。就在石莎被謀殺之前，她對我說，她終於把鍾爲這個感情的殘疾人恢復健康了。」

「按一般的情理，鍾爲是應該恨嚴曉珠的。」

「石莎也是這麼認爲，但是就因爲那份愛情，他留著一絲有一天倆人還會重逢的希望，所以硬是把仇恨壓下去了。但是在嚴曉珠第二次離他而去，這一絲希望破滅之後，恨意終於出現。所以你第一次見到鍾爲時，他對你不是充滿了敵意嗎？」

「邵冰，你說鍾爲是不是也恨我了？」

「你是不是也把蘇齊媚和嚴曉珠混在一塊了？鍾爲由愛而產生的關心是對著蘇齊媚，不是嚴曉珠，就是這份關心讓他感到是因爲他不肯將ＭＴＳＰ軟體交給周催林和牟亦深，才讓蘇齊媚走上了要在槍林彈雨中破案的路程。鍾爲現在是千方百計，包括寧願用他自己的生命做爲破案工具，來換取蘇齊媚不會被傷害的保證。」

「可是鍾爲應該知道這是我的職責，我是幹這一行的。」

「他當然知道，但是這是他在感情上的決定，不是能用理性來解釋的。有一點你是可以想像的，鍾爲的第一個戀人背叛了他兩次，然後事隔三十多年，才又重新開始走上愛情之路，愛人就被殺害。如果你蘇齊媚再有個什麼的，你說他能不發瘋嗎？」

「那我們該怎麼辦？」

「不是我們，是你該怎麼辦。你想用言語來說服他是沒有用的，你鬥不過他的口才。你要讓他體會到，只有用他的智慧來幫助你破案，才會帶給你快樂。如果他把自己當成了破案的工具，他將會帶給關愛他的人永遠的悲傷。」

蘇齊媚不說話，低著頭，不看邵冰，大口地喝酒。邵冰又開口了：「你還記得在孟公屋，石莎住的地方有一張她穿著紅色比基尼泳裝的照片嗎？」

「當然記得，是一張又漂亮又性感的照片。」

「那是她和鍾爲在浪茄灣的沙灘照的，石莎告訴我，那天晚上鍾爲經歷了非常激烈的內心交戰，但仍無法抗拒石莎使出的渾身解數，他留下了。從那一刻起，石莎將鍾爲從殘疾人恢復成正常人。石莎能做，你也能做啊！」

蘇齊媚的臉漲得通紅，是不勝酒力，還是有難言之隱？她說：「鍾爲不會碰我的。」

「爲什麼？你不會是打著道德的旗幟而否定了自己感情的那種人吧？鍾爲曾說過，有一次你們兩人單獨在石莎的臥室，他很想向你表示愛意，但是你比冰還冷。」

「我絕不是那種人，好幾次我都明說帶暗示地告訴他我投降了，整個人都是他的，但是到最後的時刻他還是停住了，告訴你，鍾爲還沒有吻過我。我想是我有什麼毛病吧！你是不是覺得我很可憐？送給他，他都不要。」

「不是的，我相信是他不想傷害你，你有過破碎的婚姻，別看你是個警察，鍾爲一定是覺得你在感情上是一碰就破的那種人。不過我覺得問題還是在你身上，爲什麼不採取主動呢？這麼好的男人你不好好把握，還在等什麼？鍾爲可是個又溫柔又體貼的男人，還有，別忘了你是嚴曉珠的化身，那可是讓他夢寐以求的女人。」

「別再提她，我就不明白她有什麼魔力迷住了鍾爲，而我這個化身他卻連碰都不碰一下。邵冰，鍾爲再三告訴我，你是他最得力的助手，你們朝夕相處，我看得出來你很愛他，他也很關心你。」

「蘇齊媚，我和你不一樣，我心裏想什麼都會赤裸裸地說出來。不錯，我愛鍾爲，我也能用我的青春和熱情吸引住他的身體，但是我抓不住他的心。我是個半路出家的電腦工程師，做夢都不敢想會有出人頭地的一天。但是這兩年，我從他那學了很多，也有了成就，所以我很感激他。前一陣子有公司想聘我，薪水加一倍，我把聘書拿給鍾爲，他什麼都不說，只是請我去吃喝玩樂，要做什麼都行。一直折騰到天亮，他才開口說，請我不要走。其實我一點要走的意思都沒有，只是他心裏有愧疚。但只要他開口說要我永遠做他的好同事，我就心滿意足了。鍾爲什麼都好，我那麼多的男朋友裏，沒有一個能比得上他的溫柔和才氣，唯一不滿意的就是他太老了，所以還是你去嫁給他吧，我只想當他的情人。」

「我真的很羨慕你能當他的紅粉知己，我什麼都不是，只能當人家的代替品。邵冰，我想我是喝醉了，今晚就睡在這行嗎？」

「太好了，我這輩子還沒跟警察同過床。」

美國負責國家安全和收集情報的單位，包括國土安全部、中央情報局、聯邦調查局和駐外的使領館相繼接到情報，指明恐怖組織將要對美國在海外的設施、公民及與美國有關的團體發動大規模攻擊。

雖然沒有更進一步的情報，他們研判可能發生的地點是在歐洲，那裏有大量的美國設施、財產和公民，同時那裏的安全措施也相對較爲放鬆。於是美國政府在那裏投入了大量的人力和財力，要找出恐怖活動的目標、地點和發生的時間。由於民航班機是可能性很高的目標，美國聯邦航空總署很自然地成爲反恐行動的重要成員。

當「天風一號」載著鍾爲和派屈克沿著北極圈的南部邊緣飛渡太平洋時，聯合航空公司的資深機長小約翰・福特向公司的飛行任務組要求，他的下一次的飛行航班目的地是到華盛頓首府。

在那裏他約見了聯邦航空總署負責安全的副署長，小約翰是美國最大航空公司的資深機長，又是全美民航駕駛員協會選出來的主席，他到了聯邦航空總署，所有的門都會爲他打開。

在副署長面前他提出了鍾爲的請求，要求美國政府向台灣當局施加壓力，不要將飛越台灣航空管制區的航班飛行情況資訊、該地區的航空氣象及任何相關資料提供給台獨激進分子。當然，小約翰也將鍾爲告訴他的背景資料一五一十地做了報告。小約翰被安排在當天下午出席在白宮召開的緊急會議，進行報告之後，中央情報局負責人對阿布都拉・沙拉馬的身分非常感興趣，馬上透過越洋電話讓小約翰聯絡上了鍾爲，鍾爲又聯絡上了台灣的陳克安，三十分鐘後，包括了涉案人的數位影像和他們的活動和背景介紹就從網路上傳過來了。

參與緊急會議的人一致認爲，這是他們在所有反恐行動裏取得的最有價值和具體的情報。會議結束後不久，透過白宮和中南海之間的熱線，中國與美國的最高領導人在電話裏就整個案情進行了溝通。

美方要求中方協助阻止恐怖事件發生，中方強調絕不允許任何恐怖活動在中國境內發生。最後雙方同意，在任何情況下絕不對恐怖分子做任何讓步，也不讓恐怖分子達到任何目的。電話會議結束後不久，國安部部長胡定軍就接到重要指示，並搭乘最近的班機飛到了深圳。

在此同時，美國政府設在台灣的非正式組織「美國在台協會」接到了緊急通知和行動指示。美方代表馬上以電話通知台北的外交部，要求會見台灣總統。同樣地，台灣駐美國的外交機構「駐美國台北經濟文化代表處」也接到美方通知，要求其負責人馬上與美國國務院負責亞洲事務的副國務卿見面。

從那時以後的五個小時內，台灣的情治單位將在台灣活躍的台獨激進分子以「進行非法活動」的名義逮捕。但還是有人走漏了消息，黃念福、康達前和羅勞勃都事先脫逃了，最令人失望的是當時還在台灣滯留的阿布都拉．沙拉馬也沒有抓到。美方反恐人員感到非常失望，更懷疑是不是台灣當局裏那些同情台獨的人，有人故意放水讓他漏網。

從陳克安提供的資料，美方的反恐人員馬上就認出來台獨的朋友——阿布都拉．沙拉馬，又名老布——就是伊斯蘭聖戰組織裏負責襲擊美國的頭號人物。美國的反恐人員一直以爲老布窩藏在中東的阿拉伯國家策劃和組織襲擊美國的行動，卻萬萬沒有想到他會出現在台灣。

事實上這也是機緣巧合，老布多年前在流亡北歐時就認識了黃念福，兩個人都爲他們自己的政府所不容，也同是因爲極端的行動而坐過牢。兩人同病相憐，慢慢的走到一條路上。後來因政治局勢的改變，兩人得以回到自己的國家，但是仍沒有放棄「極端主義」的理念。

他們的重逢是因爲黃念福找他「融資」，向他出賣傳統軍火，主要是小型武器彈藥。當黃念福想出要在台海地區擊落美國民航班機來增加局勢的緊張，以達到台獨目的時，他決定要老布幫忙走私進口地對空飛彈，但是老布卻看到這是個「阿拉」賜給他的大好機會，讓他得以完成夢寐以求「襲擊美機」的任務。同時他看出替黃念福做事的康達前是一個可以利用的人，不僅工作能力強，而且是個殺人不眨眼的「完全冷血」人物。而康達前對老布所提出將周邊分子在事後滅口的要求也完全同意，這是任何極端組織要爲了生存和可持續發展所必要的。

老布以大量金錢收買了康達前和他在軍情局特勤處的人，並且開始直接商討行動方案，把黃念福邊緣化了，而他們唯一收買不成的是賴武雄。最後當黃念福終於明白整件事已經完全失控了，所有的行動和他一開始時的台灣獨立運動已經沒有關係，他要求和康達前見最後一面，責問他爲什麼要用伊斯蘭聖戰組織來耍弄他，並且告訴他即刻取消所有的行動，否則他就會將事件公開。

康達前當然不同意，見面以不歡而散結束，黃念福很清楚地看見康達前的臉上出現了殺人的神色，他一個人坐在辦公室的沙發上，一言不語地將自己的一生從頭到尾思考了一次，也許他去看他父母和姐姐的時候終於來臨了。他打電話給賴武雄，叫他馬上躲起來，並且要求他將整件事的來龍去脈告訴鍾爲教授，說他現在明白這是個錯誤，並對石莎小姐的被害表示歉意。

其實賴武雄很早就看出來康達前和他們不是同路人，不僅手段陰險毒辣，而且完全沒有原則和立場，爲了錢，幹什麼都可以。還有他的頂頭上司吳宗湘，打著大教授的旗幟，卻是個陰謀家。賴武雄聯絡了陳克安，啓動了逃生計畫，第一步就是先把賴武雄隱藏起來，其次是把他所知道的一切轉告給何族右，因此特專組對整個事件的背景完全清楚了，也就可以把案子定位成「國際恐怖事件」。所以當國安部部長應召到中南海開會時，胡定軍已經掌握了整個事件的來龍去脈，只是最重要的資訊，發生的時間和地點還不知道。

當天下班的時候，黃念福和每天一樣，坐著公務車回到淡水家中。到家時天色已晚，一進門就把家裏的燈都打開，在廚房裏準備晚飯。康達前派出來的殺手一路跟蹤他到家，看到一切都很正常。按照預定計畫，他打算在黃念福熄燈入睡後才入屋行兇。但是就在全家燈火通明，在廚房進進出出的過程中，黃念福準備了一個小包，帶上了放在抽屜最裏邊的一個油紙包，閃身出門，下到公寓的地下停車場，由後門出來消失在夜幕下淡水鎮的人群中。

國安部部長胡定軍到達深圳機場後就驅車來到深圳迎賓館八號小樓的會議室，也就是特專組的行動指揮中心。除了還在擔當外勤任務的成員外，特專組全體到場。每一個人都能意識到，最後的時刻已來臨，而特專組的所有線索幾乎是全斷了，是死是活就要見真章了。每一個人的心情都十分沉重。胡定軍一走進來，全體人員都站了起來，他馬上進入正題：「大家辛苦了，都請坐吧。」

張剛副部長的彙報包括了兩個要點：一是整個事件的性質已經從台獨的極端活動變成國際恐怖組織的活動；二是飛彈和發射裝置估計已經接近完成，但是搜尋的線索完全斷了。因此特專組面對可能發生的慘案，要求在二十四小時內關閉中國南方沿海地區的天空，禁止任何民航飛機飛行。但是出人意料的是胡定軍部長一口回絕了這個要求，他說：

「我在去機場前到了中南海聽取國家領導人的指示，他們剛剛和美國總統舉行過電話會議。兩國的領導人互相表達了反恐的決心，在面對自己的同胞將被殺害的可能，美國總統還呼籲不可向恐怖分子妥協，更不可讓他們得逞。將天空關閉，使整個民航業務停頓，就是讓恐怖分子達到目的，所以萬萬不可。」

但是張剛急了，他說：

「老胡，你知道現在的民航班機上都有兩三百名的男女老少乘客，中了飛彈後就全玩完了，沒人能生還。這事要是發生在我們身上，以後我們還能活得像人嗎？」

「老張，你和我在這裏的主要任務就是在玩完的時候把事情給扛下來，不錯，你和我會活得像鬼似的，但是國家的尊嚴要永遠存在。這就是我們對國家、對黨的忠誠。老張，記得嗎？這話不是我說的，這話是二十多年前我跟著你在邊境的大山裏拚命的時候，我們在最絕望的時候，你告訴我的話，我一輩子都不會忘。」

「老胡，那時的情況不同，就是玩完了，一共就只有你、我和那兩個叛徒的命。可現在我們面對的是幾百條人命，這不是你死我活的事，這是災難。」

「我明白，我在中南海也是這麼解釋的。但是中央的指示是，國家的尊嚴一定要維護，同時災難也不可以發生。中央領導特別提到最近在英國和西班牙發生的鐵路爆炸案。在接到恐赫信後，政府不但不接受勒索條件，也沒有將鐵道關閉，因此恐怖組織引爆了炸彈，造成人員的傷亡和財產的損失。國家的尊嚴是維護住了，但是也付出了很大的代價，包括將警察和反恐的高層官員都撤職了。」

「到那個時候，就是不被撤職，我也不能幹了。現在的問題是我們能使出來阻止這場災難的招數全用完了，時間是一秒一秒地過去，可是還找不到飛彈發射場。我們的辦案方法可能有問題。」

「老張，這點我不同意。你們的方案是很正確的。拿兩點來說：一個是你們在林大雄身上做了非常細膩的工作，甚至動員了他的老母親，讓一個社會上的小混混做出了重要的貢獻；第二點是鍾為教授，他是個學術界的知名人士，但是他提供的專業知識給了我們很大的幫助。你仔細地想想，沒有這兩人的介入，我們現在連個方向都沒有呢！所以不要洩氣，最後鹿死誰手還沒定呢！」

張剛感慨地說：「可是我們面對的敵人所使用的手段出乎我們想像，他們居然心狠手辣到殺害自己的重要成員，也只有狂熱的宗教極端分子才會做出這麼沒有人性的事。」

蘇齊媚繫在腰間的手機起了震動，她看了一下來電顯示，是鍾為打來的。她按下了拒絕接聽的紅色鍵。這是告訴鍾為她現在不能接聽，但隨後會回電。但是一分鐘後，手機又震動了，還是鍾為打來的，蘇齊媚想了一下後，還是按下了掛機鍵。她還在納悶是不是鍾為有要緊的事要跟她聯絡時，手機又震動起來，蘇齊媚起身走到屋角來接聽，手機裏傳來鍾為帶著興奮的聲音：

「抱歉，打擾你了。我有重要的事跟你說。」

「鍾為，沒關係，你說吧！」

「蘇齊媚，我知道飛彈發射場的所在地點了！」

「這都什麼時候了，你還在尋我開心。」

「是真的，我不是開玩笑。」

「你等一等。」

蘇齊媚走回她的座位，舉起手來說：

「胡部長，鍾爲教授說他知道飛彈發射場的所在地了。」

「那請他用電話參加我們的會議。」

蘇齊媚拿起手機開始說話：

「鍾爲，胡定軍部長從北京來主持我們的工作會議，他邀請你以電話來參加我們的會議，你現在把電話掛上我馬上打過去。」

她用會議桌上的電話撥通了鍾爲的電話，按下了「會議」的開關後，將電話推到胡定軍的面前。

「鍾爲教授，你好，我是小胡，胡定軍，你怎麼會知道了飛彈發射場的所在地？」

「胡部長，您好！前一陣子他們拿給我一個檔案袋，要我看看裏頭的飛彈發射架裝設圖，有沒有問題。其實我也不是專家，也看不出個所以然來。剛才準備把它送還給你們，拿出來再看一次，發現了裏頭還有兩頁紙是電腦程式。上次也看到了，但是沒注意，因爲你們原來只要我查看圖紙。這回仔細看了一下，原來是一個啓動飛彈導航系統程式的副程式，顯然飛彈是用全球衛星定位系統GPS來導航，作爲輸入參數，因此在發射時需要輸入初始條件，也就是發射架所在地的經緯度座標。」

胡定軍的呼吸快要停止了，他迫不急待地問：

「請快說。你們記一下。」

「一共有三個初始條件，代表三個發射場。第一發射場是：北緯二三・六五度，東經一一七・五〇度，我相信這是在廣東和福建交界的東山島；第二發射場是：北緯二二・八四度，東經一一三・四五度，我相信這是在珠江三角洲，靠近焦門和洪奇瀝附近的三一湧。」

「第三個發射場的位置呢？」

「是空白，沒有給。」

「那好，我先掛斷電話，處理這兩個發射場，然後我會馬上再打過來，討論第三發射場，鍾爲教授請不要離開。」

這時張剛已經接通了解放軍總參謀部的值班司令員，胡定軍以密碼說明身分後，要求特種部隊即刻對這兩個目標實施攻擊。

值班司令員將命令下達給駐在廣州和廈門的特種部隊各出動兩架攻擊直升機和兩架人員運載直升機。張剛負責聯絡具體任務的執行，這兩個特種部隊基地的指揮官告訴他爲了要保證攻擊火箭的運作正常，他們需要十五分鐘的時間來作起飛前檢查，張剛在電話裏吼了起來，命令他們馬上起飛，如果攻擊火箭有問題，就用直升機去撞毀目標。

起飛後十分鐘就看到飛彈已經裝置在發射架上了，直升機隨即發起攻擊，目標發出了兩聲巨響，一個是引爆了飛彈的火箭燃料，另一個是引爆了飛彈的彈頭炸藥。

在一片火海中，運載直升機隨後到達目標現場，因爲地形關係，特種部隊的小分隊沿繩而降，開始收拾現場和嫌疑人。兩個可能帶來巨大災難的恐怖行動裝置在刹那間化爲飛揚的灰塵。

三十分鐘後胡定軍部長又和鍾爲用電話聯絡上了：

「鍾爲教授，抱歉，久等了。兩個飛彈發射場都摧毀了。該如何謝謝你，我們再談。先來討論那個第三個發射場，有什麼想法嗎？會不會是障眼法來騙人的，第三個發射場根本不存在。」

何族右清了清喉嚨，開始說話：

「我認爲第三個發射場是存在的，這些檔是我們用障眼法欺騙他們而取得的。這是他們內部用的檔，他們不應該會去騙自己人。」

胡定軍看了看坐在會議桌的人，然後接下來說：「很好，如果在座的沒有人反對，我們就先假定這第三個發射場存在，那麼接下來的問題是爲什麼沒有給出位置做爲導航的初始條件？是不是還沒有找好位置？它可能的位置在哪裏？鍾爲教授的意見如何？」

鍾爲回答：「如果飛彈的襲擊目標是美國的民航班機，共有三條可能使用的航線，飛彈發射場應該是放在離航線不遠的地方。三條航線中的兩條是要飛越中國的領空。一條沿著中國的南方海岸，從長江口到珠江口；另一條是由黃、東海進入中國，經北京和武漢，向南飛直下到珠江口。由北美飛來遠東地區的航班都是用這兩條航線；第三條航線是飛越南中國海，從南方到達珠江口。由新加坡飛往中國的美國航班都使用這條航線。第一和第二發射場可以用來襲擊飛越中國領空的美國航班，所以按推論第三發射場應是設在第三條航線附近。」

何族右馬上就接著說：「珠江口的南方就是大海了，那麼發射場就要在那幾個島上了，是不是？」不等鍾爲的回答，胡定軍就又聯絡解放軍總參謀部，要求馬上對珠江口南方的各個島嶼進行空中偵查，如有可疑的地方，立即派特種部隊登岸搜索。張剛好奇地問鍾爲：「鍾教授，有沒有可能把發射裝置放在船上？」

「當然，現代的軍艦都裝有各式各樣的飛彈系統。」

「我是想問發射裝置能不能裝在普通的船上，像是貨船、漁船甚至貨櫃裏？」

「完全可能，這也是我想回答剛剛胡部長問的問題：爲什麼第三發射場的座標沒給？我認爲不是沒有給，而是沒法給。它很可能是像張剛副部長所說，是在海上移動的船載發射場。」

張剛：「它就是爲那第三條由南方來的航線而設的。」

胡定軍：「要將一個貨船或是漁船改裝成飛彈發射船是很簡單還是很複雜？」

鍾爲：「當然是件複雜的工程，在陸地上就已經不簡單了，要把它裝在船上非得在乾船塢裏進行才行。」

胡定軍：「在一般的船塢裏進行這種軍事設備的裝修一定會引起情報和安全單位的注意，所以我認爲裝置在貨櫃裏的可能性最大，整個過程可以完全地隱蔽。鍾爲教授，你認爲整個系統需要幾個貨櫃？」

鍾爲：「我想兩個就夠了，一個是裝發射架，另一個用來裝追蹤、導航，和數控系統。」

胡定軍：「在海上發射和在陸上發射有不同的要求嗎？」

鍾爲：「基本上是一樣的，也是因爲缺少長距離的雷達追蹤資料，發射場必須是在航線的附近，這應該不是問題。此外就是需要更準確的局部風場資料，來調整發射方向。」

胡定軍：「從哪裏可以取得這些資料？」

鍾爲：「這些極小尺度和高解析度的風場資料是由我們提供給航空單位和飛行人員的，我們將資料放在網頁上，每六小時更新一次，任何人都可以下載使用。當然，當接到香港政府的通知後，我們會停止提供。」

胡定軍：「太好了，我想現在這個思路是比較清楚了，兩個貨櫃完全可以放在一般的貨櫃船上，然後在附近的公海上將這兩個貨櫃和隨行的技術人員轉移到小型的本地貨船上，何警官，你想在這一帶有多少小型貨船在運輸貨櫃？」

何族右：「少說有幾百隻，多說有上千條的小貨輪裝著兩個到八個貨櫃在廣東沿海與內河航行。沒有進一步的情報，我們很難在短時間內鎖定目標。」

胡定軍：「我們能不能把目標的範圍縮小？」

張剛：「我們現在面對的恐怖事件是由伊斯蘭聖戰組織裏的激進派在主導，台獨分子已經完全失去了影響，從這方向考慮，能不能把範圍縮小。」

還沒有發言的蘇齊媚突然開口了：

「我認爲可以，伊斯蘭恐怖分子的最大目的是製造震撼人心的事件，造成最大的新聞價值。如果要選恐怖事件的地點，香港是合乎這要求的。從恐怖活動的歷史看，中國是世界上最安全的地方。恐怖分子要是有能力在香港製造出世界級的事件，會有多恐怖啊！記得嗎，我們監聽康達前和劉廣昆之間的電話中曾聽到他說將要發生的事會和紐約市的九一一事件同樣的震驚。這只有使一架有兩三百乘客的班機在香港的上空爆炸才能辦得到。如果是這樣，不管是從哪一條航線飛來的班機，進入香港的上空時才用飛彈擊落。是不是我們的範圍能縮小了？」

桌上電話的擴音器響起了鍾爲的聲音：

「蘇警官的分析很精彩，現在我來形容一下發生後的情景吧，當一架滿載旅客的班機經過十一小時的長途飛行，跨越太平洋到達香港準備降落，突然間，在珠江河口升起了一條白線，它和那來自遠方的航機相遇，一聲巨響後，這架價值數億美金的波音七四七－四〇〇型客機和所有的旅客在瞬間變成一個巨大的火球，帶著一條閃亮的尾巴，像一顆天上的隕石，以自由落體的速度飛向地球。第二個巨響後，一切都沉靜了，如聖經裏說的，最後所有的一切都要還歸給塵土。」

會議桌上一片沉默，空氣似乎是凝固了，大家都被這尙未發生的恐怖事件震懾住了。很久後，突然有人用手重重地拍了一下桌子，原來是胡定軍，他大聲的說：

「他媽的，我老胡絕對不允許有這樣的事發生。鍾爲，不管你願不願意，我是抓定你了，你要幫我們把這件事拿下。你是我大哥的好朋友，他就只有我這個弟弟，就算是我大哥求你幫忙了。」

「沒問題，但是我也有條件的，並且你不是說了要謝我的嗎？」

「那當然，說吧！」

「只有一個小小的要求，就是把蘇齊媚警官調到內勤，你看她剛剛做的分析多精彩啊！她最合適的工作應該是內勤，你說對不對？」

蘇齊媚漲紅了臉說：「鍾爲都什麼時候了，還來添亂。」

胡定軍：「就是這事了，沒別的了？老早就有人告訴我，香港的大教授特別關心香港的女警官，看樣子是真的。這是小事一件，沒問題。」

蘇齊媚：「不行，絕對不行。鍾爲別胡鬧了。」

胡定軍：「大教授，我看這裏有內部矛盾。有句話叫清官難斷家務事，我看你們還是再繼續商量，怎麼樣？」

「我說你們國安部什麼時候開始把反恐行動看成是家務事了？」

「不，不，反恐行動當然是公務了。爲了感謝你大教授對反恐的貢獻，我同意調蘇警官做內勤，但是蘇警官是香港特區的警官，實際的執行我們還得按憲法規定，一國兩制，所以這事就歸何警官去具體執行了。」

何族右露出一臉傻笑，他說：「別，別，我和蘇齊媚都有公文在手，指定我們在這段期間是借調到國安部，一切任務都要聽國安部領導的安排。」

胡定軍：「老何，你是鐵了心不肯幫我這忙。行，我去找中央駐港聯絡處，他們帶我去見特首，來擺平這件事。同時，我要求你們對蘇齊媚警官進行重點保護。鍾爲教授，你看怎麼樣，還滿意吧？」

蘇齊媚：「部長，您就別聽鍾爲的，我能照顧好我自己，幾個恐怖分子還動不了我。」

胡定軍：「鍾爲教授聽到沒有？你的蘇警官平常可是天不怕地不怕，在槍林彈雨裏橫衝直撞的，反而是你一介書生倒是在擔心了。看你說得蘇警官不好意思，連頭都抬不起來了。」

鍾爲：「我現在終於明白，你小胡是當大官的料子，你大哥就沒有你的本事。你是跟我瞎胡扯，就是不肯把蘇齊媚調內勤。」

胡定軍：「那可不，要是沒有兩把刷子，怎麼能去對付恐怖分子。行了，老張你再要求解放軍派艦艇加強珠江河口海域的巡邏，檢查所有的小型貨櫃貨船。散會。」

「天風一號」的飛行驗證任務已經進入了尾聲，現在主要的是沿著航班在香港機場進場和離場的各個航線做氣象參數的實測，所以每次飛行驗證的結束時間都比較早，鍾爲和邵冰還會利用下班前的時間回到優德大學去辦事。愈接近風切變專案驗收的日子，鍾爲他們的工作愈忙，尤其是邵冰，往往要到天黑後才能回家。鍾爲很是過意不去，常常會等她，請她去吃晚飯。但是今天卻很奇怪，邵冰剛從機場回到辦公室就又匆匆忙忙地走了。她請潔西卡告訴老闆說家裏有事先走了。

一個小時後，鍾爲接到蘇齊媚的電話：

「鍾爲，邵冰可能要出事了！」

「什麼?她剛剛還在這兒呢。」

「羅勞勃偷渡回來了，跑到邵冰父母家，要求邵冰去見他。」

「他瘋了，就是警察不逮捕他，邵冰也會把他打趴下來。」

「他當然明白，他是有備而來，帶了槍。」

「我馬上過去，你現在在哪？」

「在路上，你知道地方嗎？」

「潔西卡知道。」

「慢點開車。」

邵冰的父母親是住在中環半山上的一棟高級公寓。羅勞勃告訴門口的保安警衛說他是一間財務公司的業務員，有重要的文件需要邵老先生簽字。保安說邵先生夫婦出門去了，羅勞勃仍執意要在大廳等候他們。

邵先生夫婦回來後，一眼就認出這位邵冰以前的同事，原來在邵冰加入優德大學時，李傲菲也雇用了羅勞勃，他見到邵冰後驚爲天人，開始猛追。但是在邵冰身邊的男士又多又優秀，加上羅勞勃的軟弱個性，很快地就出局了。後來因爲盜竊他人軟體被李傲菲開除後，邵冰更是看不起他，這些事邵冰父母親都曾聽她說過。

羅勞勃這時露出了真面目，要他們打電話把邵冰叫來，老夫婦愛女心切，當然不肯，於是就起了爭吵。保安過來趕羅勞勃走，要他馬上離開，否則就要報警。就在這時，羅勞勃把手槍亮了出來。他威脅老夫婦進了電梯，回到十層樓的公寓打電話給邵冰，保安也在這時報了警。

根據保安的說法，持槍者叫羅勞勃，是邵老夫婦女兒邵冰的同事。警方在電腦裏查到是個被通緝的人，案子是九龍重案組的第一重大要案。當蘇齊媚趕到現場時，飛虎隊已經在撤離整棟公寓大樓所有的住戶。他們擔心羅勞勃除了持槍，可能還有炸彈。邵冰也到了，警察不讓她上樓，她就在大廳用電話問羅勞勃：「羅勞勃，你想幹什麼？你把我爸媽放了。」

「哈！原來是邵大小姐，怎麼，居然還降低身分要和我說話了？」

「少廢話，你想幹什麼？」

「好，我告訴你，我要做兩件事，一件是公事，一件是私事。這兩件事都要你來幫我才能完成。一旦完成我就放人。」

「你已經被優德大學開除了，還有什麼公事。你先放了我爸媽，別的事我們再商量。」

「別以爲只有在優德大學工作才是公事，牟亦深替我找的事也是正正當當的，有意義的，並且能比你那些神氣的花花公子男朋友賺更多的錢。我知道你看不起我，就是因爲我窮，這回我會變成個大富人給你看看。」

「羅勞勃，你完全錯了，牟亦深是個殺人犯，跟著他是自找死路。但是我沒心情跟你講理，說，你要我幹什麼？」

「你們在每六小時的網路天氣數值預報裏的海面風場做了手腳，風向變成是隨機的了，不可能整個南中國地區都變成湍流吧？我要你改回正確的預報。」

「你知道我們任何數值上網都輸入三個密碼，我這裏只有一個，另外兩個密碼是在李傲菲和鍾爲的手裏，你把我爸媽放了，我答應你會把密碼要來，把風向改過來。你說還有一件事，是不是？」

「我沒辦法在香港待下去了，牟亦深安排我去一個遙遠的地方過我的下半輩子，我不想一個人去，我要你嫁給我，和我一起去。我們會有很多的錢，過很舒服的生活。」

「想你個大頭鬼！這種事是能用槍綁架別人父母來蠻幹的嗎？這是緣分，不是能強求的。」

「邵冰，我已經走上不歸路了，要活下去也只能到那些中東國家去，我回來就是要帶你一起走，我一個人活在那地方也沒有意思，如果你不跟我走，那你親愛的父母就得陪我上路了。」

「羅勞勃，你先放了我爸媽，我就跟你走。」

蘇齊媚走過來把電話從邵冰手裏拿過來：

「羅勞勃，我是九龍警署重案組組長蘇齊媚警官，你現在已經被完全包圍了，你可以從門縫往外看看，你現在已經無路可走了，我命令你馬上把槍放下，舉起雙手，走出來投降。」

「蘇齊媚，你要是有什麼動作，我馬上就開槍打死他們。」

「羅勞勃，別緊張，我可以理解你不想投降，那我們來商量商量看你想要什麼，我們要怎麼樣來滿足你的要求。」

「我要你們安排一架民航機，加滿油在機場等著，邵冰要跟著我一起走。等到達目的地之後，我會把邵冰的父母放回來。還有，你們要替我準備五百萬美金，不可以是連號的新鈔票。」

「行，我都記下來了，馬上給你安排。還有，你現在房子裏，我們在樓下大廳，你看不見我們在幹什麼，我們也不知道你在幹什麼，你是不是已經傷害了人質我們也不知道，這樣大家都會緊張。反正你走的時候總要經過大廳，你就先下來，我們會很快安排你的要求。人質在你手裏，我們不可能有什麼動作的。你想想吧！」

「你們不要打我的念頭，我是會開槍的。」

羅勞勃發現電話已經掛斷了，他趕緊把話筒放好，以為蘇齊媚會再打過來，但是沒有。他一個人和兩個人質關在十樓的公寓，對外面發生了什麼事是一無所知。他不知道如何才能和蘇齊媚聯絡，也沒有她的電話。

羅勞勃想起剛剛的電話是邵冰打來的，所以他就打邵冰的手機，不過已經關機了。羅勞勃突然想到一個很可笑的場面，就是所有的人都離開了，留下他押著兩個人質。他是不是能好好地離開香港還得靠警方的安排。現在唯一能做的就是照蘇齊媚說的，下到大廳去。

就這樣，蘇齊媚計畫裏的第一步實現了，就是把羅勞勃和人質轉移到大廳。在此同時，蘇齊媚將可能發生的情況很詳細地向邵冰和後來趕到的鍾為解釋。她要求一定要配合她的計畫才能把人質安全地救出來。鍾為和邵冰都知道，警方對如何處理這樣的危機是有經驗的，應該要配合才是。但是蘇齊媚對羅勞勃的心理狀況感到不安。

邵冰：「羅勞勃要的是我，他的人質是我的父母，所以我一個人參與就行了，鍾為不用參與。」

蘇齊媚：「別擔心，我不會讓鍾為靠近羅勞勃。」

鍾為：「你是說羅勞勃的心理狀況已經很不正常？已經失去了正常的判斷能力了，是嗎？」

蘇齊媚：「所有的狀況都顯示是這樣的。他的心理非常不穩定，不可能以投降來結束。」

鍾為：「那邵冰會安全嗎？」

蘇齊媚：「羅勞勃現在心裏頭就只有兩件事，一個是要邵冰做他的老婆，所以他不會傷害邵冰。一個是他要安全地離開香港。在這兩件事的過程中我們會將這個劫持人質事件結束。何族右已經下了命令，羅勞勃只允許以兩種方法離開這棟公寓，一是戴著手銬出去，另一個是被抬出去。」

鍾爲：「你是說……」

沒等鍾爲說出口，蘇齊媚接下來說：「是的，我會把他擊斃。」

「蘇齊媚，我理解你們警方處理危機事件有一定的方法，可是你知道石莎已經被殺了，你絕對不能讓邵冰再有個什麼意外，否則我們的日子就沒法過下去了。」

蘇齊媚露出了極度淒涼的臉色，她看著鍾爲說：「請你放心，我會以自己的生命來保證你的邵冰的安全。我是警察，我的存在就是要讓你們有美好的日子，不是嗎？」

蘇齊媚脫下自己的防彈背心。

押著邵冰的父母親，羅勞勃打開了房門。走廊上空蕩蕩的，一個人影都沒有，但是三部電梯卻都停在十樓，而且電梯門都是打開著的。

三個人走進右邊的電梯下到了大廳，出來的時候，羅勞勃緊緊地靠在邵冰父母的身後，他們慢慢地移動到大廳右邊的角落，那裏有一套沙發椅和小茶几。

大廳是個長方形的大廳，進門對面就是三個電梯，左邊是個櫃檯，是給保安人員用的，裏面有一排閉路電視螢幕，整個大樓內重要的地方，如電梯和走廊上都裝了閉路電視的鏡頭，保安人員對所有的活動應該是瞭若指掌的。

蘇齊媚、林亮和另外兩名重案組的刑警就在櫃檯的後面。整個大廳裏還有十幾名全副武裝的飛虎隊警察，手上拿著不同的武器和防彈盾牌。鍾爲和邵冰站在他們的後邊，有好幾個飛虎隊員圍著他們。

羅勞勃馬上就感到警察的形勢逼人，他完全處在下風了，他第一次感覺到今天要活著離開這裏是有難度的。他察覺到邵冰是在那些全副武裝的警察後面，也看見蘇齊媚站在櫃檯的後邊，但是她就瞪著眼看，並沒有想和他說話。

大廳裏鴉雀無聲，大廳外停了好幾輛警車，紅藍色的燈在車頂上急速的閃著，離大門口最近的是兩部救護車，車頂上的紅燈也在閃著。除了救護車，在大廳裏裏外外所有的安排都是爲了要讓羅勞勃感到最大的震撼，特別是看到這救護車就想到是要把他運走的，他開始出冷汗，用手擦了擦腦門上的汗，出聲說話了：「喂！你們想幹什麼？還想不想要人質的命了？」

蘇齊媚慢條斯理地回答：「你不是提出條件，又要錢，又要飛機的，我們正在張羅呢！」

「什麼時候辦好？」

「你要的五百萬美金，我的老闆答應了，因爲你要的是舊鈔票，得花點時間收集，不過快了，半小時內會送到。至於民航機，政府沒有自己的航空公司，所以還正在商談。」

「那你叫邵冰過來。」

邵冰在飛虎隊的背後喊說：「你把我爸媽放了我就過去。」

突然，蘇齊媚大聲地叫起來：「大家都不許說話，在這裏只有我可以和恐怖分子說話，任何違反規定的人都要以妨害警察公務被逮捕。姓羅的，你聽好了，我們和你商量並不是讓你能隨心所欲，我們是有規矩的，如果你不講道理，我們就一切免談。」

「那你就不怕我會開槍？」

蘇齊媚笑了一聲說：「平常我們警察要千方百計去阻止人自殺，但是如果你要開槍了結自己，我保證絕不阻攔，因爲這替我們省了許多麻煩。如果你要是開槍傷了別人，你看看清楚這周圍，你還能有活路嗎？我在這也向你保證，你會死得很難看。我們已經派人把你在老人院的老媽接來了，正在路上。我要她老人家親眼看著你死無葬身之地。」

羅勞勃：「你們警察是混蛋，怎麼能做這種事？我媽有重病在身，她會受不了的。我要投訴你們，去告你們。」

蘇齊媚：「行，投訴電話是62625555。」

羅勞勃知道他是被打敗了：「錢到了嗎？爲什麼要這麼久？去機場的車子準備好了嗎？」

「我們可以平心靜氣地商量我們面對的問題，首先，你對邵家老夫婦沒有興趣，你要的是邵冰，那好，邵冰說她願意跟你走，但是你要先把邵家老夫婦放了。」

「那你就叫她過來。」

「沒那麼簡單，我要邵冰和老夫婦同時走到大廳的中間，我們來交換人質。」

「我不傻也不瘋，兩個人質都離開，你們還不會把我打成馬蜂窩嗎？」

「挺聰明的，爲什麼要幹傻事呢？那我們就交換一個人。」

邵冰又發話了：「我要換我媽出來。」

交換人質是綁架事件裏最危險的時刻，雙方的神經都繃到最緊，任何不小心的動作都會觸發爆炸性的反應而造成玉石俱焚。邵冰走到她父親身邊，將他緊緊地抱住。羅勞勃的槍還是頂在邵老先生的頭上。邵老太太安全地走進了警察的保護圈。

蘇齊媚：「好了，你心愛的邵冰已經到了你身邊，我們談談下一步該幹什麼了？」

羅勞勃：「錢送到了嗎？」

蘇齊媚：「送來了。」

羅勞勃：「趕快拿到我這裏來。」

蘇齊媚：「怎麼送啊？我派五名飛虎隊一起送到你面前好不好？」

羅勞勃：「你不要逼我，我會開槍的。我要商量如何把錢交給我。」

蘇齊媚：「這就對了，我們要做任何事情都應該互相商量。」

就這樣，警方用了五百萬美元把邵老先生換過來了。在場的每一個人都能感覺得到從羅勞勃離開十樓公寓開始，蘇齊媚是一步一步將事件的主動權取過來了。但是下一步，也就是最後的一步，她必須將羅勞勃擊斃，這是最困難的一步。鍾爲走過來跟她說：「我們是不是要把羅勞勃穩定下來，我看他愈來愈緊張了，你看他的槍已經頂在邵冰的頭上了，他會不會精神崩潰啊？」

蘇齊媚：「已經沒有辦法穩定他的情緒了，因爲他已經明白今天他是走不出這間大廳了。」

這時，蘇齊媚握住了鍾爲的手小聲的說：「鍾爲，準備好了嗎？要行動了。按我們的計畫，我會開第一槍。但是羅勞勃也可能會先開頭一槍，因爲愛情，他不會殺邵冰，他也不會對你開槍，因爲他很尊敬你，所以他的一槍會是對著我，在這麼近的距離，後果可想而知。鍾爲，我想告訴你，認識你是我一生裏最快樂的事，不要忘了我是蘇齊媚。」

鍾爲看見她那淒涼臉色，還有眼裏閃爍的淚光，他的喉嚨哽住了，這就是生離死別嗎？鍾爲還沒來得及反應，蘇齊媚又開口了：「羅勞勃，我剛接到通知，沒有一家航空公司願意接你這生意。我們能辦到的是安排一條漁船把你送到台灣去，你不就是要去找牟亦深嗎？」

羅勞勃發出了一聲像是被困住的野獸似地哀叫：「哼！你們還是在跟我玩花樣是吧？明明知道我是從台灣逃出來的，還要把我送回去。這個世界上已經沒有人在乎我了，那大家就同歸於盡吧！」

邵冰尖叫起來：「你放手！」

羅勞勃一手抓住邵冰的頭髮，另一個手把槍頂在她頭上，把她推出了大廳右邊的角落，情況似乎馬上就要失控了，但這也是蘇齊媚計畫中的最後階段，她要一步步地把羅勞勃推到精神崩潰的邊緣。她推了一下鍾爲，他一個健步跨出了警察的人堆往大廳中間走去，蘇齊媚緊緊地跟在他的左後方。有人注意到在鍾爲的後腰上有一把警用手槍。

羅勞勃：「站住！我要開槍了。」他舉起手槍，對著他們。

鍾爲：「羅勞勃，在你要做最後決定前我想要和你說句話。」

羅勞勃：「那這個女警察退下去。」

蘇齊媚：「我不是跟你說過了嗎，我們是有規矩的，鍾教授是我們的保護對象，我得跟著他，何況你們要是談什麼條件，我也得聽著才行。你看我身上沒帶任何武器。」

蘇齊媚把雙手舉得高高的，這是投降的表示。她穿了無袖的短襯衫，一舉起雙臂就把一大截雪白的小蠻腰露出來，她慢慢的將身體轉了一圈，明顯的，面前沒帶槍的美女警察使羅勞勃繃緊的神經放鬆了一些。鍾爲往前邁了一步，蘇齊媚也跟上一步，但是往右邊移動了一點點。羅勞勃似乎沒有注意到距離在縮小，同時女警官右邊的身體有一部分被鍾爲擋住了。

鍾爲：「你說，我們認識也有好幾年了，你覺得我這個人怎麼樣？」

羅勞勃：「鍾教授你爲人公正，大家都很敬佩。周催林雇用我的時候，有不少人反對，我知道只要您到人事處去說一下，優德大學是不會雇用我的，但是您沒有，我一直非常感激。」

鍾爲：「我曾對你說過，一個人犯了錯誤不可怕，因爲可以從頭再來。可怕的是不肯承認錯誤而不能回頭。你現在已經犯下了天大的錯誤，快把槍放下，回頭是岸。」

羅勞勃：「我很清楚我目前的處境，我沒有地方可去了，牟亦深是唯一還接受我的人。我相信他能找到讓我們存身的地方。」

鍾爲：「你錯了，牟亦深是個冷血的謀殺者，他爲了一個軟體就殺了石莎，現在他又將替他工作的同夥全滅口了，你說他會留下你一個活口嗎？羅勞勃，放下武器，和警方合作是你活命的唯一出路了。告訴我，你要那些海上風場是不是提供給海上飛彈發射船的？」

羅勞勃：「是的。」

鍾爲：「那你告訴我恐怖行動的目標是哪個航班，什麼時候動手，飛彈發射船的位置在哪裏。你告訴我，我會用我們的飛機『天風一號』送你走，我也會努力設法把你的名字從國際恐怖組織的名單裏除去，否則你一輩子都會被追殺的。」

鍾爲和蘇齊媚慢慢地將他們和羅勞勃的距離再縮小。他突然感到蘇齊媚把別在他後腰的槍取下來。

羅勞勃：「這些我都不知道，他們就只說飛彈的發射裝置是放在貨櫃裏運到香港的公海再轉移到小貨船上。」

鍾爲：「貨船的位置在哪裏？」

羅勞勃：「我不知道。太晚了，這一切都太晚了。」

鍾爲大聲的叫起來：「大家都等一等，不晚，羅勞勃快把槍放下，你還有活路。」

在大廳的另外一邊傳來了朱小娟的叫聲：「羅太太，你不能過去！」

羅勞勃驚了一下，轉過頭去。但是從他的眼角似乎看見鍾爲突然蹲下身子，眼光再一閃鍾爲不見了，出現的是蘇齊媚伸直了的右臂和右手握著的警槍。漆黑的槍眼直對著他的眼睛，然後一道極亮的閃光出現在蘇齊媚伸出的手上，但是馬上這一切都消失了，接下來是永久的黑暗。

大廳裏槍聲響了，聲波在高高的四壁來回地振盪，令人震耳欲聾。這一切羅勞勃都沒聽見，在他生命中所看到的最後一幅景象就是完全黑暗的畫面。蘇齊媚的一槍擊中在羅勞勃兩眼之間，是致命的一槍。隨後是邵冰的一聲尖叫，她抱住了跑過來的鍾爲大哭起來。

蘇齊媚指揮朱小娟立刻護送鍾爲離開現場，要求在場的醫護人員將邵冰和父母親送到他們的公寓，確定他們安然無恙。然後要林亮負責帶領安全人員清理整棟大樓。

整個劫持人質事件從開始到槍聲響起不到一個小時，大廳裏的一切都由電視台做了實況廣播，香港警方的處理得到普遍好評。

在深圳迎賓館八號小樓的會議室裏也有一群人在電視機前面聚精會神地看著整個事件的過程，不同的是他們是用職業性的眼光在評論。他們的結論是蘇齊媚在整個事件中所做的決定，從開始到結尾都很正確。她將任務目的定爲「擊斃綁架者」，然後按部就班地進行每一個動作，都是爲了要完成既定的目標任務。

大家都認爲蘇齊媚是一個非常優秀的警察。但是何族右說了一句讓人不明白的話：「她是個苦命人。」

蘇齊媚和她的前夫在婚後不久就在香港高級住宅區「愉景灣」買了一棟公寓，做爲週末時小倆口過著二人世界的地方。這棟公寓在他們移居到英國後就租了出去。離婚時，法庭將公寓判給了蘇齊媚。她交給房地產商替她管，從來沒過問。直到兩個月前，租約到期，她決定收回自住。蘇齊媚花了大錢把房子裏裏外外徹底地大翻修，她不要有任何東西讓她回憶起那段不愉快的過去。

把羅勞勃綁架邵冰父母親的事件處理完了以後，蘇齊媚才感到全身都疲憊不堪。匆匆忙忙地回到了愉景灣的家，好好地洗了個熱水澡，換上一身寬鬆的睡衣後覺得舒服多了。

她最近有一股說不出的煩惱，怎麼樣都揮之不去。她和鍾爲的工作同時進入了重要關頭，兩人之間的電話和郵件一下子少了很多。結果讓兩人都起了生疏感，連講話都變得客氣起來。

蘇齊媚很想打電話給鍾爲，聽聽他的聲音，但是她猶豫不決，害怕是不是會打擾他的工作？她有說不出的煩心。她沒有心思給自己做晚飯，吃了碗泡麵後就打算上床睡覺。但是門鈴突然響起。她拿起了門邊的電話：「請問是哪一位？」

「我是鍾爲，對不起，如果不方便我就走了，沒有什麼事。」

「快請進，我正想給你打電話呢！我在五〇二號。」

蘇齊媚按下開大門的按鈕，鍾爲聽見大門的鎖開了的響聲後就推門而入。到了五樓一出電梯，就看見蘇齊媚從五〇二室半掩著的大門伸出頭來：「快進來，鍾爲，我衣冠不整，不准看我，你先坐一下，我換了衣服就出來。」

蘇齊媚衝進了臥室後關上了門，鍾爲一個人留在客廳，他覺得公寓佈置得很優雅，有一個陽台，可以看見香港內海輪船上的點點燈光。鍾爲細細觀看蘇齊媚的公寓，陷入了深深的沉思，連蘇齊媚走到他身邊都沒有察覺。

「鍾爲，你在想什麼？」

「喔！對不起。老天爺，用不到五分鐘就打扮得這麼漂亮！」

蘇齊媚穿了一身墨綠的短衣裙和相配的高跟鞋，使一雙雪白的大腿顯得非常誘人：「我沏杯茶給你。」

鍾爲頭一次看見蘇齊媚穿著短裙、高跟鞋，完全不像個女警。蘇齊媚把茶放在茶几上，然後拉著他的手叫他坐在長沙發上，自己也坐在他身邊，她端起了茶杯送到鍾爲面前。他喝了一口後就說：「雨前的龍井，對吧？」

「這不是你要的嗎？我走了好幾家茶葉店才買到的。」

「你的心和你的大腿一樣的美。」

「那你是說我別的就不美了？」

「不，不，對不起，你的臉蛋、身材還有別的都一樣地美。」

「口是心非，那你爲什麼老是看大腿？」說完了就用一隻手在自己的大腿上下地撫摸，鍾爲覺得這個動作真是性感得不得了。

「對不起，我是情不自禁，不能控制自己。」

「鍾爲，你今天是怎麼了？這是今晚你第四次對我說對不起，我有那麼難相處嗎？」

「你知道嗎？我們已經很久沒有像這樣在一起說話了，也沒有你的電話和電郵，更不敢給你打電話和寫電郵，因爲我知道你們的案子到了關鍵時刻，不能打擾你。因此不知不覺就感到疏遠了，是不是？」

「我也因爲同樣的理由不敢給你電話。那你怎麼決定來找我了？」

「後來我想到也許你有了男友，齊媚，你知道我的女朋友是很容易去找別的男人的。我又聽說警察在開槍殺了人後一定要有激烈的性行爲才不會出毛病。所以，沒有你的電話，我就決定來找你，如果你真的有了別的男人，早知道總比晚知道好受，你知道一旦被蛇咬，看到草繩都怕。」

「鍾爲，你是在跟我開玩笑，還是認真的？」

隔了一會兒，鍾爲才小聲地回答說：「你知道我的過去，你說我會是在開玩笑嗎？」

「鍾爲，請原諒我，我沒想到你會爲了我傷心。但是你也別相信什麼殺人做愛的傳言，沒有的事。」

「齊媚，問題不在你，是我沒想到自己年紀這麼大了，感情還這麼脆弱。剛剛我還在想，這裏不就是你和前夫的愛巢嗎？我來這裏做什麼？」

蘇齊媚不知道該怎麼回答，鍾爲是在妒嫉還是嘲笑？兩人相對無語，都害怕說錯話傷了對方。最後蘇齊媚決定把自己的感覺老老實實地說出來：「我真的很高興你能來看我，這幾天我思念你都快發瘋了。我天不怕，地不怕，但是就鼓不起勇氣給你打電話，就只會關起門來大哭，還跑到邵冰家去哭了一場。你說，到底是誰的感情脆弱？」

「不知道爲什麼，老天爺就是愛拿我的命運開玩笑。其實我知道你在關心我，可是我不確定你知不知道我其實是更關心你的。」

「鍾爲，你知道嗎？我最大的問題就是分不出來你是在說實話還是在尋我開心。哎！不說了。我問你，你真的喜歡我的大腿？」

「當然了，沒注意我的眼睛都看紅了？」

蘇齊媚決定要使出所有混身解數來執行邵冰教給她的最後一招。

「那好，我就送給你了。」

「真的？可不能後悔啊！」

鍾爲開始撫摸蘇齊媚的腿，慢慢地從腳一直到大腿的根部，蘇齊媚閉上了眼睛，鍾爲的手從大腿轉移到腰上，緊緊地摟著她，深深地吻著她的雙唇。蘇齊媚喃喃地說：「都給你了，全拿去吧！」

蘇齊媚把鍾爲帶進她的臥室，沒有開燈，但是窗外的星光不僅將遠處鳳凰山的輪廓帶入他們的視線，也把近處的樹林變成一幅印在窗戶上的水墨畫。他們緊緊地擁抱著，深深親吻著。鍾爲很慢的，一件一件地將蘇齊媚的衣服脫下來，站在他面前的是一位星光下的裸體女神，她有美麗的面孔，豐滿的乳房，細細的腰身和修長的大腿，每一根線條都是極度的美，線條間的光滑肌膚反射著窗外的星光，同時也在輻射柔和的女性熱力，鍾爲的每一根神經都燃燒了，他的手和嘴唇又開始在女神的身上遊動。

蘇齊媚喃喃地說：「我想躺下來。」

床上是絲緞的床單和枕頭套，兩腿伸直平躺下來，頭髮散開在枕頭上，她的裸體享受著絲緞的柔滑，但是她渴望著鍾爲撫摸她和親吻她全身的感覺。鍾爲握住她的一隻手，開始親吻她的小手指。

她很小聲的說：「鍾爲，我要你。」然後就閉上了眼睛。

赤裸的鍾爲也躺下來，星光在蘇齊媚的身上跳躍著，他的眼睛、手指和嘴唇也緊隨著漫遊在眼前女神的身體上，皮膚和絲緞的滑潤已無法分別。鍾爲親吻著她的上額、她的眼睛、她的雙唇，再慢慢的往下移到她的頸部和耳朵……

迷濛間，蘇齊媚清楚地聽見：「你知道嗎？鍾爲教授愛上了蘇齊媚警官。」她淚流滿面，枕頭濕了一片。

蘇齊媚終於闔上了眼睛入睡了。

在近午夜時，蘇齊媚醒了。她赤裸的背緊緊地靠在身邊男人赤裸的胸膛。有一隻手在她身上輕輕地遊動。她閉上了眼，一動都不敢動，深怕這輕柔的動作會停下來。

「你醒了？」

「嗯！」

鍾爲的手開始在她光滑的小腹上撫摸：「喜歡昨夜的感覺嗎？」

「我相信進天堂的感覺就是這樣的，當然喜歡了。」

過了很久，蘇齊媚翻過身來面對著鍾爲。雙手捧著他的臉，深深地吻他：

「你是個非常講究原則的人，對事業，對感情都有很強的執著。鍾爲，你用了極大的勇氣，說出『鍾爲教授愛上了蘇齊媚警官』的這句話，我一生都不會忘記。」

「一個人要說出他心裏的話有時候是很困難的。當我發覺蘇齊媚不是嚴曉珠後，怨恨變成愛慕，但是已經說不出口來，只好將這份感覺又深藏起來。齊媚，請你一定要相信我，我愛你，無論發生了任何事，我都不會離開你的。」

淚水又充滿了蘇齊媚的雙眼，她再也控制不住了，哭出聲來了：「我當然知道你的心。鍾爲，我會以我的生命來維護著你給我的愛。可是我要你明白，我們不僅要互相擁有，還要天長地久。但是最近我發現你將石莎的死和可能來臨的恐怖事件都歸罪在你不肯放棄ＭＴＳＰ軟體，你是不是還打算單槍匹馬去解決問題？這些都不是因爲你，全是犯罪行爲，要解決也是我們警察的事，你能幫忙，我們已經很感激了。鍾爲，我要你答應我，爲了要讓你給我的愛有真實的意義，你一定不能去做傻事。答應我，好嗎？」

鍾爲又嘻皮笑臉了：「行！那你要拿什麼來謝我。」

「你要是真的答應了，你想要什麼我都給。」

「你真好，我想要你！」

大嶼山的晚風吹起來了，細聽，傳來了歡愉的哀求聲，還夾著無限的愛情。

黃念福住在離淡水八里海水浴場不遠的一間出租公寓。他一直盼望著的電話終於來了，是他的老朋友阿布都拉．沙拉馬打來的，他在手機裏說：「老黃，終於接上你了，你最近的情況如何？一切都還好吧？」

「哈哈！是老布啊！我等你這電話已經好幾天了。」

「沒想到啊！我們倆都成了喪家之犬了，事情變化得可真快啊！」

「是啊！所以我們也就不用再繞圈子了，你是不是要找我來把所有的事都做一個了斷？」

「沒錯，我們怎麼見面？」

「我們倆現在都是通緝犯，不能在公共場所出現，所以你就到我這裏來吧！」

「行，你住什麼地方？」

「老布，有一件事我一定要和你說清楚，那就是我完全明白你們的運作原則，就是在事完後消滅所有的非回教徒，但是我們認識已經有好幾十年了，我要求你自己動手，而不是派個殺手遠遠地把我一槍打死。」

阿布都拉．沙拉馬在電話裏沉默不語了一段時候：「老黃，你知道這不是我想要的結局……」

「老布，你不用說了，我明白。但是我還是要你指著你的阿拉發誓，你不帶殺手來。」

「偉大的阿拉是我的見證，我要單獨去見我的老朋友老黃，如果我有任何口是心非，我將永恆地在地獄被烈火焚燒。」

「很好，老布，你乘客運到八里站下車，然後往回走兩百公尺，你會看見路邊有一家銀行，你在那等我，我確定你是一個人後，會打你手機給你。別忘了你是通緝犯，你要是帶人來，我會馬上通知警察。」

阿布都拉．沙拉馬在銀行的門口站了二十多分鐘，他打黃念福的手機，發現關機了，正感到有點不安的時候，黃念福出現了。把他領到一條小巷子裏在二樓的一間小房子。

一進門，老布就從手提袋裏把手槍拿出來，客廳不大也很簡單，一大一小的沙發椅和小茶几，還有一張飯桌，窗前有一個小書桌，所有的傢俱和擺設都是舊的，只有窗台上擺放著一部看起來很新的傳真機，他檢查了臥室，廚房和浴室，確定了沒有別人才把房門鎖起來。

他和黃念福坐在飯桌的兩頭，槍就擺在面前，先是天南地北地聊了一陣子，然後老布就說明他們伊斯蘭聖戰組織是在和西方的勢力做殊死搏鬥，因此定下了嚴格控制和紀律，否則他們無法和西方的強大力量相抗衡，所以才有了「自殺式炸彈」這樣的工具和事後消滅同夥的規定。

老布說，九一一事件有十九位伊斯蘭勇士改變了整個世界的局勢，他們的名字將永遠的記在每一個伊斯蘭教信徒的心中。而他希望這次由他精心策劃的襲擊美國民航機事件會和九一一事件一樣的震撼全世界。老布還說，他能確定黃念福雖然不是信奉伊斯蘭，但是會成爲永生的烈士而進入伊斯蘭的天堂。黃念福說他對永生並不太感興趣，倒是希望要「死留全屍」，他問老布有沒有毒藥？老布從他的手提袋裏拿出一瓶安眠藥。黃念福起身從冰箱裏倒了一杯冰水，分兩口把那整瓶安眠藥吞下。他看著老布說：

「我很高興，能和你在我一生的最後幾分鐘說說話，老布，還要多久我才會失去知覺？」

「十幾二十分鐘吧！」

「挺快的。我說老布啊，我很佩服你也很羨慕你，能完成轟轟烈烈的偉大事業。看看我自己，這麼多年來，到最後還是一事無成，慚愧啊！」

「老黃，你不必這麼想，至少我們做了一場朋友。」

「老布，我們華人有個說法，在人死前，一定要把心裏的問題都得到解答，不然到了另外的世界，靈魂會不安的。你策劃的事件是要在什麼時候才會發生？目標是什麼？」

老布看著黃念福的生命在一點一點地消失，在這最後的一刻沒有任何的可能會出差錯，就把要襲擊的目標、時間和地點都說出來了，聲音開始變微弱的黃念福說：

「這麼快啊！就只剩下兩小時了，你的偉大事業就要完成了。我有一封信是寫給我在美國的弟弟，請他給我辦後事，等一下你走的時候，幫我把信投入街口的郵筒好吧！」

老布點點頭，黃念福就起身把後面書桌的抽屜打開，左手拿出個信封來，但是當老布看見他右手拿著的東西時，不禁張大了口，可是發不出聲音來。黃念福的右手握著一把手槍。這是他離開淡水的家時包在一個油紙包裹帶出來的。不等老布開口，槍聲就響了，子彈打在左胸，把老布從椅子上打倒在地板上。黃念福很快地寫了一個傳真，發了出去。

在失去知覺之前，黃念福走進了臥室，和衣倒在床上，說了他一生裏最後的一句話：「老布，你輸了，我不會去你的伊斯蘭天堂，我要去見我的大姐。」

第十一章　走向死亡

伊斯蘭聖戰組織的恐怖事件是經過精心的策劃，它的目標不僅是要對外造成最大的新聞，而且對內，也就是對伊斯蘭的信徒們，要發揮最大的鼓舞效果。因此，當阿布都拉・沙拉馬接到製造恐怖事件的任務時，他已經認識到唯有與九一一事件同樣能震撼世界的恐怖活動才能達到製造最大新聞的目的。

如果事件發生在亞洲，那又可以達到第二個目的，因爲，在亞洲有全世界人口最多的伊斯蘭教國家，那就是印尼。雖然它的國家憲法裏並沒有規定伊斯蘭是國家宗教，但是在二億多的人口中有超過百分之九十五的人是信仰伊斯蘭的。這裏的伊斯蘭教堂相當的溫和，它允許婦女上學，外出工作，可以開車，出門時也不一定要把頭包起來。但是所有的政府機關，每日數次都會集體跪向西方的回教聖地麥加膜拜，讚頌真主的偉大和祈禱真主的保佑。鄰國馬來西亞和汶萊也都是較爲溫和的伊斯蘭國家，中東地區的伊斯蘭激進分子很久以來就在策劃如何將亞洲的回教徒轉變爲激進的伊斯蘭原教主義者，但是並不成功，唯一不同的是菲律賓南方的反政府游擊隊，成員中大部分是伊斯蘭的激進分子，他們在幾年前曾以汽車炸彈攻擊印尼的峇里島旅遊區，造成不少澳洲和歐洲遊客的傷亡。

這一次由老布帶頭的行動要選擇亞洲地區最有西方經濟和文化代表性的地方做爲發難地點，因此選定了香港，目標是由美國飛來的民航機，搭載著三百多名乘客，絕大部分是美國人；還有一個重要的因素就是香港的國際機場。

多年來香港國際機場都被認爲是世界上名列前茅的機場，從旅客的方便和機場運作它都是最優秀的，但是這並不是被老布他們看上的原因，真正的理由是這個機場在飛機起飛降落的次數上，在世界上排名也是數一數二的。它的最高起降率記錄是每小時五十架次，也就是平均每一分多鐘就有一架飛機在香港機場起飛或降落。由此可知，經常在機場附近上空盤旋等待進場降落和起飛後要出場進入目的地航道的航機不會少於十幾架，這些都是老布他們的可能目標，因爲進出香港的航班大部分來自英、美或是他們的同盟國，至少是和英、美友好的國家，也就是伊斯蘭聖戰組織的敵對國。同時，進出香港的航班絕大多數是大型客機，每架飛機的載客少說有一百多人，多者可達四百人。和九一一事件一樣，恐怖組織的目的是要同時摧毀多個航機。

老布的計畫是將一整套的防空飛彈發射系統裝配到兩個貨櫃貨櫃裏，在打開貨櫃的四邊後，它就成爲能夠完全獨立操作的系統，唯一缺少的是長程目標追蹤雷達，但是如果能將飛彈發射到目標的附近，飛彈彈頭上帶著的「終點目標追蹤系統（Terminal Target Tracker）」就會開始追蹤和導航的功能。

它的工作原理是根據目標的熱源，如飛機的發動機，所發射出的紅外線，來決定和控制飛彈的飛行方向。在鎖定了一個高強度的熱源後，飛彈就會以高速飛向目標，在撞擊或是接近目標到預定的距離後引爆彈頭的炸藥。

這兩個貨櫃加上第三個貨櫃裏的五個導彈是在黑海的奧德塞港裝上一艘掛著巴拿馬國旗的貨輪，它經過土耳其的博斯普魯斯海峽進入地中海，再經過蘇伊士運河進入印度洋，然後由南中國海向北航行到達珠江河口南方的公海上，它在那裏等待了兩天才接到阿布都拉．沙拉馬發出的電報，指示將這三個貨櫃和隨船來的兩位技術人員轉移到一艘小型近海內河貨船上，它的登記港口是深圳的蛇口港，船號是「深蛇－二一一三」，船不大，只能裝載三個貨櫃。船員都是康達前用重金收買的亡命之徒，其中還有一名台灣軍情局特勤處的情報員。那兩位技術人員是從葉門來的伊斯蘭聖戰組織的成員。

海上轉移是在半夜進行，到第二天的下午「深蛇－二一一三」已經到達了指定的海域。在那裏，他們接到了阿布都拉．沙拉馬最後的命令，頭一次告訴了他們第一目標的情況，要他們仔細監聽航機和塔台的通話，確定航機的位置。在擊落第一目標後，由他們自行選擇剩下的四個次要目標，在任何情況下如果有跡象顯示他們將被發現，就要即刻發射導彈攻擊任何可能的目標。任務完成後駛向在公海上等候的貨輪。

黃念福的傳真是發到優德大學鍾爲的辦公室，潔西卡看到後，馬上就轉發到風切變計畫在機場的辦公室，同時打電話給鍾爲說有重要的傳真。鍾爲看到的是黃念福生前寫的最後一封信。

鍾為教授鈞鑒：

空有一生理想，但徘徊在錯誤的路上，現在走到了不歸路的終點。您曾在我最苦難的時候給我希望，但我卻傷害了你的同事。我用生命換來以下的資訊，盼望您的原諒。

伊斯蘭聖戰組織將在兩小時後以船載飛彈襲擊在香港上空的民航飛機。第一目標是美國的聯合－八六五班機，然後攻擊其他四個班機。飛彈船已進入擔杆列島東方海域待命，並有指示，一旦被發現，馬上對任何空中目標發射飛彈。

如有來生，還願相逢。

黃念福絕筆

鍾爲看了傳真，想起二十四小時前，小約翰．福特來過一個電郵，告訴他將擔任「聯合－八六五」班機的機長飛來香港，他會停留二十四小時，希望能見面。鍾爲必須要讓他知道這個消息。但是，有一個問題，那就是香港政府和其他所有的政府一樣，對於「未證實」的消息是不會採取行動的。一紙傳真信一定會被看成是「未證實」消息。如果要有任何行動，也只能是來自鍾爲他們的。

時間不多了，距離「聯合－八六五」進入香港機場管制區還不到兩小時了。何況還有傳真裏最後的一句話：任何行動都會馬上觸發恐怖攻擊。鍾為了解只有他有機會去救那些無辜人的生命，至少可以減少傷亡的人數。

鍾為叫潔西卡將黃念福的傳真發一份給蘇齊媚，然後用衛星電話和正在大亞灣外海採樣和測量的「海雨一號」聯絡，李東和嚴禮都正好在這條海洋局的考察船上，鍾為叫他們馬上以最高船速開往擔杆水道一帶巡航，一旦發現恐怖分子的飛彈發射船就撞毀它。李東問這艘飛彈發射船是什麼模樣，船號是什麼，鍾為都回答不知道，就掛上電話。然後他把黃念福的傳真交給在場的李傲菲，要她通知派屈克準備「天風一號」緊急起飛。

當鍾為到了停機坪時，「天風一號」的發動機已經啓動，並且已經推進到滑行道的入口。一上飛機就看到邵冰和高昂都已在他們的座位上。鍾為看著他們說：「這次的任務沒你們的事，下去吧！」

邵冰對高昂說：「我一個人就行了，你下去吧！」

「憑什麼？我不下去。」

鍾為突然大聲的吼起來：「兩個都給我下去，快下去！聽見沒？」

邵冰和高昂都是第一次被鍾為臉上的怒容嚇住了，他們一下機，鍾為就關上了機門。派屈克開始進行起飛的程序。

等起飛程序完成，「天風一號」直飛東北方。派屈克看著在副駕駛座位上的鍾為說：「學生和美女都趕下去了，是不是任務有危險？」

其實，派屈克從李傲菲和邵冰那已經知道了整個事件的大概情況，但是鍾為還是將細節詳細告訴他，同時也說明了行動計畫，派屈克說：「我現在明白了你要我在機尾裝置『接近警報器』的原因了。」

「你看我的方法可行嗎？」

「鍾大教授提出來的方法在理論上一定是沒問題，但是要執行還得靠我這種有經驗的人。」

「害怕嗎？」

「哈！你忘了我是福克蘭島戰役的老兵，我要你好好地看我的本事有多大。」

「你知道誰是『聯合－八六五』的機長嗎？」

「是不是你的老朋友小約翰？」

蘇齊媚看完了黃念福短短的傳真後，馬上向在深圳的何族右彙報，特專組的人明白，這是他們最後一次的行動，反恐能否成功就在此一役了。

蘇齊媚和朱小娟坐上了警車，一路上狂鳴著警笛風馳電掣地來到機場風切變辦公室。這裏有非常完整的通信設施，不僅可以監聽塔台和航機之間的通話，還可以在緊急情況下，通過塔台直接和航班的機長通話。

這裏只有一個人可以使用語音通話，如果鍾爲不在，那就是李傲菲。蘇齊媚走進來時，辦公室裏已經有不少人了，不僅是工作人員，好些學生也來了，每個人的臉色都很沉重。蘇齊媚走過去和邵冰打招呼：

「你怎麼沒在飛機上？」

「被鍾爲趕下來了，從來沒看過他這麼凶，氣死我了。」

「那飛機上還有誰？」

「就只有派屈克。」

「他們想幹什麼？」

邵冰把鍾爲和小約翰之間的通話形容給蘇齊媚，她明白在愉景灣她想用濃情蜜意說服鍾爲不要單獨行動是失敗了，她不敢去想會有什麼後果。

「聯合—八六五」班機自美國西海岸的舊金山起飛已經快有十小時了。它是在離開韓國領空後在黃海進入了中國領空。現在已經到了台灣海峽，再一個多小時就到香港了。

飛越了廈門之後，就進入了陸豐和汕頭的航管區，這是到達香港前最後一個需要聯繫的中途站。在這裏機組人員會向乘客宣布即將到達目的地，要開始準備降落，同時說明目的地的移民局和海關的要求。在駕駛艙和機艙裏機組人員開始忙碌。副駕駛員後面的傳真機響了，副駕駛員回頭取過來，原來是公司總部發來的：

聯合—八六五機長：

有極端重要及緊急的資訊，可能與八六五航班安全有關。請即刻與「天風一號」聯繫，頻率一三四．七。

聯合總部

小約翰心裏明白，這是鍾爲說的伊斯蘭聖戰組織開始了恐怖活動，但是命運的捉弄，讓他和他的航班先碰上了。他調整了通信器的頻率後開始呼叫：

「聯合—八六五呼叫天風一號。」

通信器中馬上傳來了鍾爲的聲音：

「天風一號，我是鍾爲，是小約翰嗎？」

「聯合—八六五，小約翰。鍾爲你說的事發生了嗎？」

鍾爲：「是的，雖然還是未證實的消息，但是我相信是真實的。你現在的位置在哪裏？」

小約翰：「陸豐機場南方一百海哩，方向一九五，高度一萬二千公尺，速度七九〇公里。」

鍾爲：「很好，我們就在你的南方。」

接著鍾爲很簡單扼要地將事件的發展告訴小約翰，同時還說了：

「小約翰，我們的行動方案是將天風一號緊貼在你的肚皮下進入香港的航管區，目的是使你們發動機排放的熱廢氣和天風一號的熱廢氣混合，讓飛彈的紅外線追蹤導航系統當成只有一個熱源。當鎖定了這個熱源後，你將發動機關閉，然後俯衝脫離，天風一號就會成爲唯一的熱源來引導飛彈。」

「天風一號」在南中國碧藍的天空裏快速地接近「聯合－八六五」，但是很久一段時候小約翰在沉默中，沒有回應。

「小約翰，這是唯一的方法，將傷亡人數減少到最低。」

小約翰終於回答了：「鍾爲，我不同意，我們逃命了，你還沒說天風一號會怎麼樣？就化爲飛灰了嗎？」

一直沒有發言的派屈克說話了：「小約翰．福特機長，我是優德大學首席飛行官包博．派屈克在此爲您服務，兩位的友情著實讓我感動。我希望提醒福特機長，我還想在這世界多享受幾年的快樂，我更想讓恐怖分子領教一下我們福克蘭島戰役老兵的兩把刷子的厲害，所以放心吧，我自有方法可以讓天風一號死裏逃生。」

小約翰：「那就真的要看你的了。」

鍾爲：「我看見你了，維持飛行方向，將高度降爲八千公尺，速度減爲四五〇公里，這樣天風一號才能和你編隊飛行。記住，千萬不能將改變的高度和速度通知塔台。」

小約翰：「明白了。」

「聯合－八六五」緩緩地降低了高度和速度，派屈克駕駛「天風一號」也緩緩地靠近，最後將機身緊貼在巨大的波音七四七－四〇〇型民航飛機的下邊。

派屈克：「我們已進入位置，編隊飛行了。記住了，你要進行正常的請求進場和降落。在聽到我的號令後，即刻將所有的發動機熄火，五秒鐘後開始俯衝，一直到離海面一千公尺時才再啓動。千萬記住，熄火後五秒鐘才俯衝。完畢。」

小約翰：「指令熄火，五秒鐘後俯衝至一千公尺，完畢。」

像是大海中的大鯨魚，肚子底下跟著一隻娃娃鯨魚，小約翰的「聯合－八六五」和鍾爲的「天風一號」開始了他們在天空中的逃生行動。

「海雨一號」以十二節的船速從大亞灣開到達擔杆水道。這艘船是屬於國家海洋局南海分局的調查船，船長和政委接到了由海洋局轉來的解放軍總參謀部的指令，要求他們接受船上的首席科學家李東和嚴禮的節制，摧毀恐怖分子在擔杆水道的飛彈發射船，首先他們在船橋上佈置了瞭望員，用望遠鏡觀看任何過往的小貨船，有任何可疑之處都要報告。李東要求政委把船上的武器和彈藥拿出來，那是兩把制式的衝鋒槍，李東自己拿了一把，又叫水手長也拿一把跟著他。嚴禮聚精會神地用望遠鏡看著右前方的一艘小貨船，上面有三個貨櫃；

嚴禮：「我說老李啊，你當過海軍，你說這小貨船式的飛彈發射船應該是什麼樣子？」

李東：「天曉得，鍾教授說他也不知道。」

嚴禮還是在盯著看那艘小貨船，他說：

「老李，一般貨櫃的門都是在兩頭對不對？這艘船上的貨櫃是朝上開的，整個天花板都打開了，這是怎麼回事？」

「開過去看看！」

「聯合－八六五」班機帶著它肚皮底下的「天風一號」飛向香港國際機場，機上的乘客都在紛紛地準備下飛機的事宜，此時，他們聽到擴音器響了：

「各位乘客請注意，這裏是駕駛艙，我是本機機長小約翰．福特，請馬上回到座位，戴上安全帶。我們剛剛得到可靠的情報，一個國際恐怖組織正準備在香港上空以飛彈襲擊本班機。」

小約翰停了一下，讓乘客能完全認識到這資訊的嚴重性，有部分乘客驚慌失措，尖聲地叫了起來，小約翰繼續宣布：「各位乘客請安靜和注意，現在有一架小型飛機，天風一號，已在本機下方非常緊密地編隊飛行，在關鍵時刻，本機會將所有發動機熄火並快速向海面俯衝逃生。而天風一號將繼續以全馬力按原航線飛行，用它的發動機熱源所發出的紅外線輻射做誘餌，取代我們成爲飛彈的目標。」

小約翰又停下，機艙裏除了發動機的聲音外，鴉雀無聲。半分鐘後他再繼續說：

「在逃生過程中，我們需要做高速的俯衝和爬升，你們將感受到很大的重力加速度，各位要保持冷靜，坐在自己的位子，有你們的配合及上帝的保佑，我有信心和你們一起渡過這個災難。但是我要求你們永遠記住在這世界曾有兩個人用他們的勇氣和生命換來讓我們生存的機會，他們的名字是香港優德大學鍾爲教授和飛行官包博．派屈克。」

「聯合－八六五呼叫香港國際機場。」

「香港塔台，聯合－八六五信號正常。」

「聯合－八六五要求進場降落。」

「塔台，聯合－八六五，准許進場，報告高度和航速。」

「聯合－八六五，准許進場，高度一萬公尺，方向二〇五，速度五三〇公里。」

「塔台，聯合－八六五，維持高度六千五百公尺，方向二二五，速度三五○公里，報告目視跑道。」

「聯合－八六五」飛越了大亞灣和大鵬灣之間的半島，那裏最高的「七娘山」清楚地映入了小約翰的眼睛，他也看見了遠處珠江河口含著大量泥沙從遙遠的源頭奔騰下來土黃色的淡水，它和碧藍的大洋海水形成一條筆直的分界線，香港海域星羅棋佈的小島編織成的美麗畫面是小約翰百看不厭的景色。他看見了機場跑道，但是恐怖分子就在此時發起了攻擊，鍾爲：

「八六五，八點鐘下方，羅馬蠟燭。」

在聯合班機的左下方，從擔杆列島北邊的水面上升起了一條像似蠟燭的白線，飛彈開始追蹤目標。鍾爲和派屈克聚精會神地看著接近警報器的信號強度漸漸增強，鍾爲又說話了：

「小約翰，穩住了，飛彈追蹤信號在增強。」

「鍾爲，記住，我們是永遠的飛行員，你必須要回來。」

突然，接近警報器響起了一聲一聲刺耳的音響警報：

「小約翰，飛彈鎖定，準備熄火……熄火」

小約翰同時將四個開關拉下，四具世界上推力最強大的航空發動機馬上就停止。「聯合－八六五」的機艙裏頓時是一片沉靜，只聽見了由機身傳進來外面的風聲和小約翰的倒數：

「五，四，三，二，一，俯衝！」

「聯合－八六五」是一架波音七四七－四○○型的龐然大物，它將機身轉向朝下，毫無聲息地一頭栽向中國南方的大海，但是機艙內卻是一片人們面臨死神時的哀叫。這其中還夾著副駕駛員讀出的高度：

「五千五，五千，四千五，四千……一千五。」

小約翰給出命令：

「二號，三號，發動機點火！」

「點火完成，推力增強中。」

當四具發動機都重新點火後，在一千公尺的高度，小約翰將機頭拉起，但是這個超過一百噸重的龐大飛機依舊靠著它的慣性繼續往下掉，直到離海面五百公尺的高度時飛機的浮力和發動機的推力才使「聯合－八六五」重新開始爬升。小約翰也開始了緊急呼叫：

「Mayday！Mayday！聯合－八六五要求緊急降落，機身結構破壞，乘客受傷。」

「天風一號」和「聯合－八六五」脫離編隊後繼續向前飛行，刺耳的警報聲愈來愈響，也愈來愈急促，鍾爲閉著氣注視著接近警報器信號的強度，終於聽見派屈克大叫：「拉起來！」

兩人同時將機頭拉起到最大攻角，飛機即刻失速喪失了浮力，「天風一號」像是一塊石頭，也跟著向中國南方的大海掉下去。鍾爲的眼角看見左邊派屈克座位窗外有一束白光由後向前閃過，接著就是一聲巨響，飛彈的彈頭爆炸了，一個破片穿透了機身，擊中在派屈克的左胸，他慘叫一聲用手按住了傷口，但是已經血流如注。彈頭爆炸產生的強大壓力使鍾爲的頭撞在機窗上，瞬間他的眼前一片黑暗，隨著失去了知覺。「天風一號」尾隨著「聯合－八六五」也繼續向海面翻滾下去。

「海雨一號」向前方的可疑小貨船靠近，突然一枚導彈從船上升空，火箭發動機的尾氣在空中畫起一道白線，導彈快速的向北方飛去。嚴禮驚呼著：「就是他，舵手，右轉五度，輪機長，給我全馬力，船速十五節。」

李東和水手長衝到了船頭，他們很清楚的看見甲板上的人正在把一枚導彈從一個貨櫃裏拿出來要裝到發射架上。李東和水手長開始向小貨船的甲板做長距離拋物線射擊，甲板上的人爲了躲避槍擊，放慢了裝設飛彈的行動。兩支衝鋒槍不停地射擊，距離快速地縮短，衝鋒槍的火力也愈有效，李東和水手長將火力集中到飛彈上。「海雨一號」的船用發動機正在用最高的轉速運行，發動機的溫度在繼續上升，已接近到危險的地步。站在嚴禮身邊的船長提醒說：「再不改變方向，就要撞上了。」

「這就對了，就是要撞上去。」

「海雨一號」在一片槍聲和發動機的抗議聲中攔腰撞上了編號爲「深蛇－二一三」的貨櫃小貨船。伊斯蘭聖戰組織的恐怖分子阿布都拉．沙拉馬費盡心血，千辛萬苦的將五枚飛彈從黑海遠渡重洋運到珠江河口的擔杆水道，準備在香港上空襲擊五架民航飛機，造成與九一一同等震撼人心的恐怖事件，但是除了一枚順利發射並且在「天風一號」附近引爆外，其他的四枚都沉在珠江河口的海底，在幾天之內這些殺人的武器就會被中國第三大河流水系所帶下來的泥沙埋葬得無影無蹤。

負了重傷的派屈克並沒有失去知覺，但是他已經無力將失速的「天風一號」從快速的向下翻滾中矯正過來，好重新再獲得上升的浮力。他明白，如果在幾秒鐘內鍾爲還醒不過來的話，一切都會就此結束了。他急促地呼叫鍾爲的名字，同時，耳機也響了：

「塔台，天風一號，請回答……緊急呼叫天風一號。」

「聯合－八六五呼叫天風一號，請回答。」

「風切變，李傲菲呼叫鍾爲，李傲菲呼叫鍾爲，請回答。」

……………

「天風一號」繼續翻滾著向海面衝去，鍾爲的眼皮動了一下，派屈克使出了他最後的力量叫喊：「鍾爲，快！左舵，左副翼！」

派屈克的喊叫和耳機中的狂呼終於使鍾爲的眼睛睜開了，他本能地將方向盤左轉到底，左腳將副翼踏板踩下。「天風一號」停止了失速的翻滾，但是還是繼續喪失高度。鍾爲轉頭看派屈克時才發現他滿身是血，臉色白得像紙：「派屈克，你受傷了！」

讓他更驚恐的是飛機窗外的火光，左翼發動機著火了，這時他也看見面前儀錶板上的發動機火警燈在閃亮著，他本能地要把發動機關起來，但是派屈克開口了：「不要關，先爬高。」

鍾為這才認識到「天風一號」還在繼續失去高度，鍾為將機頭拉起開始爬升，左翼發動機的溫度也不停上升，溫度錶的指標已經到了紅色危險區，「天風一號」的高度計顯示飛行高度是七五〇公尺，他將左翼發動機的油門關上，同時啓動了滅火器。鍾為聽到了派屈克微弱的聲音說：「大教授還沒忘記是飛行員啊，好好把天風一號帶回家，我不能幫你了，呼救吧。」

「派屈克，你得給我挺住，我們還得在一起幹好多事呢！」

「快呼救吧，我看這飛機也快挺不住了。」

「Mayday！Mayday！天風一號呼叫香港塔台，要求緊急降落！」

「塔台，天風一號，緊急進場降落，報告情況。」

「天風一號，機場東北方七十公里，高度七五〇，方向二六五，駕駛員重傷，左翼發動機起火已關閉，航空科學家控制飛行中，飛機結構及機件嚴重受損，請求協助。」

「塔台，天風一號，准許直接降落跑道二五左，啓動地面緊急救援，救護車及醫護人員在滑行道待命。」

「天風一號，准許降落，跑道二五左。」

鍾為看見前方就是清水灣半島和牛尾海了，優德大學也進入了視線，學生們會知道他和派屈克正在死亡線上掙扎嗎？腳下是碧綠的浪茄灣，石莎的影子出現在腦海裏，他想也許這就是要去和她見面了，但是在這瞬間同時也出現了蘇齊媚的影子，浪茄灣、孟公屋和愉景灣都有著不能忘懷的愛情，這一切都走到頭了嗎？鍾為聽見派屈克氣若游絲的聲音：

「鍾大教授，福克蘭島老兵的路走到頭了，老早就想告訴你很高興認識了你。請你告訴風切變的同事們，我感謝他們給我的友情，你知道嗎？這一年來是我一生最快樂和最有意義的日子。請記住我們是永遠的飛行員。我現在想聽我的那首歌……」

鍾爲的視線模糊了，但是他按下了答錄機。機艙裏充滿了歌聲；

Oh, my love, my darling,
I've hungered for your touch
a long, lonely time.
And time goes by so slowly
and time can do so much,
are you still mine?

其實鍾爲不必轉告他的同事和學生們，在風切變機場辦公室中這一切都在廣播，歌聲在淚水和哭泣裏蕩漾。當歌聲完了時，包博．派屈克離開了人世。

「天風一號」和鍾爲都在掙扎，但是鍾爲很清楚飛彈的爆炸不僅奪走了派屈克的生命，同時也嚴重的損傷了飛機，「天風一號」也正在慢慢地走向死亡。

首先是剩下來的右翼發動機溫度一直在上升，現在出現了黑煙，表示機油已經在燃燒了。其次是油壓表顯示壓力在降低，一定是油管破了在漏油。油壓系統是用來操縱和控制飛機的，不久飛機就無法控制了。鍾爲正在思考如何應付最壞的情況，突然砰的一聲響，火光就從右翼發動機冒出來，發動機的溫度錶指針轉到紅色危險區，機艙裏的火警警報器也響起了。鍾爲將右翼發動機關上，啓動了滅火器：

「天風一號，右翼發動機著火關閉，已完全沒有動力。正失去油壓，機身解體。天風一號兩分鐘後墜落坪洲東北海面，要求疏散船隻和海上救援。」

「塔台，天風一號，迫降坪洲東北海面，啓動海上救援，直升機和消防船出發。天風一號，跑道二五左在等待。」

「天風一號呼叫風切變李傲菲。」

「風切變李傲菲，鍾爲……」

「李傲菲，聽好了，你一定要把風切變驗收的事做好，記住，航空公司的飛行員是真正的使用者，不是政府。我們一定要滿足飛行人員的要求。飛行員恐懼會帶來災難的風，我們是追風的人，我們的任務是幫助他們避開災難。請你轉告大家，和你們在一起做追風的人是我一生的榮耀。請大家保重，再見！」

優德大學在機場的風切變辦公室一直都在監聽塔台的語音通信，從「聯合－八六五」的逃生，到「天風一號」被飛彈爆炸，在短短幾分鐘的時間裏，所有人都感受到這麼多的人在死神面前徘徊著的悲涼和無助。但是，現在是他們朝夕在一起工作的上司、朋友和老師走到了死神面前，所有的人都在流淚。李傲菲不知該怎麼回答鍾爲的要求，蘇齊媚把麥克風搶過來：

「鍾爲，你一定要回來。你在愉景灣答應我的，你不可以失信。我們才剛剛開始，你就要留下我一個人嗎？」說完了，蘇齊媚終於忍不住放聲大哭起來。鍾爲沒有回答，但是傳來的是「血染的風采」歌聲：

也許我告別將不再回來，你是否理解？你是否明白？
也許我倒下將不再起來，你是否還要永久的期待？
如果是這樣，你不要悲哀，

共和國的旗幟上有我們血染的風采
也許我的眼睛再不能睜開，你是否理解我沉默的情懷？
也許我長眠再不能醒來，你是否相信我化作了山脈？
如果是這樣，你不要悲哀，
共和國的土壤裏有我們付出的愛！

高昂拿著的望遠鏡一直都沒有離開他的眼睛，是他第一個喊起來：

「天風一號回來了！」

機場的東方天空有一條細長的黑線，那是「天風一號」右翼發動機在高溫下將機油燃燒所產生的黑煙。邵冰把高昂的望遠鏡拿過來，在鏡片裏她很清楚地看見拖著黑煙的「天風一號」兩個螺旋槳都停轉，機身保持在十五度攻角，它的速度慢得像似靜止在空中，但是在望遠鏡裏，邵冰看見鍾爲朝著她緩緩飛過來：

「鍾爲在飛他的滑翔機！」

「塔台，天風一號，准許降落，跑道二五左……天風一號，請回答！」

顯然，天風一號的通信設備也停止工作了，但是，一顆紅色的信號彈從「天風一號」發射出來，劃破長空。這是航機求救信號，緊急救難的車輛和人員都向跑道飛奔過去。「天風一號」對準了跑道二五左接近地面中，並在最後的一刻放下了起落架，機身稍微抬起，兩個後輪首先觸地，然後鼻輪在中線上觸地。鍾爲，永遠的飛行員，就是當生命線懸掛在絕壁上時，也不會忘記做一個優美的降落。

伊斯蘭聖戰組織所發動的恐怖事件，在「聯合一八六五」和「天風一號」緊急降落後，正式的結束。

爲了校長召開的教授會議，鍾爲早早的就來到了優德大學的辦公室，出乎意料的是其他同事們也都到了，空氣中有一股說不出的興奮和強烈的期待。桌上的電話響了，潔西卡拿起了話筒，原來是保安處處長蔡邁可打來的，他要找鍾爲。

「蔡主任，你怎麼知道我在辦公室而不在家裏？」

「鍾教授忘了我是幹什麼的了。怎麼大教授也睡不著覺？」

鍾爲：「我腦子裏亂得很，整晚不能入睡。現在有情況嗎？」

蔡邁可：「重案組的林亮和另外兩位刑警已經到了。蘇齊媚也馬上就到了，但是他們只會在最後的時刻才會出現。」

鍾爲：「我們的主角有動靜嗎？」

蔡邁可：「還沒有出門，但是房間裏有動靜了。」

鍾爲來到七樓的校董會會議室，站在大廳的落地窗前，看見他熟悉的牛尾海，整個清水灣半島，星羅棋布的小島和在碧藍的海水上的點點白帆。幾天前，他就在這景色如畫的天空下，曾爲自己生命掙扎。回想起來真是感慨萬千，就在此時，他看見周催林到了會場。他和平日出現在公眾場合的作爲一樣，一見人就打招呼，大談他最近高爾夫球的得分。大學和商業團體不同，很少有打高爾夫球的，周催林不容易找到有興趣的人，他還臨場表演了在開球時如何揮桿的姿勢。

九點三十分，優德大學校長準時宣布教授會議開始。會議室的銀幕上出現了包博．派屈克的影像，那是他在「天風一號」前照的，臉上笑容可掬。校長賈維吾教授宣布：

「各位同事，我現在宣布這一次的教授會議正式開始。在我們前一次的教授會議開始前，我們曾爲我們的同事石莎小姐默哀，她是爲了保護優德大學的智慧財產權而被殺喪命。今天，主席要再度要求各位爲我們另一位同事，優德大學的首席飛行官包博．派屈克默哀，派屈克先生是爲了從恐怖分子手裏營救一架民航飛機而在香港上空犧牲。請各位起立默哀一分鐘。」

和前一次的教授會議一樣，當主席開始時，派屈克的影像繼續投放在銀幕上：

「我們的第一個項目是討論本次會議的議程。」

突然，校長的秘書走進了會場，和校長耳語，兩人的臉色都很難看：

「請各位稍等一下，馬上就應該弄清楚的。」

賈維吾校長起身和他的秘書正要往外走時，蘇齊媚走進了會場，她大聲地說：

「校長先生，我是香港九龍警署重案組的組長蘇齊媚警官，這是我的警證。」

校長：「啊，我們正在開教授會議，有什麼事等開完會再辦好嗎？」

蘇齊媚：「校長先生，恐怕沒有辦法。我奉命執行法院的逮捕任務，這是逮捕令，上面要求即刻執行。」

校長：「你們要逮捕的人不可能在這裏開教授會議吧！」

蘇齊媚：「是嗎？逮捕令上的犯罪嫌疑人名叫周催林。」

突然，會議室裏一片沉靜，沒有人記得有任何大學的副校長是在教授會議上被逮捕的。坐在校長旁邊的周催林臉色變得蒼白，林亮和朱小娟不知什麼時候從會議室的邊門進來，已經站在周催林的身後。蘇齊媚舉起法院的逮捕令說：「周催林，你現在被逮捕了，銬上他。」

周催林崩潰了，他攤在桌上，林亮走到他身後把他架起來，推下他的上身，讓他的兩手扶在桌上，很快地將他全身上下摸了一遍，這是逮捕犯人上手銬前的標準動作，目的是搜查身上有沒有帶武器。朱小娟從腰上拿下一付手銬把周催林的雙手在背後銬起來，就在這時，蘇齊媚又喊起來：

「把腳鐐帶上！」

林亮從他帶來的手提袋裏拿出一付腳鐐，粗大的鐵鏈和腳環讓這群大學教授看起來是驚心動魄。腳鐐不長，帶了它只能邁開半步走路，林亮又將一根粗鐵鏈鎖在周催林的腰上，將銬在背後的雙手改銬在腰上的鐵鏈上，再把腳鐐的鏈子和腰間的鐵鏈用另一個鏈子聯上。這是押送最危險的犯人所用的最高「規格」，完全做到了「插翅難逃」。

賈維吾：「蘇警官，周催林博士是大學裏的高級行政人員，不是江洋大盜，這裏面一定有誤會。但是警方用這樣粗暴的手段對待周博士，優德大學將提出抗議，他到底是犯了多麼大的罪行，要這樣對待他？」

蘇齊媚：「香港特區政府、司法部的檢查署對周催林的起訴書包括了：謀殺優德大學電腦工程師石莎小姐、參與殺害證人梁童及四名香港刑警、參與國際恐怖活動襲擊民航飛機。校長先生，根據刑事法規，殺人嫌疑犯必須要帶手銬、腳鐐和其他必要刑具。依我看，這付腳鐐是拿不下來了，會和他在一起走完他的餘生。把他帶走！」

周催林已經完全失去自制的能力，兩名軍裝警察一左一右把他架起來往外走去。這時校長背後的大銀幕上突然出現了石莎的全身照片。

和上次的教授會議的影像一樣，她穿了一套很合身的衣服，淺綠色的緊身無袖襯衫、墨綠色的裙子、配套的高跟鞋，脖子上圍的絲巾是唯一的裝飾。手上有一株長枝鮮紅的玫瑰花，背景是優德大學廣場前的紅色日晷。雖然未施脂粉，但是柔和的打扮和鮮紅的玫瑰花和飛鳥日晷背景將她光亮雪白的皮膚襯托出來。一對綠色的大眼睛鑲在一臉喜悅和頑皮的笑容裏。

這時有人敲桌子，先是一兩個人，等到周催林被架走到門口時，會場上所有的人都在敲桌子。蘇齊媚這才第一次回頭看了看坐在會場中間的鍾爲，他的眼睛裏似乎閃耀著淚光，但是他朝蘇齊媚豎起了大姆指。

一出了會議室，在走廊大廳上站滿了風切變預警系統計畫的工作人員和研究生，他們沒有人說話，但是心中憤怒的感情凝結在空氣裏，周催林的頭低下來，口中喃喃的說：「這都是誤會，我可以解釋。」

林亮將一個黑布袋套在周催林的頭上。蔡邁可打開著電梯，一行人進去後直下到一樓，這裏出現了很多媒體的記者，他們很快地走向停著的警車。突然人群中有人將戴在周催林頭上的黑套子拿下來，當天晚上的電視新聞和第二天的報紙都用頭版登出了周催林扭曲了的臉和他被鐵鏈「全身披掛」的影像，標題是：「大學副校長殺人犯」。

兩周後，香港的報紙上有一條很小的新聞報導說：來自美國的消息：「一位前優德大學的數學教授吳宗湘在著名學府普林斯頓大學被聯邦特工逮捕，罪名是參與國際恐怖組織的活動。據報導，他的罪證是來自香港警方。」由於這條新聞是登在第八頁，所以並沒有引起多少人的注意。

香港、澳門和台灣警方對追捕康達前，又名牟亦深，都沒有結果。香港警方宣布優德大學的石莎謀殺案破了，但是主犯之一還在逃。

雖然「天風一號」是完全報廢了，但是並沒有影響風切變預警系統的最後工作，主要的飛行驗證任務都已經完成了。鍾爲和他的同事們正密鑼緊鼓地準備驗收前的演練。蘇齊媚的工作在石莎的案子宣布破了後也開始有些輕鬆了，但她現在是重案組的組長，有好多行政工作都要她去費心。認識她的人都說她好像年輕了，喜歡打扮了，也不再凶巴巴地嚇唬人了。真正認識她的人都明白是怎麼回事，蘇齊媚和鍾爲在熱戀中。這是兩個在感情生活裏都經歷過驚濤駭浪的人，自然非常地珍惜對方。

某個風和日麗的日子，鍾爲帶著蘇齊媚來到浪茄灣。當她換上泳衣時，鍾爲愣了一下。出現在他眼前的是一個穿著一件鮮紅色比基尼泳裝的女神。沒等他說話，蘇齊媚就飛奔入海，她在浪茄灣碧藍的海水裏翻騰，優美的泳姿讓鍾爲看得目瞪口呆。蘇齊媚和海灘平行上下快速的游著，每次在轉方向時全身躍出水面，薄薄的比基尼緊貼在陽光裏閃亮的肉體。她誘人的身體還散發出健康的氣息。蘇齊媚停下來喘氣，她說：「鍾爲，快下水呀，你不是想要游泳的嗎？」

「不想了！」

「那你想幹什麼？快下來，水裏很舒服的。」

「我想去愉景灣，那裏比這裏更舒服。」

不曉得因爲陽光太烈還是別的原因，蘇齊媚的臉一下子變得通紅，但是她嘴上還不服輸：「太遠了，我等不及了，反正這裏人不多，我們就在這裏吧！」

蘇齊媚在水裏站起來，慢慢走上沙灘，她的身體一點一點地露出水面，大海像是掛著一幅大布幕的舞台，慢慢地拉開，出現的是一尊女神的雕塑，她一擺一擺地走到鍾爲面前：「怎麼樣，還值得看嗎？想要就在這，反正也沒什麼人，大毛巾鋪在沙灘上不也挺好的嗎？」

鍾爲聽得目瞪口呆，傻住了。

蘇齊媚：「大教授被我嚇得連話都說不出來了，是不？」

鍾爲是真的說不出話來，他拉著蘇齊媚的手走向他們放東西的一棵樹下，但是她把手縮回來，摟住了鍾爲，一邊走一邊就把那幾乎是赤裸裸的身體靠上來了。

鍾爲：「你知不知道你這樣是在促進某種生物化學的反應，會造成溫度的升高。」

蘇齊媚：「那證明本姑娘的魅力猶存，快來喝口冰水好降溫。」

鍾爲：「我的喉嚨不用降溫，是另外的地方要降溫。」

蘇齊媚：「慢點，另外的地方要降溫得徵求我的意見才行。那和我一生的幸福有關。」
鍾爲轉過身來抱住了她，深深地在她嘴上一吻：「你是什麼時候變得口齒伶俐的？」
「不跟你胡說八道了，說正事。你知道嗎？周催林的律師說，他準備認罪了。」
「啊，真的嗎？有條件嗎？」
「當然有了，他要求香港政府不要接受美國的請求，引渡他到美國受審。」
「美國用什麼罪名對他起訴？」
「陰謀計畫恐怖行動襲擊美國民航飛機。」
「你說香港政府會同意嗎？」
「司法部來問我的意見，我堅決反對律師的要求，但是我看政府會同意的。」
鍾爲的臉色變得淒涼，沉默不語。
蘇齊媚：「我能感覺到你不贊成我的意見，對不對？」
鍾爲：「我希望周催林在美國被判死刑。」
蘇齊媚又把她熱呼呼的身體靠上來，深情地看著他說：
「我知道你還是在責怪自己，是你不肯把MTSP軟體給周催林才讓他起了殺心置石莎於死地。鍾爲，這不是你的錯，這是他的犯罪行爲，只有罪人要對自己的犯罪行爲負責。我反對把周催林送到美國是我認爲他還能爲我們逮捕牟亦深提供有用的資訊，所以他應該留在香港。」
「蘇齊媚，我知道人不應該生活在仇恨裏，別爲我擔心，時間是最好的療傷藥。」
「鍾爲，我答應過你，我會在有生之年逮捕牟亦深，或是把他擊斃，我一定會辦到的。你不要再責難自己了，好不好？」
「好了，不談他們，談談我們吧。你跟你姨父姨媽說了我們的事嗎？」

「我們的事?我們有什麼事?」

「你是一定要把一個老男人氣死才滿意，對不對?」

蘇齊媚親了他一下說：「跟你開玩笑，就這麼緊張。」

「反正人老了，就只好讓人欺負了。」

「喂!有沒有良心，到底是誰欺負誰?」

「甘苦嘸人哉!」

「你是在說台灣話?是不是在罵我啊!」

「我是在感歎做老男人的辛苦。」

「那今天晚上就請你再辛苦辛苦了。」

蘇齊媚說完後自己的臉就脹得通紅。鍾爲說：「嘴巴利害，但是臉皮太薄，結果是自己害羞了。」

「不跟你鬥嘴了。我跟老何說我想改行去當心理分析師，沒想到他不但沒反對，反而鼓勵我。後來二姨媽告訴我，他們爲了我和你的感情發展，都說我改行是對的。他們說沒有大學教授和刑警是在一起生活的，太不配了。」

「我倒不覺得這是問題，重要的是你要喜歡哪一個行業。你準備什麼時候辭職?」

「大約還要七八個月我就能去考執照了，考上我就辭職。但是我想求你一件事，我想了一陣子了，我說了你別生氣，行嗎?我們暫時還不要結婚，好不好?」

「怎麼，後悔了?不想嫁給老男人了?」

「你知道的，我多想做你的妻子。可是你沒想想邵冰會怎麼樣呢?」

「她不是一再聲明絕不嫁給老男人嗎?」

「你還是不理解女人，難道你不知道她有多愛你嗎?你就沒想到那不在乎的樣子是裝出來的?我們做一陣子朋友會使她好受一點。何況我是真心地想和她做一輩子的好朋友。」

鍾爲不說話，蘇齊媚就接著說：「樂了，是不是？男人都想享齊人之福，更何況她已經是你的紅粉知己了，別擔心，我會很大方的。」

「你這是一廂情願。」

「是啊，人家邵冰還不見得要我這個朋友呢。還有，我很喜歡被你追求的感覺，你讓我再多享受一陣子好不好？我不想馬上就當黃臉婆。」

「沒問題，但是別讓我等太久了，那我就成了真正的老男人，你就會不要我了。」

「不用擔心，我知道你是老當益壯。」

「那好，現在你就跟我回優德大學，我讓你見識一下這個老男人是如何的益壯。」

鍾爲的手開始在蘇齊媚光溜溜的身體上不老實了。

「鍾爲，求你了，別人會看見的。還有，我絕對不能跟你回你們的宿舍，這次教授會議後，優德大學的人都認識我了，所以我不能去你那裏。」

「這都什麼時代了，還有這麼老骨董的思想。」

「你不知道，要是何族右發現你在我那過夜的事，他會開除我。」

「爲什麼？」

「我犯了辦案的時候強姦證人的罪，至少是勾引證人，我當時是被你給迷昏了頭，事後想起來出了一身冷汗。這是秘密，絕不能讓任何人知道。」

「別怕，到時候我會挺身而出，說是我勾引和強姦了女警察。齊媚，你是在跟我開玩笑，是不是？」

「不是，我是說真的，你一定要替我保密，否則我就毀了。」

「那好，有一個秘密，我也要你替我保密。我也想退休了，這幾年來我感到好累。王娜會是我最後的學生。等三年後他們都畢業了我就會退休。這幾年我也有些積蓄，再加上我在美國和優德大學的退休金，夠我活下半輩子了。我想過，如果能有個人願意陪我到一個風景優美人煙稀少的地方，和我走完我的餘年，我就可以去做我從小就想要做的事，那我此生就沒有遺憾了。」

「那是什麼？」

「從小我對閱讀和文學的愛好，使我夢想有一天能寫小說，講出我編織出來的故事。我如果再不開始，這輩子就沒希望了。」

「鍾爲，你要我去嗎？」

他緊緊地摟住蘇齊媚，她抬起頭來索吻。陣陣海風從海上吹來，鍾爲輕輕地撫摸著她柔軟的秀髮，告訴她，不久前當他在「天風一號」裏爲自己的生命在掙扎時，有一股力量叫他不能放棄，甚至當飛機失去了所有的動力時，他都沒有放棄，把「天風一號」當作滑翔機飛回來。這股力量就是對蘇齊媚的思念，他下定了決心，即使會失去生命，也要見到她一面。現在他什麼都可以放棄，只要她能在身邊就行了。

蘇齊媚已經是滿臉的淚水，鍾爲吻乾了她的眼淚，繼續告訴她，他已經想好了要寫的第一本小說，內容是講一個大學教授和一個女警聯手破了一件校園兇殺案，以及兩人間的愛情故事。蘇齊媚臉上還有未乾的眼淚，但是她破涕爲笑了：「鍾爲，帶我回去吧！」

「好，我們回孟公屋吧！」

蘇齊媚用拳頭捶了一下鍾爲的胸脯：「每一個人都告訴我，你最大的毛病就是在嘴巴上一定要占最後的便宜。」

「誰叫你穿了這身泳衣！」

風切變預警系統的驗收結果非常地成功，不僅是評審委員會給了很好的結論，國際民航駕駛員協會也給了很高的評價。

優德大學全校師生，尤其是鍾爲帶領的隊伍更是歡欣鼓舞，四年的辛勤工作終於開花結果。香港立法會破天荒第一次通過議案給鍾爲頒獎，所以政府也跟進要給風切變隊伍的主要負責人頒發獎狀。國際民航駕駛員協會也來湊熱鬧，要頒發一個團體獎給鍾爲的隊伍。經過協調，三個頒獎儀式同時舉行，地點就在優德大學的入口大廳，那是個人來人往半封閉的空間，在那裏能看見藍天，但是也能遮風避雨。優德大學每年的畢業典禮就是在那裏搭一個舞台舉行的。

典禮那天很熱鬧，除了頒獎單位和大學裏的人外，有關的官員、其他大學的代表、航空公司的代表等都應邀參加。大概是因爲頒獎人是香港行政長官，所以也有不少媒體前來採訪。九龍警署重案組的刑警是鍾爲的特邀嘉賓。蘇齊媚很興奮，把自己著實地打扮了一番，還買了一束鮮花準備獻給鍾爲。她抵達後就和邵冰坐在觀禮席位，兩位美女再加上一束美麗的鮮花，好些人都忍不住多看她們兩眼。

典禮開始，先是特首講話，接下來是立法會議長講話，兩人都說了些感謝的話並宣傳香港要保持有世界最先進的航空安全設施。駕駛員協會的代表是小約翰，他倒是說了一些中肯的話，形容了這系統在科學上的優越性和鍾爲團隊的特殊能力。也許是因爲職業的敏感，蘇齊媚離開了座位，站在頒獎台邊上，她面對著觀禮席，仔細地觀察來觀禮的人。頒獎儀式是由頒獎單位代表將獎狀交給受獎人，第一個是由特首頒發給鍾爲。這時從觀禮席的後方走出一個人，他身著西裝，打著領帶，看似一位官員。但是留著那一臉大鬍子，還戴了一付大墨鏡，又不像是個政府官員。蘇齊媚看了他一眼，心裏覺得有點怪。再看第二眼的時候，她身上的寒毛都立起來了，因爲她明白了這個人來到台前的目的。戴墨鏡的不是別人，他就是牟亦深，又名康達前，他是來槍殺鍾爲的。蘇齊媚拋開手裏的鮮花，一個健步飛身跳上了頒獎台，同時她拔出了身上的配槍指向牟亦深。幾乎分辨不出先後的三發槍聲響起，牟亦深身中兩槍倒在頒獎台前，蘇齊媚胸口中彈，倒在鍾爲的懷裏，她氣若游絲地說：「你看，我答應你的都辦到了。」

鍾爲強忍著眼淚：「救護車馬上就到了，你要挺住，是你說的，我們才剛剛開始，你不能把我一個人留下。」

「鍾爲，我不是跟你說過嗎，你是我的一個夢，太美的一個夢，終於夢醒了。鍾爲，你要好好地活著，不要忘記我。」

在救護車到達前，蘇齊媚離開了人世。血染紅了她的風采。

不久之後，鍾爲離開了優德大學，有人說他離開了香港回到他原來在加州的大學，但是沒有人在那裏看到過他。邵冰也走了，沒有告訴任何人她要去的地方。有人說，在加拿大靠太平洋的溫哥華市常見到一位很有風韻的漂亮女子陪著一位滿臉風霜，年歲較大的男人在海邊散步，兩人總是望著西方，似乎是在等待對岸的來人。

一年後，書店裏出現了一本小說，是一位大學教授和一位女警察的愛情故事。背景是校園裏的一樁命案。很快地它成了暢銷書。

後記

據報導，國安部接受美國政府要求，調查中國境內有人參與國際恐怖組織，在香港發起恐怖活動，企圖危害美國公民的生命和財產一案。其中犯罪分子周催林因另案已被關押在香港，但因國際恐怖活動涉及國防和外交，根據基本法，國安部申請將周催林羈押到北京。經短暫審訊後，該犯已轉送青海省重犯監獄關押。

長篇小說

追風的人

作　者　追風人
出版者　風雲時代出版股份有限公司
出版所　風雲時代出版股份有限公司
地　址　105台北市民生東路五段一七八號七樓之三
網　址　http://www.books.com.tw
電子信箱　h7560949@ms15.hinet.net
服務專線　（○二）二七五六－○九四九
傳　真　（○二）二七六五－三七九九
郵撥帳號　一二○四三二九一
執行主編　劉宇青
封面設計　蕭麗恩
法律顧問　永然法律事務所　李永然律師
　　　　　北辰著作權事務所　蕭雄淋律師
版權授權　陳介中
出版日期　二○○八年四月初版
定　價　新台幣三二○元
總經銷　成信文化事業股份有限公司
地　址　台北縣新店市中正路四維巷二弄二號四樓
電　話　（○二）二二一九－二○八○
香港經銷　香港田園書屋
地　址　香港九龍西洋菜街五六號二樓
電　話　（○○二）八五二－二三八五八○三一
傳　真　（○○二）八五二－二七七○二四八四
本書爲作者自費印行　本社代理發行
行政院新聞局局版台業字第三五九五號
營利事業統一編號二二七五九九三五

國家圖書館出版品預行編目資料

追風的人　／　追風人著.　-- 初版. -- 臺北市
　：風雲時代，2008 . 03
　　面；　公分.

ISBN 978-986-146-447-3（平裝）

857.7　　　　　97001722